太阳底下是土地

徐迅雷　著

GUANGXI NORMAL UNIVERSITY PRESS
广西师范大学出版社
·桂林·

图书在版编目（CIP）数据

太阳底下是土地 / 徐迅雷著. --桂林 : 广西师范大学出版社，2021.3（2022.3 重印）

ISBN 978-7-5598-3608-3

Ⅰ. ①太… Ⅱ. ①徐… Ⅲ. ①散文集－中国－当代 Ⅳ. ①I267

中国版本图书馆 CIP 数据核字（2021）第 012542 号

广西师范大学出版社出版发行

（广西桂林市五里店路 9 号 邮政编码：541004
网址：http://www.bbtpress.com）

出版人：黄轩庄

全国新华书店经销

广西广大印务有限责任公司印刷

（桂林市临桂区秧塘工业园西城大道北侧广西师范大学出版社集团有限公司创意产业园内 邮政编码：541199）

开本：727 mm × 1 010 mm 1/16

印张：25 字数：380 千

2021 年 3 月第 1 版 2022 年 3 月第 2 次印刷

印数：6 001~10 000 册 定价：66.00 元

目　录

鞠躬·尽瘁

时光·雕刻

春日·载阳

人间·慈航

鞠躬·尽瘁

JUGONG · JINCUI

伍连德：国士无双——中国百年战“疫”第一人

A

在1911年辛亥革命爆发前一年，暴发了一场瘟疫，对于一个民族来讲，几乎是致命的。

然而，幸好有个伍连德！

2020年初，新冠肺炎疫情肆虐，抗“疫”战争如火如荼；居家度过“加长版”春节假期，读书是一个好选择——读读有关伍连德的书籍，回顾那时那人那事，让历史告诉现在，让现在告诉未来！

B

太阳底下是土地。伍连德，一个站立在土地之上的大写的人，也是一个被遗忘许久之后，又被重新发现的人。他创下了巨多的中国第一。他是剑桥大学第一位中国医学博士，他在中国实施了第一次西医学意义上的人体解剖，他在世界上第一次提出了“肺鼠疫”的概念，他第一个让中国人使用口罩预防传染病，他头一回通过隔离的办法应对传染疫情，他主导了中国第一次对瘟疫死者尸体大规模的焚烧，他首创了中国国家防疫制度，他主持了史上首个在中国境内举行的国际学术会议，他创建了中国第一个海港检疫所，他撰写了第一部英文版的中国医学史……无数多个“第一”，最后凝聚成这句话：他是中国第一位诺贝尔奖候选人。

湖南教育出版社出版了一套很好的20世纪中国科学口述史丛书，其中上下两册的《鼠疫斗士——伍连德自述》，译自半个多世纪前在英国剑桥大学出版社出版的伍连德英文自传。这是关于伍连德的最完整最完备的传记，是最重要的一本书，50多万字的巨幅篇章，由程光胜、马学博翻译，2011年3月第1版，2017年7月第2版。该书曾获得2014年台湾第七届吴大猷科学普及著作奖翻译类银签奖。

此前，早在1995年，伍连德长女伍玉玲博士根据父亲的这本自传，以及父亲遗留下的300多张珍贵的历史照片，编写了《伍连德博士——鼠疫斗士》纪念画册，在新加坡出版了英文版。更早的时候，伍连德所著的《鼠疫及消毒法》一书，在清宣统年间出版，这本老书如今已不好找，其中熏浴消毒的插图很清晰。

哈尔滨是这次瘟疫的重灾区，出版界尤其关注伍连德先生。1996年，哈尔滨医科大学在建校70周年之际，编印了《纪念我国现代医学与医学教育先驱伍连德博士》的文集。"非典"之后的2006年，哈尔滨市政协文史和学习委员会出版了文史资料专辑《伍连德》。哈尔滨出版社在2018年10月出版了《伍连德在哈尔滨》(孟久成著)，褒扬伍连德在那个时代"几乎以一己之力推动中国历史车轮的转动"。

这些年来，我国传媒界和出版界越来越重视伍连德，让伍连德由业内走向大众的视野。王哲著的《国士无双伍连德》，2007年3月由福建教育出版社出版；礼露著的《发现伍连德——诺贝尔奖候选人华人第一人》，2010年7月在中国科学技术出版社出版；朱建平编著的《鼠疫斗士：伍连德的故事》，2012年10月由吉林科学技术出版社出版。

这是一个重新发现伍连德的过程。契机恰是2003年的那场"非典"之疫，而《发现伍连德》一书的作者礼露，正是一位不幸被非典感染的女士。

C

礼露女士是已退休的媒体人士，原本对伍连德也是一无所知，若不是因为感染上了非典濒临死亡，她或许一辈子都不会关注这个叫伍连德的人。2003年4月7日那天，“宅女”礼露陪同父母的老友、一位86岁的孤寡老人到医院就医。那天在医院里待了整整4个半小时，尽管当时大家都戴了口罩，然而礼露不幸感染上了SARS病毒。她在4月10日开始发烧，6天后左肺首次出现阴影，第7天右肺也坏了……“这个病的确太烈性了，太可怕了！回想起来，我应该是通过眼黏膜感染的，中间多次揉过眼睛。当时医院里一片混乱，病人家属医护人员随便穿梭往来，急诊室甚至门诊到处游走着病患和家属，大部分人都没戴口罩。在空气不流通的能容纳上百人的封闭处置室，‘好人’‘坏人’都闷在里面……有条件的患者在院外的私家车里输液……真是恐怖，病就这样互相传染着。”

气若游丝的礼露都开始安排后事了。这惊动了在《人民日报》做记者的同学，一份以礼露的经历为线索、关于“北京非典情况调查”的内参，由《人民日报》上报给了中央高层……直到4月20日，高官被免职，全国抗击非典终于迎来了转折点，“非典之疫”开始变成“非典之役”——一场战役。

礼露康复出院后，开始关注人类瘟疫史。她从厚厚的《20世纪中国百年大事记》中，发现了防治鼠疫的伍连德：1910年，东北三省发生严重鼠疫，朝廷派剑桥大学医学博士伍连德前往主持治疫。激动不已的礼露奋笔疾书，疯狂赶写而成《发现伍连德》一书。

在这之前，“伍连德”这个名字，她与绝大多数中国人一样，闻所未闻。

D

伍连德，字星联，英文名WU LIEN-TEH，祖籍广东新宁（今台山市）。他与爱因斯坦是同龄人，1879年3月10日出生在英属南洋槟榔屿一个华侨家庭，

中年伍连德

父亲伍祺学早年到南洋谋生，后成为槟榔屿著名金饰商，母亲系第二代马来亚华侨。

伍连德天资极聪颖。他7岁考入当地槟榔屿英国公学，接受10年制教育，成绩优异，获奖甚多。1896年，在新加坡举行的英国女王奖学金考试中，他考取了第一名，赴英国剑桥大学伊曼纽尔学院，学习医学，5年后通过医学士的考试。1903年，先后赴德国和法国从事医学研究，并提交了博士论文，通过了剑桥大学医学博士学位答辩。随后他返回原马来亚，在吉隆坡从事医学研究，并开设私人诊所。

时光到了1907年，还得感谢直隶总督袁世凯，是他邀聘伍连德回国供职。

这样，才有伍连德后来到东北大战肺鼠疫。

E

1924年，梁启超称赞："科学输入垂五十年，国中能以学者资格与世界相见者，伍星联博士一人而已。"

早在2011年11月，因着一个新闻，我感慨地写下一篇短文《重温伍连德精神》，发表在我当时供职的《都市快报》上：

"对一个民族而言，缺失人文的科学是麻木的，缺失科学的人文是软弱的，双重缺失则是愚昧的。"这是学者任定成的名言。一看到这个新闻，这句话就立马浮现在我眼前。新闻说的是：

在广东佛山市南海区红十字会医院，打工妹刘冬梅早产生下一男婴，护士却告知是女婴，而且一生下来就已死了，把“死婴”装进塑料袋，丢进厕所；半个多小时后亲属赶到，却发现“死婴”居然还在动，且是一名男婴。就这样，被丢弃的婴儿“死而复生”……

我只能想，唉，这些助产的，还不如早年农村的接生婆啊，助产士的基本资格都不具备啊，这是怎么搞的啊！我生于农村，我们这一代在乡下出生，有许多就是接生婆一个人到家里来接生的，那条件极为简陋，可是接生婆很有经验，动作麻利得很，很少出什么岔子……

现如今，客观条件好多了，可是，责任心真是差多了，人文精神更是别提了。医疗、医学，是一门科学，而且是与人和人的生命密切相关的科学，如果这一门科学失去了人文的温暖，那人类就“冰点”了。

读过医学科学史的人都知道，有一个伟大的医学家名叫伍连德，他是一个让人一想起来都要激动得心颤的伟岸的人。他是诺贝尔奖候选人华人第一人，他是真正把人文和科学在实践中完美结合的人，他甚至被称为拯救了中国的人！

今天我们都知道2003年非典在中国大地的肆虐，而大多不晓得1910年东北的大鼠疫。那个时代，是清朝风雨飘摇的时节，在东北哈尔滨，暴发了震惊世界的黑死病——鼠疫。而当时的医学条件，就是搞清楚是什么毛病都很困难。那时连最早的抗生素——青霉素，都还远远没有发明。这场极其惨烈的传染病，若不能控制，那么中国人的历史很可能要重写。要知道，在中世纪，因为鼠疫暴发流行，整个欧洲死掉了大约三分之一人口。而中国，幸好出了个伍连德。

伍连德是华侨，他出生在马来西亚的槟榔屿，智商天分极高的他到英国留学，接受高等医学教育，成为博士，学成后毅然归国服务。1910年冬，东北突然暴发瘟疫，大量死人。有个在中国行医的法国名医来到东北，结果没几天连自己都染病一命呜呼，震惊了世界。当所有人都束手无策时，腐朽没落的清政府终于干了一件脑子还清醒的事：派遣伍连德去防治，伍连德就这样受任全权总医官，深入东北疫区，开展了艰苦卓绝的科研和防治，几乎就是凭他的一己之力，研究发现了那不是靠老鼠跳蚤传播，而是通过呼吸传播的“肺鼠疫”，然后在无比艰难中开展切断传染源的工作，终于阻击了这烈性传染病的大流行，拯救了无数人的生命……

限于篇幅，本文不展开具体的叙述，其实我们今天好好活着的人，都应感谢我们杰出的先贤——伍连德。他是我国卫生防疫、检疫、医学教育、医院管理和医学交流的先驱，是真正大写的人。伍连德的精神，是科学的精神，更是人文的精神、大爱的精神。他对人、对人类无与伦比的爱，是最可宝贵的。惜乎，如今我们将其断裂了！

F

哈尔滨，伍连德创建的东北防疫总处旧址，铭刻着那段刻骨铭心的历史：

1910年11月，一场肺鼠疫从俄国贝加尔湖地区沿中东铁路传入我国，并以哈尔滨为中心迅速蔓延，四个月内便波及五省六市，死亡达6万多人，其中仅哈尔滨市就死亡5272人，一时尸骸遍野，举世震惊。当时清政府尚无防疫机构，俄、日两帝国主义乘机以保护侨民为借口，要求“出兵防卫”。清政府急派天津陆军医学堂副校长、早年留学英国并获得剑桥大学医学博士学位的伍连德为全权总医官，来哈尔滨领导防疫。伍连德组织了3000多人的防疫大军，经过奋力防疫，很快就消灭了疫情，拯救了哈尔滨这座新兴城市。

看来，在当年同样受到了境外舆论的压力。那时的哈尔滨，最多的是俄国侨民，有10万多人，中国居民有2万多，另有日本人2000多人。保护自己的侨民，理所当然。而今日一句“很快就消灭了疫情”，显然是说得轻巧了——当然，这与漫长的历史时光有关。当年抗击这场大灾难，绝无轻巧可言。

在《鼠疫斗士——伍连德自述》一书中，第一章就是《黑死病》。他把自己一生中最重要的战役，最先展示给读者。

1910年12月24日，那个“平安夜”的下午，伍连德带着他的一位助手抵达哈尔滨。“……到处都有人交头接耳议论。人们谈论着高烧、咳血和突然的死亡，谈论着路旁和旷野被人遗弃的尸体，还有不请自来的穿着制服的白人在那里调查这些死者的病因。”（见《鼠疫斗士——伍连德自述》第9页）

地方官员个个束手无策，百姓民众只能听天由命。处处是惶恐不安、大祸临头的气氛。北国严冬，因为“黑死病”而变得分外凄惨。

G

伍连德的回忆录，并不是以第一人称来叙述的，而是第三人称：

> 12月27日早晨，得到了一次解剖尸体的机会。有电话通知当局，在傅家甸一位嫁给中国人的日本籍客栈女主人，出现咳嗽、咳血等症状后，当夜死去。伍博士和他的助手携带内置急诊必需器械和仪器的出诊箱，立刻驱车前往小城贫民区的一幢小房子。只见一具身着廉价棉质和服的女尸躺在污秽的榻榻米上，木地板高出地面足有两英尺。室内阴暗，不甚清洁，但尚有清水以供勉强完成尸体解剖。切除胸软骨部分后，将粗大的注射器的针头插进了右心房，吸出足够的血液，放在两个琼脂试管里培养细菌，并用显微镜载玻片涂片观察。（见《鼠疫斗士——伍连德自述》第14页）

第一例肺鼠疫患者尸体解剖就这样完成了！

伍连德通过显微镜看到，所有取自血液、心、肺、肝和脾的标本里，都呈现成群的鼠疫杆菌。伍连德博士和他的助手们，根据流行病学调查，在现场追本溯源，很快发现：此次传染病，元凶是草原旱獭！旱獭俗名土拨鼠，捕杀旱獭的猎人和贩卖獭皮的商人是第一批感染者，最初感染者死亡率几近百分之百，而他们聚集的客栈是始发、高发区。伍连德分析认为，这场鼠疫不是普通的鼠与人之间传播的，而是由人与人之间通过呼吸道传播，加上有发烧咳嗽、肺部感染等症状，他首次提出这是“肺鼠疫”，与过去的“腺鼠疫”不一样。

对这一发现，他们立刻向当地官府和朝廷作了通报。伍连德还特意请来道台大人、警务长等人，在显微镜下亲眼观看，试图让这些外行信服神秘死亡的真实原因。“当然，欲使缺少近代医学和科学基础知识的他们相信这些，并非易事。”

大清帝国的最后一个冬天，上上下下的官员们“似乎对事态的严重性熟视无睹”。伍连德在回忆录中说，“这就需要有振聋发聩的悲剧事件来使他们猛醒”。正当此时，发生了梅尼医师意外身亡的事件。

H

1911年1月2日，法国籍的北洋医学堂首席教授梅尼到达哈尔滨。他以前是一位军医，两年前曾在唐山参与腺鼠疫的防治。梅尼医师前往哈尔滨时，要求东三省总督大人任命他来统管防疫事务，取代中国医师伍博士。但是总督拒绝了他的要求，建议他先去考察情况，然后再提出自己的建议，这让梅尼医师十分不爽。

伍连德博士对法国教授的心情一无所知，他作为同事，前往旅馆探望。梅尼独处房中，心事重重。伍博士向他介绍了自己的经验和防疫措施，并且明确提出这次暴发的是单纯的肺鼠疫，应该集中精力严格隔离鼠疫患者，将他们与不咳嗽的疑似者分开；医务人员除按细菌学的常规操作外，应戴上由软棉和纱布制成的口罩，给人群接种哈夫金疫苗并注射耶尔森血清。

但结果呢，梅尼医师对这位年轻人的看法不感兴趣，宁愿凭借当年他在唐山取得的经验，相信老鼠对疫情的蔓延起到主要作用——由老鼠传播的“腺鼠疫”，人与人之间不会传染。他不客气地对伍连德说，他本人的意见比一个新手所言更可靠，并决心让中国政府接受他更成熟的意见。

梅尼医师当时已43岁，而伍博士年方32。

伍博士坐在带垫子的大扶手椅上，试图用微笑化解分歧。这位法国人

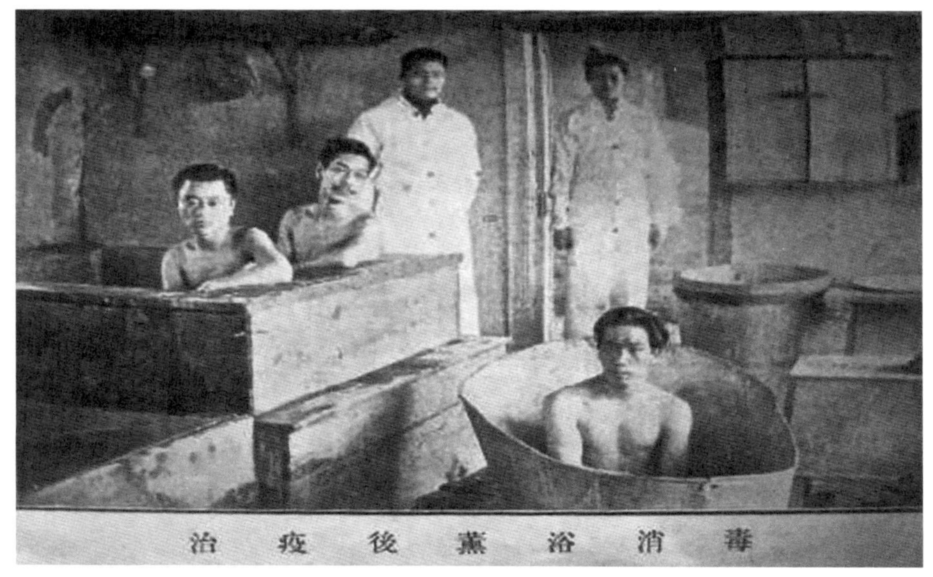

《鼠疫及消毒法》，伍连德著，出版于清宣统年间

却激动起来，在燥热的房间里不停踱步。他突然不再隐忍：面对伍博士怒扬双臂，双眼圆瞪地吼道："你，你这个中国佬，胆敢嘲笑我，顶撞你的前辈？"……为了不使局面僵化，于是伍博士说道："对不起，梅尼医师，我这本意友好的谈话，不料竟引起如此不愉快。我别无选择，只得向北京的施大人禀报。"（见《鼠疫斗士——伍连德自述》第24页）

伍连德回到住所，在安静的房间里，起草了一份电报，述说了事件的全部经过，并提出了辞呈，因为无法与如此固执己见的人共事。在争执发生38小时后，伍博士收到来自北京的官方电报，宣布撤销对梅尼医师的派出指令，并责成伍博士继续勉力工作。

1月5日，梅尼医师接到撤销他的工作任命的电报后，立刻去鼠疫医院拜访哈夫金医师，要求检查几位病人。就像伍博士来访时一样，梅尼在进入传染病房之前，穿上了白工作服，戴上了白帽子和一双橡皮手套，但是没有戴口罩。

在满洲铁岭，阻断交通后，被临时隔离的人们

在病房里，他和哈夫金医师一样，接连检查了4个病人，面对病人前胸和后背叩诊与听诊进一步问诊后，梅尼医师便离开医院回到了旅馆。

1月8日，即访问医院后的第三天，梅尼医师开始感觉不适，轻微寒战、剧烈头痛和发烧，整夜坐立不安。第二天清晨，出现咳嗽并伴有痰液。哈夫金医师接到他的电话，立刻怀疑是肺鼠疫。他马上命令将病人送进俄国医院的观察室，细菌学检查明白无误地检出了鼠疫杆菌。在随后的24小时内，连续两次注射抗鼠疫血清，但收效不大。11日，梅尼教授就去世了。

哦，那是“肺鼠疫”，一种非典型性鼠疫。自信却倚老卖老的梅尼医师，不是败给“土著”伍连德，而是败在医学科学面前。

I

只有意识到生命的脆弱，才能意识到生命的珍贵。梅尼教授之死，成为一个轰动事件。他用意外之死，来证明自己是错的而伍连德是对的。但这个代价也太大了。

从此，伍连德的方法被推广开来：病人送往鼠疫医院，接触者被隔离，所有人佩戴加厚的口罩（后来被称为“伍连德口罩”），严格消毒，调动军队封城，切断交通，大规模焚烧尸体以彻底消灭鼠疫杆菌。整个防疫局面，由此被扭转。

国士无双，勉力抗疫。

如果没有伍连德，恐怕真的会是“千村薜荔人遗矢，万户萧疏鬼唱歌”了。于1948年4月7日成立的世界卫生组织，把鼠疫和霍乱都列为“一号病”。

1911年7月9日，英国《泰晤士报》驻北京记者莫理循写信给伍连德说：“由于您在控制最近的鼠疫流行中的功绩，您的名字在欧洲特别是英国家喻户晓。”

1935年，因为“在肺鼠疫防治实践与研究上的杰出成就以及发现旱獭于其传播中的作用”，伍连德被提名为诺贝尔生理学或医学奖的候选人。候选人的保密期为50年，直到2007年此消息才在诺贝尔基金会官方网站上正式披露。这是华人世界的第一位。

J

1911年4月3日，春天来临。已经风雨飘摇的清政府，拨款10万两平库银，在奉天（沈阳）召开了中国历史上第一次国际学术会议，研究这次导致6万人死亡的中国东北大鼠疫，总结防疫抗疫经验。当时清政府竟然也认识到西方防疫手段在防控传染病上的优势，以开放的心态来举办这次大会，着实也不容易。

奉天国际鼠疫会议是世界历史上第一次国际肺鼠疫会议，11个国家的33名鼠疫研究权威和传染病专家出席。会议至4月28日结束，为时长达26天，达成决议45项，对此次鼠疫的传染、传播机制及防治策略进行了深入的探讨，从而推动了中国现代公共卫生防疫事业的发展，也在很大程度上提升了彼时中国的国际形象和地位。担任这次“万国鼠疫研究会议”主席的，就是抗击东北鼠疫的总指挥伍连德。各国代表惊讶地看到，伍博士竟然能以中、英、德、法四种语言主持会议……

在《奉天国际鼠疫会议报告(1911)》(中央编译出版社2010年1月第1版)一书中，对这次大会的原始资料有详尽的收录。其中，作为地方领导的东三省总督锡良的欢迎致辞很有水平，这里摘录若干：

> 出于人类的至善，皇帝陛下邀请所有的友好国家参加本次会议，同样，出于对人类的道义和热爱，你们的政府不顾路遥远选派诸位参加本次会议。对此，我表示衷心的感谢。大清国政府和人民不会忘记，诸位由接受我们邀请所表现出来的对人类事业的极度关切。我真诚地希望诸位在以后的几个星期的研究成果，在一旦这种可怕的瘟疫不幸在其他地区暴发的时候，将拯救不仅包括中国人民而且也包括其他国家人民的生命。
>
> 我们认为，医学的进步与知识的进步密不可分，如果说铁路、电报、电灯以及其他的现代发明对这个国家的物质繁荣是不可缺少的，那么，为了人民的利益，我们也应该利用现代的西医资源。
>
> “如果可以预防，为什么不加以预防？”在中国，我们也逐渐认识到这句话的价值……

医学家、医生和病人，应该是同一条战壕里的战友，他们共同的敌人就是疾病。只有紧密地团结起来，才能真正战胜种种疾病。

K

“孙中山死的病因，现在都说是肝癌，在伍连德的自传里，我第一次知道，原来孙中山肝癌的引起，是一种中华枝睾吸虫（Clonorchis sinensis）的寄生，我广泛查阅各种文献，发现这是前所未闻的。”《鼠疫斗士》两位翻译者之一、中国科学院程光胜教授对媒体说。

伍连德回祖国辛勤工作整整30年，为中华民族的公共卫生事业作出了杰出贡献，是历史性的，是开拓性的，是里程碑式的。

除了东北这次，伍连德还组织指挥过多次防疫大战，都取得决定性的胜利。他为主创设防疫站、检疫所、医院、医学院医学科学社团凡数十个，是北京协和医学院及北京协和医院的主要筹办者；创建了北京中央医院（今北京大学人民医院前身）、东北陆军总医院（今解放军202医院前身）、哈尔滨医学专门学校（哈尔滨医科大学前身）等医疗和医学教育机构；参与组织创建了中华医学会、中华麻风救济会、中国微生物学会、中国防痨协会、中国公共卫生学会、中国科学社；等等。

一百年前的1915年2月5日，伍连德、颜福庆、刁信德等21人在上海集会，宣告中华医学会成立。

1931年九一八事变后，伍连德曾在长春被日本宪兵拘捕，诬为间谍，后经英国领事馆营救，才得以释放，南下赴沪。

1937年7月，日本发动全面侵华战争。在“八一三”淞沪会战中，伍连德位于上海市江湾区的私人住宅毁于日军炮火。国破家亡，伍连德被迫偕家眷返回马来亚避难。9月，定居马来亚怡保市，开设私人诊所，时年58岁。之后马来亚也陷于日军铁蹄之下，伍连德以行医为业，艰难度日；1943年7月曾被绑架，勒索巨款。

抗战终于迎来了胜利之日。伍连德于1947年11月偕夫人重返中国访问，会见许多阔别多年的老同事。他曾说：“我曾将大半生奉献给古老的中国，从清朝末年到民国建立，直到国民党统治崩溃，往事在我脑海里记忆犹新……”

1950年，他将北京东堂子胡同的住宅捐赠给中华医学会做办公地点。后来，这一故居经呼吁被列为保护文物，避免了被拆的现代命运。

L

1960年1月21日，伍连德自己的生命被死神捕获，病逝于马来亚槟榔屿，享年81岁。

1983年，在著名流行病学家J.M. 拉斯特主编的《流行病学词典》中，伍连德是唯一被列入的中国医学家。伍连德的贡献，已不是一个国家、一个民族所能概括的，他是国际性的，他是世界性的。

礼露在《发现伍连德》一书中，以激情之诗《有一个名字》为自序，其中有云：

有一个名字，
你是否听过——
他叫创造
他叫智慧
他叫革新
他叫探索
他叫博爱
他叫人道
他叫包容
他叫合作
他叫信心
他叫勇气
他叫行动

他叫建设

他叫激情

他叫胆魄

他叫毅力

他叫开拓

……

（初载于《古今谈》2016年第1期，2020年修改后载于《杭+新闻》）

戴自英、翁心华、张文宏：师徒三代传承的力量

师徒三代传承的力量

一敢医，二敢言，师徒三代，薪火相传。

从戴自英，到翁心华，再到张文宏，他们是三代讲真话的医生。

日前，《解放日报》独家对话张文宏导师翁心华，畅谈师徒三代的传承，他明确表示：给徒弟张文宏打满分！

生于1938年、现已82岁高龄的翁心华，是复旦大学附属华山医院终身教授、博士生导师，2013年获得全国卫生系统模范个人最高荣誉——“白求恩奖章”。他长期从事感染病的医疗、教学、科研工作，有“感染界的福尔摩斯”之称。在2003年非典流行期间，他担任上海市SARS防治专家咨询组组长。17年后，翁心华的学生张文宏成为上海市新冠肺炎医疗救治专家组组长。

华山感染科被誉为中国感染科的“梦之队”。翁心华1962年从原上海第一医学院毕业，进入了华山医院，“很幸运地加入了戴自英教授的团队”。戴自英主任是牛津大学毕业的博士，他的老师是青霉素发明者之一、诺贝尔医学奖获得者弗洛里教授。他1950年回国，1956年创建了华山医院传染科，搭建了一个不一般的医学学科平台。

“春风杨柳万千条，六亿神州尽舜尧。”当年，为了治疗血吸虫病，戴自英住进农民家里。那里没有自来水，也没有厕所，留英归国、家境优越的他连老式马桶都没用过。他却笑着说，做传染科医生就是要与最穷苦的老百姓打交道。

正是有戴自英这样的“舜尧”，才有“借问瘟君欲何往，纸船明烛照天烧”。

戴自英的临床思维过人，疑难病人到他的手上，他都有方法解决，积累了丰富的临床经验。“戴老的威望不仅来自他的医术与学术水平，私底下他是一个很真实的人，我很佩服他的为人。”戴自英还是中国临床抗生素学奠基人，1963年他在国内率先创立了抗生素临床研究室。他认为，中国的感染病学科应该与国际接轨，与抗生素、公共卫生事业等结合，向“大感染”的方向靠拢。而当年限制四环素的使用，就是他经过研究后向国家提出的建议，这在当时是非常有胆量、有魄力的。

戴老还是一位医学教育家，培养了一批批医学博士。有一次他到北京的一座体育馆讲合理应用抗菌药，年近70岁的他一口气从早上8点讲到12点，整整4个小时，没有稿纸，更没有幻灯片，台下时不时响起掌声……

当年戴自英家客厅墙上什么都没有，只珍重地挂着他的博士学位证书——那是货真价实的牛津大学博士。“传染科医生要挑得起担子，经得住考验，放得下名利，耐得住寂寞，守得住清寒。”这是戴自英的要求，成为三代人不变的信念；他们三代传承，筑起“华山之路”，基石就是12个字：科学精神、专业主义、学术传统。

名师出高徒，翁心华就是戴自英的高徒。从戴自英老师手中接过接力棒，翁心华一直带领学科向“大感染”的方向努力。“感染病”的概念大于“传染病”，因为还包含非传染性的感染性疾病。人类历史上最早出现的疾病都是传染病，人与细菌、病毒的斗争也从未停止过。

翁心华很成功的一战，就是2003年抗击非典。那时张文宏恰好拿到了哈佛大学医学院的录取通知，每年奖学金有3.5万美元。“好大的一笔钱，2003年啊，我看到那个眼睛都发绿了。”然而翁心华教授很温和很平静地问他：“张文宏啊，你说怎么办呢？”选择很简单：协助老师，披挂出征。抗击非典很成功，全上海仅有8人感染，无医护人员感染、无社区传播。当时翁心华从医学科学出发，坚持“有流行病学接触史”这一条。这就是“师徒传承，敢医敢言”。

感染病是一个非常大的学科，常常遇到千奇百怪的病人，骨科、泌尿科、血液科、消化科等都有可能涉及，这就要求临床医生要有很扎实的基本功，同时又有很好的逻辑思维，以及独立思考的能力。翁心华被称为“感染界的福尔摩斯”，看病像破案，疑难发热病临床诊断是他的独门绝技。他总能抓住蛛丝马迹，找到患者发热、感染的根源。他对徒弟们说，发热待查就像“爱情故事”一样，主题是永恒的，但每个故事都不同；对待发热待查，要像“探索爱情”一样，有好奇心，压力就能转化为动力。

师徒传承，有赖于人。翁心华很睿智，特别擅长带团队、培养年轻人。他就像一个“总策划师”一样，进行布局，使每个人都有自己的方向，有自己的亚专科，通过努力在自己的领域里都能成为医学大家。1996年，张文宏还在上海医科大学中西医结合专业攻读硕士学位，正是翁心华发现他思维活跃、知识面广、反应快，就劝他转到传染科攻读博士，张文宏由此进入传染科。2001年前后，30岁出头的张文宏面临现实困难，一度萌生了改行之意，向老师提出了辞职的想法。翁心华希望他能够再坚持一下，不要轻易放弃，以他的能力，一定能成为一名好医生、好学者，“很多事情你只要熬过最艰苦的时候，以后总会慢慢好起来的”。张文宏听了老师的话，坚持了下来。后来张文宏在2010年接了老师翁心华的班，开始担任华山医院感染科主任。华山医院感染科不断创新进取，迄今连续九年位居全国该学科榜首。

事实上，创新才是最好的传承。感染病与其他内科疾病不同之处，在于病原体致病，人类的迁徙、宿主的免疫状态以及新的检测技术的发展，使人们对感染病的疾病谱及病原的认识不断更新。张文宏这一代面临的挑战，就是发展与创新，使我国的感染病学科进一步与国际接轨。自2012年起，翁教授和他的团队每年都会推出一本疑难发热病例汇总的书籍——《翁心华疑难发热病例精选与临床思维》，他教导青年医生“做个既拿书又拿听诊器的医生”，通过学习、研究、总结，在前人的基础上实现创新。

这个以“翁心华”冠名的系列图书，已出版第8本了。我特意买了最新一本《翁心华疑难感染病和发热病例精选与临床思维（2019）》（上海科学技术出版社2019年10月第1版），由翁心华主审并作序，张文宏、张继明主编，精装本，铜版纸印刷，属于一流的病例分析书籍。书中收录了30例疑难感染和发热病例，每个病例分析都有题记，有病史摘要，有临床关键问题及处理，有背景知识介绍，还有点评，图文并茂，丰富而翔实。

其中第一个病例分析，就引发我的很大兴趣，说的是“下肢髓内钉植入后肿胀伴发热，诊断为路邓葡萄球菌感染”，由张文宏等三位医生报告、分析。路邓葡萄球菌属于人体皮肤表面正常的一种寄居菌，于1988年在法国里昂首次报道。患者是一位40岁的男性，20多年前因骨折右下肢植入髓内钉，如今右下肢肿胀到左下肢一倍大的样子，看图片相当恐怖，经多家医院诊断都找不到病因。正是“华山感染”这批杰出的医生，像探案一样仔细研究，经引流脓液二代测序检出为路邓葡萄球菌感染；这是20多年前植入物引发的感染，殊为罕见。

翁心华看中的徒弟，一是天分，二是勤恳，三是敬业。张文宏忙起来有时候在沙发上就睡两三个小时，非常勤恳，让翁心华很感动。张文宏这个班接得很好，翁心华说：“如果每个医院都有这样一批具有整体思维和公共卫生思维的感染科医生，国家就会有第一道防线。”他对张文宏说：“你不要有顾虑，冲在前面尽力去做。我和我们科就是你的依靠。”

医学科学之外，则是人文精神的传承。“我们华山感染科的传统就是讲真话，做真实的医生。”翁心华说，“医生要有与大众沟通的能力、传播医学知识的能力，更需要有讲真话的勇气。讲真话，不是哗众取宠说大话，而是要基于专业主义与科学精神。”

张文宏更是“敢医敢言”，在这次新冠肺炎疫情期间，他就疫情防控和疫病防治说了很多真话实话，通俗、形象、口语化，温暖而有力量。比如：“我们属于少林派，干净利索，社区防控强大无比！新加坡属于武当派，看起来很佛系，但内功非常厉害！”比如：“输入康复血清，患者马上康复，这是电影！”比如：“防火防盗防同事！”比如：“一般女孩得了流感，被传染的基本都是妈妈，而丈夫很少，所以那一刻，我对爱情产生了怀疑。”再比如：“不要到处瞎玩，正常生活正在慢慢回归，但是还没有到为所欲为的地步。”4月6日张文宏对话财新记者，他直言中国需管控住输入性病例，避免发生第二波疫情；重点管控好海关、社区、医院三大防线。而网络上有关他个人家庭财产、生活隐私等讨论愈演愈烈，且纯属不实谣言，他直言表示非常困扰和失望。

戴自英、翁心华、张文宏师徒三代，都是简单的医学家。而通常的情况就是：低层次的人复杂，高境界的人简单。在师徒三代身上，精神文化密码不失，所以能够真正传承。这种传承的力量，不仅在谁的身上都不能中断，而且更应该发扬光大，由此我们才能活得不负我们的子孙后代！

张文宏的"软情报"

大家喜欢的张文宏医生，又带来了他的"软情报"（soft intelligence）。

媒体记者问的是：天热了，新冠病毒会像"非典"那样消失吗？上海华山医院感染科主任张文宏和他的团队认为：新冠病毒未必会在夏季自行消失，其发病率则可能下降。"目前，难以预测新冠病毒是否会随着气温的升高而消失，因为它对人类来说是一种全新的病原体。"迄今为止，有七种可以感染人的冠状病毒，只有SARS（重症急性呼吸综合征）病毒到2003年夏季基本消失，而其他六种病毒则一直在人世间存在。

张文宏医生这样的"软情报"，让公众提高了警惕，让官方丢掉了幻想——要时刻准备战斗。

"软情报"，亦即"软性情报"，在这次新冠肺炎疫情暴发之时，中国工程院院士、香港大学微生物学系袁国勇教授特别提到："我们的科学家永远都不要忽视软情报，这些信息就像地震前出现异常反应的动物一样，有时比官方信息预警更及时。""软情报"通常是指非官方的、在民间流传的信息情报，是没有证明材料、一时无法验证但有价值的情报。

如今，在疫情得到很大程度的控制之后，张文宏医生发出"软情报"——新冠病毒未必会在夏季自行消失，所以，不可放松警惕，得做好可能的"游击战"甚至"持久战"的准备，要树立"全周期管理"意识！尤其是现在国际上疫情已肆虐，谁能保证新冠病毒会在夏天天气热了之后就爽快地跟人类拜拜，在全世界都消失得无影无踪？

公共卫生依赖于公共信任，而公共信任有赖于科学决策、科学管理；那么，科学决策一定需要科学的情报，有的人仅仅认定来自官方的、正式发布的“硬情报”才是“科学的情报”，而把来自民间的，或来自业内人士、专家学者的“软情报”当成“耳边风”，甚至当成“谣言”，结果悲剧了。这其实是道路、路径出了问题。路有了毛病，谁都会跌倒。

最近，张文宏在一场名为《专家在线对谈：疫情下的中国与世界经济》的网络直播中，又给公众带来诸多“软情报”：没有人可以精确预测疫情，但可以从既往类似疫情中找到借鉴；中国人无须为美国着急，美国的做法是暴发一个社区，一个社区停课、隔离，整个医疗体系已启动起来，检测和救治都跟得上；中国现在新冠肺炎的风险更多是在输入性感染，大家什么时候可以吃定心丸、都摘下口罩，取决于其他国家什么时候控制下来，而这不仅仅是医疗或者公共卫生的事情；那么后面再到了冬天新冠病毒还会不会来？这得看病毒会否变异，是否变得适合在人体定居……

这些都是非官方的发布，不是那每天一次、一本正经的新闻发布会公布的内容，这些信息谓之“软情报”再合适不过了。无论软情报还是硬情报，并不都是百分百准确的“情报”，但“软情报”有警示、提醒的重要作用。张文宏医生所讲的，都是从专业判断和常识判断出发的，没有夹带“私货”，表达又那么生动形象、“情信辞巧”、雅俗共赏，所以公众一直以来都很喜欢他、信任他，因此，决策者也应对张文宏医生有更多的肯定和信任。

情怀与尊重

见字如面！中国驻美大使崔天凯，给上海张文宏医生写了一封亲笔信，引起轰动。两页信笺，漂亮的手书，在网上刷屏。

写信的缘由是：为帮助广大在美留学生和华人华侨更好地了解疫情、加强防护，美东时间2020年3月26日9时，中国驻美国大使馆邀请到复旦大学附属华山医院感染科主任张文宏教授，与在美留学生及华人华侨代表视频连线，现场答疑释惑。直播中，张教授以其特有的轻松诙谐、深入浅出的对话风格，作出了专业性、针对性极强的解答，内容丰富，广获好评。

3月26日当天，在华盛顿的崔天凯大使就给张文宏医生写了信，而且是手书的亲笔信，字体漂亮，内容隽永；更可贵的是，情感真挚，情怀洋溢，充分体现了一位官员对知识分子的尊重。

这封信以“尊敬的张文宏教授”之称谓开头，始终以“您”尊称对方。内容有400多字，主要讲三方面的意思。

首先是感谢和称道。崔大使感谢张文宏教授接受邀请，在线“进行长时间对话”。这里如果换成一个缺情感、不用心的人来写，就有可能只写“进行对话”而忽略“长时间”这个定语。然后更重要的是褒扬、称道张文宏医生：“科学态度、务实精神、基于专业知识又‘接地气’的解说，对于大家全面认识问题、做好有效防范、避免不必要恐慌，都极其有益、十分及时。”对张文宏解说给出的评价，涉及态度、精神、内容和表达方式四个方面——态度是科学的，精神是务实的，内容是专业的，表达是“接地气”的，这样的评价准确到位。相信关注过张文宏医生之前发表讲话阐述见解的人，都会频频点头。

然后信的第二部分，主要表达家国情怀。面对疫情的大考，崔大使褒扬的是“我们的医护人员、基层社区工作者、志愿者表现出来的家国情怀、仁爱之心和专业素养”，“医护人员、基层社区工作者、志愿者”这三者都不是官员领导，而是平凡的人，所以信中紧接着引用了一句大家耳熟能详的歌词：“平凡的人们给我最多感动”。医护人员包括张文宏医生，成为“我们学习的榜样”；以此为榜样，崔大使表示“我和使馆的同志们会守好我们的岗位，打赢我们的战斗”；更重要的一句是：“只要同学们还在这里，我不会离开，我一定说到做到。”留学生在，就是阵地在；阵地在，使馆人员就坚守阵地、并肩作战不离开，这就是情怀与关爱。

第三层意思是“攀老乡、来拜访、祝平安”。既然是个人给个人写信，就应该近一点、亲一点：“我生在上海，虽然成年后大部分时间在外，准确地说中学没毕业就去黑龙江插队了，但始终认为上海是我家乡。等疫情过去后，争取有机会回家看看，到时候希望能来拜访您，不是为了看病，是为了讨教。祝您和上海的父老乡亲们健康平安！”这就是拉家常，远比大话套话空话来得亲近。

崔大使这样的言说方式，就是“说人话”，显然他也是感佩于张文宏医生一直以来都说人话、说真话、说实话。梁漱溟先生曾言，知识分子可分为两种人——学术中人与问题中人；而张文宏医生既是“学术中人”——研究医学科学，又是“问题中人”——发现、提出并解决问题，这就受到了双重的尊重。作为“高官”的崔天凯大使，能够这样敬重一位知识分子，在今天殊为难得。这是情怀与情怀的共鸣，而且也因尊重而赢得尊重。

张文宏为何又冲上热搜第一

因为一场直播，多次上过热搜的“网红”名医张文宏，又冲上热搜第一名了！

这是2020年5月19日张文宏在阿里健康“名医频道”的直播，吸引了超过100万人次的观看及互动。直播主题是《名医面对面：疫情常态下如何更健康生活》，内容针对新冠肺炎疫情防控、当下民众防护等具体的问题，整理成文字稿长达16000多字，张文宏在直播中再爆不少“张氏金句”。

张文宏说，中国的防控网组成了一种“群体免疫”，全民参与，组成严密的防控网，获得一种安全的“群体免疫”，使整个社会免于被病毒所侵害。张文宏在这里所说的中国式“群体免疫”，可谓妙语，形象地表达了以严防严控为主要特征的我国防控体系的建立。与某些国家所说的放任自流式的“群体免疫”不同，我们体现的是国家超强的控制力，通过控制隔离，让最大的群体免于被疫情伤害、免于被病毒攻击。

现在是春夏之交，天气渐渐热起来了，戴口罩会更热，网友问到一个开不开空调的问题。张文宏回答说：“如果让你选一样，一种是不开空调、不戴口罩，一种是戴口罩、开空调，我宁可戴口罩开空调!”我国疫情防控做得好，很重要的就是“隔开”“隔离”，戴口罩就是一种“隔开”，简单、安全，而且重要、有效；人们都戴口罩的情况下，传染新冠病毒的概率就很小。所以，戴口罩是第一位的。张文宏一句“我宁可戴口罩开空调”，太实在了！开空调降温，戴口罩隔离，两者完全可以做到“并行不悖”。张文宏同时吩咐“顺便开开窗”，还不忘幽默一句:“当然最好的办法是不开空调，把所有的窗户打开，你还不觉得热，这是最高的境界。”

好多人可能不知道，早在今年2月，张文宏就主编了一本小册子《张文宏教授支招防控新型冠状病毒》，由上海科学技术出版社出版；书中提供了场景式策略，全程式指导疫情的防控，其中就谈到了戴口罩、开空调这些实在事。书中有个问题是：参加会议需要佩戴口罩吗？回答是，“建议始终佩戴口罩”。

该书前言是张文宏在2月2日撰写的，其中这段话给我的印象极深刻：“控制传染源”“切断传播途径”“保护易感人群”是控制传染病传播的不二法门，然而如何让管控原则真正落地，除了依靠国家强有力的防控措施，更需要我们每一个人扎实做好个人防护，积极配合，才能让这场战役的结束来得更快一些。

面对疫苗问题，张文宏在直播中实话实说：“我们不能抱以太乐观的态度，疫苗出现之前我们要做好防护工作。”这说的是真理式的常识。疫苗不是三五天、一时半会儿就能研制生产得出来的，那么你怎么办，你总不能死等着疫苗的出现。坚定自信是必要的，盲目迷信则是不对的；在抗疫过程中，假如常识和真理不适合国情，要改变的是国情和方法，而不是常识和真理。

在直播中，张文宏还有妙语：“现在是抗疫新常态，新常态也就是说没有回到原来的常态；到了防疫‘晚上’阶段，不能掉以轻心。”他用早中晚的时间段来比喻世界各国抗疫所处的阶段，言明我们中国正处于疫情差不多得到完全控制的“晚上”，俄罗斯和南美、非洲一些国家疫情上升还蛮快，还在“早上”，美国、欧洲在“下午”，已经慢下来了。他说，健康过后如果经济不能重启，我们生活质量，特别是收入不是很高的群体，没有持续的收入，后边都是很大的问题，“所以我们应该复工复产，尽快把这些做起来”。这就是张文宏的情怀。如果说敲锣敲鼓的精致利己主义者都是为了自己，那么张文宏真是为天下苍生在说话。2020年全国劳动模范和先进工作者评选，“疾控男神”张文宏榜上有名，我想他应该最没有争议，真当是实至名归。

能者不仅要多劳，能者还要多说，张文宏医生就是榜样，希望并相信他不怕偶尔被歪曲被误解，为了公众利益，会一直说下去。

（分别载于2020年3月至5月《杭+新闻》《杭州日报》）

韩文涛、张静静：逆行者归来

相爱应如潮有信，相思始觉海非深！

2020年4月12日，韩文涛终于搭乘海航HU492航班，辗转从非洲回国，落地陕西西安检疫，随后飞抵北京，之后再回山东济南。

文涛静静归来，公众默默祝福。韩文涛是山东大学齐鲁医院援湖北女护师张静静的丈夫，他在世界最不发达国家之一的西非塞拉利昂援建，是山东钢铁集团驻塞拉利昂矿山的员工。妻子张静静，是山东省第一批援鄂医疗队员，大年初一逆行出征；作为呼吸与危重症医学科主管护师，她在湖北奋战了近两个月——57天，于3月21日圆满完成任务返回济南。不承想，在按规定进行14天集中隔离医学观察之后，却在4月5日早上突发心脏骤停，经全力救治无效，于6日逝世。

这成为一个震动人心的新闻事件。这是清明之后，一位援鄂医疗队员的不幸去世，多少人在心中为她降下半旗志哀。

张静静，是一位好护师，在湖北省黄冈市大别山区域医疗中心参与抗疫，对战肆虐的新冠肺炎病毒。初到黄冈时，由于听不懂当地方言，与患者交流出现了困难；张静静很用心，她自制了一本《护患沟通本》，将一些日常用语和简易回答列出，为医疗队同患者沟通搭建了语言桥梁。

你看看张静静感人至深的“战疫日记”吧：“和年幼的孩子分离我没哭；没能陪父母吃上团圆饭我没哭；战场上累到颈椎病复发我没哭；条件艰苦，没桌子用手端着吃饭我没哭；一天下来，脸上被口罩勒出压痕、压疮，我没哭；从隔离病房出来，全身衣服汗湿透，往下滴水，我没哭……但是当被患者集体点赞，当患者竖起大拇指的那一刻，原谅我没忍住，泪流满面；当看到患者治愈出院，与我们挥手告别，原谅我没忍住自己的眼泪……”

这是多么善良美好的静静啊！护师张静静，更是一位好母亲、好妻子。夫妻双双外援，刚满5岁的孩子只能接回菏泽父母家照料；结婚时没拍结婚照，他们约定要去补拍迟了6年的婚纱照……夫妻俩都成为外援者，这殊为不易。张静静援鄂期间，正在援非的丈夫韩文涛给她写信：“2020年1月25日注定成为我们人生中值得永远记住的日子。那天你留下一句话：国家困难面前总得有人站出来。面对前方未知的风险，响应国家号召，毅然踏上了支援湖北抗疫一线的征程。远在大洋彼岸的我，虽有万分的担心与不舍，但更多的是为自己拥有如此大爱的妻子而自豪！没有大家，何来小家。孩子慢慢地肯定会理解你，并为有这样伟大的妈妈而骄傲……”

妻子张静静不幸去世时，塞拉利昂因疫情已全国停航，韩文涛回国成了一个空前的难题。4月7日，中国驻塞拉利昂大使馆专门协调了塞拉利昂军方和警方，在“封域”之时，把韩文涛从250公里外的矿区接到首都弗里敦。后经多方协调，韩文涛4月11日从塞拉利昂乘包机到比利时的首都布鲁塞尔，再乘飞机回国。从塞拉利昂包机到比利时布鲁塞尔，这是关键的关键，否则回国就是空谈。包机！这是一个多么英明的决定！

美好的人值得反复想，反复想；美好的事值得反复想，反复想——包机，就是一个可以有、应该有的好事！

一个伟大的国家，完全能够为自己的公民担负起那包机的费用。每一位纳税人，都应该为参与支付这样的费用而感到骄傲！意大利2月初从武汉撤侨，17岁男孩尼科洛因为发烧，前两次都未能登机，意大利为此也再次派出军机专程来武汉接他——“一个也不能少”，这成为轰动一时的新闻。斯皮尔伯格著名的电影《拯救大兵瑞恩》，让人看到一种人道主义的伟大。这就是“人同此心，心同此理”。

为了自己的公民，国家更需要有家国情怀！

（原载于2020年4月13日《杭州日报》）

梅滕更：
从鞠躬到尽瘁

感人的照片，留给人的记忆是美好的、长远的。在一张百年老照片上，在遥远的黑白画面里，两个人—— 一老一少、一大一小、一高一低、一洋一中、一医一患，他们双手合一，相互鞠躬行礼。小伢儿四五岁的样子，穿着长衫；大老外年过半百，戴着礼帽。这是梅滕更医生巡查病房时发生在廊道里的一个场景，那位小病友自是可爱，而梅医生不是更可爱吗！瞧他们鞠躬，那么诚挚，梅医生的腰都弯成标准的90度了。

梅滕更老少鞠躬照

如果那时有“荷赛”“华赛”奖，一定要把金奖颁发给这张照片。穿透百年时光，那吉光片羽依然璀璨闪烁——这张“老少鞠躬照”，在当今的网络上一度转疯了，感动了无数阅读者。

杭州著名企业家宋卫平也是受感动者之一。他把这个画面定格为立体的雕像，让它永久地矗立在浙医二院的门前。这是把和谐的医患关系固定下来，树立起来。2014年12月5日，浙医二院迎来145周年院庆，这组老少鞠躬的雕像，是对不远万里来自英国的梅滕更医生的最好怀念。

事实上，“大洋人”梅滕更那时来到杭州，或骑蒙古马，或坐小马车，遇上认识的长者或妇女，总会下来恭敬地深鞠躬，并且友善地和他们聊天。梅医生的出现，成了小伢儿最开心的时刻，他们一边欢快地蹦跳，一边喊：“梅医生来了！梅医生来了！快让路！梅医生来了！”长于以当真为特色的“英式幽默”的梅滕更，常常以一种好玩的方式，和小顽童互相鞠躬，像跟省长鞠躬一样；梅医生喜欢带着洋腔，和某个小男孩搭讪说：“你好呀，老头子！”而孩子们也总会用同样的方式和他说话：“您好，阁下！”

当年传教士来到中国，很多与兴医办学相结合。梅滕更致力建设浙医二院的前身——广济医院，使之成了当时全中国最大的西医医院之一。广行济世，广慈博爱；济人寿世，救死扶伤。艰难时世，梅滕更院长以45年之韶华，将优渥的情怀播撒在中国杭州的大地上。

这是洒向天堂之爱。

A. 苏格兰风笛吹向杭州

苏格兰风笛是一种充满喜感的乐器，音色与中国唢呐相似。1881年，梅滕更这把充满喜感的“风笛”，不远万里，吹向中国，吹向杭州。

这是载入史册的事件。在浙江省档案馆提供的《浙江文史资料选辑》第四十二辑《新编浙江百年大事记（1840—1949）》中，在1881年（清光绪七年辛巳）11月条目下记载：“英国籍医师梅藤更来杭，接办圣公会之戒烟所。”

“梅藤更”之名出现不少，但更准确的中文名应该是“梅滕更”。梅滕更的英文名字是David Duncan Main，1856年6月10日出生于苏格兰艾尔郡的一个村庄，是家中第三子。在他出世后整整20年，1876年6月24日，司徒雷登在杭州出生，老宅在耶稣堂弄。父母都是美国在华传教士的司徒雷登，自己尽管也做过传教士，但他以外交官、教育家名世。这20年的时间差，使得梅滕更在1926年70岁上退休回国，没有赶上之后中国大地最激烈的风云激荡。毛泽东只说“别了，司徒雷登”，没有说“别了，梅滕更”，所以知道司徒雷登的人多，知道梅滕更的人少，这就很正常了。后人愿意把梅滕更比作“英国的司徒雷登”。

1881年，这是一个好记的年份，阿拉伯数字呈现轴对称的形态。这一年对于梅滕更来说是“三喜”临门：一喜是他完成了为期四年的医学培训课程，取得了医学学历；二喜是他确定被英国基督教圣公会派往中国；三喜是25岁的他结婚了。

梅滕更一生深爱的伴侣是一位护士，出身于名门望族，她叫佛罗伦斯·南丁格尔·斯密斯。此南丁格尔与彼南丁格尔是什么关系？是啊，南丁格尔，“提灯女神”佛罗伦斯·南丁格尔，是出生在意大利的英国女护士，是她开创了人类世界的护理事业，国际护士节就源于她的生日——1820年5月12日。梅滕更的夫人也叫南丁格尔，就因为也做护士的母亲，感动于“白衣天使”南丁格尔的故事，于是拿了她的名字作为自己女儿的名字，希望女儿也能像南丁格尔一样，为人类救死扶伤。

1881年9月，这对小夫妻在苏格兰爱丁堡的教堂举行婚礼后，即于9月28日起航，离开祖国，前往中国。次年9月，比梅滕更小五岁的另一位传教士苏慧廉，受英国另一个教会委派，出发前往中国浙江的温州；苏慧廉后来成为著名的汉学家、教育家，成为美国著名学者费正清的老师。那时，浙北有了梅滕更，浙南有了苏慧廉。

早在公元7世纪唐朝的时候，基督教就开始传入中国。后来经历了一次次的传教与禁教，风风雨雨上千年。基督新教的传入，是19世纪的事情。百年前的时代大背景是：西风东渐，中国的有识之士在“睁开眼睛看世界”。但由于长期封闭，导致种种愚昧，引发种种政治的、经济的、文化的、社会的冲突，教案屡屡出现。有的冲突可谓匪夷所思，比如1870年天津教案中发生这样一件事：洋人在玻璃瓶子里腌制洋葱，当地民众却以为那是装满了婴儿眼珠！经曾国藩查证，才真相大白。

英格丽·褒曼主演的经典老电影《六福客栈》，讲的是一位英国女士到中国山西当传教士，经历种种困难，后来在抗战中带领一百多名孤儿翻山越岭逃难的故事。已有的事后必再有，已行的事后必再行，日光之下并无新事。这里的“重复”，是一种使命，是一种信仰的力量。

年轻的梅滕更，最早梦想到东方的印度做传教士，从事医学宣教；只因当时杭州的传教职位空缺，朝气蓬勃的他于是应圣公会之招，去了另一个神秘的东方国度中国。夫妇俩携手从上海上岸，经宁波、过绍兴，最后抵达杭州，接手广济医院。那时多艰难：人地生疏，举目无亲，风俗不谙，语言不通，抵达上海时甚至不见迎接者的影踪。

广济医院的前身是一个小小的“戒烟所”——帮助戒鸦片的，它由英国圣公会的前身“安立甘会”委派传教士麦多医生所创立，时在1869年，这成为浙医二院院史的起点。戒烟所当时仅有病床16张，设在横大方伯——方伯是明朝布政使的称谓，“横大方伯”与“直大方伯”成了杭州富有特色的街巷名称。杭州著名的浙大一院和浙医二院为何就在“大方伯”这一带，原来是有很深的历史渊源的。1870年，在戒烟所的基础上，英国圣公会创建了大方伯医院；1871年，他们派传教士甘尔德医生来到杭州，医院地盘又有所扩大，这一年正式改名为“广济医院”，杭州人习惯叫“大英医院”。

杭州是天下人的杭州。十年之后，梅滕更夫妇到来。梅滕更热情、谦和、幽默、乐观，到杭第二天，他就迫不及待地逛了一遍杭州城，立马开始学汉语；天性乐观的他对妻子笑言：“让我们来建个‘保持微笑’的开心俱乐部!”

他们很快迎来了在杭州的第一个春天，漫步西湖边，“晚风拂柳笛声残”，花动已是满城春色。

B. 洋风浸润的广济医院

苏慧廉的女儿、作家谢福芸，曾在书中多处提到梅滕更，当时访问杭州的老外，大多首先拜访成为名医的绅士梅滕更。

另一位女士鲍金美，父母是美国人，1910年结婚后刚过蜜月就从美国来到杭州做传教士；1913年，鲍金美在上海出生，随即被母亲带回杭州的家，9岁之前她都在杭州度过。后来她写了一本回忆录《杭州，我的家》，浙江省档案局收藏有中译本，由浙江省国际文化交流协会于2003年3月在内部翻译印行，书中就写到了她眼中的梅滕更医生。她父亲鲍乃德是基督教杭州青年会的创办人和总干事，与梅滕更很熟悉。在她跟那张“老少鞠躬照”中的小孩差不多年纪的时候，他们一家搬到了大方伯旁边的马市街，成了梅滕更的近邻。有一天，调皮的她在街边草坪上摘吃了一大把野果，母亲看见后吓到了，“她当即将手指伸进我的嘴巴，强使我吐出来。但我到底吞下了多少？它有毒吗？如果有毒，毒性有多强？”

怎么办？赶紧去请梅滕更医生！快！于是，一个信使飞奔而去。问题是，梅滕更医生在哪里坐诊呢？如果从广济医院过来，不用太长时间；如果去宝石山上的肺病疗养所看病人，情况就不妙了；或者更糟糕，是在宝云山视察新的麻风病院，那该怎么办？“时间一分钟、一分钟地过去；时间一小时、一小时地过去。他终于来了。我母亲满脸忧虑地奔向大门口迎接他。”

鲍金美描写她印象中的梅滕更医生：留着胡子，看上去总像一位穿便装的快乐圣诞老人，而且总带着一种小男孩般的顽皮。梅医生凝视着她母亲递过去的白色小果实。母亲焦急地问：“它是不是有毒？”梅医生却问：“吃了有多久？”一听过去这么长时间，他说：“现在送到医院去清胃，已经太晚了。”母亲的脸一下子就煞白了。

梅医生弯下腰，仔细观察站在她旁边的小病人——这很像他在“老少鞠躬照”中的姿态。问：“肚子痛吗？”答：“不，我想没有。”“好吧。我看我们不必担心，马上——给她服用足够剂量的蓖麻油。”鲍金美最后当然是安然无恙。那时没有救护车，梅滕更医生就像救护车一样过来了。按正常应该是带着“小病友”往医院跑，大概因为平常关系太好了，焦急的母亲立刻想到的是“赶紧请梅医生来”，梅医生就来了。

还有一位女士——英国旅行家伊莎贝拉·伯德，著有中国游记，中译本名为

《1898：一个英国女人眼中的中国》，其中有两个专章：《杭州》和《杭州的教会医院》。她从上海到杭州，梅滕更医生在一座桥上迎接她，带她穿过人口稠密地段，通过高墙下的一扇门，她看到这个“东方最好的医院”：一个棚架上，悬吊着淡紫色的紫藤花簇，成百上千；大围栏伸入草坪，护住玫瑰花坛；一幢老式英国房屋，两幢精美的二层楼房……“有修剪过的草坪、英国的花树、英国风味的建筑和住宅，真是不可思议的变化”。

是的，这就是洋风浸润的广济医院。伊莎贝拉到了院内，观察记录更为仔细：“医院用著名的宁波清漆涂刷，那是真正的漆，它缓慢凝固形成一个非常坚硬的表面，反光性好。墙、地板和寝具，一尘不染，无可挑剔！”“妇女病院的大病房，有鲜花、油画、桌椅、脚踏式小风琴，看起来像英国大厦内一间舒适的双层客厅，这里由梅滕更夫人管理……”

到了2013年岁末，一位著名媒体人——柴静，感慨于网络上盛传的“老少鞠躬照”，写下了长篇博文《一百年前的医患关系》，其中说道：梅滕更要求医者作出表率，在医院里不能大声说话，有交流须一旁轻声私谈；见面不能冷漠不语，须相互问候；行走不穿硬底鞋，避免发出声音……

穿越百年时空，4位女性对梅滕更和他的西医医院，都是赞誉有加。

C. 知识 · 技能 · 良知

梅滕更有句名言：“好医生应该具备3个H：Head（大脑里的知识）、Hand(手上的技能)、Heart（心中的良知）。”说到，可贵；他自己做到，更可贵。

医学是科学，知识的储备是基础的基础；加上多年诊疗经验，化经验为知识为理论，这样才能更上一层楼。梅滕更在中国45年，主要是办医院办医校做医生，其次才是宣教，同时也讲授、传播医学知识。

作为广济医院的院长，梅滕更不是一个只会坐办公室的行政官员，而是一位医技高超的名医。“外国医生能让跛子走路！”是当时杭城到处流传的一句惊讶话语。一位妇女，一条腿溃烂，需要截肢才能保命。百年前的截肢手术，那是巨大的工程巨大的挑战。梅滕更是主刀医生，梅夫人做洗手护士，医校的一位助教过来当助手。浙医二院院史书《百年名院 百年品质——从广济医院到浙医二院》详载了这次手术：术前，这位女患者皈依了基督教，接受了洗礼。手术时，实行的是氯仿麻醉。整个手术过程困难重重，它是梅滕更行医生涯中耗时最长的手术之一。最终手术非常成功，患者恢复良好。西医进入中国之前，谁见过这医术？出院时，梅滕更指导木匠打造了一条木质义肢，多年无法站起来的患者从此站起来了，竟能走路了！

作为福音医者的梅滕更医生，对患者的关爱情怀，是自然而真诚地流露的。在军阀混战时期，梅滕更参与红十字会救护活动，曾亲率医疗救援队奔赴一线。伊莎贝拉在书中说，“梅滕更博士机敏、和蔼与忠诚，是中国人对外国人友好的一个原因”，“尽管病人处境悲惨，但他们还是会被梅滕更博士的笑话逗乐”。一次，她拿着相机，在院子里拍摄都督的几个警卫，整个院子爆发出阵阵欢笑；梅滕更使劲夸赞警卫大腿强健，逗得病人也开怀大笑。

梅医生在医院查房时，总是充满了欢乐，许多正在康复的病人都很期待见到他。由浙江省档案馆收藏、1935年出版、亚力山大·甘米(Alexander Gammie)所著的英文传记书《梅滕更在杭州》(*Duncan Main of Hangchow*)，生动描述了有一天早上发生的“好玩的一幕”：从床的这头走到那头时，梅医生被床撞到了膝盖骨，他不由自主地大叫了一声“痛”，表情很夸张。病人们立刻上前帮忙，现场一片忙乱。梅医生依旧不停地呻吟，有点小夸张。一位老妇上前揉他撞伤的地方，一两个人开始给他扇风，另一个人抬着他的腿，一个人扶着他的背，一个人给他把脉，还有一个急忙跑出去叫梅医生的妻子，其余的人都聚拢了过来。

梅夫人赶到后，一眼就看穿了梅医生的恶作剧——他在享受这场“欢乐盛宴”。梅夫人肯定了大家为这位“病人”做的事，然后匆匆转身走开，不一会儿她拿来一个照相机，“咔嚓”一声拍下一张照片，笑言命名为《局势逆转》——医生变成了“病人”，病人变成了“医生”。梅滕更夫妇送出这样的“开心”无数。

美国医生特鲁多有一句著名的墓志铭："有时，去治愈；常常，去帮助；总是，去安慰。"福音医者梅滕更，就是最会安慰病患的人。《梅滕更在杭州》一书记载，他对一个从来不会笑一笑的小病友，一次次逗他。小病友在冬天穿着厚棉袄，像个胖乎乎的矮脚鸡，梅医生就模仿大公鸡：先弯下腰，然后慢慢直起脖子，身子往后仰，发出公鸡"咯咯咯"的叫声，逗得小病友终于忍不住哈哈大笑。

"未雨绸缪，脚踏实地，定期锻炼，笑口常开"，梅滕更对"广济人"提出的一系列素质要求中，有一条就是"尊重"——对自己、对他人，尤其是中国人，要有足够的尊重。谁能想到，在松木场麻风病院的圣约翰教堂，传教士与接受治疗的病人一起领受圣餐，大家共用一个杯子喝酒，杯子经过患者与传教士的唇边舌尖，一切都已习惯成自然。

百年前的医患关系，主旋律正是相互尊重、相互信任、相互关爱、相互合作。对于治疗的无知与偏见，一声"病治好了"就被扫到九霄云外。梅滕更以他的良知与识见，带来了现代医学和现代文明；"广济之舟"，摆脱病痛，并非虚言。

D. 可以验证刻在石碑上的话对不对

除了医学技能，梅滕更更具有领导医院发展的巨大能力。他接手时的广济医院，那是一穷二白：没有自来水、没有电、没有像样的设备、没有手术室。在他几十年孜孜不倦的努力下，广济不仅发展了总院，而且建起了肺病医院、麻风病医院，开办了医校、药学院、护士学校、协和讲堂等，成为当时中国一流的医院和医校。

1911年，医院从英国引进了X光机，那是全中国最早引进的一批X光机。《梅滕更在杭州》书中有张照片，是梅滕更的大儿子在帮助调试X光机。医院还装备了发电机、自来水塔、电灯、电话、电疗器，诸多项目，皆属杭州第一。

至梅滕更退休离任时，广济医院有500张病床、三个手术室、患者年住院

4000例左右，已成全国最大、技术最强、管理最先进的西医医院之一。

广济医院具有很大的公益慈善性质，几乎不收诊金，是真正的非营利医院；要持续发展和维持运转，一靠院外经营，二靠各种资助。除英国圣公会提供部分资金外，梅滕更努力争取各个基金会的帮助，以及官绅的捐赠。

为了扩建医校校舍，作为校长的梅滕更回到他的祖国募捐，声言如募不到10万元决不回来。英国的麦克莱爵士夫妇，为纪念在一战中于1918年在法国阵亡的儿子，当场认捐1万英镑，相当于10万元大洋。他儿子曾在一封信里说，使命似乎在召唤他成为一名医学传教士，他很愿意走上这条路。支持梅滕更在杭州办医校，正是他们对儿子的最好纪念。《梅滕更在杭州》一书，特意收录了他们的儿子埃比尼泽·麦克莱中尉的照片。

广济医校1885年初创时只招收10名医学生，之后发展成医学、药学和产科三个专门学校，培养了众多学生。青年陶行知曾入校就读，因信仰不合而离校。浙医二院院史书收录了新医校落成的碑记，由林徽因的父亲林长民在1924年题写，赞颂梅校长：先生莅浙，四十五年，以医救世，实导其先，博爱为教，宏愿允宣……

在大理石碑揭幕典礼上，梅医生对大家说："感谢同学们的厚爱，我觉得自己受之有愧。构筑最有价值人生的，不是名声，不是大理石板，不是财富，也不是地位，而是奉献……"他再次展现了幽默的风格，"我希望大家说的这么多好话没有说错，我很高兴自己还活着，可以验证你们刻在石碑上的话对不对。"

E. 宝石山·宝云山·莫干山

"水深水浅东西涧，云去云来远近山。"仁者乐山，梅滕更喜欢山。在杭州，他把肺病医院建到宝石山上，他把麻风病医院建到宝云山上；在德清莫干山，他不仅建起了麻风病医院，而且建了有休假特色的临时医院。也正是在山上的行动，后来惹出了"官司"。

在整整100年前的1914年，广济医院松木场分院落成，这是一个麻风病院，坐落在宝云山东麓山脊上；宝云山在葛岭初阳台东北，宝石山北边。如今留存着一组当年所建的建筑，就在浙江省档案馆的里侧，弄堂向里左拐沿右侧山坡小道上去，红黄等不同颜色的老房子就是，有的依稀是欧式风格，是杭州市文物保护单位。秋日的一个黄昏，我来这里探寻遗存，问了附近所遇到的居民多位，茫然无所知。闻生人前来，犬声此起彼伏，这山岗原来是世外桃源。很快我就找到当年的小教堂圣约翰堂，这是现今保存较好、也最漂亮的一幢小房子。暗淡了时光身影，远去了教堂钟声，唯有热烈的烹饪声从里头传出。这些房子收归国有后，如今都变成职工宿舍了。

当年，这里是荒郊野外。这些建筑分别为男麻风病院、女麻风病院、男隔离病院、女隔离病院、男清气院、女清气院、教堂，等等。在那时，这是国内设备最好的麻风病院之一。

久仁荒郊亦为家。广济的医护人员和麻风病人，就以此为家了。

1932年，郁达夫以麻风病院为背景，写了小说《蜃楼》，其中有云："有许多结构精奇的洋楼小筑，散点在那里，这就是由一位英国宣教士募款来华，经营建造的广济医院的隔离病院……"

2014年5月，梅滕更的曾外孙女布莱克夫妇来中国杭州寻根，追寻曾外祖父的踪迹。"梅滕更老院长，不仅创建了当时闻名全国的广济医院，还在莫干山山脚下创建了麻风病院。"现任浙医二院院长王建安教授感慨地说，"那时，麻风病比现在的艾滋病不知恐怖多少倍。我时常在想，一位英国医师和他年仅19岁的妻子，离乡背井服务45年，还收治麻风病人，真是了不起。"

结核、麻风和梅毒，是世界上三大慢性传染病。麻风病由麻风杆菌传播，主要侵犯人体皮肤、神经及内脏等器官，一旦得病，神经末梢坏死，导致毁容、残疾，甚至死亡。20世纪初，杭州流行过麻风病；广济医院的病例档案，见证了杭州麻风病的病史。

梅滕更致力于收治麻风病人，并且提高治疗水平。1921年，英国医学博士苏达立受教会派遣来到广济医院，他与梅院长一起"两手抓"：一手抓援助，争取到英国国际麻风救济会的援助资金，大大改善了病院的环境设施；一手抓人才，先后请了不少世界著名的麻风病专家来杭工作。梅滕更院长退休后，苏达立曾两度出任院长一职。

广济医院医治麻风病，本着公益慈善原则，其“事务规则”记载：“麻风病一症，酷毒非常……患者以贫苦人为多，衣被药食，皆由本院施送，不收分文。倘有愿出饭金者，则充为本院膳费。”

麻风病治疗需要集中隔离，病房建在相对偏远的山上为宜。后来在德清莫干山建立麻风病医院，也是出于这样的考虑。梅滕更这样评价莫干山：“这是一个极好的地方。它这样安静、平和，这里有阴凉的小径，竹林也很美。患病的孩子们一到这里，健康状况就开始改善。”

莫干山是我国四大避暑胜地之一，以“清凉世界”著称于世，从1896年至1926年，洋人纷纷来此建房消夏。梅滕更1910年到莫干山购地建房，地点选在炮台山的一块台地，建了一座英国古城堡式的别墅，附设网球场、游泳池、阅览室等。冬暖夏凉的古堡，一时间成了莫干山的标志性建筑。但它不是梅滕更独享的，广济医院的外籍医生和中方高层，都可以到这里来消暑度假。

由于这一带医疗条件匮乏，梅滕更决定在莫干山开设临时医院，利用医生来此休闲的时间，为百姓服务。1924年夏天，广济医院莫干山临时医院开张，门诊室、外科室、病理室、药房等各种设置一应俱全。苏达立上山主理其事。广济医院莫干山临时医院是“只此一家，别无分店”，安吉、孝丰、湖州一带都有百姓赶来看病。

自打上了莫干山，梅滕更就经常亲自为山民义诊。对莫干山人文历史素有研究的德清图书馆朱炜先生，以生动的笔墨，描述了当年的情形——

上山第二天，梅滕更的信差就敲着铜锣满山跑，告诉周边的山民：“梅先生上山了，有病的都可以来看了！”这面铜锣，至今珍藏于看门人楚庆仁之子楚召南家中。于是，在莫干山，通常会上演这样的一幕：一夜过后，有被人背着的、抬着的，或自己拄着拐杖的病号从各地涌来。他们相信并认可梅医生的医术，更重要的是，梅医生看病从不收钱。

而梅夫人也喜欢莫干山，山民们总能听到，这位美丽又善良的梅夫人在炮台山的小洋房里弹风琴。她与看门人的妻子还成了闺蜜……

F. 保俶塔边上的冲突

民国初年，美国传教士甘博拿着先进的相机，在杭州走街串巷，拍摄了大量照片，他喜欢以梅滕更为“模特儿”，他拍过梅滕更乘坐他自己设计改造的“小马车”——车厢由两个自行车轮组成，以小马驹为动力；坐在这“中西结合”的车子上出门溜达，梅医生好不惬意。甘博在1917年所摄的一张保俶塔照片很经典，只见保俶塔破败得厉害，塔身上都已长了不少灌木。塔两边的建筑，正是梅滕更所建的肺病医院和疗养所。

梅滕更选址宝石山上，盖因肺病患者需要隔离和空气流通，当年对付肺结核，还没有特效药。1895年，梅滕更向保俶寺和尚怀仁租地筹集；1899年，宝石山上、保俶塔下两幢主建筑落成，一洋一中，一大一小，一西一东，统称为西湖肺病疗养所，这是杭州海拔最高的医疗机构。

那时的宝石山、松木场，皆属荒郊野外，但保俶塔毕竟始建于五代十国时期，是西湖的标志性建筑，尽管其时已破败不堪。肺病疗养所在使用十年之后，有人提出异议，认为应该予以收回。其中一个重要理由是影响“风水”。1909年1月，由浙江洋务局总办王丰镐出任中方交涉使，与梅滕更交涉，要求收回土地及房产。王丰镐赴沪与英国驻沪总领事磋商，并照会英国驻杭领事，双方争持数月未果，但王丰镐毫不妥协。执掌浙江官立两级师范学堂的沈钧儒，向省谘议局提出《收回宝石山、莫干山地亩，以保内地主权》的议案。“以保内地主权”一语，揭示了这本质上是主权利益之争。

这是梅滕更来杭后所遭遇的最严重冲突，最终是梅滕更知难而退，作出妥协让步，将所有的土地契据共21件，连同已建房屋交还地方，由政府补偿有关建筑费用。

一批来自英国的档案照片，再一次唤起杭州这个城市对梅滕更的记忆。

2012年4月，浙江大学方新德博士受浙大蒋介石与近代中国研究中心委派，到英国国家档案馆查阅史料。方老师是研究中国近现代史和档案学的，他拍摄回了大量与中国相关的历史档案，其中与浙江、与杭州相关的稀见档案图片，已被浙江省档案馆收藏。档案是个人的、地方的、国家的，档案又是全民的、社会的、世界的。

这些史料档案，主要出自当年英国驻浙江的领事馆。1840年第一次鸦片战争后，1842年签订中英《南京条约》，次年英国在宁波设立领事馆，随即宁波开埠。1895年甲午战争战败后，大清帝国与日本签订了《马关条约》，杭州也成为开埠城市，1897年英国开设了驻杭州领事馆。这两个领事馆当年所产生的各种资料，保存到今天，弥足珍贵。

方老师所摄英国档案，主要是杭州领事馆部分，约有4000页，体量巨大。其中有梅滕更在1911—1914年间处理宝石山等处医院房产的材料，共26页。

在浙江省档案馆收藏的来自英国的档案照片中，有各方在1911年7月20日

坐在小马车上的梅滕更

所达成协议的英文文本，分为四个部分，主要内容翻译过来是：

一、各方最终明确同意，当地官方应派出官员随梅医生考察宝石山的山地，画出详细尺寸图，以及准确盘点出所有承诺的东西，还有花、树、石雕等设施，所有这些都予以归还，成为政府财产。

二、各方同意，官方重获宝石山上疗养所的所有权后，应提供维持这一设施运转的资金。

三、各方同意，位于山顶上的肺病医院，此后应作为陆军医院，或用于类似用途。

四、各方同意，原来商定的连续10年每月向广济医院补助200美元，现改为一次性支付总额24000美元，并开具收据。

此协议一式四份，分别由英国领事、梅医生、外交事务专员及地方长官保存。

签字双方，分别为中方交涉使王丰镐和英国执业医生梅滕更。有意思的是，档案中还有一封王丰镐写给梅滕更的信，说房屋和土地产权问题已协议解决、记录在案，"不过，当地官方虽已拥有了疗养所，但仍请求您自愿成为他们的保健医生，当地官方已准备了一处合适的房子，供您使用"，"当您回到您的祖国，或者不再居住在杭州城，这份协定就将自动终止"，云云。

从以上档案材料看，很清楚的一点是，把宝石山上洋人的东西拿回来，拿回自己用，肺病医院变成陆军医院，广济疗养所变成地方官疗养所，并不是拆除景区"违章建筑"；由于地方官的疗养所缺乏医卫人员，梅滕更还得去充当"卫生官"，提供保健疗养服务。

另有一份中文档案表明，达成协议三年后，英国驻杭领事馆在1914年12月19日发出照会，言及梅滕更在杭多年创办善举，因当地有人反对，将宝石山产业退还后，"商允从优奖叙，并应补助款项"，以另外购地建病院，梅滕更之所以要求奖叙补助，是因为反对者败坏名誉，补助款并非梅滕更所得，而是办理善举之用。

梅滕更那时选址宝石山建医舍，显然是个错误的选择。从长远看，保俶塔的周边当然是干干净净为好。案件了结十多年后，1925年的夏天，有一对美籍老外新婚燕尔，喜滋滋来杭州西湖度蜜月，新娘多萝西童年曾在杭州生活过，新郎马尔智则在燕京大学任教；他们拍了许多杭州的照片，马尔智还写下了蜜月日记。在1925年7月4日的日记中，已经被收回的广济医舍，被描述为“一座野蛮透顶的建筑”，账依然算在梅滕更身上：

> 西湖北面宝石山脊的一翼上有一座优雅细长的保俶塔。在宝塔的脚下，有一座丑陋的二层楼谷仓式住宅，几乎要盖过那宝塔的风头。那房子是英国人梅滕更医生修建的，突兀地露出一片蜡白，无论从哪个角度看，都像是一个幽灵；那白色的方形粗暴地直逼你的眼帘。这是一座野蛮透顶的建筑，仅仅为了它，那些爱国的中国人也会捶胸顿足，希望我们这些外国人都滚回去。

这些房屋，直到解放后，因受白蚁侵害，才被拆除。保俶塔经过修缮变得更美丽了，只让郁郁葱葱的树木簇拥它，这最好。

G.“我警告梅医生注意这一影响”

“生在光明之中，我们才学会走过黑暗。”面对各种困境，梅滕更内心生长的力量，励人励己，他有句名言：“乐天的性格，就像是轮胎中的气，用量不多，却能让所有人前行时变得轻松、变得快乐。道路越是崎岖，越是需要它。”

王丰镐在任浙江交涉使时，办理过全省多地诸多涉外权益案件，他与梅滕更打交道，还涉及马市街房产的问题，时间也在1911年。

慈善公益事业要想发展壮大，自身需要多方经营、勉力事善。梅滕更非常擅长“院外经营”，以地产开发来补助办医办学。他领导广济，在大方伯和马市街一带，买了数十亩土地，购建了几十处房屋，其中部分通过租售以增值得益。当时，梅滕更将四个房子先租后售，转给了美国一家人寿保险公司的代理人鲍尔。鲍尔买房子时也蛮慎重的，咨询过英美两国的领事，两者皆书面回复，他可以从他愿意的任何人处购买地产。

然而，麻烦还是出来了。按照当时条约的规定，外国人不得在“中国内地”购置不动产，但教会、医院、学校以及公墓例外。地方官们认为杭州是“内地”，梅滕更无权那样做。在浙江省档案馆所藏英国档案照片中，有一系列的交涉文件，可见双方的立场与态度。交涉双方为王丰镐和英国驻杭州领事赛斐敕。王丰镐认为，“梅医生作为传教士，不能在内地以自己名义买卖房产”；而赛斐敕在致王丰镐的复信中说，“我带着十分惊奇的心情，阅读了您的函件，十分遗憾，我完全不能理解您的预设论据”。

赛斐敕说，杭州已是一个开放的口岸，把杭州设想为“内地”是错误的；“外国人在贸易口岸居住、贸易、买卖不动产，不需批准，不得阻碍”，梅医生“有权在包括杭州在内的中国任何贸易口岸中拥有他自己的私人财产”，愿意的话可以卖给任何人，“地方政府无权阻碍或反对他行使这样的权利；至于鲍尔先生购买梅医生财产，那是应由美国领事关心的问题；而鲍尔先生作为一个美国公民，同样享受和梅医生一样的条约权利”。

地方官进一步的理由是，传教士“个人在内地购买房产”，是违反条约的，只有传道所的“法人财产”才行。那么得查清，梅滕更操持的房产，究竟是个人的还是法人的。对此，王丰镐在致赛斐敕的信中说，“我发现，梅医生作为一个传教士医生，可能仅仅以他的传道所名义，为法人财产购买房产，而他个人可能没有获得自有房产”，如果梅医生把马市街房产列为他个人财产，那是不合适的，而把房屋卖给美国商人鲍尔则更不合适，“所以他们的买卖协议是无效的，我要求你必须立刻命令梅医生取消买卖”。

这个事情交涉的过程，一直在法律的框架内理性进行。赛斐敕在1911年3月20日致北京英国公使馆的信中说：“如果对财产的所有权是有争议的，就会引起法律上的复杂化。我警告梅医生注意这一影响。结果他作出安排，和鲍尔先生达成一致，后者同意：从梅医生处取得4000英镑后，取消销售合约。”

该让步时让步，该妥协时妥协，这就是屈伸有度的梅滕更。

从不同文化交流和交融的视角看，梅滕更本身是一个融合力极强的人，他擅长跟各色人等打交道，不见外。浙江都督朱瑞，1916年病逝时，梅滕更也送了挽联：“始终以顾全浙局为心，名将几人，能如循吏；国家有寄托长城之责，中原多故，遽陨元戎。”不知是他自己亲撰还是托人代撰。梅滕更也与驻扎杭州的清朝旗人打成一片，《梅滕更在杭州》书中有这样的记叙：一位满族将领和他的家人也在广济住过院，“1900年梅医生回国休假期间，慈禧太后曾下令消灭基督徒和外国人，正是这位满族将领利用自己的影响力，说服了其他官员，拒不执行慈禧的指令”，以此保护广济。在庚子之乱中，慈禧其实没有下过此令，而在广济住院治好疾病、平常与梅滕更院长交好的将领，利用自己的影响力，以图保护广济医院，倒是在情理之中。

这本书里还有一张很有意思的“中西交融”照片：圣诞节，梅滕更到麻风病院看望病人，大家一起合影，人人都穿得很整洁，有因麻风病致残的患者还拄着拐杖；而在照片一角，一张桌子上供着一头毛已煺尽的猪作为祭品。

据《浙江民国人物大辞典》(林吕建主编，浙江大学出版社2013年1月第1版)，梅滕更1901年被清政府赐为五品官员。

H. 爱西湖，爱杭州，爱中国

1913年，因为医院人手短缺，压力很大，梅滕更干脆把大儿子唤来中国，帮助分担工作，担任医院秘书和业务经理，一直持续到1927年。

梅滕更说：“能够来到中国，我一直心怀感激。如果我可以再活一次，我仍然会做同样的选择。”

退休回国后，梅滕更写了一本小册子，前三分之二写杭州历史名胜、西湖十景，后面三分之一才写杭州医学传教的回顾。他们夫妇俩都是那么爱杭州、爱西湖。

“早上，最先迎接我的，是西湖湖面上难以形容的美妙的日出。它最初看起来像是壮丽的火焰，从东边露出来，红扑扑的。黎明来临，光芒在上空照耀，这种感觉无法形容。深红色的光充满整个湖面，湖中小岛、堤上六桥、堤岸树木都倒映在水中——多么美的画面！”在离开杭州前，梅夫人在致友人信中这样描述西湖。她还很感慨地说：“难怪中国人这么喜爱这美丽又悠久的湖。在人们还没有苏醒的最安静时刻，从山顶上看到它，会让我永远记得它，热爱它。”

梅滕更拿起笔，记录他在中国45年的医学宣教生涯

在1926年10月16日一封写于杭州的信中，梅医生说：“我经常对其他人说，‘多给自己一些读书时间’。我们都喜欢书，过去这么多年，我收集了许多关于中国的书籍，将来足够悠闲、完全自由时，可以好好读读它们。”

他退休归国，临行前宴请杭州地方人士，话别时诚挚地说：“中国是有前途的，后一代的青年更是了不起！只是我老了，来不及看到中国的复兴。”

在上海上船离开中国前，医界同仁以及诸多他培养出来的医学毕业生，赶来与他依依惜别。梅滕更说：“我们为中国培养的这些优秀、年轻的医生、助产士、药剂师、护士，要比我们自己更有价值。他们正在以各种方式不断延续我们的生命。”

中国元素已经融进梅滕更的血液。《梅滕更在杭州》一书写道，每个圣诞节，梅滕更都会给英国维多利亚·玛丽王后寄中国日历，他也收到了王后本人寄给他的圣诞节贺卡。有一回，玛丽王后来到爱丁堡短暂停留，原本打算去看看梅医生收藏的中国物件，但遗憾的是，因为行程安排太过密集，王后没能成行。

他说："要是能够返老还童，要是我还有第二个青年精壮的时期，我梦想还要居留在中国。"

I. 从病者福音到仁爱而劳

"70岁的时候，我感觉自己跟50岁时一样健康，如果不说是更健康的话。"在杭州45年，梅滕更孜孜不倦，用今天的话讲就是"蛮拼的"，退休时他还说："我的大脑不是冷藏库，也不是装古董的博物馆。'过去'已不再，'现在'就在我们说它时从脚下溜走，活在现在就像站在滚桶上一样，你得不停前进才能站稳。"

回到英国后，梅滕更住在爱丁堡，他没有歇下来。除了阅读带回去的中国书籍，他还将英文医学书籍译成中文。其实早在1895年，他就把英国伟伦忽塔所著的《医方汇编》介绍到中国：他进行口译，由来自浙江慈溪的医家刘廷桢笔述，全书4卷，由广济医局镌印，上海美华书馆出版。译本"以中融西"，成了近代中西医汇通史上的一个范例。为了办医校，他还翻译了中国第一本产科教材《产科西医心法》等医学典籍。

另外一个重要"退休生活"项目，就是常常外出演讲，述说他在中国的经历、分享他丰富的人生体验。他兼任了许多社会职务，其中包括苏格兰皇家地理协会名誉副主席。

1934年8月30日，鞠躬尽瘁的梅滕更在苏格兰老家辞世，享年79岁。梅医生去世后，在杭州，他的大儿子参加了两场悼念仪式。一场在广济医院举行；另一场在宝云山山麓麻风病院的圣约翰小教堂，所有麻风病人都参加了。一位年纪最大的病人站起身来，准备说几句悼念的话，但悲伤涌上来，一句话也说不出；一位女病人也站起来，但还没开口，已经痛哭失声。

在梅滕更逝世后的第二年，传记《梅滕更在杭州》出版。他儿子说：一个传播福音的外国传教士，应该具有完整的信仰、持久的耐心、诚挚的愿望；我爸爸生活和工作故事的发表，对渴望到国外从事宣教的年轻人来讲，希望能帮助他们激励灵感、为他们提供指南。英国教会也特地为他写了一本名为《人间天堂的梅滕更》的传记。专门研究医学传教史的英文版《杭州医学传教会的故事》，全面介绍了英国安立甘会派出梅滕更等传教士，在杭州从事医学传教的活动。

遥想整整130年之前的1884年，到杭州广济医院才三年的梅滕更，从圣公会争取到1700英镑的拨款，建成新的广济总医院，大楼门廊挂着的大匾上四个汉字，成为和谐医患关系的最佳注解——病者福音。

在梅滕更去世整整80年之后，苏格兰于2014年9月18日举行独立公投，结果是反对独立的得胜，苏格兰继续留在英国。梅滕更在苏格兰的墓碑至今保存完好，上面刻着四个漂亮的繁体手书汉字，概括了他鞠躬尽瘁的一生——仁爱而劳。

（原载于2014年12月7日《都市快报》）

【补篇】

奥巴马来信

一封来自美国总统奥巴马的感谢信，在2016年岁末寄到了浙医二院院长王建安教授手中。这是奥巴马亲笔签名的信函，翻译成中文，如下：

亲爱的王院长：

感谢您送我的精致礼物，您的心意让我深受感动。

尽管我们文化背景不尽相同，但我相信只要国家和个人凝聚一心，就能更加强大。消弭国界和文化的隔阂，坚守团结一致的信念，我们必将为全人类创造和平昌盛的未来。

再次感谢您送我的礼物。祝您一切安好。

谨启！

贝拉克·奥巴马

奥巴马首先是感谢王院长送他的精致礼物，“您的心意让我深受感动”；然后有一番阐述，从文化说到国家与个人，说到人类的和平与昌盛。这是大道理，也很在理。这位八年任期将满的总统，对于写这封信显然还是挺用心的。

王建安院长与奥巴马总统书信往来，大背景是2016年金秋在杭州举办的G20峰会。浙医二院作为峰会医疗应急保障、医疗驻点定点单位，先后接待美、俄、法、日等9个国家多次实地走访，多个国家将其定为首选保障医院，也被确认为美国的首选定点医院。峰会结束后，美国白宫医疗官 Betty Moore 上校等人曾专门来到浙医二院，代表奥巴马总统向王建安院长赠送了礼物：一本有奥巴马签名的笔记本、两枚白宫徽章，以示感谢。作为回礼，浙医二院在给奥巴马回信时，回赠了一幅制作成精美版画的老照片，即浙医二院前身广济医院、来自英国的院长梅滕更先生，跟一个小患者相互鞠躬的著名照片。可以想见，这张经典老照片，把奥巴马也给感动了！

梅滕更在1881年偕夫人来到中国，来到杭州，既传教，又行医。对梅滕更的事迹，王建安、张苏展主编的《百年名院 百年品质——从广济医院到浙医二院》一书有介绍。我曾为《都市快报》的“档案时空”写过一篇刊登了四个版的长文，介绍梅滕更“从鞠躬到尽瘁”的人生历程。当时我还以高价买到了一本1935年在英国出版的英文传记书《梅滕更在杭州》(*Duncan Main of Hangchow*)，作者是亚力山大·甘米；这本书印制精美，图片尤好，它大概是当时国内流通市场上的孤本，后来我把这本书捐赠给浙江省档案馆收藏。《梅滕更在杭州》书中记载了梅滕更那句名言："好医生应该具备三个 H：Head（大脑里的知识）、Hand(手上的技能)、Heart（心中的良知）。"尤其是因为有"心中的良知"，所以才有了那幅"老少鞠躬照"。而今这个画面已成为立体雕像，定格在浙医二院的门前。

梅滕更是历史上的和平使者。这正如奥巴马在信中所言的，"为全人类创造和平昌盛的未来"，梅滕更医生正是服务于此。战争没有赢家、和平没有输家。缔造和平、创造昌盛，且是政治家的最大智慧。梅滕更所做的事，正是"消弭国界和文化的隔阂"之事。过去我们曾经纪念白求恩，现在我们更应纪念梅滕更。

梅滕更成己为人、成人达己。作为医生，他还真是悉心倾听患者心声、关心患者疾苦，时时刻刻把患者的冷暖安危挂在心上，做到"技为患者所用，情为患者所系，利为患者所谋"。过去的医患关系，是"有关系就没关系"；今天的医患关系，是"有关系就有问题"——这两者相差也实在太大！向小患者鞠躬的梅滕更，就是"医者仁心"的楷模，应该成为今天医生们学习的典范。

医生与患者，本应该是良好的合作关系，共同对付的敌人是疾病；医生不是患者的对手敌人，患者不是医生的榨取对象——这个基本常识，一百多年前行医在杭州的传教士医生梅滕更早已告诉过我们了。

如果说"杭州恰如一部历史人文的经典藏书"，那么，"从鞠躬到尽瘁"的梅滕更，就是其中宝贵的一页。

（原载于《古今谈》2017年第2期）

张伯苓：
允公允能

【档案索引】

1948年6月24日，经蒋介石提名，国立南开大学校长张伯苓就任国民政府考试院院长。对这一任职老大不情愿的张伯苓，心思依然在南开大学。暑假来临的7月13日，张伯苓遥望南国杭州，提笔给之江大学校长李培恩写信。在一番文辞优美的客套话之后，直言自己不愿意让胡鲁声老师离开南开大学投奔之江大学。这封珍藏于浙江省档案馆的重要信函，见证了张伯苓校长对老师的关爱。

允公允能张伯苓，爱教爱师爱学生——历史，一定会铭记这位史上最有爱的校长。

1975年4月5日清明节，蒋介石告别人世的这一天，除亲人外，他最后挂念的人就是张伯苓。

蒋经国这天的日记是这样写的："父亲于夜十一时五十分，病逝于士林官邸。儿痛不欲生。忆晨向父亲请安之时，父亲已起身坐于轮椅，见儿至，父亲面带笑容，儿心甚安。因儿已久未见父亲笑容矣。父亲并问及清明节以及张伯苓先生百岁诞辰之事。当儿辞退时，父嘱曰：'你应好好多休息。'谁知这就是对儿之最后叮咛……"

生于1876年4月5日的张伯苓，至1975年4月5日蒋介石辞世这天，恰好是百岁冥诞；而距离1951年他在天津家中病逝，亦有25年——四分之一世纪矣！

张伯苓·蒋介石

爱教育·不爱当官

1949年，蒋介石最后离开大陆去台湾前，他与儿子蒋经国三番五次去看望张伯苓，请他飞赴台湾，或者到美国也行。但张伯苓以“不愿离开南开”为由，留了下来。

此前的1948年初夏，张伯苓实在架不住众人之劝，最后勉强答应蒋介石的要求，到南京就任国民政府考试院院长。老蒋“文胆”陈布雷的电请最为直接：“我公不出，将置介公于万难之地。”张伯苓最后无奈复电说：“介公为救国者，我为爱国者；救国者之命，爱国者不敢亦不忍不从。”但他提出若干条件：考试院院长只担任三个月；南开大学校长一职继续兼任。

这就是爱教育不爱当官的张伯苓，那么真切。20世纪20年代，张学良曾请张伯苓出任天津市市长，被婉拒。对于这个“院长”，他明确表示：“我不愿做此事。我是办教育的，还是办教育为好。”从级别看，“考试院院长”算是个大官了。南京国民政府的架构，是根据孙中山“五权分立”的构想而成，分为行政院、立法院、司法院、监察院和考试院，考试院“为国求贤”，负责国家人才的考选与任用。

没想到，暑假刚过不久，南京政府一些人就动议把张伯苓的校长职务给拿掉，理由是公职一人不能二兼。到了10月13日，行政院就下了免职决定。

这一年已经72岁的张伯苓，他不爱做“高官”，反而把最喜欢做的校长一职给丢了。面对如此“本末倒置”，张伯苓也不客气，11月就离开了南京的考试院，赴重庆“养病”，住进重庆南开中学老寓所里。逃不掉的是命运，逃得掉的是责任。

张伯苓一生办了一系列的南开学校：南开中学、南开大学、南开女中、南开小学、重庆南开中学，还有接办四川的自贡蜀光中学。南开大学始创于1919年，是典型的私立大学，后来因为抗战，与北大、清华西迁，合组为“国立西南联合大学”，由此向国立大学转型，办学经费也由私募变为公款提供。

张伯苓被胡适称为“中国现代教育的一位创造者”。早在1904年，他就与严修一起，始创天津第一所现代教育机构——天津民立中学堂；1906年，在他三十而立之时，决定扩校迁址，找了一块名叫“南开洼”的地方建校，这才有了“南开”的美名。“北有南开、南有春晖”，一时成为美谈。春晖中学是教育家经亨颐在浙江上虞白马湖畔所创立的著名中学。

“教育要面向现代化，面向世界，面向未来。”张伯苓就是这样做的。他“胸怀世界，放眼祖国”，胸中装着世界教育、西方文化，深感要“舍旧维新”，不能仅仅是念四书五经，而要努力学习西方，“中国教育必须取法欧美”。他想的是：以社会进步为教育之目的；造就新人才，改造旧中国。在周恩来所在年级的毕业式上，张伯苓请来北大的陈独秀教授颁奖，并请他为全校作《近代西洋教育》的演讲。

如果没有先进的教育理念，就不会有著名的南开。张伯苓给南开大学制订的校训是“允公允能，日新月异”。八字校训，南开灵魂。“允公允能”的句式，源于《诗经》“允文允武”，“允”原为文言语首助词；“允”亦有“承诺”“要求”之意。允公是做到大公，允能是做到最能；允公是爱国爱群之公德，允能是服务社会之能力。

张伯苓对教育既有兴趣，又有信仰，更有情怀。他这样概括自己的一生：“教育是我青年时期的志愿，是我中年的生命，是我老年的安慰。”

张伯苓·严复

爱教书·不爱当兵

张伯苓身高超过一米九，人高马大，他祖上来自山东，是山东大汉。父亲是塾师，琵琶弹得好，人称“琵琶张”；一度举家落户天津宜兴埠，与温家宝同乡同村，温张两家后来还有姻亲关系。

1889年秋，张伯苓入学天津北洋水师学堂，成了严复的学生。严复(1853—

1921)，中国近代著名启蒙思想家、教育家、翻译家，毕业于英国皇家海军学院。1880年他到北洋水师学堂，先后担任总教习(教务长)、会办(副校长)、总办(校长)。作为启蒙思想家，他被鲁迅称为“19世纪末年中国感觉敏锐的人”；他大声疾呼变法图存，直指挽救民族危机的根本在于教育，系统提出维新教育思想并付诸实践。

北洋水师学堂请的是洋教授，教的是新学，用的是洋文，念的是洋书，开洋船，使洋枪洋炮。学生时代的张伯苓，就受到了西洋文明教育的深刻洗礼。严复对教育的认知，直接影响张伯苓的“教育救国”“西学救国”“德育为本”等教育思想的形成。北洋水师学堂出来，张伯苓一度成为海军士兵，上了通济轮，驶向大海洋；敏锐的他很快就明白：海军救不了中国，只有教育才能救国，要靠新式教育，创造一代代新人。

张伯苓是“热眼向洋看世界”，早年就曾多次出洋，去日本、美国考察。通过横向比较，张伯苓看到“内外”之差距：其一，世界文明国家的人开朗活泼，而国人死板木讷。其二，世界文明国家的人性好主动进取，而吾国人被动保守。其三，国人眼界狭隘闭塞，只知个人及家庭，而思想眼光多不知社会之必要。

他终结了三年的海军生涯，弃武从文，弃军从教；在学校这个更广阔的海洋里，开一代风气——

张伯苓破天荒把性教育带进课堂；他引进现代体育教学，成为中国奥运先驱；他也是中国话剧先行者，早在1909年就把西方话剧艺术引入校园，他自编自导自演。师生同台演出，学生周恩来就曾上台演过话剧，还曾男扮女装。话剧，变成了南开特有的文化教育的符号。

张伯苓·梅贻琦

爱老师·不爱权贵

张伯苓自己是教师出身，1898年就开讲新学；他对老师的酸甜苦辣清清楚楚，对教师的至重至要明明白白。后来做校长，他依然有很多时间站在讲台上。

梅贻琦为什么能成为杰出教育家？因为张伯苓。梅同学那时是南开中学第一期学子，张伯苓可喜欢这位天津学子了。梅贻琦与韩咏华结婚时，张伯苓就亲往北京贺喜。年轻的梅贻琦开始执教清华大学，却对教书没多少兴趣，暑假回天津见张伯苓，跟老师说，自个没兴趣，就想换工作。张伯苓很不客气：“你才教了半年书就不愿意干了，怎么知道没兴趣？青年人要能忍耐，回去教书！”好吧，硬着头皮继续上讲台。后来回忆恩师张伯苓，梅贻琦说：“这可倒好，这一忍耐，几十年一辈子下来了。”如果没有张伯苓，清华大学就不会有这位史上最杰出的校长。

南开初创时期是私立大学，规模不大，但庙小也要好和尚。张伯苓说，“大学最要者即良教师”。但是时势弄人，抗战爆发之后，南开教师有过大流失。而平常也会有教师被别的大学挖了墙脚。胡鲁声是美国留学归来的良师，教授经济学，曾在燕京大学、中国大学任过教职；1948年，他想跳槽到之江大学任教，这把老校长张伯苓急得！浙江省档案馆所藏张伯苓给李培恩校长的信说，“胡鲁声先生学问德业为苓久所心钦”，而现在胡先生有去杭之意，经迫切挽留，终止南行，“仍旧蝉联主持本校下学年之讲席”，贵校另行敦聘老师，“不情之请，望祈鉴谅”。一边劝，一边阻，真是其心拳拳。

张伯苓生活简单，在天津住的也是三间普通民房，有一次张学良开车来找他，七拐八拐才找到这普通民房，十分惊讶。他并不喜欢权贵，也不想让自己成为权贵，却不排斥权贵对办学的资助。私立学校要募捐经费，有人提出不要官僚军阀、土豪劣绅的臭钱，张伯苓校长却在大会上说：“美丽的鲜花不妨是由粪水浇出来的！”

张伯苓·周恩来

爱学生·也爱学习

张伯苓半个世纪醉心于教育，他的南开哺育了一大批人杰精英：政治家周恩来、教育家梅贻琦、数学家陈省身、物理学家吴大猷、气象学家叶笃正、剧作家曹禺……

人之相敬敬于人品。周恩来1913年暑假考入南开中学，因生活清贫，张伯苓免去了他的学费、书费、宿费，还安排周恩来勤工俭学；他时常邀请周恩来到他家里，师生不仅促膝谈心，还谈社会问题和国家大事。周恩来品学兼优，社会活动能力强。1917年6月中学毕业后，“大江歌罢掉头东”，他去日本留学一年多。

让人想不到的是，周恩来去日本留学这一年，四十不惑的张伯苓，在8月7日踏上赴美旅程，去哥伦比亚大学师范学院留学！校长变成了学生，老老实实向美国先进教育学习。当有人忙于“教而优则仕”的时候，张伯苓却是“教而优则学”。一个愿意让自己老老实实成为学生的人，没理由不爱学生。

归国后张伯苓创立南开大学，1919年9月开学。周恩来在五四运动前夕回到天津，张伯苓免试录取了他。到了年末，因为欣赏与信任，校长张伯苓委托学生周恩来在修身班上向全校师生宣布改革大纲。

周恩来正是南开大学“允公允能”的典范。张伯苓与周恩来，交往近四十年，师生情谊，情深意切。

爱国爱民爱家庭，爱教爱师爱学生，这构成了张伯苓博爱大爱的一生。他是虔诚的基督徒，有爱，有信仰，有灵魂。

1951年2月23日，张伯苓因中风告别了爱他和他爱的人。从此世上已无张伯苓。身为总理、更是学生的周恩来，一听到消息马上赶来天津吊唁，他同校友们说：很遗憾没有早点来，没能见到张校长……

（原载于2015年4月7日《都市快报》）

马寅初：
从1937走来

【档案索引】

1937年7月9日，马寅初先生在庐山给杭州的老朋友、银行家金润泉写信，告知他“七月四日抵庐，现住牯岭火莲院赵澹园，家眷同来，天天跑山。已于昨日开讲”；委托他致函江山县商会，“代为觅宿所（日期约在八月二十八九日）……”这封重要信函，现珍藏于浙江省档案馆，后收入《马寅初全集补编》一书。

1937年7月7日“卢沟桥事变”发生前，马寅初携家眷上庐山，有两件要事：一是参加蒋介石召开的庐山抗日谈话会，二是为蒋介石所办的“庐山暑期训练团”授课。

直言而至，直道而行。虽千万人吾往矣！

苏世独立，横而不流。受命不迁生南国兮！

1882年6月24日午后，马寅初诞生在浙江绍兴府嵊县浦口镇一酿酒世家。南国初夏，天地温暖。这是马年、马月、马日、马时，在马家发生的大喜事。“五马齐全”，给后头带来了真正的“马首是瞻”。

百年过去，1982年5月10日下午，马寅初走完了整整一个世纪风云激荡的传奇人生，享年101岁。

飞峙的庐山

“一山飞峙大江边，跃上葱茏四百旋。”毛泽东在1959年夏天登上庐山畅快赋诗时，已有盘山公路；马寅初当年上庐山，可要步行爬山，或者坐轿子上山。

1937年6月，马寅初接到国民党中央政治会议在23日发出的一份请柬，文绉绉的措辞说：“庐山夏日，景候清嘉，嘤鸣之求，匪伊朝夕。先生积学盛名，世所共仰，汪蒋二公，拟因暑季畅接光华，奉约高轩，一游牯岭，聆珠玉之谈吐，比金石之攻错……”这是邀请马寅初上庐山，参加蒋介石的抗日谈话会，地点在牯岭火莲院传习学舍。牯岭是庐山上的小集镇，一座公园式的美丽的“云中山城”，到这里还真不是为了“一游”。

此时距离卢沟桥事变爆发尚有两周。然而形势逼人，有识之士早已见到日本扩大侵华的端倪。在1937年1月1日，马寅初就发表了《中日问题》一文，认为中日两国土壤接近，同文同种，皆有特殊之便利，本可通过正常贸易，共存共荣；而日本所采策略，方法拙劣；“日本以武力侵略中国之程度愈深，则英、美、苏俄等国抗日之结合亦必愈固”。

作为敏锐的经济学家，马寅初早就洞见中日必有一战，他对中国战时财政进行了科学的分析和预测，认为已有财政制度不利于战争，提出了未雨绸缪的战时政策。

蒋介石邀请各界名流到庐山座谈抗日，马寅初当然乐意前往。他在7月4日乘冯玉祥的专车抵达庐山。文教界上了山的名流还有：浙江大学校长竺可桢、南开大学校长张伯苓、北京大学校长蒋梦麟、清华大学校长梅贻琦、北京大学文学院院长胡适、中央研究院总干事傅斯年、商务印书馆总经理王云五等等。

7月17日，在158人出席的谈话会上，蒋介石发表了载入抗战史册的抗日宣言：“如战端一开，那就是地无分南北，年无分老幼，无论何人，皆有守土抗战之责任，皆应抱定牺牲一切之决心！”

而据《周恩来年谱》记载，蒋不允许当时在庐山上的周恩来、林伯渠、博古出席谈话会，“实质上仍不允许中共公开活动”。

马寅初参加经济组座谈，讨论战时财政与金融问题；人人畅思畅言，各论精彩纷呈，马寅初作了详细的笔录，并整理成文，其结论说，要与敌人作长期之抗战，“盖能牺牲而后始能生存，世界上决不能有不肯牺牲而得苟安之族也”。

由于形势的急剧变化，他原定8月28日至29日的江山县之行，是无法如期成行了。这个月初，浙江省抗敌后援会成立，马寅初、竺可桢都成为后援会的委员。

到了12月，马寅初再次出席庐山谈话会，讨论战时财政问题。那时山居生活，非常简朴清苦。马寅初的外孙女寿纪瑜在《忆1937年与外公在庐山》一文

杭州马寅初故居前马寅初先生雕像

中记述：

秋天，家里开始为前线的抗战将士制作棉服。山间雪来早，随着天气转凉，空中飘起大雪，到处是白茫茫的一片，出行脚上套着草鞋。我印象中，外祖父过日子本来就比较节约，这时居山已久，更要精打细算。为了我们上学路上遮挡雨雪，家里买来油布为我们缝制雨衣。那时的油布又粗又厚又硬，母亲缝破了手。我穿着自制的雨衣上学，甚至被有的同学取笑。进入冬季，山上的物资也日渐稀缺。为了节约开支，我们还搬了家，餐室内唯一的一炉煤火不旺，寒气袭人。时局的发展，国土的沦陷，无不增添外祖父的忧虑。随着岁暮的临近，他已经在着手去重庆的准备工作了。

1937年年末，马寅初离开庐山，经武汉转赴陪都重庆。一路所见，“国破山河碎”，国将不国的悲愤直涌心头。

据商务印书馆出版的《马寅初年谱长编》（徐斌、马大成编著）所载，10月马寅初从庐山回了一趟杭州，将一套江西景德镇专烧的白陶茶具，赠送给杭州老友，告之将随政府“迁都”，嘱老友留杭维持青年会，并约定抗战胜利之日，以此茶具泡一壶浓浓的西湖龙井！

飞扬的讲台

1937年，马寅初56岁，正是一匹成熟健壮的千里马。他上庐山，不仅是开会，而且要授课。蒋介石在庐山所办的暑期训练团，比较有名，它始创于1933年7月，那时叫“庐山军官训练团”。早期大规模训练军事干部，主要是为“剿共”服务；“西安事变”之后，继续举办暑期训练团，主要是为抗战培养军政干部了。训练团由陈诚担任教育长，时任湖北省政府主席的黄绍竑担任训练总队长。请马寅初来讲授战时经济课，那是最佳选择。他研究经济学，最是学以致用。

在马寅初一连串的头衔——经济学家、教育家、人口学家和社会活动家等等之中，排在头一个的向来是“经济学家”。马寅初1907年赴美国留学，本科就读耶鲁大学，硕博在哥伦比亚大学研读，硕士论文是《中国的国家税收》，博士论文是《纽约市的财政》(中译本见《马寅初全集》第一卷第一篇)。《纽约市的财政》一直被认为是“标准著作”，由哥伦比亚大学出版后，成为本科生教材。1914年年底，他谢绝哥伦比亚大学任教的邀请，离美返国。

归国后不久，他任教北大，很快成为中国经济学界的巨擘，著作等身；曾长期主持我国最早的经济学研究团体——中国经济学社。他的讲课，口无遮拦，激情飞扬，北大学生有个著名说法：“听马校长的课，坐前排的要打伞。”

马寅初的讲台，远不止在教室，他在社会上有大量精彩演讲，产生过巨大影响，尤其是战时演讲。他还在立法院的阵地上发表主张、针砭时弊，这更为直接。作为立法委员，他执掌财政委员会；在1937年这一年里，从1月8日出席立法院第四届第86次会议开始，到他赴庐山之前，已是出席到第109次会议了。随着抗战的深入，各种问题日益暴露出来，马寅初“直道而行”的批评，在1940年4月28日于重庆大学礼堂举行的中国经济学社第十五届年会上达到高潮——

马寅初在报告中揭露、抨击孔祥熙、宋子文勾结陈光甫等大买外汇、大发国难财，“现国家不幸遭强敌侵略，危险万状，而保管外汇之人，尚逃走外汇，不顾大局，贪利无厌，增加获利五七千万元，将留为子孙买棺材！”与会的陈嘉庚在回忆录中说，“马君发言时，面色变动，几于声泪俱下，激烈痛骂，其勇豪爽，不怕权威，深为全座千百人敬仰！”

蒋介石获知消息后，要让马寅初前来“面谈”，马寅初说：不去！要我去，除非宪兵来请！

结果一语成谶，年底真的是宪兵团团长亲自来“请”，坚持批评立场的马寅初自此被软禁，进了贵州息烽集中营，跟张学良成了相邻而不能相见的难友；后又辗转多地，直至1942年8月24日才返回重庆家中，但人身自由仍受限制。

蒋介石活生生地把爱国民主人士马寅初推向了自己的对立面。民主自由，同心勠力；专制独裁，离心离德——这在全世界任何地方都一样，这是一个常识。而同周恩来的一次次接触，让马寅初改了“初心”，与国民党阵营渐行渐远。

独立之精神，自由之思想——马寅初毕生都是这样的人。由此不难理解，为什么1957年他发表《新人口论》、提出控制人口而引发全国批判狂潮时，他依然固执真理，将抵抗进行到底，决不低头。《天地良知——马寅初传》作者徐斌在后记中感慨：“他一生在不同时代始终守望的独立思考、言论自由和公开批评价值，正是国民精神中最稀缺的元素。”

这就是南开校长张伯苓所言的“允公允能”，这就是自由志士真正的“虽千万人吾往矣”！

飞走的竹屋

1937年夏天，马寅初在去庐山之前，住在杭州法院路34号的“竹屋”。这是他在上一年购买的住宅，是一幢漂亮的三层楼小别墅。“竹屋”名称只与前主人的名字有关，与毛竹并无关系。如今法院路改称庆春路了，“竹屋”也成了马寅初纪念馆，门前竖起马寅初先生的大理石雕像，漂亮。

1937年12月杭州沦陷后，马寅初的“竹屋”被日本侵略军占据，在杭宪兵司令部就驻扎在里头。这是“竹屋”第一次易手飞走，这是历史的耻辱。

随着抗战的胜利，“竹屋”也跟着“光复”，回到马寅初手中。1949年8月至1951年马寅初就任浙江大学校长期间，当然就住在“竹屋”里。

后来“文革”开始了，“竹屋”跟马寅初共命运、同起伏：

1966年8月，杭州市下城区房管所红卫兵入驻“竹屋”；该所致信马寅初，令其上缴房子、交出房契。1967年年初，马寅初又收到该所红卫兵函，勒令他交出房产。8月，马寅初致信浙江省副省长吴宪，要求将法院路34号房产“上缴给国家”。由此“竹屋”真的飞走了，不再属于马家。次年8月，老家浦口的故居房屋亦被没收。这，是《马寅初年谱长编》记录他在“文革”中的遭遇。但1969年和1970年两年，年谱下面留的是空白，只有四个字：“闭门不出。”这是马寅初先生沉默中给历史开出的“天窗”。

被颠倒的历史终究都要颠倒回来。1979年7月，98岁的马寅初获得全面平反。新华社消息说:“实践宣布了公允的裁判：真理在马寅初一边。”

1982年5月10日，马寅初逝世之际，16岁、生肖为马的我正准备迎接高考，那时压根就没听说过“马寅初”这名字，哪里晓得先生的百年生涯，经历过大清帝国、中华民国和中华人民共和国，是那样纵横捭阖，是如此波澜壮阔。

（原载于2015年4月13日《都市快报》）

经亨颐：
先生归来

桂花的浓香簇拥着杭州的金秋十月，西湖边的浙江美术馆拥抱着悄然归来的先生。当我欣闻“先生归来——经亨颐先生诞辰140周年纪念特展”在这里展出，于是欣然前往欣赏，欣见一代师表经亨颐先生的归来，欣幸有那么多作品能够留存至今让我得以相遇，真可谓是“中有高人在，归来秋风清”！

展览由春晖中学等单位主办，共展出经亨颐先生的书画、印章、信札等40余件，还有经亨颐师友的书画手迹80余件，共计120余件作品。“先生不但是一位著名的教育家、革命家、爱国人士，更是品性高洁、学养深厚的学者，诗书画印四体俱精。”在现场，经亨颐先生的曾孙女经晓云深情地说，“相信通过此次展览，可以更好地弘扬和传承先生的人格教育理念，不忘初心，永葆情怀。”

经亨颐，字子渊，号石禅，晚号颐渊，浙江上虞人，生于1877年7月5日。1903年自费留学日本，1908年回国参与筹建浙江两级师范学堂（后改为浙江省立第一师范学校），始任教务长，后任校长，兼任浙江省教育会会长；1920年在上虞白马湖筹创春晖中学，任校长，他将春晖中学办得风生水起，始有“北有南开，南有春晖”之誉；1926年出任中山大学代理校长。1938年逝世于上海，享年62岁。

这是一枚金币的两面：一面是杰出的教育家，一面是著名的书画家。先生早年加入西泠印社，与弘一法师一起成为早期的西泠印社社员；又加入柳亚子、陈去病等创办的爱国社团——“操南音不忘本”之“南社”；后与何香凝、于右任、黄宾虹等创办“寒之友”社。书画印三绝，卓尔千秋，所以才有今日特展之作品。

先生的书法自是一绝，那就是方峻雄拔的爨体字——爨宝子碑帖的风格，这从他手书的校名“春晖中学”、校匾“浙江省立第一师范学校”可见风采。展出的联语书法“中有高人在，归来秋风清”“百年甘守素，一物至周天”为代表作，还有他以爨体字书写的折扇也十分精彩。爨体字是中国古代流传下来的字体之瑰宝，可溯于魏晋南北朝时期。爨体字饶有融篆、隶、行、楷为一炉的意趣，用笔方峻，方中藏圆，似昆刀切玉，起收果断；沉毅雄拔，古拙刚强，端朴若佛，外呆内动，结体茂密，意态奇逸；承汉碑之法度，有隶书之遗意，兴酣趣足，曾被康有为、潘天寿等大家奉为书体中的“国宝”，日本汉字书法界更是崇拜有加，迄今皆然。经亨颐先生深得精髓。今次“先生归来”特展之名即是妙不可言的爨体字。

文化高品，印石巅峰。作为篆刻大家的经亨颐，自幼喜爱金石刻印，取法汉印，成就卓然。他曾说：“吾治印第一，画第二，书与诗文又其次也。”其印取意高迈，平实朴茂，神与古会，别见妙造，时用钝刀，深具一格；印章边款，亦多爨体字，高古格调，隽永意味。人民美术出版社曾于2007年出版了《颐渊印集》，尽纳其代表作。这次展出有“云湄之印”等。

经亨颐先生是“五十学画”，以绘松、竹、梅、菊为多，“寥寥数笔，疏落雅淡，狷介之性，恒流露于楮墨之间，酒酣，大笔淋漓，随意挥洒，气势尤磅礴”；郁达夫为之画松图题诗，有言“论定盖棺离乱日，寒松终不负初衷”，谓之高风亮节。特展展出了先生诸多友人的书画作品，有于右任、章炳麟、马一浮、俞平伯、蔡元培、黄炎培、柳亚子、张大千、李叔同、丰子恺、胡汉民、何香凝等。

今人更多记得的是经亨颐先生作为杰出教育家的风范、风骨与风度。他“反对旧势力，建立新学风”，最让人无法忘怀的是在白马湖畔创办春晖中学，“事无大小，先生均躬与之，造就贫苦子弟，革除封建陋习，建树良多”。在特展开幕式上，春晖中学校长李培明说，这次展览不仅是艺术作品的归来，而且是教育思想的“归来”，更是教育梦想的“归来”，“提醒着我们要不忘初心，永葆春晖”。

经亨颐先生

教育为的是“立人”，“人格教育”思想是经亨颐先生的核心教育思想，是他的初心所在、恒心所系。他认为，学校不是“贩卖知识之商店”，当以陶冶人格为主旨；求学何为？学为人而已！

人格教育，于19世纪末20世纪初肇始于德国等欧洲国家，主张教育者以人格教育为主要手段，达到养成学生人格的目的，并强调培养学生人格应是教育过程的中心。作为教育家的经亨颐，采纳精髓，与时俱进，拓展内涵。在董郁奎所著的《一代师表：经亨颐传》（浙江人民出版社2007年8月第1版）一书中，用两章来抒写“人格教育”。而在《经亨颐集》（浙江大学出版社2009年8月第1版）一书中，有诸多篇章阐述了先生的这一教育思想。比如至今整整一百年的1917年8月，他在浙江省教育会发表《最近教育思潮》的讲演（见该书第43页），对人格和人格教育的内涵作了全面的阐述。他说，“人格者，良心之模型，道德之容器也”；“人格者，多数人之格，即为人之格式也”；“人格者，一方面为自立的、个人的，他方面为协同的、社会的；相互实现，渐渐发展者也”；“无人格之社会，决非良好之社会”，“有社会必须有人格”；“人格教育为一种哲学的见解，所谓新理想主义为其中坚”；“图画、国文两种可为代表，最合人格教育之本旨”；等等。

他分析说：“理想派主张人格教育，实现派则主张职业教育。又有公民教育问题，理想派则谓公民教育即人格教育，实现派则谓公民教育即职业教育。”就二者的争议，他曾在日记里这样理性辨析：“夫职业为成立社会之要素，人格为维持社会之要件，二者不可离，过意偏执，实属多事。今日中国宜重人格教育，决无废除职业之意；若谓今日中国宜重职业教育，亦无人格已算完足之理……

经亨颐手书“百年甘守素，一物至周天”

人格尚可包括职业，故余亦赞成人格之说。教育为治本之事业，不宜作治标之主张也。人格教育与职业教育，决不可视为二问题，非性质异同问题，不过分量多少问题。唱人格教育者，非谓人类无须职业；唱职业教育者，亦非谓人格不足重。学者分为反对之二说，均属偏见。”

很显然，经亨颐的“人格教育”是广义的，是学识的一种侧重、一种包容，不是今日狭义理解的“道德品质”。

“天地有机能，万物有差别，人类有发展。一言以蔽，要不外仍旧增新四字：天格、地格、人格、物格……新旧承续之为人格机能也、差别也、发展也，皆为人格之要件。故余之所谓人格教育实施方面，此大主张，字字中肯。”在1919年2月的《最新教育之三大主张》一文中，经亨颐又有一番精彩的辨析，“人类不受自然之支配，又岂可自相抑制？余年来喜倡人格教育而世人多有误会，以为自命人格高尚，希挽救颓风而出此，因而招人诽笑，或所不免。人格教育果如是意义，余岂不知自量。所谓人格者，尽人俱有之机能差别的发展之谓人格。人格非教育之标本，而为教育之对象。能明乎此义，当亦恕我无罪矣。”从中亦可见当时所受的压力。

在教育方法上，经亨颐提倡“自动、自由、自治、自律”，提出“训育之第一要义，须将教师本位之原状，改为学生本位”，成立学生自治机构，并施行之；要求教师必须有“高尚之品性”，反对那些“因循敷衍，全无理想，以教育为生计之方便，以学校为栖身之传舍”的庸碍之辈。

“自有家酿，不食沽酒。”这是经亨颐先生的一句名言。先生治教，自信其“自有”，当然是因为“肚子里有货”。办教育，是需要“自信人生二百年，会当水击三千里”的。一百年前的1917年，我认为是经亨颐先生教育思想、教育理念抵达顶峰的阶段。不仅有《最近教育思潮》这样的名篇，更有一系列的演讲，将理念施于实践，语词切切，诲人不倦。在1917年7月的“毕业式训辞”中，他告诫学子“勿图速效”，并以“栽花拔视”妙喻之：“教育之成绩，为直接不可见之物，譬之栽花，疑其无根，时时拔视，未有能生者也，欲知根之有无，可于叶之荣枯决之。教育为根，社会为叶。叶之败，根之耻也……况当今日险恶之社会，一若栽花，时有暴风暴雨，尚祈格外慎重。勉之勉之。”

经亨颐的诸多演讲，有韵味，有风范，是精神，更是经典。在1917年9月的“始业式训辞”中，他这样阐释中国和中国教育的更新复兴：“乘世界更始而中国更始，则非自教育更始不可，否则不免于恐惧冒险……中国更始，如能自教育更始，则卷土重来，所谓国际上占同等位置者，亦非虚语。”

在1917年10月孔子诞辰纪念式的演讲中，则言：“人皆可以为圣人，所要紧者修养锻炼耳。孔子为精金之古钟，愿诸生炼得一两半两之精金，制一戒指。此戒指不必戴在手上，愿诸生戴在心上可也。”戴在心上之“戒指”，妙喻也；“修养锻炼”，即为人格教育之要义。

今天来看，人格教育一定不是分数教育，一定不是应试教育。教育是人的自然育化，教育过程就是人的育化过程。一位学子，通过“受教”，养成好的品格、养成好的习惯，其今后的人生就不用担心了。人的第一形态是自然人，第二形态是社会人，第三形态是精神人，第四形态是天地人。一个人的成长，即从自然人走向社会人，受教和育化，不可或缺，然而教育必须遵循人的自然成长、尊重人的自然特性、遵从人的自然规律。唯有通过人格教育，让人“立”起来，才能一步步走向人生金字塔的塔尖。

知识当然是力量，但人格与良知才是方向。

先生归来，提醒我们：不忘初心。如果连教育的初心都忘了，那么作为现代人的我们，未免也太“粗心”、太不应该了。

（原载于《问红》2017年冬季号）

饶宗颐：大师的杭州缘

2018年2月6日凌晨，西泠印社第七任社长、国学大师饶宗颐先生，在香港于睡梦中安详辞世，享年101岁。

西泠印社在公告中写道："湖山苍苍，西子泱泱，斯人虽逝，千载留芳。"

1917年8月9日生于广东省潮安县的饶宗颐先生，是当代中国著名的历史学家、考古学家、文学家、经学家、教育家和书画家；他达古通今，学贯东西，是"文史哲艺全才学者"，在中国研究、东方学及艺术文化多方面成就卓越。饶先生学问遍及上古史、甲骨学、简帛学、经学、礼乐学、宗教学、楚辞学、史学、敦煌学、目录学、古典文学及中国艺术史等十三大门类；他在诗词、书法、绘画、音乐诸领域均有极高造诣；他精通六国语言，著作逾千万言……学术界尊他为"整个亚洲文化的骄傲""国际瞩目的汉学泰斗"。

饶宗颐1949年赴香港，1952至1968年任教于香港大学；1968至1973年饶教授任新加坡大学中文系首任讲座教授兼系主任，其间曾任美国耶鲁大学研究院客座教授。他于1973年回港，出任香港中文大学中国语言及文学系讲座教授兼系主任，至1978年荣休，后来在法国、日本，中国内地、台湾及澳门周游讲学。饶宗颐教授辞世后，香港中文大学校长段崇智教授表示："饶宗颐教授与中大结缘超过半个世纪，他积极匡助中大推动学术发展，成就斐然。饶教授毕生奉献教育事业及国学研究，培育莘莘学子，他的离世对中大及国际学术界是重大损失。"

我在长文《杭城群星闪耀时》(见广西师范大学出版社2016年9月出版的《杭

城群星闪耀时》一书）中，提到众多的杭州历史文化名人，其中唯一一个在我写作时健在的就是饶宗颐大师，现在他也永远辞别我们了。他是之前的那个时代培养的大师，如今各个领域“硕果仅存”的大师已经越来越少了。

“宗颐”之名，得之于北宋大学者周敦颐，是父亲饶锷对儿子问学的寄望，希望他师法这位北宋五子之首。他幼承家学，青年时整理其父亲遗著《潮州艺文志》，刊登于《岭南学报》，士林称颂。说到名字，巧合的是，饶宗颐曾两度亲见相同之名：1981年秋抵山西大同华严寺，恰逢寺院晒经，见一卷帙首序所题为“传法慈觉大师宗颐”，宗颐住持是一位高僧；后来饶宗颐为日本二玄社编《敦煌书法丛刊》，见知日本大德寺住持是养叟宗颐，又与自己同名。他感慨：“前生有无因缘不易知，然名之偶合，亦非偶然。”

作为“天下第一名社”的西泠印社，在2011年12月13日，在社长位置空缺6年之久后，选任饶宗颐先生做社长，是众望所归。2012年6月29日，饶宗颐亲临西泠印社的孤山社址，在柏堂挥毫泼墨，欣然题字——那有气势又飘逸的大字是“播芳六合”，一气呵成，行云流水。六合即为天地、世界。艺术，就是要播芳六合。

都知道定居香港的饶宗颐先生是潮州人，杭州的西泠印社选他做社长，他这是“直把杭州作潮州”。事实上，饶宗颐先生的祖上恰恰是浙江的，家学渊源相当深厚。在首部得到饶宗颐亲自审定的传记《饶宗颐：东方文化坐标》（陈韩曦著，花城出版社2015年10月第1版）中写道：“据饶宗颐十六世叔祖良滨公所作《昭穆奕世名次小序》中记载，饶族祖上原居浙江，后几经迁徙，由闽入粤。”

饶宗颐先生本人与浙江、与杭州有着很深的情缘。青少年时代，饶宗颐习画，学习元代四大家——吴镇、黄公望、倪瓒、王蒙的作品，领会其内涵；特别是黄公望的《富春山居图》，对他影响至深；那种苍茫简远、草木华滋的气象，厚植于饶宗颐先生之后的绘画中。至1999年，他以草籀之法，多遍临摹《富春山居图》，他题曰：“平生嗜富春山居图，考证临写，颇耗日力……图现藏浙江博物馆，余屡过杭州，必索观摩挲，历四度矣，友人曹锦炎兄嗤为黄迷……”

饶先生对西泠印社则有着更深的情结，前三任社长沙孟海先生、赵朴初先生和启功先生，跟他都是几十年的老朋友。他和西泠许多社员之间也有深厚交往，早在1940年，他便结识了“江南三铁”之一的艺术家钱瘦铁先生，不少常用印章都是钱瘦铁所刻。

在1980年，饶宗颐回到离开了30年的内地，当年他就来到西湖的孤山，在著名的“汉三老石室”前留影；1990年，他创作了《西泠印社图卷》，并在2008年补上题跋：“观乐楼前水，掬泉且题襟，古藤如篆籀，珍重印人心。”在2011年成为西泠印社掌门人之后，2012年10月西泠印社举办“艺聚西泠·饶宗颐社长书画艺术特展”，展览开幕仪式结束后，饶公老当益壮重游孤山……

立德与立言并举，学术和艺术齐飞，“万古不磨意，中流自在心”的饶宗颐先生，无愧于学界泰斗、艺术大师、文化名人之称。2003年，饶先生将数万册贵重藏书，包括非常珍贵的古籍善本，以及180多件书画作品，捐赠给香港大学。长期以来，饶先生立足香港，游学各国，学术足迹遍及世界，他做学问，方法与众不同，早早就是“互联网思维”，从上下左右来找连带关系，加上他丰富的想象力和创新力，在别人看着没关系的地方探究出其中的关系。

饶公对国家的文化与复兴也有着高远的识见，他认为：中国已成为世界国家的一个环节，在全球性的总的考察下，中国的考古、古文明研究，和世界分不开；当前是科技带头的时代，人文科学更要跟上，“人”的学问和“物”的学问同样重要。我们应该好好认识自己，自大与自贬都不必要。我们的价值判断应该建立在“自觉”“自尊”“自信”的基础上，而以“求是”“求真”“求正”为目标，去完成我们的任务。

在“世界文化互联”的坐标上，饶宗颐先生是“东方文化坐标”；而杭州无疑也是饶宗颐先生一生中的重要坐标。选他出任西泠印社社长，也体现了杭州对人文文化的尊重和重视。

一个城市的“含金量”，容易做出来；一座城市的“含文量”，做好不容易，务必实实在在地去做，尊重文化人就是重要的一方面。就个人而言，一个人对物质的追求应该有所节制，“物莫两大，两大则伤”，饶宗颐先生也曾说“物物而不物于物”；而对精神文化的追求，则是多多益善。作家麦家说得好：“我们追求速度和更快的速度，我们追求物质和更多的物质。我经常在想，我们是不是可以让自己变得轻盈一点、干净一点、简单一点、明朗一点、真实一点?”唯有精神文化能让一个人、一座城、一个地方、一个民族变得更为“轻盈、干净、简单、明朗、真实”。杭州重文化，天下才能真正重杭州。

（主要内容载于2018年2月9日《杭州日报》）

梁思礼：驯火者

“苟利国家生死以，岂因祸福避趋之。”一代人有一代人的思想，一代人有一代人的责任，一代人有一代人的追求。梁思礼这一代人，是我们四五十岁这代人的父辈的父辈，是我们发自内心尊敬的“非凡一代”。

2016年4月14日，我国航天事业的开拓者和奠基人之一，著名导弹和火箭控制系统专家、中国科学院院士、国际宇航科学院院士梁思礼，因病医治无效，在北京逝世，享年91岁。4月18日，梁思礼追悼会在北京八宝山举行，千余人前往送别；党和国家领导人习近平、李克强等献花圈。

一说梁思礼，一定会想到梁启超——他是梁启超最小的儿子。梁启超是近代中国杰出的思想家、政治家、教育家、学问家。梁启超是真正的育子有方。梁家“思”字辈的特别厉害：梁思成、梁思永、梁思礼三位都是著名的院士。梁思成是建筑学宗师，尽管更多的人更熟知他夫人、出生在杭州的才女林徽因；梁思永是做考古的，是我国近代田野考古学的奠基人之一，他最不怕辛苦，被称为“拼命三郎”；而梁思礼是梁启超最小的儿子，1929年梁启超逝世时，他只有4岁多。

1941年，梁思礼赴美留学，最初他是学无线电的，后来读硕士和博士时学的才是自动控制。八年之后的1949年，自动控制博士梁思礼，搭乘著名的“克利夫兰总统号”邮轮归国；之后，钱学森、华罗庚、朱光亚等多位学者也都是乘坐该邮轮回到祖国。爱国，是那一代人发自内心的主旋律。

对于火箭专家梁思礼，概而言之是：出身名门，不以为傲；天资聪颖，刻苦勤奋；留美八年，立志救国；豁达乐观，宠辱不惊；忠心赤胆，献身航天。梁思礼是“驯火者”，谈他一定要“从天谈起”，那是梦想与火箭一同起飞，那是艰难时代向太空的长征。第一代航天人，白手起家，从零起步，从无到有；跨越一甲子的中国航天事业，培养和塑造了一大批功勋卓著、德高望重的两院院士。他们具有坚定的理想信念，拥有强烈的爱国情怀；他们理论功底深厚，技术水平高超；他们善于引领科学发展和技术创新，为中国航天事业的辉煌成就作出了杰出贡献——正是他们孕育了航天精神。“驯火者”梁思礼，就是他们中的代表人物。

梁思礼心系航天，他开创的“航天可靠性工程学”成为长征火箭安全飞行的坚实保障。技术之外，非常可贵的是，作为航天科学家的梁思礼，具有非一般的战略头脑和超前思维。他经常关注事关国家安全的重大问题，着眼大局，高屋建瓴，发表自己的见解。比如他说：“中国的核战略应该是有限的、有效的核威慑。中国也不需要大量的核武器，没那么多钱，做多了没必要，将来销毁它还费劲。”

凝望苍穹，梁思礼说：“太空是继海、陆、空以后的第四疆域，也是一个有待人类去开发的新疆域。”西方具有前瞻头脑的一些科学家预言：在21世纪，一个国家对航天能力的依赖，可以和20世纪对电力和石油的依赖相比拟。因此，太空将会成为愈来愈重要的、关系国家利益的新疆域。薪火相传，面对奠基者，后人当努力。

盗火者，为人间带来火的种子，火种绵绵不断；驯火者，为人间带来火的动力，火力源源不绝。

（原载于2016年4月19日《杭州日报》）

袁隆平：
名可铭，非常名

太阳底下是土地，土地上立着一位大写的人——农人，他就是袁隆平。

袁隆平和他的科研团队，接连带给我们好消息：第三代杂交晚稻新组合表现优势强，产量有重大突破，实现了亩产1000公斤！袁隆平高兴地说："达到预期，很满意！"而在新疆塔克拉玛干沙漠边缘的盐碱土地上，袁隆平团队研发的海水稻，亩产达546公斤！要知道，那些大片大片的盐碱地，原本一直无法用于农业生产。

稻可道，非常稻！第三代杂交水稻，是利用普通隐性核雄性不育系为母本，以常规品种、品系为父本配制而成的新型杂交水稻。袁隆平介绍，第三代杂交水稻克服了三系不育系配组受局限和两系不育系繁殖、制种存在风险的缺点。

至于"海水稻"，真名叫"耐盐碱水稻"。袁隆平的海水稻可种植在6‰的高浓度咸水中，而一般的只耐受3‰的盐碱度。我国无论是沿海还是内地，都有大量的盐碱地可开发利用，2020年可以大范围种植海水稻。

学界无界，未来已来！

袁隆平院士是"杂交水稻之父"，他的"东方魔稻"，不知道养活了世界上多少人。他前前后后获得了联合国知识产权组织杰出发明家金质奖、联合国教科文组织科学奖、英国让克基金会让克奖、美国费因斯特基金会拯救世界饥饿奖、联合国粮农组织粮食安全保障奖、日本日经亚洲大奖、作物杂种优势利用世界先驱科学家奖、日本越光国际水稻奖、国家最高科学技术奖、国家科学技术进步奖特等奖、未来科学大奖等诸多奖项，并且获得"改革先锋"称号和"共和国勋章”等等。

人类历史，将永远铭记袁隆平这个伟大的名字。名可铭，非常名！

袁隆平不久前度过了90岁生日。他的生日长期被误为1930年9月1日，其实袁隆平1929年8月13日（农历己巳年七月初九）出生于北平协和医院，而第一个把袁隆平接到这个世界上来的人，竟然是“万婴之母”林巧稚（见《袁隆平的世界》，陈启文著，湖南文艺出版社2016年12月第1版）。

“万物原则，始于根基。”袁隆平的农学起点，是1949年9月考入重庆北相辉学院农艺系，所学专业是遗传制种。1950年高校院系调整，相辉学院农艺系并入重庆新组建的西南农学院农学系。1953年毕业后，袁隆平被分配至湖南省安江农校，先后任教19年。1961年，在该校实习农场早稻田中发现特异稻株——“鹤立鸡群”，随后根据其子代的分离与退化现象，推断其为天然杂交稻株，进而形成研究水稻“雄性不孕性”的思路。从此，他成为一个命定为种子而生的人，一个命定要用一粒种子改变世界的人。

没有人可以让枯叶返青，但是春天会有办法，种子会有办法，袁隆平会有办法！

人生路径的选择很重要。1952年，因抗美援朝战争，空军到西南农学院选拔飞行员。袁隆平的身体素质超好，一路过关斩将，成为八名合格学员中的一个，成了空军预备班的一员。幸好，战事缓和，国家要进入十年的建设阶段，决定将所有选上空军的大学生全部退回，袁隆平的“飞天梦”破灭，他又回校继续读书——否则很可能就没有了后来的“杂交水稻之父”。在袁隆平研究杂交水稻有所成就时，组织上曾考虑安排他担任湖南省农科院院长，也幸好袁隆平婉拒了院长的头衔，他解释自己不想当官的理由是：人的精力有限，他要继续研究杂交水稻，如果当了官，就要分散精力，影响事业。

都说人有三个局限：因时间的局限，夏虫不可语冰；因空间的局限，井蛙不可语海；因认知的局限，凡夫不可语道。九秩高龄的袁隆平，在最大限度上突破时空的局限、人生的局限，成为“人类的赢家”。

“现在，大家不仅要吃饱，而且还要吃好、吃出品质、吃出健康，水稻生产也要向这个方向努力。”90岁的袁隆平说，“今后我更没有时间变老了！每公顷18吨的目标今年应该就能实现。我还希望自己能够在2021年实现每公顷20吨（折合每亩约1340公斤）的目标！”

“万古不磨意，中流自在心。”致敬袁隆平，祝福地球人！

（原载于2019年10月28日《杭+新闻》《杭州日报》）

屠呦呦：执拗的呦呦

《屠呦呦团队放“大招”：“青蒿素抗药性”等研究获新突破》，这是2019年6月17日新华社电讯的标题。说的是：针对青蒿素出现的“抗药性”难题，屠呦呦及其团队经过多年攻坚，在“抗疟机理研究”“抗药性成因”“调整治疗手段”等方面取得新突破，于近期提出切实可行治疗方案，并在“青蒿素治疗红斑狼疮等适应证”“传统中医药科研论著走出去”等方面取得新进展，获得世界卫生组织和国内外权威专家的高度认可。

这是屠呦呦团队不断研究的阶段性成就，也是屠呦呦执着追求的必然性成果。要知道，生于1930年的屠呦呦，如今已89岁高龄；2015年她荣获诺贝尔生理学或医学奖时已经是85岁。许多高龄获得诺贝尔奖的科学家，获奖后处于“安度晚年”的状态，没有多少新的科研成果，而屠呦呦却没有停步，“呦呦鹿鸣”一直“鸣”下去，这真当是“鞠躬尽瘁，死而后已”。

青蒿治疗疟疾，在我国已有上千年；费心尽力寻求治疗疟疾有效方法的科学家，也不在少数。在20世纪40年代初，在抗战的艰难岁月，我国有一批医生、药理学家、化学家在研究抗疟中药，其中代表性人物是张昌绍，当时在重庆歌乐山的中央卫生实验院，他用现代科学方法研究中药常山，找到治疗疟疾的单体化学分子——常山碱。诸多科学家前赴后继，屠呦呦一生都没有停步，她最终取得了最关键、最重要的突破，这显然不是什么“纯偶然”。

一个伟大的科学发现，往往是许多主动或被动的条件因缘际会的产物。冥思苦想的科学家们突然灵光乍现，成为“神来之笔”，实现人类创造性思维的惊人一跃。但是，前提是长时间的冥思苦想、学习钻研、试验实验，需要的不仅仅是聪明才智，还离不开坚韧的品格。屠呦呦团队的“大招”，并非一时所得。

屠呦呦是中药化学家，是中国中医科学院终身研究员兼首席研究员、博士生导师，被英国伦敦中医学院聘为名誉研究教授。屠呦呦的学术著作是《青蒿及青蒿素类药物》(化学工业出版社2009年1月第1版)，这是第一部系统阐述青蒿素的发现和发展历程的专著，论述了青蒿的本源、青蒿素的原创发明、其第一个衍生物——双氢青蒿素的创制，以及其后青蒿素类药物的研究，等等。

屠呦呦真是一生追求，老而弥坚。她在2001年71岁时，才被聘为中国中医研究院中药研究所博士生导师，别说年届七旬，有的人60岁一退休就“万事休”了。三年后的2004年2月，她在74岁时才获得抗疟新药复方双氢青蒿素专利证书。在人民出版社《屠呦呦传》(2015年12月第1版)一书中，专门有一节的标题是《执拗的呦呦》，讲“虽然已年过八旬，但屠呦呦从未把自己纳入退休行列”，她把关注点转移到疟原虫耐药性等问题上。

“耐药性”是一个“老顽固”的问题。疟疾是世界性的、危害严重的流行病，世界上有100多个国家的约20亿人口生活在疟疾流行区，年发病5亿左右，死亡300万左右。疟疾治疗药国际上曾经使用过金鸡纳树皮及其提取物奎宁和衍生物帕马喹(扑疟母星)、米帕林(阿的平)、氯喹、伯氨喹(伯喹)等。但是，到了20世纪60年代，超厉害的疟原虫对氯喹产生了抗药性，致使氯喹失去了原有的疗效。于是，美国等发达国家投入了大量的人力物力，从大量化合物中筛选抗疟新药，但是都没有找到满意的药物。在这种国际背景下，我国开始了抗疟新药的研究工作。在1972年，以屠呦呦为首的课题组，从传统中药——青蒿中发现了新结构类型的高效抗疟的青蒿素。历史上演相似的一幕，疟原虫对青蒿素同样也产生了抗药性。你有抗药性，我就得研究抗“抗药性”，屠呦呦和她的团队就是在孜孜不倦、孜孜矻矻地做这样的努力。

在十年前出版的学术著作《青蒿及青蒿素类药物》中，屠呦呦就论及“抗药性”：“目前，仍处于青蒿素类药物广泛使用的阶段。因此，人们仍有机会评估青蒿素类药物临床抗性出现的可能性，并尽力缩小这种风险。于是，密切监测疟原虫药物敏感性的变化，深入了解青蒿素类药物作用和抗性的机制是必不可少的。”

双氢青蒿素治疗红斑狼疮的研究，也一样是艰苦探索、孜孜以求。屠呦呦在2003年73岁时才获得有关专利证书；2004年6月获得了治疗红斑狼疮药物双氢青蒿素片的临床研究批件，这项漫长而艰难的研究至今已过去15年。红斑狼疮是免疫系统垮掉的疾病，非常难以治疗。青蒿素治疗红斑狼疮项目临床试验一期于2018年5月正式启动，目前对结果谨慎乐观；等到完成二、三期试验，至少还需7到8年。若试验顺利，新药最快也要到2026年前后才可能获批上市。昆药集团作为负责单位开展临床试验，受此利好消息影响，其股票6月17日一字涨停。

昆药集团属于杭州的华立集团旗下。早在2000年，华立集团就开启全产业链，包括青蒿种子培育、规范化种植、原料提取、制剂研发生产和国际营销。经过15年耕耘之后，华立集团在2015年将青蒿素产业链全部注入昆药集团。2016年，昆药集团与屠呦呦团队二次牵手合作，昆药集团出资7000万元，正式获得中国中医科学院研究所持有的“双氢青蒿素片新适应证——红斑狼疮”项目临床前研究所取得的相关专利及临床批件，进入临床试验。

无论是解决青蒿素抗药性难题，还是研究双氢青蒿素治疗红斑狼疮，道路都是曲折的，前途都是光明的，意义都是重大的。不仅因为青蒿素类药价格相对低廉，而且也坚定了全球青蒿素研发方向。

现在有人成天在争议青蒿素是中药、中成药，还是西药，还是化学药，还是什么药，争来争去有意义吗？就像争论姓资姓社一样，忘了“白猫黑猫，能抓到耗子的就是好猫”这样一个基本的常识。不管中药西药，能治病的就是好药。把屠呦呦的青蒿素弄成医药的意识形态之争，有意思吗？我才不管青蒿素算什么药，它能够大规模、低成本地治疗疟疾，就是好药。

毕生执着于专业研究的知识分子，令人尊敬。有人说过：“知识分子是世间最容易自我毁灭的物种。当他攀附权贵俯首称臣时，他死了。当他投靠金钱出卖良知时，他死了。当他谄媚民众放逐理性时，他死了。当他饱食终日无所事事时，他死了。当他心怀畏惧无所作为时，他死了。当他自居真理绞杀异见时，他死了。”科学发现的真理不是自居的，是需要实践检验的。

“人生不满百”，最期待屠呦呦能够长命百岁，健健康康地带领她的团队不断获得突破，与患者一起见证新药新疗法获得治疗新成效的喜悦。

（原载于2019年6月18日《杭+新闻》《杭州日报》）

樊锦诗：敦煌的女儿

每个获奖者奖金是2000万港元，等于1800多万元人民币，奖金是诺贝尔奖金的一倍多！这个设立已四年的世界级大奖，最近颁出了最新的奖项，其中一位获奖者是杭州人，而且是女性，她叫樊锦诗。

可能许多人不熟悉这个大奖，它是“吕志和奖—世界文明奖”，由香港嘉华集团主席吕志和成立，共设置了三个奖项：持续发展奖、正能量奖和人类福祉奖，表彰为世界文明发展作出贡献的人士或团体，旨在促使世界资源可持续发展、提升正能量、改善世人福祉。

1929年出生于广东省江门市的吕志和，五岁时同家人前往香港定居，曾经历二战极度艰难的岁月；成为香港著名的工商界人士之后，多年来他积极投身慈善项目。2015年9月，他将20亿港元资产注入“吕志和奖”，作为首期资金。2016年首届获奖者的第一个名字就是袁隆平，他荣获持续发展奖。

今次正能量奖授予樊锦诗，以表彰她在过去56年来在研究和保育敦煌莫高窟上的付出；她的贡献，大大提高了公众对莫高窟文化和历史的认识；她推动的“数字敦煌”计划利用了现代电子科技，以数字方式呈现莫高窟壁画，为文化保育工作创立下新的标准；“纵使多年来面对重重难关，樊女士的坚持及投入，并持续以她的正能量感染身边的人，使人敬佩”。

吕志和说，本届“吕志和奖”获奖者均为推动世界文明作出了卓越贡献，“我们携手播下善意的种子，今后将善用‘吕志和奖’的国际平台，共创更美好明天”。颁奖礼将于2019年10月在香港举行。

樊锦诗被誉为“敦煌女儿”。在8月27日公布的《国家荣誉称号建议人选》中，樊锦诗入选，对她的介绍简明而清晰：“1938年7月生，浙江杭州人，敦煌研究院名誉院长、研究馆员，第八至十二届全国政协委员。她是我国文物有效保护的科学探索者和实践者，长期扎根大漠，潜心石窟考古研究，完成了敦煌莫高窟北朝、隋、唐代前期和中期洞窟的分期断代。在全国率先开展文物保护专项法规和保护规划建设，探索形成石窟科学保护的理论与方法，为世界文化遗产敦煌莫高窟永久保存与永续利用作出重大贡献……”

“五人曰茂，十人曰选，百人曰俊；千人曰英，倍英曰贤；万人曰杰，万杰曰圣。”一个人用一辈子把一件事情做好、做杰出，那就是俊杰杰人。为了敦煌事业，樊锦诗已心无旁骛地奉献了半个多世纪；她在2018年11月成为我国100名改革开放杰出贡献者，获“改革先锋”称号。

锦上大漠，诗画江南。樊锦诗这位出身优渥的江南女子，1963年毕业于北京大学历史系考古学专业；这位风华正茂的北大高才生，偏偏选择了最艰难的一条人生路，她将自己从城市放逐到大漠，一毕业就到敦煌文物研究所工作，毕生致力敦煌石窟考古、石窟科学保护和管理。1998年60岁时出任敦煌研究院院长，如今81岁的她，担任敦煌研究院名誉院长、中国敦煌吐鲁番学会名誉会长中央文史研究馆馆员，依然没有停下自己的“敦煌脚步”。

“天无私覆，地无私载，日月无私照”。天地无私，所以成其大；日月无私，所以能普照。樊锦诗就是这样无私的人。在20世纪60年代初期，西部地区的艰难困苦是可想而知的。1962年，樊锦诗在24岁的年纪，怀着对敦煌艺术的向往来这儿实习。她认为自己是“被幸运选中的那个”，她曾回忆：“我刚来时，就是急切地想看洞。洞外面很破烂，里面很黑。没有门，没有楼梯，就用树干插上树枝的‘蜈蚣梯’爬进洞。爬上去后，还得用‘蜈蚣梯’这么爬下来，很可怕。当时确实工作条件、生活条件都很差，怎么一个文物保护研究单位这么样的条件，我觉得很不可思议。”（见《敦煌：众人受到召唤》一书，《生活月刊》编著，广西师范大学出版社2015年9月第1版）

樊锦诗和丈夫彭金章是大学同学，彭金章毕业后被分到武汉大学，而樊锦诗选择了守在风沙漫天的敦煌，于是两人只好千里鸿雁传书，遥寄相思。他们在1966年结婚，因为“文革”等诸多历史原因，夫妻俩两地分居长达20年，直到1986年彭金章妥协，放弃了在武汉大学的事业，调到敦煌研究院工作，樊锦诗说他是“打着灯笼也难找的好丈夫”。

“真正的强者，不是没有眼泪的人，而是含着眼泪奔跑的人。”来到黄沙漫天的地方，这里没水没电，房间里更没有卫生设备，深夜要到外边上厕所；不出一年，樊锦诗“就变土了”；而且她长期以来是“经常失眠，睡不好觉”……如今有一句矫情的话：“一二线城市容不下肉身，三四线城市容不下灵魂。”但敦煌容得下、留得住有灵魂的人。敦煌与樊锦诗这样的守望者们，在荒漠中相互召唤并彼此守候。作为在考古领域为数不多的女性，樊锦诗一辈子扎根在这里；她总是奔走不停、想法不停，只为了一个目标：永远地留住敦煌！

“敦煌定若远，一信动经年。”要真正理解中国、认识中国，特别是中国古代艺术史，敦煌一定是不可或缺的。敦煌，曾经是古代丝绸之路上的重镇，也是世界四大文明、六大宗教和十余个民族文化的融汇之地。公元366年，乐僔和尚在这里开凿了第一座洞窟；此后，经过长达1000多年的营造，莫高窟成为世界上历史延续最悠久、保存较完整、内容最丰富、艺术最精美的佛教艺术遗存，至今仍保存着735个洞窟，其中包括45000平方米壁画和2000多身彩塑，涵盖文化、艺术、科技、政治、经济、宗教以及日常生活的诸多层面，向世人展现出一幅波澜壮阔的历史图景……敦煌莫高窟成为世界现存规模最大的佛教石窟寺遗址，是世界上历史延续最悠久、保存最完整、内容最丰富、艺术最精美的佛教艺术遗存，被誉为“佛教艺术宝库”和“中世纪的百科全书”。1987年，敦煌莫高窟列入联合国教科文组织世界文化遗产。

其实，敦煌石窟并不仅仅是莫高窟的代称，它是一个由大大小小的石窟组成的石窟群，比如一百公里之外的榆林窟，也是敦煌石窟的一颗璀璨的明珠；还有西千佛洞、东千佛洞等。

然而，1000多年来，敦煌石窟已被时光打过折扣。这样的千年佛教圣地，在公元16世纪以后，竟成为被历史遗忘的角落，它的丰富内涵和珍贵价值长期鲜为人知。由于长期无人看管，荒废太久，风吹日晒，地震沙浸，烟熏霉变，人为损坏，再加上当年使用的材料、颜料的变质与泥皮的自然老化，致使洞窟和壁画出现各种病害，渐渐失去昔日的绚丽与光辉。当年常书鸿先生曾描述他初来乍到时所见到的景象：窟前还放牧着牛羊，洞窟被当作淘金沙人夜宿的地方。他们在那里做饭烧水，并随意毁坏树木。洞窟中流沙堆积，脱落的壁画夹杂在断垣残壁中随处皆是。洞窟无人管理、无人修缮，无人研究，无人宣传，继续遭受大自然和人为毁损的厄运……

清光绪二十六年（1900）发现的藏经洞，出土了公元4至10世纪的文书、刺绣、绢画、纸画等文物5万余件，这引起了学界的震惊，中外学者以藏经洞文献研究为发端，开始关注敦煌莫高窟。1944年，一个保管和研究敦煌石窟的机构——国立敦煌艺术研究所在大漠戈壁的敦煌莫高窟中诞生了，于是有了守护莫高窟的第一代"敦煌人"。他们当中最杰出的领军人物，就是另一位杭州人——1904年生于杭州的常书鸿。在敦煌艺术的感召下，常书鸿先生毅然从巴黎起程，回到中国，冒着抗战的烽烟来到敦煌，筚路蓝缕，以启山林；他一生致力于敦煌艺术研究保护工作，被誉为"敦煌守护神"。

早在1943年初，大画家张大千离开莫高窟时，曾半开玩笑地对常书鸿说："我先走了，而你却要在这里无穷无尽地研究保管下去，这是一个长期的——无期徒刑呀！"乐于承受这"无期徒刑"的，是一代代、一批批无怨无悔的"敦煌人"：几十年来，一批又一批有志青年离开了繁华的都市，来到了西部边陲的敦煌莫高窟安家创业；他们住土房、喝咸水、点油灯，严寒酷暑，大漠风沙，孤独寂寞，磨灭不了他们心中神圣的追求，默默地奉献着青春、智慧、家庭，乃至人生……这其中的代表人物，就是把毕生精力奉献给敦煌的另一位杭州人、"敦煌女儿"——樊锦诗。也正是他们的守护，延长了莫高窟的生命，而在敦煌，他们也找到自我，找到艺术、文化乃至人生的新路。

人对了，事情才对。守护敦煌的这一批人，就是最对的人。

樊锦诗克服了多方面的挑战及资金上的难题，迄今已心无旁骛地履行职责长达56年，大大提高了大众对莫高窟文化和历史的认识。她推动的"数字敦煌"

计划，利用了现代化电子科技，采用数字存储与再现技术，做敦煌艺术数字档案，以永久地保存莫高窟的全部历史信息及其珍贵价值，重新以数字方式呈现莫高窟的壁画，为文化保育工作定下新的标准。她还致力于建设游客中心，让游客在未进入洞窟之前，先通过影视画面、虚拟漫游等，全面了解敦煌莫高窟的人文风貌、历史背景、洞窟构成等，由此把数字展示与参观洞窟结合起来，使参观效果更大化。

敦煌文化遗产本身具有国际性，敦煌学研究更具有国际性。1988年，在北京举办的敦煌学国际学术研讨会上，季羡林教授宣告，“敦煌在中国，敦煌学在世界”。由于历史的原因，敦煌文物流落他乡的多于留存国内的，英国、法国和俄罗斯有关图书馆和博物馆馆藏的敦煌文物数量最巨，都是成千上万，这个在2018年度“最美的书”、第九届全国书籍设计艺术展优秀奖作品《敦煌》一书中，有着详细的记载，书的最后附了一张长长的由中国国家图书馆敦煌资料中心提供的《敦煌文献收藏单位一览表》。现在唯一感到欣慰的是，当年从藏经洞“跑”出去的这些敦煌文物较好地保存了下来，成为研究的对象，敦煌学成为世界级的显学。樊锦诗大胆建构的“数字敦煌”，不仅将移不走的洞窟、壁画、彩塑等加工成高智能数字图像，同时也将分散在世界各地的敦煌文献、研究成果等汇集成电子档案。

很多事情，不是因为看到希望才去继续坚持，而是因为再坚持一下，才会看到希望。樊锦诗就是这样的坚持者，经过长期的努力，由她主持、敦煌研究院编著的《莫高窟第266—275窟考古报告》(文物出版社2011年8月第1版)，分为上下两册，以文字、图片、测绘图等形式，详细记录和描绘了敦煌莫高窟第266窟、275窟等11个洞窟的石窟档案，包括洞窟位置、窟外立面、洞窟结构、塑像和壁画、洞窟保存状况等，是洞窟最翔实的“档案资料”，为今后洞窟修缮乃至全面复原提供了科学依据。之后还需要编撰100卷左右，“是一项浩大的工程，需要几代人的努力才能最终完成”。

樊锦诗对促进敦煌文物的研究和保护所作出的贡献，得到了学术界的一致认可。季羡林先生曾在2000年敦煌百年庆典上极力称赞樊锦诗，他用了一个词：

功德无量！早已成为敦煌人、成为莫高窟人的樊锦诗说：“我死了，肯定是要埋在这里的。”像常书鸿一样，埋在这里，也是继续无量功德。

敦煌艺术还致力于走出去。早在5年前，敦煌研究院和浙江美术馆共同举办了《煌煌大观——敦煌艺术展》，展示复原洞窟7个、壁画临摹作品59幅、彩塑复制品10尊，还有花砖真品10件、藏经洞出土经卷真迹10件，以及浙江敦煌学学者研究成果等。这样的“敦煌艺术展”，带观众穿越千年，受到了极大的欢迎，每天的观众都是人山人海、络绎不绝。我和妻子一起来观展，长时间沉浸于其中，都不想离开——是的，美是会让人流连，让人迈不开步的；我心中最大的感慨就是：古人怎么这么伟大，创造出这么美丽绝伦的艺术，今人如果呵护不好，那真当是对人类的犯罪！

近年来，还有“一百家图书馆，一百个敦煌展”的“来图书馆看敦煌”展、“敦煌壁画艺术精品展走进良渚”等等活动在蓬勃展开。“大漠甘露，敦煌花雨”，飘飘洒洒，洒向江南……

是的，这些都是功德无量之事，非“千万元大奖”所能概括。

今天，在美丽的江南，让我们向伟大的敦煌以及她的保护神们致敬！

（原载于2019年9月2日《杭+新闻》《杭州日报》）

钱思亮：钱氏家族跨越的时空

2016年五一，春光和煦。杭州西湖自然景观之美，引来人潮涌动；与此同时，西子湖畔历史人文之美，带来思绪澎湃。台湾大学原校长钱思亮先生学术成就展大陆首展，五一在杭州西子湖畔钱王祠亮相。来自海内外各地的钱氏宗亲代表们，共同在此观展并寻根拜祖。此次成就展，为期20天，所有图片及历史遗物都是首次在大陆公开展出。

5月3日，时值北京大学118周年校庆之际，钱思亮先生纪念展揭幕仪式在北大图书馆举行。钱思亮之子、美国科学院院士钱煦作了“我的父亲——他对我一生的影响”的演讲。钱思亮先生桃李满天下，是连接北大和台大、大陆和台湾的学术教育名家，也是两岸同根同源的见证。

思学并济，亮节高风。钱思亮，杭州人，是钱镠第三十五世孙，生于1908年，逝于1983年；他是著名化学家、教育家，1951年起担任台湾大学校长，长达19年，后任“中研院”院长。钱思亮育有三子，老大钱纯是著名经济学家，是台湾经济起飞过程中的重要角色；老二钱煦是著名的美籍华裔科学家，头戴6顶“院士帽”；老三钱复是马英九的老师，曾任台湾“外交部门”负责人，是著名的“外交才子”。

钱镠是五代十国时期吴越国创建者，杭州临安人。由钱镠繁衍的钱氏家族，是一个伟大的家族。你听听这些如雷贯耳的名字：钱均夫、钱学森、钱基博、钱锺书、钱玄同、钱三强、钱穆、钱逊、钱学榘、钱永健、钱伟长、钱壮飞、钱君匋、钱正英、钱之光、钱其琛……远一点的，有宋末元初画家钱选，明代学者钱德洪、画家钱谷，明末清初文学家钱谦益，清代藏书家钱曾、文字训诂学家钱大昭、画家钱杜、篆刻家钱松，等等。

钱镠是杭州的骄傲，杭州作为历史文化名城，文化名人灿若星汉，而钱镠是站在金字塔塔尖的人物。2014年10月，我应《南方人物周刊》之邀，撰写并刊发了《杭城群星闪耀时——杭州历史文化名人掠影》长篇文章，就是以钱镠为开篇人物，从他写起的。上有天堂，下有苏杭，钱镠乃是奠基人。而且，“陌上花开缓缓归”这句让当今小资爱不释手的名句，创造者正是钱镠。

吴越钱氏家族是一本大书。这次，钱氏家族跨越了时空，相聚在西子湖畔的钱王祠。“我离开大陆46年，1995年时第一次回来，就来到杭州钱王祠。”谦谦学者如和煦阳光的钱煦说，从小父亲就说起家乡的故事，一直知晓自己的“根”在这里。“5年前，我们兄弟3人与家属来认祖归宗，参加钱氏宗亲会的祭典，先父也被列入名人堂。”

台大出版中心在2010年出版了《薰天事业成亮节——钱思亮校长传》(作者郑吉雄)，从“火焰直上云霄”的书名可见为人为事之高品。薰天，势炽也。钱思亮是留美博士，是走过大时代的人。1931年他从清华大学化学系毕业后，以中美庚款奖学金进入伊利诺伊大学，1932年获理学硕士学位，1934年获得哲学博士学位，同年返国，任教于北京大学化学系。抗战时期任西南联大化学系教授，1949年应台大校长傅斯年之邀，赴台任教于台湾大学并兼教务长。1950年傅斯年骤逝，翌年在胡适郑重推荐下接掌台大，主持台大校政长达19年余，成为学界翘楚，贡献至为卓著。1970年出任“中研院”第五任院长。

钱思亮出任台大校长时年仅44岁，是台大历史上最著名的校长。他品格高洁，才学渊博，育人理念深刻；他殚精竭虑，秉持“普遍且均衡的发展”之治校理念，使台湾大学一步步走向世界的一流大学；他全力维护学术自由尊严，对台湾学术的进步、教育的发展、文化的繁荣作出了重要贡献。他温和、诚恳、谦恭、儒雅，为台大营造了雍容大度的校园文化；他认真、有恒、坚忍、俭朴、好学，在任期间，树立了“聘任资格审查委员会”的公正和权威。

作为台大校长，并担任“中研院”的一把手，他可是“一心为学，两袖清

钱思亮先生在书房

风”。他公私分明，“连办公室的一支回形针也不带回家”；自己的生活过得拮据简朴，他将每月薪资悉数交给妻子，也只能勉强应付家用，他一生都没有置产买房。

这，就是《钱氏家训》所说的“持躬不可不谨严，临财不可不廉介”“利在一身勿谋也，利在天下者必谋之”！

2009年4月，时任总理的温家宝在海南博鳌会见钱复，他说，很高兴在博鳌会见钱复先生，“其实咱们是一家人，钱先生是杭州人，西子湖畔，钱家很有名，出了很多名人，包括文学家、科学家、政治家、外交家”；他还说：“《钱氏家训》有一句话，叫作‘利在一身勿谋也，利在天下者必谋之’。这与中山先生经常引用的一句话‘大道直行，天下为公’是同一个道理。”

钱氏家族的精神之脉，就是薪火相传的《钱氏家训》。《钱氏家训》是钱镠留给子孙的精神遗产，成为家族人才辈出的不竭动力，它是无价的。家训分为个人、家庭、社会、国家四大部分，对钱氏子孙立身处世，持家治国的思想行为，作了全面的规范和教诲。这里摘录一二：

个人篇：“心术不可得罪于天地，言行皆当无愧于圣贤”；“花繁柳密处拨得开，方见手段；风狂雨骤时立得定，才是脚跟”；“能改过则天地不怒，能安分则鬼神无权”。

家庭篇：“欲造优美之家庭，须立良好之规则”；“祖宗虽远，祭祀宜诚；子孙虽愚，诗书须读”；“勤俭为本，自必丰亨；忠厚传家，乃能长久”。

社会篇：“恤寡矜孤，敬老怀幼”；“兴启蒙之义塾，设积谷之社仓”；“小人固当远，断不可显为仇敌；君子固当亲，亦不可曲为附和”。

国家篇：“执法如山，守身如玉”；“利在一身勿谋也，利在天下者必谋之；利在一时固谋也，利在万世者更谋之”；“大智兴邦，不过集众思；大愚误国，只为好自用”。

钱氏家族，千年名门；钱氏家训，其功卓著。

好的家训，就是好的教科书、播种机。把立身处世、修身齐家的家训化为实践、变成现实，正是钱氏家族一代代的努力。

“先父对我们兄弟影响很大，他更多的是‘身教’，而不是‘言教’，很少用言语教训人，他是以身作则，给我们看到做人做事的道理。”在钱煦心中，父亲钱思亮是一位“完人”；受父亲的影响，钱煦教授对自己的要求是：“做六成的事，拿四成的回报”。

研究系统生理学的钱煦教授，有着美国最负声望的“四院”（美国科学院、工程学院、医学院、艺术和自然科学院）院士头衔，他在海峡两岸都担任院士。当今世界仅6人获美国“四院院士”殊荣，钱煦是华人中的唯一。作为国际化学界享有盛名的科学家，钱煦在台湾早就应该出任“中研院”院士了，可是，在遴选过程中，长期有人从中作梗。或者被“运作”掉，或者被“呼吁”掉，反正都是直接给挡下。再这样下去，几乎要惹出众怒了，于是众多院士要求那位从中作梗的“高层”回避，钱煦终于当选了院士。这位“作梗”的“高手”，正是当时的“中研院”院长——他父亲钱思亮。钱煦如今谈起这位提出“利益回避”的“高层”，心中“有十二万分的尊崇”。

“做科学的目的，是为了人类的福祉、社会的进步、人民的健康，一定要从社会、文化、伦理等多方面来考量。”2015年6月30日，钱煦教授做客浙大“海外名师大讲坛”，他说:“在做学问方面，人们常常以人文与社会科学、生物医学、数理工程来划分，这样各自放在一块是不对的。因为它们互相之间都有非常密切的关系，应该放在一块。”美国的“艺术和自然科学院”，就是把艺术人文与自然科学搁在了一块。

这次钱思亮学术成就展来大陆，在杭州钱王祠做首展，是一个极好的安排。杭州，本来就是所有钱氏家族成员的家。“两岸一家亲”，钱氏家族，开枝散叶，海峡两岸，血脉相连。这样的同胞同祖同根同文化，那叫真正的“不忘故里乡愁”。

跨越时空的钱氏家族，是历史的，又是现代的，是杭州的，是中国的，亦是世界的。

（简版原载于2016年5月6日《杭州日报》）

钱煦：天空没有止境

A

“谦冲的医学泰斗，和蔼的学术领袖”，说的是美籍华裔杰出科学家、中科院外籍院士钱煦先生。2018年12月2日，钱煦先生学术成就展在杭州降下帷幕。此次展览由浙江省侨联举办，这是继2016年钱思亮先生学术成就展在钱王祠展出之后，又一次有关钱氏家族后人的成就展。

钱煦是吴越王钱镠的第三十六世孙，所以他说“我的根在杭州”。钱思亮是钱煦的父亲，在2011年入谱杭州西湖钱王祠；他是著名化学家、教育家，曾任台湾大学校长19年，任台湾“中央研究院”院长13年。钱煦有一兄一弟：哥哥钱纯曾任台湾“财政部长”，弟弟钱复则是马英九的老师，曾担任台湾“外交部门”负责人。

世人皆知钱学森，他是钱镠第三十三世孙；而知钱煦的相对少一些，钱煦先生是中国科学院外籍院士，是美国国家医学科学院、国家工程科学院、国家科学院、艺术与自然科学学院“四院”院士——是华裔科学家中成为“四院”院士的第一人。他在血液流变学、生物工程学、生物医学等领域的研究，是国际一流水平，为人类作出了杰出贡献。2011年美国奥巴马总统为他颁发国家科学奖奖章，这是美国政府对科学家最高的奖励。

此次的钱煦先生学术成就展，追溯了先祖钱镠王和父亲钱思亮，展示了钱煦的成长历程，介绍了他的卓越成就，弘扬了他教书育人的精神，呈现了他幸福的家庭、珍贵的友情、回国进行学术交流的热忱。以展览促进中美文化交流，以交流增进两岸血脉亲情，这是办展的宗旨；通过展览，可以充分领略钱煦先生的人文品格和科学精神。

钱煦院士不但是一位科学巨匠，更是一位良师益友、爱国典范。正如浙江省侨联主席连小敏在钱煦先生学术成就展开幕式上所说的，“钱煦院士87岁高龄，仍然矍铄地工作在第一线，孜孜不倦地奉献社会，他是所有海内外华人的楷模，是中华民族伟大精神的集中展现”。钱煦先生大半个世纪生活在海外，但是并没有冲淡他作为炎黄子孙爱国爱乡的情怀，“一朝是中国人，永为中国人”。2011年，钱煦和哥哥、弟弟会集台湾，随后一起飞抵祖籍地杭州开始寻根之旅，他说：“来到这里，就会感觉到祖先们都在身边。至今，我们都沐浴着祖先的恩泽。”

B

钱煦1931年生于北京，1947年当时的政府允许高二学生考大学，当年读高二的钱煦觉得是一次机会，然后就去报考北京大学医学院，没想到被录取了，于是他16岁就成了北大的学生。

1949年钱煦随父钱思亮去台湾，入台湾大学医学院，学习研究医学，年年都是班里第一名。在台湾大学医学院，分科时，同学都选择做临床医生，全班100人中唯钱煦选了基础研究，他觉得了解疾病的机理可以拯救更多病人。其中有一年住在傅斯年校长家里，傅斯年校长与他成了忘年交。

1953年钱煦以名列前茅的成绩毕业了，在经历了为期一年的预备军官训练之后，获得每年仅有一个名额的奖学金，赴美深造，1957年获哥伦比亚大学生理学博士。之后他留在美国，一直从事教学和研究，先在哥伦比亚大学，后来到加州大学圣地亚哥分校（简称“圣校”），任生物医学工程研究院院长。

“煦若春阳应活世，匡其戒旦曰同心。”这是父亲钱思亮在1981年送给钱煦胡匡政夫妇一首诗中的两句。这对恩爱夫妻、神仙伴侣让人十分羡慕，妻子胡匡政也是台湾大学医学院的高才生，他俩同岁，因为钱煦小学、中学各跳了一级，先上大学，比胡匡政早两年毕业。1956年，胡匡政赴美国纽约接受医师训练。1957年4月7日两人喜结连理，钱煦说："这是我一生的关键，我们始终恩爱有加。"

之后他们有了两个女儿，后来都事业有成。在女儿的成长期，"她们常会找我谈，我总是以此为优先，不管怎么忙都会和她们谈；她们现在为人母也这样做，这是关爱的传递"。夫人胡匡政是美国的执业小儿科医生，高雅大方，气质出众，待人诚恳，非常爱小孩子，经常一个温馨的拥抱，关爱之情，无声胜有声。

C

钱煦先生名字的谐音就是"谦虚"。"做百分之六十的事，拿百分之四十的功。"这是钱煦先生的名言，更简明的表达就是"做六成的事，拿四成的回报"。

在圣校，钱煦教授主要研究血流的动力和血管的伸张力对内皮细胞分子讯息传递、基因调控及功能表达的影响。他认为，"找准血流的方向和人生找对努力的方向一样重要"。

我的藏书中有一本《学习、奉献、创造——钱煦回忆录》(台湾远见天下文化出版股份有限公司2016年4月第1版)，图文并茂，全面展示了钱煦先生的风采。其中，钱煦先生以"七颗心"来概括人生和科研：全心热爱、决心投入、用心理解、精心创新、同心合作、推心沟通、尽心完成。这"七颗心"用英语称为7C：热爱 Compassion、投入 Commitment、理解 Comprehensive、创新 Creativity、合作 Cooperation、沟通 Communication、完成 Consummation。钱煦先生说，每一条都是由心而生，科学与人生，万事存乎一心；心在，凡事都能成功。

科学的天空没有止境。钱煦先生说："人生的乐趣在学习，人生的收获在奉献，人生的意义在创造。"他一生都在孜孜不倦地学习、研究、创造、奉献。钱煦院士如今领导的圣校生物医学工程学科，是全美最顶尖的学科，被评为全

钱煦胡匡政结婚照，1957年，美国纽约

美第一名。他曾在宾夕法尼亚州立大学工程学院的毕业典礼上，以“天空不是极限，世界是你们的”为题，对学生们发表演讲，以激励年轻人不断进取、砥砺前行。如今钱先生自己不但没有退休，甚至比全职的时候还要忙碌，“我希望有更多的时间可以留给科研和教学，希望在有生之年可以为人类作出更大的贡献”。

D

在我的藏书中，还有一本精装的大部头《钱煦院士集》(人民军医出版社2014年11月第1版)，是“中国医学院士文库”之一。该书由六部分组成：奋斗历程、学术贡献、治学之道、大师风范、社会影响、人生风采。“学术贡献”是全英文的专业论文，我自然是看不懂，就略过了；而其中“大师风范”部分是钱煦院士同仁、学生、亲人的文章，像磁铁一样吸引着我，尤其是从诸多细节可见先生谦谦君子为人为事的风范，在这里采撷一二，与大家分享。

2011年暑假，浙江两位学者去美国圣地亚哥顺访钱煦院士，先生非常细致地告诉了住家的地址，还附上了地图；那天他和夫人还邀请他俩一起去参加当地盛大的亚裔晚宴，竟然是钱煦先生自己开车。

北京大学一位教授到美国，与钱煦先生一起去听一场学术报告，进了大厅刚脱下大衣，背后就有人把大衣接过去，转身一看原来是钱煦先生，他接过大衣挂在了衣架上。

钱煦先生的一位博士生，完成第一篇英文论文之后，觉得精疲力竭，然后直接把论文交给了钱先生；结果拿回来一看，导师在上面做了密密麻麻的修改，有的段落甚至整个重写；钱先生还当面认真细致地告诉学生为什么要这样修改……

煦者，温暖也。接触过钱煦先生的人，都是如沐春风的感觉。在西谚里有一句，赞扬一个人具有人文情怀、人文精神、人文品质，就说他“是一个人，是一个文艺复兴人”，钱煦先生就是一个温暖的“文艺复兴人”。

E

科学的背后是人文。《学习、奉献、创造——钱煦回忆录》里，就充满了人文内涵和人文精神，其中钱煦写到自己一生处事的准则，包括选择方向、热忱奉献、迎接挑战、保持乐观、尊重品格、终身学习、把握时间、追求卓越、努力前进。这本书从作者的祖先和父母开始，最后回到祖先的钱王祠，从中真正可见什么叫“大师风范”。

科学的天空无极限，但学术研究有底线，同为钱氏家族的大学者钱穆曾说：“物理之学，或有所不通，则不可以强通。强通则有我，有我则失理而入于术矣。”科学研究来不得半点沽名钓誉、投机取巧；宁要“正确的失败”，不赌“错误的成功”。如果把个人的东西、个人的欲望、个人的私念融进了科学研究当中，就会出问题。内涵丰富的《钱氏家训》，是钱家先祖留给子孙的重要精神遗产，开篇第一句就是“心术不可得罪于天地，言行皆当无愧于圣贤”。钱煦曾说：“‘利在一身勿谋也，利在天下者必谋之’，就是个人跟天下的关系，这是非常好的家训。”

钱氏家族，名人辈出，基因强大是本因，而《钱氏家训》的影响也至关重要。钱煦屡屡提到《钱氏家训》对自己的影响。当今的青年学者，要好好学一学钱煦，学一学著名的《钱氏家训》。家训在《钱煦院士集》中全文刊载，兹录如下：

【个人】

心术不可得罪于天地，言行皆当无愧于圣贤。曾子之三省勿忘，程子之四箴宜佩。持躬不可不谨严，临财不可不廉介。处事不可不决断，存心不可不宽厚。尽前行者地步窄，向后看者眼界宽。花繁柳密处拨得开，方见手段；风狂雨骤时立得定，才是脚跟。能改过则天地不怒，能安分则鬼神无权。读经传则根柢深，看史鉴则议论伟。能文章则称述多，蓄道德则福报厚。

【家庭】

欲造优美之家庭，须立良好之规则。内外门闾整洁，尊卑次序谨严。父母伯叔孝敬欢愉，妯娌弟兄和睦友爱。祖宗虽远，祭祀宜诚；子孙虽愚，诗书须读。娶媳求淑女，勿计妆奁；嫁女择佳婿，勿慕富贵。家富提携宗族，置义塾与公田；岁饥赈济亲朋，筹仁浆与义粟。勤俭为本，自必丰亨；忠厚传家，乃能长久。

【社会】

信交朋友，惠普乡邻。恤寡矜孤，敬老怀幼。救灾周急，排难解纷。修桥路以利人行，造河船以济众渡。兴启蒙之义塾，设积谷之社仓。私见尽要铲除，公益概行提倡。不见利而起谋，不见才而生嫉。小人固当远，断不可显为仇敌；君子固当亲，亦不可曲为附和。

【国家】

执法如山，守身如玉；爱民如子，去蠹如仇。严以驭役，宽以恤民。官肯著意一分，民受十分之惠。上能吃苦一点，民沾万点之恩。利在一身勿谋也，利在天下者必谋之；利在一时固谋也，利在万世者更谋之。大智兴邦，不过集众思；大愚误国，只为好自用。聪明睿智，守之以愚；功被天下，守之以让；勇力振世，守之以怯；富有四海，守之以谦。庙堂之上，以养正气为先；海宇之内，以养元气为本。务本节用则国富，进贤使能则国强；兴学育才则国盛，交邻有道则国安。

（原载于《民主与科学》2019年第2期）

赫尔穆特·科尔：从俾斯麦到科尔

有一位巨人逝世了。在这个北半球的初夏。

2017年6月16日，德国前总理赫尔穆特·科尔在路德维希港的家中与世长辞，享年87岁。

当年科尔给我的最大印象，就是人高马大，高大壮硕。他身高1.93米，体重在120公斤以上，一些爱讽刺人的欧洲媒体就把他漫画成“鸭梨”状的体型。毫无疑问，科尔是联邦德国历届总理中个子最高的。

科尔被德国媒体形容为一位不折不扣的“巨人”，不仅仅是因为他身材高大。科尔是两德统一的见证者，更是两德统一的促成者。从1982年至1998年，他曾担任德国总理长达16年，是俾斯麦之后任职时间最长的德国总理；他迄今保持着1949年以来德国执政时间最长的纪录，对战后德国历史，尤其是德国统一的历史产生了巨大影响。

伟大的人，总是在伟大的历史转型期出现。

A

德国统一，是一道单选题。

而历史上，德国有两次极其重要的统一。

第一次是在1871年，由“铁血宰相”奥托·冯·俾斯麦实现统一，建立了德意志帝国，影响深远；第二次是在1990年，原德意志民主共和国并入德意志联邦共和国，完成了统一，影响更为深远。两次统一，在时间上跨度有119年，促成两次统一的历史大背景、原因及方式有着巨大的不同。

19世纪后半期，“铁血宰相”俾斯麦凭借其铁血政策，先后发动了三次王朝战争——普鲁士和丹麦战争、普奥战争、普法战争，凭借其超强的政治手腕和外交才能，实现了德国在普鲁士控制下的统一，一手缔造了强大的德意志帝国。“铁血”的“铁”是指武器，“血”当然是指战争。

俾斯麦本是武士的后代，一个破落的贵族公子。1815年4月1日——那个时候还没有“愚人节”的概念，俾斯麦诞生在普鲁士的勃兰登堡申豪森庄园。赫尔穆特·科尔于1930年4月3日生于路德维希港，他的生日跟俾斯麦只差两天。俾斯麦小时候甚至被认为是个“愚笨顽劣的小男孩”。成长期的俾斯麦曾说过：“我在生命的河流中漂来荡去，充当把舵物的，只有一时的意向，别无他物。至于自己在何地可以被水推上岸，我一点儿都不去想，也不想管。”

彼时的德意志四分五裂，实在是“得意”不起来，普鲁士王国算是其中最强大的。俾斯麦一步步走来，在他刚当上普鲁士“一把手”的时候，名气似乎也不太大，他的“铁血政策”的出笼，甚至还给他带来小恶名。但他逐步成长为一个集政治家、外交家、奋斗家于一身的“铁血宰相”。德国著名传记文学作家艾密尔·鲁特维克在《俾斯麦传》（中译本由湖南人民出版社于2013年12月出版）中，透析了构成俾斯麦性格基石的三种元素：骄傲、勇敢和怨恨。我不知道“怨恨”这个词的中文翻译是不是十分准确，但那种意味在俾斯麦身上确实存在，后来的科尔总理跟他可是大不相同。“骄傲”这一点科尔也不同，唯有“勇敢”的品质是一样的，而科尔则更为睿智。

俾斯麦也是长寿的，从1815年出生到1898年7月30日去世，83年占据了整个19世纪的大部分。那时的中国是大清帝国时期，俾斯麦曾经接待过来访“中国官方考察团”以及来自中国东边的日本的访问团，他的一番观感可见他的深刻的洞察力：“日本到欧洲来的人，讨论各种学术，讲究政治原理，谋回国做根本的改造；而中国人到欧洲来，只问某厂的船炮造得如何，价值如何，买回去就算了。”他说：中国和日本的竞争，日本必胜，中国必败。“甲午战争”一声炮响，证明了俾斯麦的预言准确无误。

俾斯麦天生机警，擅长谋划。“俾斯麦自最初几次决斗后便准备好了活到老战到老。他一生中从来没有对牺牲生命感到过惧怕。”鲁特维克在《俾斯麦传》中这样评价，“这个宰相有非常真实的勇猛特性”。与后来的柏林墙一夜间轰然倒塌、两德迅速统一不太一样，当年的德意志国并非骤然被“建立”出来的，而是从1848年到1871年—— 一段相当漫长、为时超过20年的演进历程。历史能量总是逐渐积累起来的，从这点看，第二次德国统一也是一样的。

从俾斯麦到科尔，中间跨越的德国百年史，出现了恶魔希特勒。这个一战时期在战壕里被毒气熏过的人，实行典型的“病夫治国、疯子理政”，于是有了第二次世界大战，有了战后德国的分裂，乃至一个柏林都分为东西柏林。

德国第二次统一的历史重任，落在了“大个子”赫尔穆特·科尔身上。

B

“东、西两德已经分别发展了40年，按照目前的情况来推断，两个德意志国家的再统一将会是何模样？说来奇怪的是，想象力在此已经不听使唤。”塞巴斯蒂安·哈夫纳是德国著名史学家，他在柏林墙倒塌之前出版的《从俾斯麦到希特勒》（中译本由译林出版社于2016年1月出版）一书的最后，曾这样说，“我们只能够勾勒出一种再统一的模式，那就是两德当中有一方消失不见，并入另外一方。然而，其大前提是一场战争——而且依据今日现有的条件，这种再统一模式只可能在万人冢里面完成。”

“两德当中有一方消失不见，并入另外一方”这个预言说对了，然而，“其大前提是一场战争”“再统一模式只可能在万人冢里面完成”的推测，则是完全错了。

众所周知，20世纪的人类经历了两次世界大战，死伤无数；1945年，随着二战结束，“铁幕”拉下，冷战开始；德国由此走过了一段“充满各种行动与苦难、断层与恐惧”的历史。东西方冲突长达数十年，伴随着军备竞赛、经济制裁、政治孤立、巍巍高墙和密密铁丝网。

1967年，北约出台了《哈默尔报告》，对外战略出现转向，面对华约集团，不再对抗，而是在安全有保障的前提下，代之以对话与合作。1985年3月，米哈伊尔·戈尔巴乔夫担任苏共总书记，之后苏联重启与美国的对话和裁军谈判，最终促成了影响深远的裁军和军控协定。在政治经济领域，东西方已然失衡；在社会人心方面，东西方落差巨大。

1989年11月9日，随着东德“旅行便利化”新决议的出台，在万众奔涌中，浩浩荡荡的历史“洪流”，导致了柏林墙的突然倒塌。从那时至1990年10月3日德国统一之日，经历了329天，不到一年时间。

都说“天下大势，合久必分，分久必合”，分分合合，其实并不简单。这329天，对于联邦德国总理赫尔穆特·科尔博士来说，考验是严峻的。事实上，科尔的高屋建瓴、远见卓识，在这之前就已充分体现出来。科尔在改善两德关系、增进民族情感方面付出了许多努力。在民主德国遭遇外汇紧缺困境的时候，他力排众议，先后于1983年和1984年分别向民主德国提供了10亿马克以及9.5亿马克的贷款。他还动用提高无息透支贷款、增加无偿经济援助、减免民主德国国债等手段，来推动两德之间的经贸合作。在他执政期间，两德签订了一系列科技、经贸的重要协议，其中大众汽车公司跟东德就签订了5亿马克的生产线合同。

为了增进民族统一的感情，科尔大力推行与民主德国之间的经济、文化和人员的交流与合作；在政治层面，他积极推动两德高层晤谈与访问。1987年9月，民主德国领导人昂纳克应科尔邀请，对联邦德国进行了正式访问，双方一致同意要为欧洲的和平共处做出努力，“在德国的土地上永远不应再发生战争，在德国的土地上必须创造和平”。这次“破冰之旅”，是两个德国分立以来的“破天荒”头一遭，成为两德关系史上的“里程碑”。

冰冻三尺，非一日之寒；破冰融冰，非一日之功。此刻如果是“敢同恶鬼争高下，不向霸王让寸分”的思维，那绝对是行不通了；若是像20世纪初美国老罗斯福总统所说的，“拿个大棒子，轻声细语”，别人同样不见得还听你的了。

为改善东西方两大集团的关系，在当了总理之后，科尔做了各种努力。他曾利用欧共体（欧盟前身）和七国峰会的机会，为苏联和华约集团国家募集经济援助。1990年7月，北约集团终于宣布：向华约集团国家伸出友谊之手。“庆幸的是，四大国时任领导人，美国总统乔治·布什、苏联总书记米哈伊尔·戈尔巴乔夫、法国总统弗朗索瓦·密特朗和英国首相玛格丽特·撒切尔，均令人信服且富有能力。”有识之士说：“他们与联邦政府一起，致力于推动德国统一尤其以和平与和谐的方式进行。”

科尔奠定了德国统一的基石。科尔一贯坚持东西德是“一个民族”，“互不为外国”，主张在欧洲统一的前提下，通过自决的方式实现德国统一。行动，必须行动起来！行动，开始是关键！透过历史望远镜，我们可以看到：1989年11月28日，科尔总理向联邦议院提出《消除德国和欧洲分裂的十点纲领》，该十点纲领也被称为“十点计划”，高瞻远瞩，极具前瞻性。这是“在一个历史性的瞬间，在正确的时刻，作出了正确的决策”。十点纲领提到了最重要的国际框架条件。对德国而言，这是统一的“路线图”，但不是具体的“时间表”——这一方面说明，科尔对统一进程的速度并没有太乐观；另一方面也说明，科尔有着很大的信心和耐心，等待“时间的开始”。

过了不到一个月的12月19日，科尔在德累斯顿圣母教堂废墟旁，面向情绪激动的东德民众，发表了为两德统一铺路的著名演讲，雷鸣般的欢呼声包围了他，万众高呼的口号是：“德国，德国！”“赫尔穆特，赫尔穆特！”“我们是一个民族！”

科尔坚定地认为，一旦实现统一之后，德国必须保持北约成员的地位。于是，苏联和戈尔巴乔夫的态度很重要。1990年夏天，在高加索，科尔与戈尔巴乔夫达成了一致，戈尔巴乔夫最终同意了。在此之前，苏联有关方面都一直在想尽一切办法，阻止统一的德国成为北约成员。

没放一枪一炮，没死一兵一卒，柏林墙倒塌后329天——不到一年即完成了统一，德意志民主共和国加入了德意志联邦共和国，两德在分裂了40多年后终于重新实现统一。这是一次革命，一次和平的革命。

对抗的两极世界体系消亡了，新的世界秩序由此开辟。“这是以科尔为代表的德国政治家的伟大历史性创举。”在《德国统一史(第一卷)·科尔总理时期的德国政策：执政风格与决策(1982—1989)》(社会科学文献出版社2016年1月第1版)的导读中，中国德国研究会会长顾俊礼说：“科尔以他的睿智和果敢，把德国迅速推上了历史性的统一之路！德国统一，标志着以德国分裂为基础、美苏分治为特征的‘雅尔塔体制’的解体，对于今后欧洲和世界局势的发展，乃至德国的和平崛起有着深远影响。”

唯有杰出的政治家，才能如此果断地抓住稍纵即逝的历史机遇，迅速推进并实现德国统一。作为两德统一后的首任德国总理，科尔被称为“统一总理”，他着力于治理和发展东部。1990年，科尔成为《时代周刊》封面人物。1992年9月30日，科尔在担任总理职务10周年发表的声明中说：“完成德国内部统一是我在任时期的一项艰巨任务。我觉得能够为这个目标努力是一种幸福。”

国家的和平统一、政治的和平转型，都是人类历史上的无价之宝。俾斯麦用三次战争，统一了德国；希特勒用二次大战，企图“统一世界”；科尔和他的盟友们，用一个和平，实现了两德统一。从俾斯麦需要“铁血政策”“铁血战争”，到科尔不费一枪一弹，这本身是人的进步，是人类的进步，是人类世界的进步。

C

十年前我曾经到访过德国，去过柏林，去过德累斯顿，去过距离科尔家乡路德维希港不远的法兰克福，彼时并不知道有个路德维希港——科尔的出生地。路德维希港不是一个出名的旅游城市，中国女歌手张璐诗倒是有一首自己作词、作曲并演唱的，简单但蛮好听的歌《路德维希港》：“莱茵河畔骑车的我俩，一头扎进迷雾里的远方。路德维希港，迎风漂流到你的沙发床……”科尔的童年是在路德维希港度过的，当年他父亲汉斯·科尔是巴伐利亚州财政部的一名公务员，科尔是家里的第三个孩子，他的一个哥哥不幸被二战夺走了生命。青年科尔到离家不远的法兰克福、海德堡读大学，1958年他在海德堡大学获得了哲学博士学位。

科尔16年的总理生涯，结束于1998年。他所属的德国基督教民主联盟（基民盟）在大选中失败，另一个大党——德国社民党取得了压倒性的胜利。生于1930年、时年已经68岁的他宣告退休，随后返回故乡路德维希港居住，从此“不在其位不谋其政”，彻底淡出政界。

科尔是现任总理默克尔的提携者、政治导师，默克尔将继承导师的“遗志”。默克尔生于东德，正是柏林墙“倒塌”这一重要事件改变了她的人生，她积极投身政治活动，参加了东德的“民主崛起”组织，而后又进入了东德时期的最后一届政府，成为发言人。斯蒂凡·柯内琉斯所著的《默克尔传》(中译本由中信出版社于2015年1月出版)中讲道：她和科尔的第一次会面是在基民党代表大会上，即筹备1990年正式统一庆祝典礼的前几天；科尔把她请到另外一个房间谈话，默克尔后来说，会面之前很紧张：“我心里想，你就要去见联邦德国总理了，他会问你很难回答的问题。结果，他问了我一个再简单不过的问题。”科尔想必也对她留下了深刻的印象，才会在11月就安排默克尔去波恩进行第二次会谈。她已经是科尔心目中统一后德国第一届内阁的部长人选。12月国会选举后，默克尔被提名为妇女与青年部部长，她当然接受了……正是科尔帮助默克尔“跃升至德国政坛的领导阶层”。

淡出政坛后，看到科尔的新闻主要是有关他的身体和家庭的。印象最深的是2008年在家中严重摔伤，这么大的个子，这么重的身躯，而且退休10年已到78岁的高龄了，摔一跤可不是玩的。事故造成颅脑外伤，在公开场合出现时他都使用轮椅。对于摔伤后的艰难时期，他说：“如果没有我的太太，我现在不会仍然活着，如果她未曾陪伴在我的身边，这会是我生命中的重大损失。”

科尔先后有两任妻子。这一年，距离前妻去世已有7年。前妻汉内洛蕾与科尔结婚41年，因患光过敏症及抑郁症久治不愈，于2001年自杀告别了人世。科尔之子华特·科尔曾讲到，“母亲晚年因患抑郁症而常有轻生念头”，他狠批老爸对于家庭漠不关心，“他真正的家是基民党，他娶的不是我妈而是党”，这使其最终“愤而与父亲断绝父子关系”。如果用中国特色的语言来表达的话，科尔总理这是典型的“舍小家顾大家”。

科尔的第二任妻子里希特，在科尔执政时曾在联邦总理府经济处工作。里希特博士生于1964年，是相对年轻的、美丽的德国女子，她还曾经担任过《德国经济周刊》的记者。2005年4月科尔75岁生日时，她首次与科尔共同出现在公众场合。2008年5月8日，在海德堡大学医院的一间小礼堂举行了婚礼，两人喜结连理。

科尔吸烟斗，爱散步，爱收集奇石，爱听巴赫的古典音乐，还有，非常喜欢中国美食北京烤鸭，是一个忠实的拥趸；科尔对传记文学和历史文学也很有兴趣，他还著有自传及《忧心欧洲：我的呼吁》等作品。

D

面向未来，是不是一定会“春暖花开”？

《忧心欧洲：我的呼吁》是一本面向未来的书。该书中译本已由同济大学出版社于2015年9月出版，编辑推荐语是这样说的：“这位20世纪伟大的历史创造者，在书中介绍了他的个人经历和政治信条，就德国和欧洲发展的过去未来阐述了独到见解。这不仅仅是一本介绍国际政治事务的社科书籍，也是一本极具欧洲特色的文化著作。”这是一本薄薄的书，中译本只有区区78页，但分量可不轻。

科尔的“我的呼吁”，为欧洲而呐喊，充满激情、鼓舞人心。在科尔看来，统一的欧洲的存在，在21世纪依然关乎和平与自由，但他对现实又满怀担忧。这位“统一总理”，因其积极推动欧洲一体化、建立欧元区，欧洲理事会曾授予他“欧洲荣誉公民”的称号。科尔在书中不客气地指出“欧洲之病”，比如人们后来在欧元中所犯的错误，以及那些跨越欧洲的边界向外蔓延的畸形现象，等等。

“2014年8月，在一个温暖、静谧的夏夜，我坐在自家的露台上，花园里矗立着的那块柏林墙碎片始终映入眼帘。”在书的开头，科尔写道，“当时我正在思考：德国和欧洲未来将怎样发展？当下的局势又是如何？德国与美国和俄罗斯分别保持着什么样的关系？德国人和其他欧洲人相互之间以及与其盟友、伙伴和邻国之间秉持着何种相处之道？他们对我们又如何？我们为了自身和整个世界的发展应承担哪些责任，或者不应承担哪些责任？”这是一串等待拉直的问号。

在书中，科尔也特别提到俾斯麦。他认为，俾斯麦的历史功绩在于：“1871年，俾斯麦带领新成立的德意志帝国无缝衔接地进入了欧洲强国之列。在他的统治下，德意志帝国在欧洲起着平衡与桥梁的作用。”然而，俾斯麦的帝国却未能长存，其后继者们推行追求霸权的世界大国政策。之后爆发了一战，最终又爆发了二战。“希特勒所统治的第三帝国对外宣扬民族帝国主义，对内实行法西斯暴政。”科尔认为，自俾斯麦建立德意志帝国起，德国就处于欧洲危机四伏的中心地带。

科尔见证了德国由分裂走向统一，冷战从开始到终结，以及世界格局由两极走向多极。科尔认为，1990年之后，德国、欧洲甚至是整个世界迎来的是一个更加自由、更加开放、更多机遇也更加幸福的时代，包括从政治构建可能性方面看也是如此。

“欧洲是一个历史契机，它本身也蕴藏着大量机遇，我们必须紧紧抓住。对我们过去100年的发展历史作一个回顾，可以从中知道，德国和欧洲已经与我们的美国朋友携手并肩走过了哪些伟大的道路。”在书的最后，科尔说，“如今，我们没有理由消沉颓靡。我们有多得多的理由保持现实乐观的心态。我们必须带着勇敢、睿智、耐心、判断力、远见、忠诚、谦恭和自信行动起来。”

两德统一，是国家利益的最大化；而欧洲一体化，则是欧洲整个地区利益的最大化。科尔一直为之奋斗的欧洲一体化，迄今取得的成就，已经受到了极大威胁。他呼吁所有的人尤其是欧洲年轻人，要回顾历史、以史为鉴，谨记现在享有的和平与自由绝非理所当然。他还呼吁面对危机，以德国为主导的欧盟应体现出更多的共同体精神，携手应对危机，在通往欧洲统一的道路上共同前行。科尔最期待的就是：政界须重新变得果断坚定，欧洲一体化须重新成为所有人的心愿。然而“未来已来”，现在已经发展到英国公投脱欧的境地，这应该是科尔最不愿看到的。

“生活的理想，是为了理想的生活。”优秀的、杰出的政治家们的各种努力，是为了社会的进步、文明的发展，为了公众生活得更美好、更有尊严。国家要统一，思想要多元；多元的自由的环境，才能带来理想的生活、有尊严的人生。

E

“人的尊严不可侵犯。尊重和保护人的尊严是全部国家权力的义务。”这是德国《基本法》(即宪法)第一条的开头。这也是多年来德国宪法法院的法官在判决书中引用频率最高的一条。在柏林街头，有些商店甚至会把《基本法》第一条醒目地写在玻璃门上。

曾经的柏林墙，就是侵犯人的尊严的典例。好在它倒了，一去不复返了。

我在访问柏林的时候，曾特意去看过一段保留下来的“柏林墙”。那已然是“柏林纪念墙”，为了纪念，为了铭记，为了人类历史的悲剧不再重演。

今日德国，已成欧洲的“稳定之锚”；德国社会也成了“高度信任的社会”。

德国应该有个科尔纪念馆，以及立一个巨大的雕塑，来纪念这位巨人。

（原载于2017年6月17日《凤凰博报》）

时光 · 雕刻

SHIGUANG · DIAOKE

贝聿铭：102岁的不朽

“木欣欣以向荣，泉涓涓而始流。善万物之得时，感吾生之行休。”在贝聿铭先生为《贝聿铭全集》中文版亲自书写的序言中，他引用了陶渊明抒情小赋《归去来兮辞》中的名句。“感叹自己一生行将告终”，是那么的明晰而从容。

2019年5月16日，美国时间凌晨两点，享誉世界的华裔建筑大师贝聿铭（I.M.Pei）在医院辞世，享嵩寿102岁。在家人的陪伴下，他走得很安详。

贝聿铭1917年4月26日出生在广州。按照惯例，都说贝聿铭是苏州人，其实他的祖籍是浙江兰溪，贝氏一世贝兰堂是兰溪人，明朝中叶贝兰堂跨过吴山越水，抵达并定居于苏州。贝聿铭的父亲贝祖诒是贝氏第十四世，著名银行家，1914年进入当时的中国银行工作，次年被调到中行广州分行工作，所以贝聿铭生在广州。媒体称贝氏家族为“可能是中国唯一富过15代的家族”，是有道理的。

我早前写过《贝祖诒年份》一文（收在广西师范大学出版社出版的《温柔和激荡》一书中），其中记载有：贝祖诒1918年带着一岁的贝聿铭到了香港，在这里白手起家，前后干了整整十年，是中银香港分行真正的奠基人。1982年初，中国银行行长到纽约拜访贝祖诒，向他请求让贝聿铭出山，为中国银行香港分行建一栋新楼，于是有了那幢贝氏经典建筑——香港中银大厦。

我曾去过香港两次，在维多利亚港两边鳞次栉比的高楼大厦中，印象最深的还是贝聿铭设计的中银大厦。5月17日，香港特区行政长官林郑月娥对贝聿铭的辞世表示深切哀悼，说中银大厦是香港地标，香港人都引以为傲。

关于中银大厦特殊的四面体叠加的造型，是贝聿铭有一次在卡托纳的家里度周末时，灵感突发想出来的。他随手摆弄着四个三角形的小木条，这些小木条都是在一头有逐渐变细的斜角，把四个摞在一起，每一根向上滑动，直到顶端只剩下一根，这也就成了最后设计的雏形。贝聿铭将它比喻成竹子，对中国人来说，竹子意味着力量和蒸蒸日上的势头。

各美其美，美人之美，美美与共，天下大同。文化是这样，建筑文化更是这样。斯人虽逝，建筑不朽，每座建筑都是他的丰碑！

1935年，富有远见的贝祖诒让17岁的儿子贝聿铭赴美留学。两年后“七七事变”爆发，回首乡关归路难。太平洋战争爆发后，贝聿铭投笔从戎，在美国空军服役了四年。他心怀回国报效之心，却被父亲阻止了。从学士到硕士，他先后在麻省理工学院和哈佛大学学习工程与建筑。38岁时，贝聿铭建立自己的建筑师事务所。此后一生，他以东方人的睿智，驰骋于西方建筑领域。他继承了著名的现代主义建筑大师密斯·凡·德·罗开创的现代主义建筑之衣钵，又传播了东方建筑美学理想；他的设计轨迹，几乎与百年现代主义建筑的发展同步。

贝氏建筑，是极具雕塑感造型的卓越作品，凸显因时、因地、因事的设计原则，注重历史文脉传承与创新的设计观念，毕现艺术、历史和建筑合为一体的设计思想。贝聿铭将自己设计的70多项非凡的建筑，留在了4个大洲、10个国家的土地上，既美观、耐用，又符合当地文化历史，几乎个个都是建筑的经典。

在《贝聿铭全集》中，记录了贝聿铭的大多数建筑杰作，包括：美国亚特兰大的海湾石油公司办公大楼、纽约的齐氏威奈公司、纽约州卡托纳的贝氏私邸、丹佛的里高中心、纽约的基普斯湾广场、中国台湾东海大学的路思义教堂、费城的社会山项目、麻省理工学院的系列建筑、夏威夷大学的东西文化中心、纽约大学的广场、肯尼迪国际机场的国家航空公司航站楼、美国大气研究中心、纽约州的艾弗森美术馆、印第安纳州哥伦布市的克里奥罗杰斯纪念图书馆、肯尼迪图书馆、加拿大帝国商业银行、华盛顿哥伦比亚特区的国家美术馆东馆、新加坡的华侨银行中心、波士顿美术馆、中国北京的香山饭店、得克萨斯州达拉斯的莫顿梅尔森交响乐中心、香港中银大厦、俄亥俄州的摇滚名人堂和博物馆、法国巴黎卢浮宫项目、纽约的四季酒店、日本滋贺县的“天使之乐”钟楼和美秀美术馆、中国北京的中国银行总部大楼、卢森堡大公现代美术馆、柏林的德国历史博物馆（军火库）、中国苏州博物馆、卡塔尔多哈的伊斯兰艺术博物馆，等等。

贝聿铭说，他最感兴趣，一直是公共项目，而最好的公共项目就是博物馆，因为它是一切事物的总结，“博物馆一直都是我的主题，不断地提醒着我，艺术、历史和建筑确实是合为一体、密不可分的”。在法国卢浮宫改造的过程中，他设计的玻璃金字塔，在建造之初遇到了强烈的质疑、批评与反对，这个情形与之前埃菲尔铁塔的建造很相似。但最终贝氏金字塔成了卢浮宫飞来的一颗巨大钻石，让卢浮宫耳目一新，成了卢浮宫的标志。从争议到骄傲，人们最终争相为贝聿铭鼓掌，法国民众更是沉迷其中，这座建筑被誉为是法兰西走向新世界的标志。

多哈的伊斯兰艺术博物馆，是贝聿铭最后一个大型建筑作品，在2008年11月正式对公众开放。有了卢浮宫建筑的经验，让贝聿铭更好地抓住当地的精髓，对当地的文化进行大量的研究。他说，如果我们能找到伊斯兰建筑的精髓，那么它很可能是来自沙漠，它的设计应该是简单而激烈的，由阳光给一个个造型注入生命。最后，几何图形构成了设计的中心。蔚蓝的大海衬托出博物馆，而沙漠的热烈的阳光让博物馆的造型和颜色在一天之内不断变幻。这个作品极具现代风格，但又没有和传统隔离开来，所以这一作品的难度和重要性可以说在现代建筑史上是鲜见的。

人，建筑，自然，一定要和谐协调。贝聿铭设计的日本滋贺县美秀美术馆，灵感源自中国的桃花源；设计的时候，他突发奇想，提出要挖一条隧道、建一座吊桥来解决地形的问题。最终，在山谷之中，他最好地利用了环境特点，用金属隧道和钢索悬挂桥，不仅造了一个别具风格的美术馆，也是造了一块凡世飞地，充满了梦幻色彩，与整个大自然十分和谐协调。此前他为日本滋贺县设计的钟楼，是他从建筑师事务所退休之后接下来的第一个项目，而且确实是“小项目”，做得也十分漂亮。其实从香山饭店开始，贝聿铭就开始探索一种现代的亚洲建筑语言，在做美秀美术馆时，他把这种探索更好地持续了下去。

在中国台湾的台中市，东海大学的地标建筑是路思义教堂。我曾先后三次来到这里，瞻仰这座百看不厌的杰出的教堂建筑。这是贝聿铭和曾任东海大学建筑系主任的陈其宽联合设计的。贝聿铭起初想用砖砌哥特式的建筑，但因台湾多地震而取消，后来陈其宽提出“倒船底”的形状，终成现在的教堂造型，美到极致。这座20世纪60年代的建筑作品，其实应该算贝聿铭的早期作品；人们没有想到的是，这座单纯的教堂建筑，前后修建花费了整整7年时间。1963年11月2日，路思义教堂举行落成典礼，作为虔诚基督徒的宋美龄亲临现场。事实上，贝聿铭自己并不是基督徒，他的精妙作品，凭借的是艺术的神奇，而非宗教信仰的力量。

贝聿铭在有机会为中国设计建筑时，总是怀着一种寻找中国的现代建筑设计的夙愿；他力排众议，亲自操刀完成了中国味很浓的香山饭店设计，实现了自己的“建筑中国梦”。

贝聿铭晚年的代表作是苏州博物馆。在这里，我们看到他挥洒自如地将传统之美、协调之美、创新之美融入了这座建筑，在最大限度地保证博物馆功能性的前提下，将馆藏空间、采光和人性化设施融合在一起。贝聿铭总将苏州视作故乡，因为这里是贝氏家族的根基所在。他85岁才决定开始做苏州博物馆，并将它亲昵地称之为“我的小女儿”，他还说苏州博物馆是他的一部“自传”。贝聿铭将对故乡、对自身的中国血统、对中国文化、对几何形体的热爱，都融合在了这幢建筑里。贝聿铭先生说：“我觉得苏州博物馆是一个文脉主义建筑。在文化建筑里，园林和房屋是不可分割的一体，在中国做建筑，我不能想象不做园林。中式园林包括三个主要元素——水，石和植物。”苏州博物馆园林的视线焦点，是水池正对面的片石假山。十几块巨大的片石立在与拙政园相隔的白墙前，形如山水画，正所谓“以壁为纸，以石为绘”。“绘石”之际，贝聿铭就坐在池塘对面，指挥升降机把一块块石头吊上来又吊下去，不断地调整大小和位置，最终成就了一幅石绘的杰作。

贝聿铭对于历史的偏重，并不是他对现代主义的背叛，而是再一次反映了他对现代建筑和历史传统之间联系的探索。苏州博物馆最终具有中西兼容、几何简约、功能实用的现代江南风格；其建筑本身成了一个最大的展品，让人津津乐道。贝聿铭用百年“中西合璧”的建筑人生，给当代中国建筑师做了一个极好的示范。

南京六朝博物馆，则是贝氏建筑师事务所贝聿铭之子贝建中先生的作品，同样呈现了贝氏风格。

以下关键词，被写入了《贝聿铭传》：苏州名门贝氏家族后代；当世仅存的现代主义建筑大师；东西方跨文化身份；包括巴黎卢浮宫扩建项目在内70多项世界著名建筑作品；美国建筑学会金奖（1979）、法国建筑学金奖（1981）、日本帝赏奖（1989）、第五届普利兹克奖（1983）、里根总统颁予的自由奖章（1986），等等。贝聿铭被授予普利兹克奖时，评审团对这位善用光线、空间和几何图形的大师的评价是：“他创造了本世纪最美丽的内部空间和外部造型。”

“离开中国八十多年了，而七十多年的建筑生涯大多在美国和欧洲，应该说我是个西方建筑师。”在《贝聿铭全集》序言中，贝聿铭言简意赅，说得极其精当：“我的建筑设计从不刻意地去中国化，中国文化对我影响至深。我深爱中国优美的诗词、绘画、园林，那是我设计灵感之源泉。我很高兴有幸在中国参与了几项设计，从早期的香山饭店到近年的苏州博物馆，我都致力于探索一条中国建筑的现代之路。中国建筑的根可以是传统的，而芽则应是新芽，这也是中国建筑的希望所在。”

建筑是艺术和历史的融合。贝氏建筑，浓缩了贝聿铭的艺术觉悟、文化觉悟和文明觉悟。贝聿铭以他102岁的不朽生命，创造了华裔建筑设计师伟大的文化奇迹。从本质上讲，贝聿铭是中国人的骄傲，更是全世界、全人类的骄傲。

（原载于2019年5月20日《杭+新闻》《杭州日报》）

梵高：化人生痛苦为激情洋溢的美

——纪念梵高辞世130周年

死，是不存在的；因为，艺术杰作活着。

2020年7月29日，深刻影响后世人文文化的画家梵高，辞世130周年。

不久前，笔者所在的杭州，《心灵的畅想——梵高艺术沉浸式体验》在浙江展览馆悄悄降下帷幕。梵高生平的序厅、沉浸式的主厅、梵高卧室还原厅等等主题区块，都通过现代科技，重现了梵高感人至深的艺术作品。历时近三个月的展出，观众络绎不绝，诸多前往参观、沉浸过的观众，都在微信朋友圈分享那份激动。几天前，有个报道说，在杭州湾海上花田，上千平方米“美到窒息”的向日葵，迎着夏日的风追随着太阳，会让很多人想起梵高的《向日葵》。而两年前就登陆杭州的“梵高星空艺术馆”，以梵高作品为主体元素，成了新晋的网红打卡地……

世界上，还有比梵高更让人激动、让人澎湃的画作吗？恐怕不多了。文森特·梵高，1853年3月30日出生于荷兰乡村，他从27岁开始画画，到37岁“自杀”，仅仅用了十年时间，就从“零起点”一路狂奔抵达艺术巅峰——成为印象主义画派的代表人物及创始人之一。但在这短短37年的人生中，梵高始终穷困潦倒、爱情失意，受尽世俗的冷遇与摧残，直到临死前不久，才卖出一幅画作，收获了400法郎。梵高是天才，他用色彩来表达激情；梵高是天使，他因善良而承受苦难。

真正的艺术，可以等待未来。“亲爱的提奥，如果我的画都卖不出去，那我实在无能为力了。但总有一天，这些画会比我买得起的颜料更有价值，比我的生命更有价值。”1888年10月24日，梵高在给他的弟弟提奥的信中如是说（见《阿姆斯特丹梵高博物馆》一书前言）。在今天，梵高的画作屡屡创下天价拍卖纪录，何止“比颜料更有价值”；世界上哪个博物馆拥有他的画作，必然都会成为镇馆之宝。

有的艺术家为当下添彩，有的艺术家为未来存在。梵高，化人生痛苦为激情洋溢的美。在我们喜爱的诗人海子的笔下，梵高是一位“瘦哥哥”，他“把星空烧成粗糙的河流 / 把土地烧得旋转 / 举起黄色的痉挛的手，向日葵 / 邀请一切火中取栗的人”。而诗人于坚说：“无家可归的是我们，有家的是梵高。”

半路出家的梵高，是真正的艺术天才。天才的产生，不提供任何特定的法则。梵高是漂泊者又不是漂泊者，因为有画笔和画布陪伴着他；梵高是独行者又不是独行者，因为有绘画的对象陪伴着他；梵高是饥饿者又不是饥饿者，因为有弟弟提奥无私地资助他。那个年代的梵高，纯粹而又深情，他有着孩子般纯洁的心。梵高蘸着绚烂的油彩，在张开的狰狞的画布上，在血与火的碰撞中，无数次倾泻他的心灵。那是线条色彩的奋昂挣扎，那是生命律动的崇高活力，那是艺术创作的无限激情——燃烧，燃烧，还是燃烧！

黄色，是梵高色彩的主题；旋转，是梵高线条的旋律。梵高笔下，大多是璀璨的乡村风景和朴质的劳动人民。我们黄土地的人，看了分外亲近。麦田里一片金黄，一群乌鸦惊叫着飞向天空……艺术就是一种情感语言，而梵高的作品无疑是情感强度最高的，成就了现代艺术的神品。在直抵人心的艺术激情面前，一切技法都显得那么苍白。

淋漓元气，从画中喷薄而起；浩荡激情，从画中汹涌而出。事实上，激情其表，柔情其里。梵高自己也曾说：“我希望用自己的作品去感动世人，我想听到他们说，他所思至深，其所感至柔。”

“我在多数人眼中究竟是什么？一个无足轻重的人，一个行为古怪的人，一个令人生厌的人，一个现在没有社会地位并且将来永远不会有的人，一句话万千俗人中最俗的一个。”在BBC纪录片《艺术的力量》中，有一段“梵高独白”能够击中人心，“就算他们说的都没错，但有朝一日我要透过我的作品让他们瞧瞧，我这个微不足道的无名小卒的心声。”

“我们可能在一张《向日葵》前掩面而泣，我们可能在一张《自画像》前惊叫起来，我们可能在一张《星空》之前热泪盈眶。”在《蒋勋破解梵高之美》（北京联合出版公司2015年3月第1版）一书的序言《受苦与救赎》中，美学家蒋勋动容地写道，“梵高揭发了所有‘正常人’的妥协，他明确宣告：没有某一种疯狂，看不见美。”“他看到了世界上最美丽的事物，他看到了初春大片大片绽放的杏花，他看到了起伏的山峦与麦浪，他看到了夏夜天空星辰的流转……”

“就广义而言，站在梵高这一切瑰丽炽烈的杰作之前，一百年后的我们，感动而又感恩之余，又有谁不是梵高的信徒呢？”台湾著名作家余光中先生在《余光中讲梵高：追寻生命》（北京联合出版公司2019年1月第1版）的代序中说，“因为这位超凡入圣的大画家，从教会的传道者变成艺术的传道者，最后更慷慨成仁，做了艺术的殉道者。”（见该书第25页）是的，从艺术的传道者变成艺术的殉道者，这是艺术的升华，更是生命的升华。

梵高是天才的梵高，梵高是激情的梵高，梵高也是疯狂的梵高。天才往往不正常，梵高就饱受疾病的折磨。知否，梵高的生日——每年3月30日，被确定为“世界双相情感障碍日”。双相情感障碍，即“躁郁症”，既有躁狂的发作，又有抑郁的发作，是一种特殊的抑郁症。梵高就是典型的躁郁症患者，而且有着精神病家族史。他会因为情感而把自己的手放在火里烤；他会手执剃刀对镜自照割下右耳，送给一个女人；与许多抑郁症患者一样，他也可能最终选择自杀！

没有生活来源的梵高，其生活和生存，依靠他的弟弟提奥，提奥每月给他寄钱。在画廊工作的提奥，坚定认为哥哥的作品是无比优秀的，是“大师级的杰作”。梵高兄弟俩，我称之为“云雾里的双子星座”，我曾以此为题写过文章，褒扬这对兄弟拥有的可贵的手足亲情，文章收在我的《知知而行行》（西苑出版社2019年7月第1版）一书中，作为开篇。天生梵高，把生命献给艺术；再生提奥，把生命献给哥哥。

当梵高笔下的向日葵成了太阳，100多年来，无数的欣赏者在它面前，站立成向日葵。我，就是其中之一。在我家顶天立地的诸多书柜里，有关梵高的书有30多种。这些书大致可分为三类：一类是有关梵高的传记，一类是梵高的作品，还有一类就是有关梵高研究的书籍。

在梵高的传记中，美国著名传记作家欧文·斯通的《渴望生活：梵高传》不可不读。全球80多种文字出版发行，感动亿万读者，中译本多年来畅销不衰，我挺喜欢常涛的译笔。“空白的画布像白痴似的瞪着我，然而我知道它害怕热情的画家，因为他敢于去画，他彻底打破了‘你不能画’的咒语。”（见《渴望生活：梵高传》第272页，常涛译，北京十月文艺出版社2014年11月第2版）这是学生时代对我产生重大影响的一本书，当年年轻的我就想：当你看到梵高的苦痛和痛苦之后，你的那点挫折难受算得了什么？梵高，在苦难的生活中，不仅渴望生活，而且渴望艺术。杭州市丁兰实验中学校长赵骎，曾给学生郑重推荐一本书，就是《渴望生活：梵高传》。

2020年2月6日，好莱坞著名影星柯克·道格拉斯逝世，享年103岁。1956年，他出演了根据《渴望生活：梵高传》改编的传记片《梵高传》，主演梵高。这部影片是他的突破之作，热情似火的道格拉斯，和向日葵一般灼目的梵高，是那么的匹配。

若干年前，杭州高校的一批翻译者，在浙江大学沈语冰教授的率领下，翻译了由普利策奖得主十年著成的《梵高传》(全三部，史蒂文·奈菲、格雷戈里·怀特·史密斯著，译林出版社2015年10月第1版)。与欧文·斯通的传记小说式的行文不同，这是非常认真严肃的学术著作，作者依托梵高博物馆档案，在数千封书信和海量文献的基础上，进行学术研究，从而使梵高故事第一次得到精确还原。1890年7月27日梵高腹部受了枪伤，他步行回到旅店，7月29日被死神捕获。该书对梵高的“开枪自杀”事件进行了详细的论证，提出了“梵高并非自杀而是他人开枪”的论点，值得探讨与深思。

“死亡的想法令我温暖，让我的心中洋溢着激情。”梵高曾在信中和提奥这样说。在弟弟的怀抱中，梵高那颗狂热的心脏停止了跳动，最后一句话是："我想就这样死去。""他已经找到了他所渴望的安宁，"提奥在给母亲的信中写道，"对他而言，生命不堪重负……哦，母亲！他真是我的、我亲爱的哥哥。"

各种版本的《亲爱的提奥：梵高传》，由梵高写给弟弟提奥的诸多信件构成。梵高流传于世的信件多达700余封，传记家大多从中发掘资料。从孩提时代开始，文森特和提奥两兄弟就形影不离。梵高作品的伟大，世人皆知；梵高人生的痛苦，弟弟独知。梵高完美诠释了什么是疯狂的天才艺术家，同时他也是一个善于思考、富有智慧的人；他的每一幅画作，基本上都在他给弟弟提奥和友人的信中用诗一般的语言描述出来。见过生活凌厉，依旧内心向暖。在这些激情洋溢的信中，我们可以读到他对艺术的信仰和独到的见解、他对感情的态度，以及他对待这个世界的方式。

梵高的画作和信件，现在较多保存于荷兰阿姆斯特丹的梵高博物馆。当年提奥小心翼翼地珍藏着他饱受折磨的胞兄那些卖不出去的作品。作为遗产，这些画作先是传给了他的遗孀约翰娜，后又传给他的儿子文森特·威廉。1962年，文森特·威廉决定在阿姆斯特丹成立梵高博物馆；1973年6月2日，他与荷兰女王朱利亚娜一起，参加了博物馆的落成仪式。在"伟大的博物馆"丛书中，《阿姆斯特丹梵高博物馆》(意大利保拉·拉佩里编著，译林出版社2014年6月第1版)介绍了梵高博物馆的主要馆藏，不可错过。

"我的作品就是我的肉体和灵魂，为了它，我甘冒失去生命和理智的危险。"梵高的画作永远是视角中心。以梵高画作为主构成的书籍非常多，有人民美术出版社的版本，有人民邮电出版社的版本，有北京美术摄影出版社的版本，有华中科技大学出版社的版本等等，这里不再一一介绍。我的散文集《在大地上寻找花朵》(广西师范大学出版社2018年10月第1版)的扉页，就使用了梵高有关花的画作为设计元素。

我对梵高的热爱，始于学生时代。后来遇到有关梵高的书就买，陆续购入的书，在书柜里占据了长长一格。2007年，我访问瑞士，在拥有30多家博物馆艺术馆的巴塞尔，曾与梵高的画作自拍合影。2019年，因着女儿去香港中文大学读博士，我曾两度前往香港；沿着著名的半山扶梯上去，前往探访监狱遗存，流连于其中一个纯粹以梵高为主题的文创店，买了一堆有关梵高的文创品，爱不释手。

梵高的作品如今在拍卖会上屡创史无前例的天价，这个早已不稀奇了。稀奇的是，2019年6月19日，在法国巴黎一家拍卖行，一把“疑似”梵高用来自杀的手枪，以16.25万欧元的高价成交，合人民币约125万元。

2020年，在梵高生日的3月30日，在疫情的特殊时期，在荷兰东部的辛格·拉伦博物馆，梵高创作于1884年的风景画作《纽南春天里的牧师花园》被盗。这是一个让人惊悚的消息。被盗的作品是借展的，本来收藏于格罗宁格博物馆，估值达500万英镑。

梵高生前没有人要的画作，现在每一幅都是珍宝。艺术的检视与欣赏，需要时间，而艺术家唯有靠作品生存存在。

“背山山无脉，临水水无源”，这是艺术创作的悲哀——梵高，如今亿万人挚爱和至爱的梵高，当然不是这样的。

（原载于2020年7月28日《杭+新闻》）

金庸：沧海一声笑

大闹一场

这回是真的。

2018年10月30日下午4时，金庸先生在香港去世，享年94岁。

我第一时间瞬间冒出的意象，就是：沧海一声笑！

沧海一声笑，挥手自兹去。

沧海一声笑，滔滔两岸潮。

有人曾经问金庸："人生应如何度过？"老先生笑答："大闹一场，悄然离去。"

比"米寿"还大了6岁的金庸——查良镛，在"大闹一场"之后，很安详地告别了人世。

我想象他是微笑告别的。时间让我们学会告别。11月12日，在香港殡仪馆，举行了金庸先生的遗体告别仪式。"一位大学者死去只用一秒钟，再产生这样一位学者却要几十年"，对金庸来说，亦是如此。对一个影响上亿人、影响几十年、影响几代人并且继续影响下去的文化人，是绝不能轻视、忽视的。

安 详

金庸逝世消息传开的当天晚上7点25分，在《都市快报》的我的前同事何晨，通过微信询问金庸的二儿子查传倜："查兄，网上传闻，老爷子怎么样了？"问得很温婉含蓄。

7点33分，查传倜回复，先是两个双手合十的图标，然后是七个字一句话：

“下午走了，很安详”。这是全国首个确定的求证，很快传遍全网，并且上了全国热搜。何晨是跑美食线的记者，他与查传倜有十年的交情。因为查传倜是位美食家，师承著名美食家蔡澜，也曾开过私房菜馆；他自号“八袋弟子”（柴、米、油、盐、酱、醋、茶、酒，即“八袋”），他与父亲一样，最爱吃东坡肉。

金庸的告别很安详，儿子的告知很平静。

“悄然离去”的金庸先生，1924年出生于浙江海宁名门望族查家，是老二。关于出生年月，因为阴阳历的关系，有学者考证，属猪的金庸实际出生于1923年3月22日：在杭州东南日报社档案中，查良镛于1946年亲笔填写的简历表中“出生年月”一栏是“民国十二年二月”。

“查”姓来源于春秋时期。公元前676年，鲁庄公之子姬延被封为子爵，“食采于查邑”，便姓了“查”。海宁查家，以文为业，书香传家，在明清两代成为江南著名的“文宦之家”，所谓“一门十进士，叔侄五翰林”“唐宋以来巨族，江南有数人家”。金庸旧居名为“赫山房”，是“一个五进院的大宅子里，院内有90多间房子和一个大花园”。

简　介

通常而言，金庸首先以武侠小说名世，然后人们才想到他是报人，以及社会活动家等等身份角色。

我手头有两种金庸作品集，一是《评点本金庸武侠全集》（陈墨评点，文化艺术出版社1998年8月第1版），二是朗声旧版的《金庸作品集》（广州出版社2013年2月第2版）。

《金庸作品集》的作者简介配有金庸先生伏案书写的彩照，介绍比较周全，兹录于下：

金庸，本名查良镛，浙江海宁人，一九二四年生。曾任报社记者、翻译、编辑，电影公司编剧、导演等。一九五九年在香港创办《明报》机构，

青年金庸

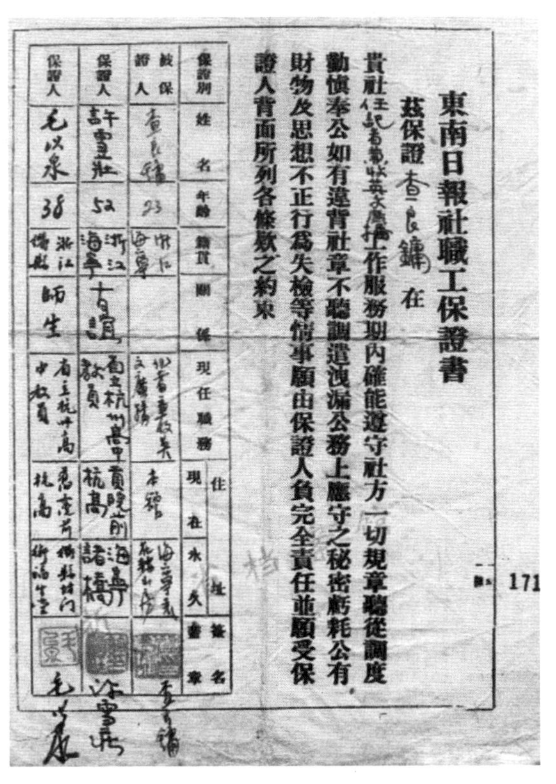

東南日報社職工保證書

茲保證查良鏞在

貴社任記者兼英文廣播工作服務期內確能遵守社方一切規章聽從調度勤慎奉公如有違背社章不聽調遣洩漏公務上應守之秘密虧耗公有財物及思想不正行為失檢等情事願由保證人負完全責任並願受保證人背面所列各條款之約束

保證別	姓名	年齡	籍貫	關係	現任職務	住址 現在	住址 永久	簽名蓋章
被保證人	查良鏞	23	浙江海寧		[illegible]英文廣播	本館	海寧袁花[illegible]	查良鏞
保證人	許雪莊	52	浙江海寧	舊誼	省立杭州高中教員	杭高貢院前	海寧諸橋	許雪莊
保證人	毛以泉	38	浙江衢縣	師生	省立杭州高中教員	杭高[illegible]	衢縣[illegible]	毛以泉

171

金庸的《东南日报社职工保证书》

出版报纸、杂志及书籍，一九九三年退休。先后撰写武侠小说十五部，开创了中国当代文学新领域，广受当代读者欢迎，至今已蔚为全球华人的共同语言，并兴起海内外金学研究风气。

曾获颁众多荣衔，包括香港特别行政区最高荣誉大紫荆勋章、英国政府O.B.E勋衔及法国最高荣誉“艺术与文学高级骑士”勋章和“骑士勋位”荣誉勋章，香港艺术发展终身成就奖，剑桥大学、香港大学名誉博士，加拿大英属哥伦比亚大学名誉文学博士，2010年获剑桥大学哲学博士学位，英国牛津大学、剑桥大学、澳大利亚墨尔本大学、新加坡东亚研究所等校荣誉院士，北京大学、日本创价大学、台湾清华大学、南开大学、苏州大学、华东师范大学等校名誉教授，并任英国牛津大学中国学术研究所高级研究员、加拿大英属哥伦比亚大学文学院兼任教授，浙江大学人文学院院长、教授。

曾任中华人民共和国全国人民代表大会香港特别行政区基本法起草委员会委员、香港特别行政区筹备委员会委员等公职。

其《金庸作品集》分由香港、广州、台湾、新加坡/马来西亚四地出版，有英、法、意大利、希腊、日、韩、泰、越、印尼等多种译文。

原文没有分段，这里给分了一下；其中有个明显的错误，那就是“台北清华大学”提法不对，我改成了“台湾清华大学”，因为台湾的清华大学不在台北而在新竹。

从这个简介看，首先言明的是金庸“本职工作”为报人，然后才是小说家。

云松书舍

金庸是浙江海宁人，然而与杭州缘分很深。

暮色四合的时候，我又一次来到杭州灵隐路的云松书舍。这里给人印象最深的还是大门上的手书对联：

飞雪连天射白鹿

笑书神侠倚碧鸳

1994年，在金庸金大侠70岁上，云松书舍在金秋十月奠基兴建。

这里是杭州钱塘十八景之“九里云松”的起点，前后不远处是解放军117医院和浙江医院。

杭州市政府出地、金庸出资，整个云松书舍占地3200平方米，建筑面积1100平方米，耗资1600余万元人民币。那个年代，金庸一人承担这样的巨资，确是一般百姓所不能想象的。

修建云松书舍的初衷，是为“藏书、写作和文人雅集之用”。书舍的主体建筑是会客厅“耕耘轩”、书斋“赏心斋”和主楼“松风明月楼”。这个地方曲径通幽，浓荫蔽日，但让我的感觉是“有松无云、难见明月”，颇有些“前不着村后不着店”的孤零感，并不太适合居住写作和文人雅集。

1996年11月，云松书舍落成。“金庸迷”、上海市老市长汪道涵先生也出席了落成典礼，并发表了热情洋溢的讲话，他说自己也是金庸迷，通读了金庸的14部作品，从中看出了两个字——“仁”与“义”……在现场的金庸先生十分感动，连说了十几个“不敢当”。

这么大的一个书舍，还没建成就传出了批评的声音。建成后金庸觉得不应由他一人独享，决定无偿捐赠给杭州市。“这已经不是普通的民居，规格太高，造得像行宫了。我如果住进来，一定会折寿的。”参加完捐赠云松书舍仪式后，金庸一身轻松地与友人游览西湖。

后来，金庸先生在云松书舍仅仅停留过一个晚上。那是2002年5月的一天，他的好友、时任浙江大学党委书记的张浚生，特地来到云松书舍，与金庸相会。那一晚，金庸夫妇和张浚生夫妇入住云松书舍“松风明月楼”，一夜下棋品茗，第二日即离开，金庸此后再没有入住过书舍。

金庸是“杭州市荣誉市民”。金庸太太林乐怡曾透露金庸本人的心思：他一生最喜爱的城市是杭州，确实有过在杭州终老的念头。为此，金庸很早就在杭州买过一套别墅用以养老，但因久居香港、医疗服务较为方便等原因，最终未能遂愿入住这间别墅。

金大侠可能没想到，云松书舍后来一度摇身变成了高档“会所”。2010年新华社的报道曾曝光：“现在‘云松书舍’要向游客收取每人5元的门票，每到下午四点半，就关门谢客，成了少数人觥筹交错的‘乐园’。”报道严肃批评西湖边很多名胜故居“富贵化”、变身私人会所，众多高端特色的“会馆”，大多通过租用的方式“寄居”在环西湖的名胜古建里，游客“可望而不可进”。金大侠当时如果知道这样一个“结果”，估计也会“沧海一声笑”，不过是苦笑。幸好，后来这股“会所风潮”得到了严肃的整治，西湖景区又一次“还湖于民”。

当今的云松书舍，应辟为金庸纪念馆，搜集有关金庸的文物资料，形成规模，或许能够生机勃然。

雷峰塔

与云松书舍的寂静相比，西湖另一侧的雷峰塔向来是游客云集，热闹非凡。

早已倒了的雷峰塔，如何重建？“论雷峰塔的倒掉”好写，“论雷峰塔的重建”困难。因为解放了的白蛇又要被镇压住了，这个问题事关重大，如何解决？金庸先生为此作出了重要贡献。

当时的杭州主政者向金庸先生求教，金庸提出了一个非常睿智的解决方案：“可以在重建雷峰塔时把塔的底部镂空，这样塔可以重建，白蛇也可以自由进出。”

极妙构想，豁然开朗！杭州市采纳了金庸先生的建议，建成的雷峰塔底部是穹顶式架空层，下面是可供参观的倒塌后的雷峰塔遗迹。这样既保存了文物，又建起了新塔。雷峰新塔，如今是西湖边最受游客欢迎的景点之一：入塔即可近观遗存，一目了然；登塔而能俯瞰西湖，一览无余。

院　长

因为好友张浚生的盛情邀请，以及时任浙江大学校长潘云鹤的亲笔信，时年75岁的金庸出任浙江大学人文学院院长。

金庸以院长、教授的身份开讲他的第一课，是1999年4月5日上午。那是浙江四校合并成新的浙江大学的第二年。

至今浙大师生习惯地称呼金庸为“大师兄”。

然而，“大师兄”金庸的口头表达能力，显然弱于他笔头的表达能力。讲课并不是他的特长，行政管理则更不为他所喜欢。2007年11月，金庸改任浙大人文学院名誉院长，卸任院长实职。

金庸先生在浙大带有博士生，其中一位是文学评论家卢敦基。卢敦基在成为金庸博士生之前，曾经出版过《金庸小说论》(浙江文艺出版社2000年6月第1版)，这是浙江省社科规划1999年度课题成果，是一部融综合论述和文本分析为一体的研究专著，对金庸小说的独特价值作了深刻的揭示。

卢敦基在悼念金庸的文章中说：“当我写完金庸小说论著之后，我对先生有了自己的体认。简截说来，先生已经进入中国文化的伟人之列，当在中华民族的历史长河中持续地放射异彩。他不仅创造了中国武侠小说的高峰，而且他的武侠小说完全以现代思想为内核，创造性地发展了中国传统文化。他是站在时代前列的人！他的文化成就，将长久为后人学习记取！”

金庸自己不做浙大的院长，就去做剑桥大学的博士生了。

西湖论剑

杭州的马云是金庸的铁粉，两人交情挺深。

金庸来杭州，常与马云相聚、“西湖论剑”。阿里巴巴策划了“西湖论剑”，2000年9月9日第一次“西湖论剑”，就把金庸先生请来了，还邀请了搜狐的张朝阳、新浪的王志东、网易的丁磊等等。

金庸曾给马云的淘宝题字："宝可不淘，信不能弃。"有一回马云和张纪中一起陪金庸泛舟西湖，留下了照片，记录了惬意。

马云从小喜爱武侠小说，尤其喜欢看金庸先生的。马云说："看过《笑傲江湖》的次数连自己都数不清了……我极为欣赏风清扬的出招无形，却无招胜有招。"阿里巴巴公司中的许多大咖都取了花名，大多来自金庸小说，马云自己就叫"风清扬"。

马云还说："我很喜欢金庸，至少他告诉过我两个道理：几乎所有成功的人都历经过千辛万苦；天外有天，人外有人。"

金庸辞世，远在非洲的马云在10月31日撰文悼念：先生赐字"天行"于我，学生终身铭记；"信不能弃"的告诫，一刻不敢忘；郭靖，黄蓉，行颠，逍遥子，奔雷手，苏荃，语嫣……满满十五部书的花名，托先生之福，常在思过崖行走，在摩天崖争辩，在光明顶见客……正直，情义，担当，洒脱……我们努力活出先生教会我们的模样。

忆及金庸对阿里巴巴创业和成长的影响，马云写道："若无先生，不知是否还会有阿里。要有，也一定不会是今天这样，几万人一起痴痴癫癫——创业，便要做别人做不得之事，侠之大者，为国为民；做人，便要至情至性笑傲江湖；朋友，便要肝胆相照至死不渝……"

"一人江湖，江湖一人。侠者已逝，来者当追，江湖路远，侠义长存！"马云以这两句意味深长的话结尾。他敬献的花圈上也写着："一人江湖，江湖一人。马云敬挽。"

以博览写出来的文章提供知识，以灵感悟出来的文字带来智慧。金庸和金庸武侠小说对马云以及马云创业思想的影响，可见金庸和金庸武侠小说的文化力量。

丽水求学

青少年时期的金庸，因为抗战，与我的家乡浙南山区丽水结缘。

他是跟随学校跋山涉水，流亡到了丽水碧湖，在这里求学三年，还到龙泉小住过数日。

1939年，金庸15岁时，出版了他生平第一本书——三个人合编的《献给投考初中者》，由丽水的一家书局印刷出版。当时，金庸正准备参加初中升高中的考试，有一天他突发奇想，何不编一本小学升初中的参考书？说干就干，他与两个要好的同学一起很快把书编写出来，出版后畅销一时，得了不少稿酬，使金庸在抗战期间能够自理生活费，还“吃剩有余”，资助亲人同学。

1940年，读高一的金庸在壁报上发表了一篇名为《阿丽丝漫游记》的文章，讽刺由国民党派到学校的训育主任沈乃昌像“眼镜蛇”，因此被退学，这成为他“一生中最大的危机之一”。后来，在1976年10月，金庸年仅19岁的大儿子查传侠在美国自杀身亡，金庸悲痛欲绝，这也是他一生中最大的危机之一。那时查传侠在美国哥伦比亚大学读书，父母的离婚，和女友吵架，可能都是自杀的原因，但应该有抑郁的因子。

从1937年12月来到碧湖至1940年7月被学校退学离开丽水，金庸先生在丽水求学、生活了近三年时间。为此，我的一位在丽水学院的学者朋友提出了一个有意思的命题：是否在那烽火连天年代，瓯江边的金庸，有了江湖哲学的初衷？

之后，金庸在校长张印通和好友余兆文的帮助下，得以进入了衢州中学继续求学，完成了高中学业。在衢州中学，他的成绩全班第一。1941年9月4日，他在《东南日报》的《笔垒》副刊上发表《一事能狂便少年》，这是金庸一生中最早正式发表的作品。一个“狂”字，可以看见青少年时期的金庸就具备“不服从”的反抗精神。

武侠离不开宝剑。金庸在小说中多次提到龙泉，描述了龙泉宝剑。2005年，“金庸武侠小说龙泉宝剑展”在杭州举办。浙江丽水龙泉的宝剑艺人，精心打造了金先生笔下的24把名剑、7把宝刀，尽显“倚天抽宝剑，屠龙谁争锋”的气势，并赠送给了金庸先生。

江南一劫

金庸说，他创作生涯中最满意的作品是《鹿鼎记》。

这是他的最后一部武侠小说，是收山之作，从1969年10月24日开始，到1972年9月23日刊完，在《明报》上一共连载了两年11个月。

我这个不喜欢武侠小说的人，《鹿鼎记》只是看了个开头，没能读完；金庸有着深厚的历史文化功底，他的小说与历史事件、历史大背景融合得很好。

一年前，在杭州西溪湿地，在著名作家余华的居所，我同好友、翻译家彭小华及她的夫君一起，与余华共进晚餐。彭小华是美国医生作家阿图·葛文德名著《最好的告别》一书的翻译者，她夫君白亚仁是汉学家，美国波莫纳大学亚洲语言文学系教授，也是余华小说的主要英译者，他所著的学术著作《江南一劫——清人笔下的庄氏史案》一书，在浙江古籍出版社出版不久。白亚仁先生把书送给了我，那红底黑图的封面设计我一看就喜欢。《江南一劫》所写的庄氏史案，是清初著名的文字狱；而金庸的《鹿鼎记》，就是以这桩文字狱开场的：

> 江风如刀，满地冰霜。
>
> 江南近海滨的一条大路上，一队清兵手执刀枪，押着七辆囚车，冲风冒寒，向北而行。
>
> 前面三辆囚车中分别监禁的是三个男子，都作书生打扮，一个是白发老者，两个是中年人。后面四辆中坐的是女子，最后一辆囚车中是个少妇，怀中抱着个女婴。女婴啼哭不休……

这桩发生在江南名镇南浔的文字狱，株连甚广，悲惨甚殊，对江南士子和文化是一个沉重打击。家族中的查继佐差点也受到意外的牵连，后侥幸过关。白亚仁先生以学者独到的学术眼光，以汉学家素有的严谨细致，梳理了“庄氏史案”这桩文字狱的发生、经过和结局，以流畅的语言再现了历史，思想与史实皆丰沛。

后来在1726年“科场案”爆发，族中官员查嗣庭入狱并死于狱中，株连者众。“科场案”关乎科举考试的命题，中有《易经》题“正大，而天地之情可见矣”，《诗经》题“百室盈止，妇子宁止”，这本来是正能量爆棚的“正大光明”“各个粮仓都满满，妇女儿童心旷神怡”，可是因为先有“正”，后用“止”，被牵强附会成“让雍正去头”“诽谤雍正年号”，于是大祸临头，这也是“江南一劫”。

我喜欢的正是白亚仁《江南一劫》这样的著作，而不是《鹿鼎记》这样的小说。

阅读是要付出机会成本的，读完5卷本的《鹿鼎记》，所花时间可以研读《江南一劫》好几遍了。

查枢卿

1951年4月26日，金庸的父亲查枢卿作为“反动地主”被处死，罪名是“抗粮、窝藏土匪、图谋杀害干部、造谣破坏”，家产也全部没收。

金庸在香港得知消息，“哭了三天三晚，伤心了大半年”。

这成了金庸先生心中永远的痛。

金庸老家旧居也遭遇了浩劫，土改时被彻底平掉了。

知否？知否？家乃魂牵梦萦处。现在的“旧居”是当地政府后来重建的，不是金庸童年时的模样。金庸每次回到故乡袁花镇，也不愿回村里看一眼，过家门而不入，因为那个“旧居”已经不是他的了。

金庸的研究者发现，在金庸的小说里，主人公的父亲也总是缺位的。杨过找父亲，乔峰找父亲，段誉也找父亲，虚竹找父亲，张无忌找义父……所有人都在找父亲，就连玩世不恭的韦小宝也一样。

失去父亲之后，一大家子上上下下十多口人的生活没有着落。在香港的金庸担负起了救济持家的重任。

金庸的妹妹查良琇，比金庸小一岁，现住在杭州临安天目山镇藻溪村。她说二哥与她感情很好，幸好有二哥金庸的资助。查良琇的前夫当年在国民党部队里当官，1949年去了台湾，这让她的家庭成分坏上加坏，她一直分不到土地，也没法参加招工，家里拮据，不仅吃不饱饭，更没钱让孩子读书。二哥知道后，就开始给她寄钱。查良琇50多岁时，几个孩子都长大了，才又再婚，嫁的是临安地道的农民。金庸继续给查良琇寄生活费，还曾到临安来探望过她。

查枢卿获得平反，是在20世纪80年代。海宁县委、县政府与嘉兴市委统战部、市侨办联合组织调查组，对查枢卿案件进行了复查，查明是错案冤案，遂由海宁县人民法院撤销原判，宣告查枢卿无罪，给予平反昭雪。1985年7月23日海宁县人民法院下达改判的《刑事判决书》，认定原判均失实，判处死刑属错杀，“撤销海宁县人民法庭一九五一年四月二十六日第134号刑事判决”，宣告无罪。

金庸得知后，专门驰信海宁县委领导：“大时代中变乱激烈，情况复杂，多承各位善意，审查30余年旧案，判决家父无罪，存殁俱感，谨此奉书，着重致谢。”

报　人

在许多业内人士看来，金庸首先是报人，其次是政论家，最后才是武侠小说家。

除了报人、政论家、武侠小说家，金庸还有许许多多头衔，比如新闻学家、历史学家、社会活动家、企业家，等等。

金庸还是香港基本法主要起草人之一。

金庸还是围棋高手，业余最好围棋，最尊崇围棋高手吴清源，他对吴清源下棋重过程不重输赢的境界至为推崇。

金庸的本职工作，其实就是报人。我最早是在杭州著名学者傅国涌先生的《金庸传》里，读到金庸在媒体从业的详细经历的。

他最初的报业生涯就在杭州，在东南日报社。《东南日报》前身是《杭州民国日报》，初创于1927年3月12日，社址在杭州众安桥。1946年11月20日，青年查良镛正式成为东南日报社的一员，这是他人生第一份正式工作。因为他英语好，主要负责收听英语的国际新闻广播，翻译、编写国际新闻稿。

在浙江省档案馆馆藏的东南日报社全宗档案里，有金庸1946年与东南日报社签下的一份《东南日报社职工保证书》，还有金庸离开东南日报社的“辞呈”。还有值得一提的是，在金庸的三次婚姻中，他与第一任妻子杜冶芬的爱情，就萌芽于1947年他在东南日报社工作时期。

1947年，金庸赴沪学习，后成为《大公报》的一员。1948年3月30日，金庸随着《大公报》赴港，人生命运由此有了重大的改变。之后人生有个插曲：新中国成立之后，外交家梅汝璈正为外交人才的缺乏而伤脑筋，他想起了香港的金庸，是英语良才，于是电邀他北上去外交部工作。学生时代的金庸就有外交官之梦，毫不犹豫就答应了。1950年，金庸从《大公报》辞职，只身北上赴京。让他没想到的是，他的家庭出身等等因素让他过不了“政审”关，梦断京城，只好悻悻然返港，重操老本行。

定位决定地位，格局决定结局。对金庸自己而言，最重要的是办报、写社评，那才是他的安身立命之本；他多次公开表明，《明报》是他毕生的事业和声誉。

明　报

1959年5月20日，《明报》正式创刊。金庸说：“《明报》的‘明’字，取意于‘明理’‘明辨是非’‘明察秋毫’‘明镜高悬’‘清明在躬’‘光明正大’‘明人不做暗事’等意念。”始创阶段的《明报》是一张副刊性的报纸，其实不算“新闻纸”。

35岁的金庸，白手起家、筚路蓝缕，一步步建立起了庞大的明报集团，1991年赢利突破了1亿。犹太智慧书《塔木德》里有一句话非常有道理，“天下难做的事容易做成”，金庸就是做到了。金庸说，“我不论做什么事，都是缓慢而坚持，相信恒心与毅力，不喜欢大跃进式的狂冲猛打”。真正的失败只有一种，就是你无法做到坚持。金庸的坚持，很像他笔下的郭靖，有一股水滴石穿的毅力。他的数十年的“缓慢坚持”，终于使《明报》发展成为香港的一张大报；之后他陆续创办了《明报月刊》《明报周刊》、新加坡《新明日报》和马来西亚《新明日报》等。

金庸创办《明报》之前的三部小说《书剑恩仇录》《碧血剑》和《射雕英雄传》，分别连载于《新晚报》和《香港商报》。他开笔写武侠小说，还是人家报社编辑拉着他上架的，之前他想都没想过。不写不知道，一写吓一跳，那天赋就井喷了出来。

从《明报》创刊号开始，金庸连载他的《神雕侠侣》。有人说，《明报》初创未倒闭，全靠金庸的武侠小说。为了让《明报》能够卖得出去，他坚持为报社撰写社评、写连载的武侠小说，有“左手写社评，右手写小说”之美称。随着小说情节渐入佳境，读者热情也越来越高。在报社，金庸伏案奋笔疾书，写满半张纸就撕下来，交给等候在桌旁的工人去排版，再埋下头去接着写下半张。

有道是：初级境界的快乐是肉体的快乐，那是饱、暖、物、欲；中级境界的快乐是精神的快乐，那是诗词歌赋、琴棋书画、游走天下；高级境界的快乐是灵魂的快乐，那是付出、奉献，让他人因为你的存在而快乐。平庸之境的人只有一条命，叫性命；优秀之境的人有两条命，即性命和生命；卓越之境的人则有三条命：性命、生命和使命——它们分别代表着生存、生活和责任。无疑，金庸已臻最高之境。

直到1993年，年届七旬的金庸售出了明报集团，宣布退休。他曾说，自己下辈子还想做记者，做报人。

社　论

“自反而缩，虽千万人，吾往矣！”

侠之大者，为国为民。金庸在报上撰写的社论和专栏文章近千万字。

金庸说：“我写社论，那是写真；写小说，那是写美。而佛学，是揭示善的。

真善美，才是一个完整的精神追求。”

金庸写小说，有“十八般武艺”；金庸写时评，有“十八般文艺”。

在香港的制度环境下，既可以谈风月，更可以谈风云。金庸认为办报就是要坚持讲真话，他说创办《明报》的时候，香港有60多家报纸，怎么吸引读者，那就是批评要讲真话。金庸的评论，贴近现实、贴近时事、贴近国际，评论对象多为大事件、大人物。论时局，纵横捭阖；议人物，陟罚臧否。“文人论政”是《大公报》的传统，金庸的评论在“文人论政”的基础上，有着“老成谋国”。

他在《明报》“明窗小札”栏目所写的时评、杂文，有部分在内地出版，如中山大学出版社出版的系列：《明窗小札1963》(2014年7月第1版)、《明窗小札1964》(2015年10月第1版)、《明窗小札1965》(2016年7月第1版)。《明窗小札1963》所涉内容包括：中国的社会和经济，苏联的专制与强权，美国的内政和外交，古巴的导弹危机，亚洲各国的外援和内困，西欧国家之间的合纵连横，东欧的求变和困境，等等。金庸秉持“明辨是非，客观中立”之立场，眼观全球，心怀民众，铁肩担道义，妙手著文章，被誉为“观点鲜明犀利，剖析鞭辟入里，见解独特新颖，文风朴实简洁，尽显一代大师的风范”。

金庸的社评、时评，是非常好的“历史的底稿”。从武侠的童话世界，进入到时事的现实世界，金庸的思想纤毫毕现。那些不看金庸社评、且有偏见的人，评价起金庸来，往往失之偏颇，甚至似是而非、贻笑大方。网上有人说，“他的所谓侠义精神，都是极其狭隘、过时的传统江湖义气”“事实上他的作品起到某种麻醉剂的效果”“从某种意义上来看，他是个极其精明的利己主义者，并没有担负起一个和他公众影响力地位相称的社会启蒙责任”云云，显然是不曾读过金庸时评却自我感觉甚好的人在网上吞云吐雾。

金庸写时事评论，中外、上下、古今，旁征博引，夹叙夹议，得心应手，了无凿痕。董桥说：“金庸笔下的一些个人漫谈、随意抒发己见的文字却最为引人入胜，寥寥几笔便勾勒出一种氛围、一种场景……查先生文章与史识都上乘，以史论政，独步文林。”冯其庸有一句评价的妙语很到位：“千奇百怪集君肠，巨笔如椽挟雪霜。”

博士学位

金庸本职是报人，为文是小说，为学是历史。如果说在报馆是办报纸、在书房是写小说，那么在学院则是教历史。他看重自己是“研究历史的教授”，所以在许多地方开讲座，谈的是历史。然则，他的武侠小说是金字塔塔尖，办报纸写社论是金字塔塔身，那么研究历史和教学历史，就是金字塔塔基。对他谈武侠小说兴趣者众，对他谈历史知识兴趣者寡。加上他的口才很一般，口音也比较重，所以在他讲历史的时候，屡屡出现并不太受欢迎的尴尬场景。

不知扬长避短，不顾听众喜好，不“因材施教”，这样的老师就不算是优秀的老师。

公众实在想不到，已然名满天下的金庸，执意要去剑桥拿一个正经八百的博士学位。彼时岁数已经“大得很”——超过80岁了，还去当学生念书，引起的争议可不小。2005年10月1日，金庸入学剑桥大学圣约翰学院。他每周去听两次课，一次两个小时，从不缺课。2006年，他完成硕士论文《初唐皇位继承制度》。2010年9月，他完成博士论文《唐代盛世继承皇位制度》。两部论文都是透过正史、野史，分析唐代太子继位制度以及宫廷权斗。2010年，金庸获得剑桥大学哲学博士学位。这个“哲学”是“纲”，是广义的。剑桥大学圣约翰学院院长杜柏琛亲飞香港，给他颁发了学位证书。

金庸说：“求学，并非为了学位，而是感到自己学问不够。”学问无止境，问学亦无止境，活到老学到老，这本身是对的，问题在于，面对无止境的学问，任何人其实都只是“取一瓢饮”，机会成本如何支付，是需要考虑的。或许，多少有些羞涩的金庸在骨子底里有些自卑，他要在拿到很多荣誉博士之后，通过拿到正宗的博士学位来挽救这种自卑。

那就缺乏“沧海一声笑”的潇洒了。

金庸的老朋友罗孚曾说：“他已是八十以上的老人，年已耄耋，依然好学不倦，这实在使人敬佩。其实他大可不必如此。学无止境……何妨放下、自在，这真是何等自在!”

作为一个人，金庸的性格也是多面的，也有许多缺陷。他求中庸、求平衡；他爱面子、爱掌声；他既很单纯，又很矛盾；他腼腆羞涩、不善言辞，但又喜欢出现在公众面前、聚光灯下；他信仰佛教，但确实有很多放不下。然而，这样的金庸才是有血有肉的、真实的金庸。人生能干好一件事就了不得不得了了，金庸毕竟干了好几件事，绝对不简单。

大 师

武侠小说，是成年人的童话。热爱金庸武侠小说的人，沉浸于金庸编织的瑰丽的“童话世界”。金庸自己则说：“小说是写给人看的。小说的内容是人。我写武侠小说，只是塑造一些人物，描写他们在特定的武侠环境（古代的、没有法治的、以武力来解决争端的社会）中的遭遇。”

有网友说，金庸在中国文学中的地位，有点像大仲马在法国文学中的地位。

在获颁法国“艺术文学高级骑士勋章”之后，金庸曾说过：“法国文化对我有过极其重要的影响，法国作家大仲马更是影响我最深的作家。”

还有网友说，金庸的离去，是一个伟大文体的告别式。

手头有一套王一川主编的《二十世纪中国文学大师文库》(海南出版社1994年10月第1版)，这里入选的大师，在当年具有颠覆性，反响十分强烈，被称为“石破天惊”。其中的小说卷入选了金庸，这个争议在当时最大，大过张爱玲的入选，大过按惯例会“当然入选”的某某某的落选。

金庸先生心中则有十位“文化偶像”，亦即文化大师：鲁迅、胡适、陈独秀、巴金、蔡元培、王国维、梅兰芳、齐白石、钱学森、马寅初。如果只论个人喜爱，他说喜欢鲁迅、吴清源、梁漱溟、巴金、齐白石、沈从文、钱穆、裘盛戎、王国维、朱光潜等等。

从文化压缩到文学层面，那么对于大师级的文本确认，就是“本”之所在。大师级的文本，通常应具备以下四种品质：首先，语言上的独特创造；其次，文体上的卓越建树；再次，表现上的杰出成就；最后，形而上意味的独特建构。应该说，金庸的武侠小说具备后三种品质，尤其是“文体上的卓越建树”。

穆旦·徐志摩

《二十世纪中国文学大师文库》诗歌卷，入选了穆旦，而且列为榜首；穆旦的语言炼金术，在今天已经广为人知，但在20世纪90年代，知道穆旦的人远远少于金庸。

金庸，查良镛；穆旦，查良铮。两个海宁查家的同辈人，穆旦是金庸的堂哥。众所周知，“良”是排行，“镛”字拆开而成笔名“金庸”。论者曰：“金庸展示了文人的情趣，穆旦坦呈了文人的灵魂。”此前我写过一篇长文《穆旦穆旦，你越过几座野人山》，收录于我的人物随笔集《这个世界的魂》一书（广西师范大学出版社2011年5月第1版）。相比于在内地的穆旦，在香港的金庸，没有遇到多少“野人山”。

金庸的母亲是徐禄——徐志摩父亲徐申如最小的堂妹。在查氏家族的族谱中，七大姑八大姨，多少名人是金庸先生的亲戚？除了堂哥穆旦、表哥徐志摩，还有琼瑶、蒋百里、钱学森等等如雷贯耳的名字赫然在上。

1992年12月，阔别家乡50余年后，68岁的金庸先生第一次回到故乡海宁，他不仅重回袁花母校访问，会见老师和好友，还亲自来到表哥徐志摩的墓前凭吊。

基因关乎天赋，而基因的强大，关乎家族人丁的兴旺、人生的成就。

童年影响一生。在金庸年幼时，父亲查枢卿每天将武侠小说《荒江女侠》剪存给他看，令他对武侠小说产生浓厚兴趣，他后来主动追看《水浒传》和《七侠五义》等著作，为日后撰写独一无二的武侠小说埋下种子奠下根基。

“竹里坐消无事福，花间补读未完书。”金庸一生酷爱读书，他甚至说，坐十年牢可读十年书，或十年自由但不得阅读，那他一定选择“坐牢读书”。金庸信佛，也研读许多佛经。金庸自己压根儿不会武术，正是阅读的习惯成就了金庸的武侠小说。

那么，金庸的文化价值观是怎么形成的呢？因抑郁症而英年早逝的青年文学评论家胡河清，一语道破金庸的“文化密码”：“金庸出身于一个破落的旧贵族家庭。他们都具有深远的家世感，从而从遗传密码和贵族生活方式中摄取了大量关于中国士大夫文化的隐蔽信息。同时‘破落’又使他们降入中国老百姓的生活之中，领略到了民间情感生活的深广天地。”

对　联

金庸一再表示，“武侠小说本身是娱乐性的东西”，“无所谓的通俗小说”，不是“真正的文学著作”，充其量只是他生命的一部分。“我说老实话，我以为我的武侠小说是第一流的，但说是伟大的文学作品，那就不够资格了，这是真心话。”

从1955年第一部《书剑恩仇录》开始算起，迄今60多年，金庸的武侠小说一直是畅销书，而且频繁地被改编成电影电视剧，火山的熔岩一直通红地沸腾着，这就是厉害的金庸。

20世纪五六十年代的香港，因为有了金庸和他的武侠小说，香港就不再是文化沙漠。

在人类居住的地球上，凡是有华人的地方，就有金庸小说。

“我撰写武侠小说，最大的动机是在于我很喜欢武侠小说。”金庸先生为《金庸茶馆》杂志写的《关于金庸茶馆》，开篇就说：“从儿童时起，大部分的零用钱就花在购买武侠小说上，每次从家乡（海宁袁花）到硖石（海宁县最繁盛的市镇，我外婆家，亦即我表兄徐志摩、表叔蒋百里的居处）、杭州、上海这些大地方，必定请人带去书店买武侠小说。”

金庸脍炙人口的15部武侠小说——12部长篇、2部中篇、1部短篇，是12+2+1。

金庸给自己14部中、长篇小说取书名首字撰写过一副对联：“飞雪连天射白鹿，笑书神侠倚碧鸳”，横批“越女剑”，分别对应《飞狐外传》《雪山飞狐》《连城诀》《天龙八部》《射雕英雄传》《白马啸西风》《鹿鼎记》，《笑傲江湖》《书剑恩仇录》《神雕侠侣》《侠客行》《倚天屠龙记》《碧血剑》《鸳鸯刀》，而横批则为短篇武侠小说《越女剑》。

短篇《越女剑》附录在《侠客行》之后；中篇《鸳鸯刀》《白马啸西风》附录在《雪山飞狐》之后。

金　学

金庸当然是写武侠小说的罕见的、顶峰的天才。香港作家倪匡说：“金庸小说，天下第一，古今中外，无出其右。”

有人认为应该专门设立“金学”。有人认为已经有“金学”了。金庸自己是不同意搞什么“金学”的，他在就任浙江大学人文学院院长时就明确表达过这个意思。

北京大学严家炎教授曾开设“金庸小说研究”课，饮誉北大讲坛，后来有了《金庸小说论稿》一书。严家炎说：“金庸武侠小说包含着迷人的文化气息、丰厚的历史知识和深刻的民族精神。”“金庸的语言是传统小说和新文学的综合，兼容两方面的长处，通俗而又洗练，传神而又优美。”

著名学者冯其庸先生跟金庸同年，都是1924年的。20世纪50年代，金庸老家特别艰困的时候，他曾出手救济过。冯其庸说：“金庸的出现，是当代文化的一个奇迹。他是一座高原，同时又是高原上突出的高峰……金庸小说的情节结构，是非常具有创造性的。我敢说，在古往今来的小说结构上，金庸达到了登峰造极的境界。”

还有许多学者、读者看到金庸武侠小说的海拔高度，发自内心予以好评。

著名学者余英时：“金庸小说为万千读者争赞，笔触有千军万马之力。”

著名学者陈平原：“他把儒释道、琴棋书画等中国传统文化通俗化了，所以金庸小说可以作为中国文化的入门书来读。”

著名作家王蒙：“前一百年，后一百年，写武侠小说的，大概不会有谁超得过金庸。他在武侠套路之中，加入了更多的人情世态，善恶炎凉，文化历史，地域风情，社会沧桑，还有，性格命运。”

金庸好友张浚生：“金庸的作品不同于一般武侠小说的地方，还在于它们有学问，有思想，包含了异常丰富的中国历史文化知识，融会着金庸对情感与道德、爱情与两性关系、民族的冲突与融合、专制政治与个人崇拜等社会、历史、人生重大问题的深入思考，对当代读者具有深远的启迪意义。”

日本著名学者池田大作：“金庸先生的作品以大历史为背景，视野广阔。由于他的成功，奠定了武侠小说在文学史上的地位。”

英国著名汉学家约翰·明福德：“我相信金庸对于世界文学的意义，绝不会因是武侠小说这一样式而有丝毫减弱。”

篮球明星姚明：“有一本武侠小说帮了我：金庸的《笑傲江湖》。我喜欢书中英雄的处世方式。”

这些评价，都是大家在金庸生前给出的评价，发自内心。

金庸喜欢修改自己的小说，先后动手改了多遍，以期日臻完美。对此有学者持不同意见，认为理论著作、理论性的文章，思想文章越改越好，但文学作品是不一样的，讲究一气呵成，成了就这样。

王　朔

其实，很多人并不喜欢金庸的武侠世界。王朔就是其中一个。

王朔早年有《我看金庸》《我看鲁迅》，其影响如同在文坛扔了两颗小原子弹。

王朔的《我看鲁迅》，有褒有贬，但在“褒”的包裹里面多有“贬”的铁矿石，比如这句话，就像一块硬生生的铁矿石挖出来掷到你面前：“鲁迅这个人，在太多人和事上看不开，自他去了上海，心无宁日，天天气得半死，写文章也常跟小人过不去。愤怒出诗人，你愤怒的对象是多大格局，你的作品也就呈现出多大格局。”

但是，1999年11月1日发表在《中国青年报》上的《我看金庸》就不同了，几乎全贬无褒：

“第一次读金庸的书，书名字还真给忘了，很厚的一本书读了一天实在读不下去，不到一半撂下了。那些故事和人物今天我也想不起来了，只留下一个印象，情节重复，行文啰唆，永远是见面就打架，一句话能说清楚的偏不说清楚……”

“再读金庸就是《天龙八部》电视剧播得昏天黑地的时候……这套书是7本，捏着鼻子看完了第一本，第二本怎么着也看不动了，一道菜的好坏不必全吃完才能说吧？我得说这金庸师傅做的饭以我的口味论都算是没熟，而且选料不新鲜，什么什么都透着一股子搁坏了哈喇味儿。”

随即上海《文汇报》发表了金庸对王朔《我看金庸》的回应《不虞之誉与求全之毁》，其中说道：“我很感谢许多读者对我小说的喜爱与热情。他们已经待我太好了，也就是说，上天已经待我太好了。既享受了这么多幸福，偶然给人骂几句，命中该有，不会不开心的。”

金庸还说：“王朔先生说他买了一部七册的《天龙八部》，只看了一册就看不下去了。香港版、台湾版和内地三联书店版的《天龙八部》都只有五册本一种，不知他买的七册本是什么地方出版的。”或许是盗版的吧？

王朔的一个逻辑缺陷，是以偏概全，“一道菜的好坏不必全吃完才能说吧”，这个与李敖讲到不喜欢金庸时说的“臭鸡蛋闻一闻就行了，用得着全吃吗”如出一辙。一道菜、一个鸡蛋的好坏，确实不必全吃完才能判断，但是，金庸的15部武侠小说，是15个鸡蛋、15道菜，并不一样。

人生感意气，功名谁复论？

快意恩仇

我大抵也是这样，金庸的武侠小说，我确确实实也是读不下去；对其他任何人的武侠小说，也都是如此。

但我尊重喜欢金庸武侠小说的人。遥想30年前我在高校工作，一位资深教授在开会学习时，就带金庸的小说大摇大摆到会场，他在小说中找到了快意恩仇。

当年在乡村，不太容易见到正版的金庸武侠小说，倒是有一次在一个乡人那里见到一本“全庸”著的书，一看就笑掉大牙。哈哈，你知道“全庸”是谁吗？

金庸说：“基本上，武侠小说与别的小说一样，也是写人，只不过环境是古代的，人物是有武功的，情节偏重于激烈的斗争。小说是艺术的一种，艺术的基本内容是人的感情，主要形式是美，广义的、美学上的美。武侠小说只是表现人情的一种特定形式。”

当然金庸的描写能力挺强的。比如他的第一部武侠小说《书剑恩仇录》，第一回《古道腾驹惊白发　危峦击剑识青翎》，第一个细节是小女孩儿见先生在书房飞银针把一只只苍蝇钉在板壁上，读之印象极为深刻。

是的，武侠小说是成年人的童话。许多人看武侠小说，也只是当作一种放松身心的休闲娱乐，这跟球迷爱足球一样。金大侠的作品能够带你暂时远离现实的压力，驰骋在快意恩仇的江湖中。但“远离现实”恰恰是我不甚喜欢的，比如我就不太喜欢美国那些幻想未来太空之战的电影大片。金庸自己都说：“同样一部小说，有的人感到强烈的震动，有的人却觉得无聊厌倦。”确实如此。

版　权

金庸小说被改编成影视剧，多达上百部；加上诸多感人歌曲音乐的加持，影响更为巨大。

金庸曾以一元人民币的象征性价格，把《天龙八部》的改编权“卖”给了中央电视台。

名著版权的转让，赠予和出售当然是大不一样的。其实金庸先生有很好的知识产权保护意识。1999年，就《评点本金庸武侠全集》一书的版权问题，金庸打起了官司。这个过程是：金庸事先首肯，后来看到校样发现每页仅加上几句简单的旁批，是借评点之名卖小说，坚决不同意出版。但评点本还是上市了。读者看这个版本，主要还是看小说本身。

这场关乎名誉和知识产权的官司，闹得沸沸扬扬，最终以握手言和而告终。

金庸先生同时还不满未经授权写作“金庸传”。杭州学者傅国涌写的《金庸传》，也是没有采访金庸本人而凭借资料创作的，我最早读过的就是这一本。2017年2月在台北国际书展上，我看到了该书的繁体字版。

在杭州，金庸有一次讲座交流，读者问：“今天《金庸传》的作者傅国涌也在现场，您愿意与他对话吗？”金庸毫不客气：“所有的《金庸传》，包括以前出版的和最近出版的，都没有经过我的授权，傅国涌先生和香港的冷夏先生我几乎可以说不认识。他们的书我不认可，也不赞成你们去买。我也不愿意与《金庸传》的作者对话。”

事实上傅国涌对金庸的评价还是蛮高的，通过一本传记，写出了一个人的奋斗史和一个时代的发展史。

改革开放

事了拂衣去，深藏功与名。

金庸曾期待他的墓碑上将会写着：这里躺着一个人，在20世纪，他写过十几部武侠小说，这些小说为几亿人喜欢。

他“悄然离去”的2018年，恰逢中国改革开放40周年。

改革开放初期，1981年7月18日，邓小平在人民大会堂福建厅会见了金庸先生及其家人。邓小平是金庸武侠小说在内地最早的读者之一。

邓小平：欢迎查先生回来走走！你的小说我读过，我们已经是老朋友了。

金庸：我一直对邓先生您很仰慕，今天能见到您，很感荣幸！

邓小平笑着说：对查先生，我也是知名已久！

邓小平还谈到金庸父亲查枢卿当年在“镇反”中被错杀一事，金庸说：“人入黄泉不能复生，算了吧！”并表示父亲的命运只是改朝换代之际的悲剧，自己已淡然不记“前仇”了。

后来金庸说，我这辈子最佩服的人就是邓小平。

邓小平是中国改革开放的总设计师。

毫无疑问，如果没有改革开放，就没有金庸的今天，就没有今天的风靡内地的金庸金大侠。

（主要内容载于2018年《民主与科学》第6期）

柏杨：绿岛小夜曲

一、我去绿岛找柏杨

要去绿岛，还真当是麻烦的。

2017年2月初，我和一批朋友去台湾进行“山海之旅”，从南部的高雄入台，先去垦丁看大海，然后赴台东，准备乘坐小飞机去33公里外的绿岛，要开启“绿岛环岛游”。可是人算不如天算，冬季的东北季风把所有赴绿岛的交通工具都吹没了，在那个小小的“台东航空站”坐等了好久，终于宣告不飞。2018年3月下旬，在“花动已是满岛春色”之际，我又和一批朋友再赴台湾进行“文化之旅”，终于在3月29日成功登岛。

我去绿岛，主要不是看风景，而是要去看台湾著名作家柏杨力倡建设的“绿岛人权纪念碑”，还有由监狱遗址改建的“绿岛人权文化园区”。

绿岛，原名火烧岛，柏杨曾在《柏杨回忆录》中说：“火烧岛，这个使人毛骨悚然的名字，位于台湾东南海域。世界许多国家好像都有一个毛病，恐怖时期的政府，总是在它的领海上找一个孤岛，囚禁重要人犯，法国就有一个魔鬼岛，南非也有一个罗本岛。”绿岛面积只有16平方公里，这里四面皆是一望无际的蔚蓝大海，犯人关在这里可是插翅难飞。日据时代日本人就把绿岛作为囚禁思想犯的场所；后来蒋介石败退台湾，这里同样成了“用作钳制思想和打击异己”的天然匠笼。

1968年，因“大力水手事件”，柏杨被判处有期徒刑12年，随后他被送上绿岛关押，囚犯编号“297”，由此开始了漫长的绿岛囚笼生涯……

那首耳熟能详、百听不厌的《绿岛小夜曲》，非常优美、宁静、动人：“这绿岛像一只船，在月夜里摇呀摇。姑娘哟你也在我的心海里飘呀飘……”与许多听众一样，柏杨曾误以为《绿岛小夜曲》就是写绿岛的：“一位出身音乐教师的政治犯和一位音乐系女学生的政治犯，隔着铁丝网，一有机会，就站在那里痴痴凝望，后来教师为她写下曲谱，借着歌声，向她唱出凄怆的心情……”其实《绿岛小夜曲》歌词中的“绿岛”指的就是台湾，并非“火烧岛”；词作者是潘英杰、曲作者是周蓝萍，也都不是绿岛上关过的政治犯。那么温柔美好的词曲，不可能是监狱里头的囚犯所能创作的。

“一个人不忘记手指伸进火炉被烧伤的往事，才不至于再把手指伸进火炉。”柏杨曾这样说：“记忆文化”一直被“遗忘文化”冲击。遗忘，遂成了忠厚的代名词。在绿岛建立人权纪念碑，是我们重建记忆文化的起步，它当初有个感性名字:“垂泪碑”。可是乡民不喜欢“垂泪”，我们就改为最直接的“人权碑”……

1999年12月10日——世界人权日那天，绿岛人权纪念碑以及人权纪念公园正式落成。与向上凸起的碑不一样，这个“人权纪念碑”是一座向地平面下面延伸的“阴文”式的建筑，像地下走廊，越走越深。我看着那墙壁上密密麻麻刻着的受难者的名字，沉重。而镌刻的碑文，只有柏杨所题的一句话，分行排列：

在那个时代
有多少母亲
为她们
被囚禁在这个岛上的孩子
长夜哭泣

二、一把钥匙:《柏杨回忆录》

了解柏杨,《柏杨回忆录》是一把钥匙,一条捷径。这是柏杨晚年的口述,由柏杨自己的苦难、民族的苦难、时代的苦难编织而成;全书由周碧瑟博士执笔、整理,在1995年完成。

《柏杨回忆录》在大陆已先后出版了多个单行本,其中有1997年中国友谊出版公司的版本,有2002年春风文艺出版社的版本,有2011年人民文学出版社的版本。另外还收进了人民文学出版社的《柏杨全集》(2010年7月第1版,2016年2月出版了限量精装版)中,全套共25卷,《柏杨回忆录》列在第24卷中。

《柏杨全集》是柏杨作品之集大成者。有读者评价说:“阅读他的全集,在不同篇章不同文类背后,隐隐约约流淌着不变的主题,那就是,对人类苦难的真心痛惜、对民主的反复陈说与执着追求、对历史教训的永志记取。”

《柏杨全集》分为杂文卷、历史卷、小说卷和其他卷四大部分,共25卷800多万字。各卷所收,大体如下:

杂文卷共十册:包括《倚梦闲话》(十辑)、《西窗随笔》(十辑)及《柏杨专栏》(五辑)三系列,此外还有著名的“丑陋的中国人三部曲”——《丑陋的中国人》《酱缸震荡》《我们要活得有尊严》等杂文。

历史卷共十册:包括他在狱中读史所撰的三部作品《中国人史纲》《中国帝王皇后亲王公主世系录》《中国历史年表》,以及出狱后的读史札记《柏杨曰》《帝王之死》《皇后之死》。

小说卷共三册:收录长篇小说《旷野》及中短篇小说集《莎罗冷》《怒航》《秘密》《凶手》《挣扎》《天涯故事》等。

其他卷共两册:计有《柏杨回忆录》《柏杨诗》《柏杨在火烧岛》《柏杨说故事》《路,要你自己走》等。

《柏杨回忆录》是最值得首先阅读的。开篇第一章,名称就是活生生的《野生动物》——柏杨一直喜欢称自己为“野生动物”。《野生动物》第一句就是:“天下所有人都知道自己的生日,中国人甚至知道自己出生的时间是几分几秒;只有我，什么都不知道。”由于母亲在生下他不久就去世了，所以他一直搞不清自己生在猴年马月，“据说，我出生于一九二〇年，这是我唯一记得的数字”。

但现在通常把1920年3月7日视作柏杨的生日。原因不是考据清楚了，而在于特别纪念。在回忆录里，柏杨这样说：

> 1968年的3月7日，我被调查局以“共产党间谍”以及“打击国家领导中心”的罪名，逮捕入狱，要求处死。其后，又被改判有期徒刑十二年。于是从此，我就以3月7日作为我新的生日，不但纪念我的苦难，也强调自该日起，对笼罩我一生的蒋家父子政权的唾弃。（见《柏杨全集》第24卷第21—22页）

由此计算，柏杨至今已是百年诞辰。

柏杨祖籍河南辉县，祖上是山西省洪洞县大槐树下迁徙来的一支。但柏杨同样不确定自己具体生在哪里，究竟是辉县还是开封。他原名郭定生，后来改成郭立邦，之后又改为郭衣洞。1949年在上海遇见老长官吴文义，并跟随他到了台湾，乘坐登陆艇在台湾高雄左营军港登陆。第二年柏杨就因为“窃听共匪广播”，被判刑六个月，这是他第一次坐牢，实际被关了七个月——这次“小牢”跟后来的“大牢”相比，真可谓小巫见大巫。

三、柏杨在牢灾之前

柏杨从小到大，一直不是安分的人，也是这样不安分的人，才有非一般的创造力。

“我自认小时候是一个坏孩子，因为我没有受过什么家庭教育，没有累积下教养，个性又十分顽劣。”在1949年29岁赴台湾之前，柏杨从童年到少年到青年，有各种不幸遭遇，有各种意外折腾，有各种颠沛流离。

包括他在开封高中“轰轰烈烈的第一次恋爱”，竟然是打网球时捡一个飞出去的球而看到一个书包上的名字“何玉倩”，人都没看见，就给开封女子师范学校的女生何玉倩写情书——“密密麻麻五张信纸，这是我平生第一封情书”！天天等啊等，终于等到了回信，那信竟然没有封口，信上几行字告诉他：你年纪轻轻，不用功读书，却给女生写信，我们已把它公布到我们学校布告栏里，看你以后还敢不敢？这个18岁的青年，于是“完全被打败了”，这是如何懊恼的“少年维特之烦恼”！（见《柏杨全集》第24卷第61—64页）

在兵荒马乱的年代，他一再做假证件，其中冒充从南京流亡到重庆的汪伪政府中央大学肄业学生郭大同，把“郭大同”涂改成“郭衣洞”（“大”字改“衣”字好改，“同”字改“洞”字方便），因此被分发到已迁徙至四川的东北大学就读，让自己成了有书可读的大学生，这成了他的“经典之作”，郭衣洞由此成了他使用多年的“真名”。

年轻的郭衣洞在横渡海峡到了台湾之后，第二年就因“窃听共匪广播”被判刑半年，并因此丢掉了在屏东农业职业学校的第一份工作。牢里出来后，他一路流浪，一路求职，终于在南投通过东北大学校友谋得草屯初中一个教职，成为国文教师。没干多久，经介绍他前往台北，认识了女朋友——齐永培，并到教会学校——函授学校任教。“第二年，我和永培结婚，生了两个男孩，大儿子城城，小儿子垣垣。”

城城，即柏杨长子郭本城，就是后面介绍的重要书籍《背影：我的父亲柏杨》的作者。

柏杨在函授学校又是各种个性张扬，不久又离职，1954年经介绍去“救国团”任职。柏杨后来说，很多人认为所谓的“救国团”是一个特务组织，其实不是，“它只不过是蒋经国培植私人势力的迷你王国”。

“我在救国团有我的天地，除了上班时间以外，都在写我的小说。”郭衣洞脑洞大开，他的写作才华好像突然拧开了盖子，井喷了出来，一系列长篇、中短篇小说都在1950年代中后期发表、出版，他的小说有着相当的现实性与批判性，于是“开始有了小小的名声，受到文坛重视”。在这之前的1953年，他平生首篇处女作在《自由谈》上刊出，是一篇散文。

柏杨说："真正对我写作启蒙、以后对我写作有帮助的，却是一部既平凡而又奇怪的书，那就是《作文描写辞典》。自三〇年代大陆，直到七〇年代台湾，市面上不知道出过多少种版本……"这让我想起，我年轻时也读到过我的一位文学启蒙老师留存的唯一藏书，那就是一本民国老版本的《作文描写辞典》，后来经我手被别人借走而不幸丢失了，我写了一篇《恨书》，收在我的散文集《在大地上寻找花朵》(广西师范大学出版社2018年10月第1版）一书中。

在1958年冬天，"救国团"在风景明媚的日月潭举办"中国青年文史年会"，其实就是一个以大专学生为主的冬令营。就在年会上，柏杨认识了静宜英语专科学校（即后来的静宜大学，在台中）的学生倪明华，"这是我一生中，又一次被切成两段，一切归零"。倪明华是柏杨婚姻生活中唯一对他说过"我爱你"的人，"在日月潭第一次听到她对我说出这三个字时，心中起了很大的冲击"。

彼时柏杨已经在台南的成功大学谋得教职，他"被俘"了，深陷于这场爱情当中，不仅使他跟妻子仳离，而且和整个社会作对。倪明华的父亲是中兴大学的教授，激烈反对自己的千金恋上这个有家室的中年男人。倪爸爸爱女心切，他甚至发电报给蒋经国，指控其部下利用职权勾引他的女儿，要求严办。他还把女儿软禁在家，不准上学，也不准出门。

然而，柏杨完全听不进去，"我把爱情置于第一位，把事业前途置于第二位，不在乎任何批评和阻碍"(见《柏杨全集》第24卷第152页）。他为此丢掉了教职，又成了"流浪汉"。后来是《自立晚报》总编辑李子弋收留了他，让他到报社工作，"使我在饥饿边缘，有一个饭碗"。

倪明华有一天忽然出现在报社，她冲破了种种樊篱，最终与柏杨结合，时在1959年。而齐永培在与柏杨离异后，独力扶养、教育两个孩子成长，坚持不再婚，直至病殁，她是一个伟大慈爱的母亲。而柏杨与倪明华结婚后，有了爱情结晶，就是柏杨深爱的小女儿佳佳出生。佳佳后来成了柏杨熬过漫长牢狱生涯的主要精神支柱。

为了柏杨，倪明华也做出了很大的牺牲，她中断了在静宜的学业；而柏杨则千方百计把明华送到中国文化大学读夜校。

从1958年认识倪明华，到1968年被打入“大牢”之前，柏杨度过了“十年杂文”的时代。“我控制不住自己，一遇到不公义的事，就像听到号角的战马，忍不住奋蹄长嘶。”他开始用“柏杨”的笔名在《自立晚报》开设“倚梦闲话”专栏，稍后又在《公论报》开辟“西窗随笔”专栏，以杂文为匕首投枪，严厉批判不良的现实。

“柏杨”这个笔名，来自他的横贯公路之旅。台湾基础建设史上著名的横贯公路，于1960年5月通车。通车前夕他们应邀去考察，来到隧道附近的一个村落喝茶休息，这个村落的马来语发音叫“古柏杨”，彼时的郭衣洞非常喜欢这三个字的发音，回到台北就想用“古柏杨”作笔名，但看起来好像是武侠小说的作者，就索性改用“柏杨”。

在回忆录里柏杨说：“十年杂文，是我有生以来，从没有过的、这么长期的安定日子，因为倪明华和我逐渐建立起一个平静的家。”这真是家和万事兴。

但柏杨的“十年杂文”，其实非常容易得罪当局。比如在“西窗随笔”结集的《高山滚鼓集》一书中，柏杨谈“病”：就是铁打的人也挡不住病的侵袭，不论我们的意志多么坚定，不论在社会中我们处于怎样强大的位置，只要病毒来袭，只要天色大变，我们就会生病……实际上，柏杨是想告诉你：人会病，国民、社会也会“病”。

柏杨有着“虽千万人吾往矣”的倔强个性。其间，在1961年，柏杨曾以“邓克保”为笔名，在《自立晚报》连载发表《异域》。《异域》原名《血战异域十一年》，记载1949年底从云南往缅甸撤退的“孤军之战”，是一部战争题材的纪实小说（台湾称为“报导文学”）。后在台湾出版了多个版本，创下销售百万册的惊人销量，后来还拍成了电影。1999年香港《亚洲周刊》票选“二十世纪中文小说一百强”，《异域》排名第35，堪称台湾文学的经典之作。《异域》和《柏杨回忆录》一样，如今都能方便地在网上看到。

然而，“十年杂文，表面上看起来沉静得像一个没有涟漪的湖面，其实湖面下，恶浪滚滚，漩涡翻腾”；在“这里的黎明静悄悄”背后，一场“蝴蝶振翅”引发的风暴，正在悄悄地酝酿……

四、“大力水手”招来“大牢”

妻子倪明华进入中国文化大学后，读行政管理系，系主任是当时《中华日报》社长楚崧秋先生，给了她一个位置，主编《中华日报》的妇女版，这是一个令人称羡的差事。那时倪明华白天在中国广播公司上班，晚上到中国文化大学上课，剩下的时间编辑《中华日报》妇女版，身兼三职，“她成了一个非常忙碌的少妇，我暗中庆幸生活日趋改善”。柏杨在《自立晚报》上班，时间上午十点到下午一点，其他时间就窝在家里读书作文，家庭形态是“男主内女主外”。

《中华日报》在1967年夏天向美国金氏社订购了《大力水手》连环漫画，翻译后连载刊发。倪明华把翻译的任务交给柏杨，那漫画上的对话十分简短，翻译并不难，而这个差事让柏杨又多了一份稿费。《大力水手》是一个全球发行的漫画，后来还改编成动画，它其实并没有什么政治色彩，无非是吃下菠菜就力大无穷，好玩。

可是，哪里想到，会出来一个“大力水手事件”！1968年1月2日，《中华日报》刊出的那组漫画，画的是波派和他的儿子流浪到一个小岛上，父子竞选总统，发表演说，在开场称呼时，波派说：“Fellows……”柏杨如果译成“伙伴们”或“朋友们”，那一点事情都没有；可是柏杨却顺手将其翻译成“全国军民同胞们”（一说翻译成“全国同胞们”），这就是模仿了蒋介石发表讲话的口气——因为老蒋总是喜欢用这个称谓开头，变成了“影射”。其实柏杨心中并没有丝毫恶意，“只是信手拈来而已”，译完就上床就寝，“没有一点恶兆”。可是，在暗中，虎视眈眈的特务们像发现新星球一样，发出了“磔磔笑声”！在老蒋戒严的威权时代，多少双监控的眼睛盯着作家文化人，就巴望着你出一点“纰漏”！

大祸立马临头：先是倪明华被喊去，告知调查局认定《大力水手》漫画“挑拨政府与人民之间的感情，打击最高领导中心”，尤其译文出自柏杨之手，刊发是经过精密计划的，用心毒辣！山崩地裂！柏杨说，“我被这项可怕的罪名吓住，一时间，头昏目眩。”随后倪明华突然被调查局人员带走调查，午夜之后才放回来，她第一句话就说："事情很严重，明天会约谈你！"

之后就是想得到的情节了：柏杨被带走调查，在调查局招待所的侦讯室里，为了逼他承认被俘投共，各种严刑逼供，各种羞辱摧残，折磨得你生不如死……罪名当然不仅仅是来自那句"全国军民同胞们"的翻译，而是无限上纲的"共党间谍"之罪。在《柏杨回忆录》中，有着各种让人惊恐的描述：

> 米达尺嗖的一声抽打到我右脸颊上，一道火辣的灼痛使我觉得他用的是烧红的铁条。我叫了一声，左颊上又被反抽一下，我大叫道："你打人……"于是右颊又受更重的一击，那是他的拳头，我的眼镜像投掷出去的飞镖一样，跌到行军床上。我失去重心，连同椅子跌倒在地。他突然一脚踢出，那皮鞋尖端正踢中我的左膝；我正要爬起来，更猛烈的一脚又踢中我的右膝。我似乎听到骨折的声音，两膝剧烈的痛使我哀号，我在地上滚动，又是凶猛的一脚，踢中我的心口，我号叫着爬到墙角，像一条就要死在乱棒之下的丧家之狗。我尽量弯曲膝盖，抱到胸前，但又一脚正踢中我的右耳，我急抱住头，忍不住大声哀号。(见《柏杨全集》第24卷第176页)

后来柏杨知道就在这间侦讯室里，在他进来前三个多月的一个夜晚，调查局把《新生报》的女记者沈嫄璋全身剥光，在房子对角拉上一根粗大的麻绳，架着她骑在上面，走来扯去：

> 沈嫄璋哀号和求救，连厨房的厨子都落下眼泪。那是一个自有报业史以来，女记者受到最大的羞辱和痛苦，当她走到第三趟，鲜血顺着大腿直流的时候，唯一剩下来的声音，就是：
>
> "我说实话，我招供，我说实话，我招供……"
>
> 她要求调查员们把她放下来，暂时离开，允许她自己穿上衣服。调查员离开后，沈嫄璋知道更苦的刑罚还在后面，她招供不出她从没有做过的事，于是迅速闩上房门，解下绳子，就在墙角上吊身亡。这个六十年代的

著名记者，除了留下若干有价值的采访文稿外，最后留下来的是一双几乎爆出来的眼睛，和半突出的舌头。

她后来被宣布的罪名是“畏罪自杀”……

（见《柏杨全集》第24卷第172页）

在“局里”，说你有罪就是有罪，没有罪也可以给你编出莫须有的大罪；要你承认你就得承认，不承认也得承认，没有第二条路。回忆时，柏杨还提道：“一位从大陆流亡到台湾、曾当过‘全国学生联合会’会长的张化民，写了一篇短文，讨论蒋中正的功过时，文章中有8个字：‘自以为是民族救星’，结果1个字判1年，8个字判8年。”威权的“大力水手”吃了专制的“菠菜”，真是力大无比。

“1968年7月7日，正是卢沟桥抗战八年的纪念日，我被戴上手铐，押上一部铁栏杆警车，步履艰难地走出押房大门……”以柏杨的罪名，可是要被处以“唯一死刑”的，其间柏杨曾绝食21天以示抗议；还好当时有国际势力的竭力呼吁营救，柏杨得以免于一死，最后被判有期徒刑十二年，褫夺公权八年（见《柏杨全集》第24卷第185页）。无论是以“全国同胞们”5个字计，还是以“全国军民同胞们”7个字计，平均每个字都不止一年。

“法场鲜血囚房泪，痴心仍图唤苍生。”柏杨说：只希望，下一代再也不要经历这样的动荡，“文字狱”再也不要有了。

随即，柏杨和倪明华协议离婚，结束了10年婚姻。

1972年4月，柏杨从“景美看守所”被转囚于插翅难飞的绿岛“感训监狱”，所谓“绿洲山庄”。

五、绿岛监狱“两地书”

柏杨的杂文、小说、历史学著作，大家相对比较熟悉；在这里特别推荐《柏杨全集》最后一卷《其他卷》（第25卷），其中第一部分《柏杨在火烧岛》，这是他和女儿佳佳的“两地书”，是感人至深的“狱中家书”，写信时间前后长达5年，

12岁的小女儿成长为17岁的亭亭玉立的少女。

这里收入的第一封信，是1972年3月2日女儿写给父亲的，最后一封是1977年3月31日父亲写给女儿的，一共有206封信。

如果说《傅雷家书》是温暖理性的谆谆教导，那么《柏杨家书》就是苦涩感性的切切爱语。柏杨父女，就像《双城记》里的医生父女。家书中写到的许多细节让人万般感慨。

比如柏杨的牙齿不好，他要求家里寄牙签，收到牙签后，柏杨很高兴，回信说，这些时间一向在散步场地上捡火柴残梗当牙签使用，捡的时候小心寻觅，捡来之后一一洗涤，“但往往数十日不能捡一支”(见《柏杨全集》第25卷第27页)。捡火柴梗当牙签，看了让人多少心酸！

1975年3月31日，女儿给父亲的信里附了一张图片，是一个哭泣的女孩图片，附上的文字是：有时候，哭泣也是一种享乐，尤其，为想念您而潸然泪下。

女儿说：写信和收信是我生命中最重要的一部分。在信中，父亲几次给女儿写诗，舐犊情深。柏杨的诗，会让人自然想起《白香山集》里五言长诗的风格。他回忆女儿的长诗《寄女》，其中有这样的诗句：

> 儿啼父心碎，儿笑父心喜。
> 看儿渐长大，摇摇学步举……
> 一去即八载，一思一心戚。
> 梦口仍呼儿，醒后频频起……
> （见《柏杨全集》第25卷第119—120页）

1976年7月9日，女儿去绿岛监狱探望父亲，度过了珍贵的三天两夜。女儿在回来之后给父亲写信：

> 到了绿岛，从出租车远远地看到您，银白色的头发被岛上的南风吹得竖起，身子看似硬朗，却掩不住那份落寞，心里几次翻腾，眼泪自动

地流下来，我不想哭——见面应是件高兴的事，但是泪水却不听话的直往下流！

我不敢看你，看你一眼，心就扭动一次，就像绞紧的衣服，压得我喘不过气来。你是那么瘦，瘦得轮廓深深地刻画出来，本来很长的脸更长了，不敢看您，我就一直看着桌面，定定地……

（见《柏杨全集》第25卷第146页）

柏杨回信写了一首长诗《嘱女》，记父女这一场相会，代替千言万语，其中写道：

茫茫两不识，迟迟相视久。
父惊儿长大，儿惊父白首。
相抱放声哭，一哭一内疚。
父舌舐儿额，儿泪染父袖……
二日匆匆过，留计苦无有。
儿自凌空去，父自归窗牖。
再视儿睡处，抚床泪如漏。
小径仍似昨，父影独佝偻。
重见尚无期，念儿平安否……

（见《柏杨全集》第25卷第148—149页）

这两首感人至深的诗，在《柏杨全集》中多处出现，出现在信里，出现在回忆录里，出现在诗词集里。

算上减刑，柏杨一共遭囚禁9年零26天。1977年4月1日出狱当天，他从绿岛渡过大海到达台东，孑然一身走过一家鞋店想买一双新鞋子，却迟迟不敢进去，看着玻璃橱窗反射的身影，有如一缕幽魂，“没有喜悦，没有欢悦，只有一种恍惚的哀伤”。在他出狱之后，老家已换了主人，妻子成为别人的妻子，唯有剩下和最爱女儿佳佳之间的亲情，在身心里缓缓涌动……

六、父亲柏杨的背影

与父亲柏杨和小女儿佳佳的父女情深不同，长子郭本城和父亲柏杨的关系，曾经长时间疏离。柏杨与第三任妻子齐永培于1953年在台北结婚，郭本城在1954年出生；父母的婚姻维持不到6年，1959年就离异了，那时郭本城刚满5岁，弟弟还在牙牙学语。郭本城说，父亲是母亲永远的创痛，在家中绝口不提父亲，直到父亲出狱，他已年近20岁，父子才又相见。他又遗传到父亲冲动的个性，两人谈话常“讲到第三句就吵架”，“但父亲值得原谅，是我们不懂事；对父亲逐渐从陌生、理解到原谅”。

跟时代的变动很大一样，柏杨的婚恋史也是变动很大，他先后经历了5段婚姻，有5名子女。1939年，他在家乡与艾绍荷结婚；1943年，他在重庆与崔秀英发生感情共赋同居；1953年在台北与齐永培结婚，1959年离异，当年与女学生倪明华结合，1969年在狱中又与倪明华离婚；出狱后于1978年与女诗人张香华结婚——张香华曾对媒体记者说，朋友介绍她与柏杨相识，过后几个小时柏杨就送来了求爱信。

与张香华相伴整整30年之后，2008年4月29日凌晨，柏杨在台北庚辛医院辞世，享年89岁。在柏杨去世五年之后的2013年，郭本城开始动笔写《背影：我的父亲柏杨》，重温父亲的亲情、苦难、斗志，以及在手写时代那2000万字的非凡创作历程。书籍于2014年5月由台湾远流出版社出版了繁体字版，很快形成热销之势。

我认真读过《背影：我的父亲柏杨》一书的大陆简体字版（广西师范大学出版社2016年1月第1版）。读完后我曾在微信朋友圈写下这么一段话：“精彩至极的《背影：我的父亲柏杨》！没想到柏杨的儿子郭本城写父亲写得这么好！思想也是那么深邃，表达也是那么犀利，真是基因的遗传啊！”写作，还真是有基因天赋的；佳佳12岁就开始给狱中父亲写信，写得那么精彩，你完全想不到。

《背影》一书是一部“柏杨家庭史”，是一本带着父亲体温的回忆录，详述了柏杨幼年被后母凌虐、少年失学、战乱从军、冒名读书、远渡台湾以及十年小说、十年杂文、十年牢狱、十年著史的人生经历，呈现了柏杨“爱好和平的精神”“诚信宽恕的思想”“坚忍卓绝的毅力”，以及对中国历史文化的独特感悟。在写作过程中，郭本城曾经几度因痛哭而中断。

其中浓墨重彩的是从“横渡海峡，登陆台湾”之后，第18章至第29章获释回到台湾本岛的经历，其整齐的标题如下：

三天饱饭 妻离子散

十年杂文 刀笔如削

大力水手 惹出大祸

诬陷逼供 拐骗栽赃

十大罪状 死刑起诉

锥心泣血 上诉万言

冤气之歌 长恨之歌

恶魔岛上 珍贵友谊

忠贞叛徒 同埋一丘

写史写诗 狱中家书

隔壁软禁 黑牢无期

人权外交 获释回台

柏杨是一种精神。“流泪撒种的，必欢呼收割。”最使郭本城感佩的是，父亲即使是身陷囹圄，在最恶劣的环境里，还是坚持文学创作：他利用早餐吃剩的稀饭涂在报纸上，好几张黏在一起，形成一张坚硬的纸板，随后就靠坐黑牢墙角，把纸板放在大腿上，借着微弱的灯光，眯着眼睛，坚毅地紧握着笔杆，持续他的“监狱文学”创作……

《背影：我的父亲柏杨》一书中，留给我极其深刻的，是柏杨身陷囹圄之后，一批读者多方奔走呼告竭力营救他，其中孙观汉、陈丽真和梁上元三人和柏杨结为“岁寒四友”，成为“生命之交，生死之谊”，感人至深。（见该书第151页）

比柏杨年纪还大的孙观汉，生于1914年，浙江绍兴人，浙江大学毕业后赴美四十多年，是著名的物理学家。孙观汉先生的名言是：“有心的地方就有爱，有爱的地方就有美。”1974年，柏杨还在绿岛服刑的时候，孙观汉先生就编著了《柏杨和他的冤狱》，用文字泣诉，当时由香港文艺书局出版。

柏杨狱中9年多时间里，孙观汉和海外许多人一起联手，不断呼吁奔走，给美国参议员、国际人权组织写信，甚至在美国发动大规模的请愿行动；直到重视人权的美国卡特总统上台，他就直接给卡特写信，要求帮忙营救。正是有美国的压力，台湾当局才最终把柏杨从绿岛释放回台湾本岛。“也可以这么说，没有孙观汉先生，就没有柏杨，更不会有《柏杨版资治通鉴》，以及亚洲第一座、建设在绿岛的‘人权纪念碑’。”（见该书第146页）

七、魂归大陆

“孤鸿不知冰霜至，仍将展翅迎箭飞。”柏杨出狱后，又迎来一个创作高峰。在海峡两岸都引起轰动的《丑陋的中国人》等著名杂文，以及规模巨大的《柏杨版资治通鉴》等，就是这期间的作品。

2007年6月27日，台南大学“柏杨文物馆”开幕。柏杨将自1949年到台后的重要证书、结婚证书、资治通鉴手稿，还有诸多杂文手稿等，捐赠给台南大学。柏杨文物馆由学校旧教师宿舍改建，主题空间包括“柏杨大事纪”“柏杨艺文中心”“花园新城客厅书房”“柏杨出版纪事”等。

2008年4月29日，柏杨在89岁高龄上辞世；他的离去，象征着一个时代的结束。5月17日，依其遗愿海葬，部分骨灰撒入绿岛海域……今日的绿岛，已是一个安宁、美丽且因游客的到来而欢乐的岛，“手铐脚镣铁笼牢饭”等意象，都成了画在墙上的文创产品。

柏杨另留部分骨灰，冀望择日能带回大陆安葬。经过遗孀张香华的努力，这部分骨灰终于回到了故乡河南，于2010年9月12日安葬于新郑的福寿园陵园，和故乡芬馨的泥土永远融合在一起。陵园里竖起了柏杨的坐姿雕像，旁边的墓碑上刻着柏杨著名的两句话——“不为君王唱赞歌，只为苍生说人话”。

悲剧如果不能转化为悲剧意识，不能由此净化民族族民的灵魂，那才是最大的悲剧；而人权纪念碑、柏杨文物馆以及柏杨雕像的设立，就是悲剧意识的一种外化，一种记忆，一种警醒。

有若干柏杨传记在大陆出版：1998年4月，作家出版社出版了古继堂所著的《柏杨传》；2012年8月，花城出版社出版了韩斌所著的《柏杨传》——这两个版本的书我都有买到，这些书籍尽管是以资料写作为主，也有一定参考价值。

2018年8月25日，“柏杨捐赠陈列展”北京中国现代文学馆开展。在2007年，柏杨将自己数十年珍藏的1万多件文献文物捐赠给了中国现代文学馆，并亲笔写下题词“重回大陆真好”。

《中国现代文学馆馆藏精品——柏杨手稿卷》一书，在2019年1月由西苑出版社出版。这是一本印装非常精美的好书，由七次“中国最美图书奖”获得者周晨操刀设计，我可真是爱不释手啊！本书影印了柏杨200多件未刊的随笔、信札、笔记、序言手稿，展现了柏杨原始的不加修饰的文字，呈现了柏杨思想的深刻性、文化的批判性、现实的针对性、阅读的广博性。西苑出版社社长赵晖介绍说，《柏杨手稿卷》作为一部手稿精选集，不仅是一部珍贵的文献资料集成，也是柏杨先生至情至性的文人品格的鲜活例证。

洋洋大观的《柏杨版资治通鉴》，先后有2000年中国友谊出版公司的版本、2011年湖南人民出版社的版本；为了纪念柏杨先生百年诞辰，人民文学出版社于2020年1月推出《柏杨版资治通鉴》，共36卷。

柏杨曾说：“人不能活在仇恨中，爱才是超越世代的。”是的，爱之深，责之切——柏杨是有爱的批判者。他是作家、杂文家，而本质上是思想家，柏杨是超越时空和时代的。

（原载于《芝田文学》2020年第2期）

白桦：挺立向天空

——读《白桦文集》

时间的玫瑰最终会赠予真理。

2019年1月15日凌晨2时15分，中国上海，作家白桦先生的生命被死神捕获。从1930年出生至今，89年人世起伏、人生跌宕，白桦俯首向大地、挺立向天空。

文　集

《白桦文集》的封面设计得太好了：一个俯瞰大地的站立者的剪影，那就是白桦，来自他的一张照片。太阳底下是土地，照片上的白桦在俯瞰土地上的花朵。

《白桦文集》封面

这是《白桦文集》，套装共4册，分别是：卷一·长篇小说，卷二·中短篇小说；卷三·诗歌散文随笔；卷四·文学剧本。是白桦文学作品的精华所在，由白桦先生生前亲自审定，上海文艺出版社于2009年11月初版，2017年7月第2版。其前身是长江文艺出版社在1999年9月推出的初始版本，主体内容基本相同，上海文艺版增加了新作，比如白桦先生完成于2007年的诗歌巅峰之作《从秋瑾到林昭》。

看一个作家，最重要的是看他的作品。早应该出版《白桦全集》，但现在还没有；全集的体量会是《白桦文集》的许多倍，《白桦文集》总字数160多万字。

《白桦文集》长篇小说卷，收有《妈妈呀，妈妈！》和《远方有个女儿国》两部长篇小说。

中短篇小说卷，收有《沙漠里的狼》《指尖情话》《蓝铃姑娘》《一朵洁白的罂粟花》等，一共18部。

诗歌散文随笔卷是最厚的一卷，分为三个部分：第一部分是短诗，收有《叹息也有回声》《鲁迅五十周年祭》《雪花的重量》等；长诗部分共有6部，分别是《孔雀》《雪原落日》《颂歌，唱给一只小鸟》《追赶太阳的人》《长离别》和《从秋瑾到林昭》；“散文·随笔”部分，收有《混合着痛楚的愉悦》《儿子》《一封寄往越南的信》《梦里不知身是客》《梅香正浓》《我所见到的胡耀邦》《贺龙的百年征途》《体验鲁迅》《文学的河流》《云南对于我是个什么地方》《人人脚下都有一片月光》《悄声向巴金先生送别》《怀念冯牧》《记忆中的星光》《守望底线》等精彩篇章。这一卷是我的最爱，2019年2月4日除夕这天，我从杭州返回浙江青田老家，随身带着，在高铁上、在人家看“春晚”的时间，我一直读这本厚重的书，甘之如饴。妻子拎了拎说，起码两斤重。

文学剧本卷分两个部分：一是话剧剧本，收有《杜十娘》《吴王金戈越王剑》《槐花曲》《走不出的深山》共4部；二是影视文学剧本，收有《苦恋》《呼兰河传》《诗人李白》《今夜星光灿烂》，也是4部。

另外一些没有收入的作品，在每一卷最后附上了篇目或书名。每一卷都有序言《书比人长寿》和代自序《越冬的白桦》。代自序是一首短诗，序则是一篇精彩的剖析文章，作者署名 Ellenan · Dong——是一位不愿意署真实名字的年轻作家。文集封面白桦剪影站立着的土地部分，从封面到封底到勒口，以烫金小字印上了序言的前半部分，这里摘录若干：

> 一个人的爱、遗憾、怨尤、愤怒，年轮上每一处忍辱负重的无可奈何——在这些文字里明晰又隐含。你会不会有些惊诧，在禁锢和折磨中长出的花是如此的美？你会不会有些感慨，一个人的精力和创造力是如此的旺盛和卓越，在那么漫长的沧桑的岁月里愈加显露出锋芒——穿过他的白发和那么深的皱纹，你会不会有些隐隐的忧伤——无论时事变迁，身在浪尖或谷底，他展示给你的总是那么浅浅的笑容，无怨无尤的一个硬朗的背影。当你读完了这些文字，漫长的悲情之旅，你会不会有些微微的灼痛——和我一样。
>
> 一位知名的作家，中国文化界的焦点之一，在中国以外的土地上，曾经牵动过那么多异族人的关切和热望。然而，你相信吗？你几乎不知道这些年来他创作了些什么作品……
>
> 在中国作家中，白桦是“苦难一代”的突出代表，人们知道他是一位卓越的诗人，一位因敢于直言而饱受忧患的作家……更重要的是他从本质上是唯美、唯艺术、唯爱的……我看到的是一个立体的艺术家，也正是他的卓尔不群和人性弱点甚至是性格障碍，他的坚强和软弱，懵懂和无畏，坚决又犹疑，多情浪漫而无所适从，敏感锐利又顺从无助……这一切的一切构筑起一个真实的他。

是的，书比人长寿。一如辛波斯卡在诗中所言的：“金属，陶器，鸟的羽毛 / 无声地庆祝自己战胜了时间 / 王冠的寿命比头长 / 手输给了手套 / 右脚的鞋打败了脚…… ”

白　桦

《田野白桦静悄悄》——这是白桦非常喜欢的一首俄罗斯歌曲。

代自序《越冬的白桦》这首诗，共有5段，每段4行，开头两段是：

昨天我还在秋风中抛散着黄金的叶片，
今天就被寒潮封闭在结冰的土地上了。
漫天的雪花一层又一层地覆盖着大地，
沉重的天空板着难以揣摩的老脸。

我所有的枝杈都在断裂、坠落，
我只能倾听着自己被肢解的声音。
一个无比庞大、无声而又无情的军团，
把我紧紧地围困着，风声如同悲哀的楚歌。

非常真实地描写了越冬的白桦——作为树的白桦和作为人的白桦。

白桦树生长于寒带，是高大的落叶乔木，树皮洁白光滑，喜欢阳光，生命力强，大火烧毁森林后，白桦往往首先生长出来。白桦树是俄罗斯的国树，是其民族精神的象征。

诗人白桦同样是个子高高，风度翩翩，优雅潇洒。1930年，白桦出生于河南信阳五里店中山铺，原名叫陈佑华。他的哥哥叫陈佐华，是孪生兄弟；陈佐华就是叶楠，后来成为著名的剧作家，代表作是著名的电影文学剧本《巴山夜雨》和《甲午风云》。童年当然没有玫瑰花，那是民族存亡之秋，白桦出生第二年就发生了“九一八事变”。1936年白桦启蒙入小学，之后在私塾念四书五经。抗战期间，河南大部分地区先后沦陷。1940年冬天，在阳山脚下，白桦的父亲被日本宪兵逮捕，他宁死不屈，惨遭日本鬼子活埋；他的骸骨，迄今都不知道被埋在哪一棵树下。白桦的母亲带着一群孤雏在铁蹄下挣扎，饥寒交迫，颠沛流离。在抗战艰难时期的1942年春，这对孪生兄弟一同考入潢川中学初中部，投靠在姐姐家。白桦由此开始接触文学创作；痛中思痛，文学就成了他寻找人生道路的火炬，最终成了他的生命。

白桦说 “我既希望文学照亮自己，也希望文学照亮别人。战火曾经焚毁了我的童年时光，战火又点亮了我的青春年华。”

1945年抗战刚刚胜利之后，15岁的白桦开始写作；处女作是一首诗，发表在《豫南日报》上，名叫《织工》。其时《豫南日报》的报头由大书法家于右任题字，办有《晨光》副刊。白桦姐姐家里有一个织布作坊，白桦兄弟俩白天上学，晚上就在作坊里帮忙织毛巾。“在作坊里，什么人都有，有逃兵，有被水淹的无家可归的黄泛区的难民，那时中国人活得特别痛苦。我和他们在一起，看在眼里，就写了第一首诗，写的是痛苦，是抒情式的，是很纯净的。”

后来的白桦，开始了漫长的军旅生涯。1947年，17岁的他加入中原野战军，任宣传员。1949年加入中国共产党，先后担任宣传干事、教育干事、师俱乐部主任等职务。1950年跟随部队到云南，开始写诗写小说。1952年被选调到贺龙身边工作，此后在昆明军区和总政治部创作室任创作员。1953年，中国文艺工作创作会议在北京召开，白桦作为解放军的文艺工作者代表，和电影界的代表王蓓在会场不期而遇，两人由相识而相爱，1956年在上海结婚。1958年春天被划定为“右派”，从而被军事法庭判处开除军籍。之后被发配到生产电影放映和制片设备的上海八一电影机械厂当钳工。在长达20年时间里，基本辍笔。

1959年12月19日，儿子翔鹰出生。1961年白桦调至上海海燕电影制片厂。1963年白桦被下放到浙江绍兴东湖公社种水稻，1964年调武汉军区话剧团。1979年获得平反，恢复党籍，在武汉军区文化部工作。1985年转业，到上海市作家协会任副主席。白桦的创作进入“壮年期”，大量的作品发表、出版、获奖。1993年，长篇小说《哀莫大于心未死》在台湾获1993年度金鼎奖；2006年，获云南省“繁荣文学艺术特别贡献奖”；2017年，获第三届中国电影编剧终身成就奖。

哥哥叶楠先于弟弟白桦告别人世，时间是2003年4月5日清明节，原因是罹患癌症。2010年，白桦也查出了前列腺癌，但他很坦然，采用保守疗法——他曾屡屡提到“向死而生”。因为健康的原因，已经完成了十几万字的回忆录写作，被迫中断，成为巨大的憾事。

巅　峰

先生本质是诗人。

原来 TOP（顶级）是藏在 STOP（停止）之中的。停止对作家的批判，尤其是停止运动式的暴风骤雨般的批判和压制，作家有了自由心境，才有可能创作出顶级的作品。

长诗《从秋瑾到林昭》，就是白桦诗歌的顶级之作、巅峰之作。

这首诗思考和写作的时间，前后长达十年，从1997年开始，一直到2007年才完成，是诗人用十年时光打磨而成的“血泪之作”。那真是创作的黄金十年啊！诗尾所注的是：“初稿于1997年7月15日——秋瑾姑娘在绍兴轩亭口就义九十周年纪念日；完稿于2007年7月15日——秋瑾姑娘在绍兴轩亭口就义一百周年纪念日”(全诗见《白桦文集·诗歌散文随笔卷》第2版第350—364页)。

人生有诗，灵魂才有远方。《从秋瑾到林昭》是灵魂之作，是百分之百真诚的艺术杰作；每段四行，全诗长达近三百行，首发于《诗歌月刊》2008年第3期，白桦先生由此获得了“2008年《诗歌月刊》年度诗人奖”。颁奖会在云南玉溪举办，白发皓然的白桦先生在致答谢词时流下了滚烫的热泪，他感谢“一直爱护着我的朋友们，以及无数和我们并肩、携手、怀着一个共同的愿望、走过漫漫长路的读者们”；他说：“我十分清楚，我所以能得到这个奖项，是因为我，一个八十岁的诗人还有记忆，还有清晰的记忆。还记得一百年间在我们可爱的中国诞生过两位伟大的女性，一位是秋瑾，一位是林昭。她们用鲜血的醒目色彩提醒我们记住她们的美丽面庞！她们用鲜血的醒目色彩在二十世纪的史册上书写了中华民族的尊严！她们用鲜血的醒目色彩让我们记住她们的来路和归途！

她们用鲜血的醒目色彩让我们记住他们前进的潇洒身影……”（见《诗歌月刊》2009年第6期）

《从秋瑾到林昭》这首“赋有史诗器质”的长诗，是诗歌的历史性书写，从而让文学牢牢记住来路和归途，让读者感受到思想的无限力量。

之后，2009年11月19日的《文学报》用两个整版转载了《从秋瑾到林昭》，影响力进一步扩大。在“作者自述”中，白桦先生说：“也许从本质上来说，我并非一个坚强的人，虽然我经历过极其残酷的战争和个人命运的种种难以逾越的苦难。但我以为，我所拥有的仅仅是比别人多一点的敏感与脆弱。现世的许多情物、人事、甚至晨昏的交替，都会让我陷入深深的伤感。人类在历史的进程中，每一天都有那么多豪迈，都有那么多惨烈，那么多生离死别，那么多荒诞，那么多的追求，那么多的无奈。无论是昨天、今天还是明天，无论哪种情状，即使是隔着时间的层层雾霭，我都会觉得美不胜收，那是一种苍凉的美。我多么希望把我看到和感受到的美尽可能都写出来！……”

忧伤蚀我心怀，苍凉美我大地！

2010年9月，白桦的诗集《长歌和短歌》由云南人民出版社出版，收入了《从秋瑾到林昭》，成为诗集的压轴之作。在收到白桦寄赠的《长歌和短歌》后，著名诗人、曾任人民文学出版社总编辑的屠岸先生一见目录，立刻就翻到109页读《从秋瑾到林昭》，读得心潮澎湃、血液汹涌、不能自已，随即他致信白桦：“《从秋瑾到林昭》所代表的是中国知识分子——中国人的最高良知，是人类灵魂的最终颤动！就这首诗所达到的思想高度和艺术深度而言，它抵达一个几乎空前的水平。”（见《炎黄春秋》2016年第3期）

白桦先生逝世后，在诗人王妍丁的诗友群微信公众号上，听到了知岸先生的朗诵，长达26分钟，这是对白桦杰作的杰出朗诵，我一遍一遍聆听朗诵，在震撼中深深感动。

从绍兴鉴湖走出的秋瑾，和站在未名湖畔的林昭，是白桦最为崇敬的两位中国女性。在先进、先驱、先烈三个层面上，她们站在了最顶端，成了人类进步史上在特定时代无与伦比的女性先烈。白桦的作品，对美丽女性本身就有着独特的感情。《从秋瑾到林昭》为什么前后构思写作、修改、锤炼长达十年？白桦说是因为怕写不好，会亵渎了她们，因为“她们在我心里具有顶端的神圣地位”。

历史的激情把白桦推进深沉的诗境。这里有“具备万物，横绝太空”的雄浑，这里有“窈窕深谷，时见美人”的纤秾，这里有“夜渚月明，大河前横”的沉着，这里有“行神如空，行气如虹”的劲健，这里有“神存富贵，始轻黄金”的绮丽，这里有“欲返不尽，相期与来”的精神，这里有“大风卷水，林木为摧”的悲慨……

诗歌开头是两句引言：“相信历史总会有一天人们会说到今天的苦难！希望把今天的苦难告诉未来的人们！”——炼狱中的林昭；“天上的父啊，原谅他们吧，他们不知道自己在做什么。”——十字架上的耶稣。然后是以“死”起笔：

> 除非是让我死，
> 不，即使是死，我也不会忘记你，
> 我的灵魂会把记忆交给悬崖峭壁，
> 以化石的方式留传后世。

已经成为先烈的秋瑾和林昭，始终站在历史的深处和高处，注视着白桦，目光直达灵魂，所以白桦说：

> 除非我已经出卖了灵魂，
> 剩下的是一具行尸走肉；
> 可倏然的刀锋，经常会
> 冷丁地用凛冽的寒光试探我。

被“放在砧上”的诗人，看见了秋瑾那狂涛扑面中的亭亭玉立，风雨如磐里的目光镇定，在世世代代的梦里静候着另一个花期：

在绝望的战场上去夺取希望的队列里，
有一位旗手竟然是雍容华贵的女性；
你从画舫里走出来就跳上了战马，
以龙泉宝剑取代玲珑玉佩。

……

就像一轮皓月离云而出，使我——
一个国破家亡而且懵懂无知的孩子，
得以呼吸到至美的芬芳，
得以瞻仰到至善的绮丽。

秋瑾走出深闺、踏上夜路，“是为了走进寂寞的夜行者们的队伍”，“使得紫禁城内外一片狼藉”，“去迎接注定要出现的华夏晨曦”：

你相信先行者们项上喷涌的热血，
能把漆黑的乌云濡染成鲜红的朝霞；
于是，你也要抛洒自己的热血，
于是，就有了轩亭口的一声长叹。

随着诗句的紧实推进，白桦的思辨之力渐渐地在字里行间透露出来，越来越力透纸背：

“秋风秋雨愁煞人！”
你用极度苍凉的古越乡音发出一声叹息，
倾吐了三千年压抑的悲情，

给二十世纪留下了一行最深刻的诗。

整整一百年过去了，
一百年的中国都沉浸在血泊之中；
乌云最终——最终也没有被濡染成朝霞，
虽然我们抛洒了江河那样多的热血……

这是百年来希望与失望争辩的交点，
这是百年来幻想与现实议论的话题；
时间太长了，流血太多！
鲜艳的红已经凝结为深深的黑。

从血管里流出来的终究是血！然而那是孤独的血，是人的精魂。在杭州西湖孤山，秋瑾墓和秋瑾雕像，总是孤零零地立着，孤独是常态，熙来攘往的人群中，分流出来看上一眼秋瑾的人很少。

白桦的笔锋一转，时空的大屏幕上，林昭出现：

在你去世三十年以后，
中国又一位使男人们汗颜的女性诞生了；
她出生在锦绣江南的姑苏，
一座被称为人间天堂的古城。

当她还在北京大学求学的时候，
忽然有了一个惊人的发现，她发现
大多数中国人的眼眶里都没有眼珠；
他们的眼珠都到哪儿去了呢？

林昭以她的心灵看见了“没有眼珠”的国人，留下那“血红而又空洞的眼眶”，她“立即走向未名湖畔，以水为鉴”，看见自己的眼珠还在，“而且熠熠生辉，甚至咄咄逼人”：

原来所有中国人都自动摘下了眼珠，
把眼珠紧紧攥在自己的手心里；
是为了害怕出现视觉上的谬误，
诸如把光明看成黑暗；

把天国看成地狱，
把神圣看成妖孽。
亿万人只能瞪着空洞的眼眶，
按照一双眼睛来认知世界。

而她却偏偏要冒天下之大不韪，
去观察被封锁、被冻结的大地，
透过雾霭重重的来路和去路。
透过斑驳的光影和瞬息万变的色彩……

于是，她就成了一个可怕的异端，
居然敢于在眼眶里保留一双眼珠！
居然还敢直面那颗唯一的太阳，
而且认真地去探究它黑洞似的内核。

为什么太阳散发出的不是热能，
而是一阵又一阵刀锋的寒光？
于是，她对那颗超自然的太阳，

产生了理所当然的怀疑。

怀疑太阳？！多么可怕的怀疑啊！
几乎所有的人都选择了怀疑自己。
自觉自愿地在每一颗细胞里追寻原罪，
把别人强加在身心上的灾难当作恩典。

眼眶里有自己的眼珠，这是多么的重要啊！因为有眼珠，才能看见真实和真理；因为看见真实和真理，白桦才会发出这样的“天问”，直戳人心：

我们是个人人都在怀疑自己的民族吗？
我们是个人人都在盲从偶像的民族吗？
我们是个人人都在信奉仇恨的民族吗？
我们是个人人都在自甘为奴的民族吗？

显然历史并不都是这个样子，在春秋战国百家争鸣的年代，多少先贤坚定不移地写下了流芳百世、烛照后世的典籍，即使秦始皇“能把六国的宫殿都付之一炬，却无法彻底焚毁竹简上书写的文字”，这是历史深处的回声：

遥想春秋战国那些如火如荼的岁月。
诸侯们忙着为霸主的称号厮杀；
而大地上繁星璀璨般的诸子百家，还能
竞相自由地闪现各自的光彩。

“当伟人为一己之见而灭绝众志的时候，他就注定要成为千古罪人”，白桦深刻的议论穿透了历史的时空，叩问我们这些“后代”：

中华民族有过如此众多大智大勇的祖先，
却繁衍出如此众多缺乏自信的后代；
不仅主动摘下自己的眼珠，还要
用木屑去填充大脑里丢失的记忆。

而为我们这些“后代”挽回一点颜面的，是“后代”中出现了林昭：

她——一个卓越的思想者，
在绝对禁锢中探索思想；
她——一个活跃的自由人，
在完全孤独中追求自由。

当所有的中国人都蒙在鼓里的时候，
她却能感觉到潮流最轻微的涌动。
在落叶的第一声悲叹里她却能倾听到
隆隆逼近的、寒冬的车轮。

然而，思想者走得太快，太多的人跟不上。林昭“等到的却是冰冷的镣铐和炼狱，从此她就把梦的碎片丢弃，任由西风漫卷”；她当然知道绝境和地狱之外“就是杏花春雨江南”，但她不要做妥协之后“不再是她”的自己，所以一再拒绝出狱的“恩惠”，“因为对于不自由毋宁死的人来说，狱外和狱内的差异实在是微乎其微”。一名弱女子，用“一枚绣花针的针尖”，“戳破一只最庞大的气球”——这，就是林昭，就是为我们挽回一点面子的我们的先贤。

看那辚辚囚车，碾过多少昏睡的僵死的心脏！白桦议论的强音再一次震荡在诗歌的山巅：

在黑白颠倒成为生活准则的日子，

中国人必须习惯黑色的白和白色的黑，
这种认知的颠倒已经成为生活的恶习，
而且在血液里衍化为顽固的遗传因子。

给了所有独裁者创造奇迹的条件，
他们把亿万人的流血悲剧导演成闹剧，
一次又一次在中国隆重上演，
神圣、荒诞而又具有极大的张力。

……

几千年来，是的，几千年来，
在有皇帝和没皇帝的帝制时代；
我们总是在屠杀……总是在屠杀
我们自己最优秀的儿女。

在炼狱中，林昭独自苦苦思索，呼唤文明而“不必诉诸流血”，但是：

回答她的却是两粒向她近射的枪弹，
为此她最终付出了全部沸腾的热血，
以及母亲的风烛残年和五分钱的子弹费，
无疑，那五分钱是“人民币”。

“五分钱的子弹费”已经耳熟能详，这里“人民币”四个字才是触目惊心。

林昭留下遗言，“告诉活着的人们：有一个林昭因为太爱他们，而被他们杀掉了”。白桦接下来用很长的篇幅比照林昭和秋瑾的“死的待遇”，秋瑾姑娘的最后一刻“还有一个抛头颅、洒热血的刑场”“一道奉天承运的圣旨”，而奉旨审判的山阴县令还因寝食难安而自缢身亡，但林昭“从生的黑暗走向死的黑暗那一刻”，即是“一次私刑，而且公然假以国家之名”，还给了她一个“精神分裂症”的诊断！

然而，坟墓是压不住英灵的，时光仅仅过去那么些年，林昭又站了起来！我们大声呼唤着，“迎接她的欢欣起立”！

慷慨悲歌歌一曲，白桦在诗歌的最后一段，发出了惊天地泣鬼神的呐喊：

把黑色的白还原为黑！
把白色的黑还原为白！
还中国以真实！！
还林昭以美丽！！！

这真是“行神如空，行气如虹”啊！

然而，恢复真实、还原黑白是如何的艰难，俯瞰这颗小小寰球，黑白颠倒、是非不分、好坏不辨的幽灵一直在游荡，根本就没有死！没有死。

白桦，诗人本质是思想家。

在“大风卷水，林木为摧”的悲慨背后，与秋瑾一样，美丽的林昭姑娘，作为思想先驱，何尝不是诗人！她的《狱中给母亲的信》，所列的是许许多多想吃到的食物，全然就是一首长长的书信体诗歌，开头是：

见不见的你弄些东西斋斋我
我要吃呀妈妈
给我炖一锅牛肉煨一锅羊肉煮一只猪头
再熬一二瓶猪油烧一副蹄子烤一只鸡或鸭子
没钱你借债去
……

我也是诗歌爱好者，文学创作起步于诗歌，2018年出版了我的首部诗集《相思的卡片》，但是远远没有林昭那种诗歌的天赋，对白桦先生更是无法望其项背；我唯一能够安慰自己的是，我完全读得懂他们的诗句，那发自肺腑、进入我心的诗句，那诗句能够引发我内心的风暴。风暴般的回声响彻人类的上空。这，就是白桦一首著名的短诗《叹息也有回声》所写的：

我从来都不想做一个胜利者，
只愿做一个爱和被爱的人；
我不是，也从不想成为谁的劲敌，
因为我不攫取什么而只想给予。
我竟然成为别人眼中的强者，
一个误会！有海峡那么深！
我只不过总是和众多的沉默者站在一起，
身不由己地哼几句歌。
有时，还会吐出一声长叹，
没想到，叹息也有风暴般的回声！
可我按捺不住因痛苦而流泻的呻吟，
因爱和被爱而如同山雀一般地欢唱；
痛苦莫过如此了，
必须用自己的手去掐断自己的歌喉。
（见《白桦文集·诗歌散文随笔卷》第36页）

歌喉终归是掐不断的，叹息必定有风暴般的回声！即使把天下所有雄鸡的歌喉都割断，天还是要亮的。

白桦说："大多数诗人的优美浪漫气质只存在于他们的青年时代，只有少数是终生，或者是永生的诗人。"是的，白桦就是这样的诗人，挺立的白桦、挺立的诗！

勾　践

“勾践，你还记得亡国的耻辱吗？”

20世纪80年代初，我在读大学，第一次读到《吴王金戈越王剑》剧本，这一句震撼人心的台词反复出现在剧本中，也反复出现在我的脑海里，回荡在我的耳边。

我大学读的是中文专业，我惊讶于中国的剧作家能够写出这么好的剧本，写得那么深邃深刻、那么诗意盎然；语言是如此之美好，完全可以跟朱生豪翻译的莎士比亚相媲美。

七场历史剧《吴王金戈越王剑》是白桦先生话剧的巅峰之作，创作时恰好是电影《苦恋》起风波的前后。

《吴王金戈越王剑》的大背景就是吴越争霸、勾践的“卧薪尝胆”，“苗裔勾践，苦身焦思，终灭强吴，北观兵中国，以尊周室，号称霸王”。

勾践复仇得胜后，一返暴君本色，忘记了亡国的耻辱，沉溺于霸王的威仪，横征暴敛，大兴土木，走上了吴王夫差的老路，最终还赐死老臣文种——全剧的最后一句台词就是“文种大夫自刎了”，这正是“飞鸟尽，良弓藏；狡兔死，走狗烹”。

听不进去的意见往往是正确的意见，一旦成了“霸王”，还有多少正确的意见能听得进去呢？在司马迁的《史记》中，吴王夫差就是那个德性，伍子胥进谏说“今不灭越，后必悔之”，吴王当然是“弗听”，赦越罢兵而归；最后夫差听信谗言，赐死伍子胥，赠剑令他自尽。

助越灭吴的范蠡是最清醒的人，《吴王金戈越王剑》中反复出现的台词就是范蠡沉痛的呼喊：“勾践，你还记得亡国的耻辱吗？”苏轼说：“范蠡知勾践可与共患难，则为之灭吴以致其功。知其不可与同安乐，则弃之浮江湖，如去仇雠，是以君臣免于恶名，可不谓之美哉！”范蠡的离去，是智识者的困境，是民心向背的表征，是霸王执政下的必然。

李白的怀古之作《越中览古》这样写："越王勾践破吴归，义士还乡尽锦衣。宫女如花满春殿，只今惟有鹧鸪飞。"白桦说："越国上下复国的目的却是绝对不同的：勾践的复国是恢复王位，民众复国恢复的才是越国，才是越人的尊严。"越王誓师出征时，民众把全国仅有的一坛酒献给勾践，勾践将酒倒在河中，下令三军摘下头盔，迎流而饮，这是如何的"民心齐、泰山移"？然而雪耻之后，勾践很快就暴露出可怕的暴君本性。"生灵的贪婪，使世间每一方水土都可能豢养出一个暴君。"这正是白桦笔下深刻的主旨。

以笔为史，以史为鉴。白桦用诗意的激情之笔，写下了这部话剧，以全新的视角与语言诠释吴越春秋的故事，写出了诗意背后历史的残酷、残酷的历史。在高潮到来的最后一幕，勾践说："亡国的耻辱已经被我用宝剑洗雪得干干净净了。"而事实是民心很快被"洗"得干干净净了，留下的是民怨沸腾。文种被赐剑自刎前有两段台词，高度概括了民心的向背：

> 大王，自古以来，民为重，君为轻。越国所以能复仇雪耻，所以能够中兴，你我所以还能活到今天……都是因为您得到了民心，民心才是王位的基础，民心才是士气的保证！失去民心就会失去一切！
>
> 我不能不斗胆地说，您已经丧失了自知之明，十年前的吴王夫差和您一样，布衣素食，图强发奋，同甘共苦，取信于民，会稽一战而夺取了越国，仅仅十年，十年呀！大王！由于吴王的堕落，失去了民心！最后落得个国破家亡、死于非命！他也有您这样的豪华宫殿，也有您今天拥有的精锐大军，百姓默默无言，君主一呼百应，就像一座不可仰视的高山，转瞬之间化为灰烬！他的失败并不完全是由于我们的进攻，失败于民是夫差败亡的内因！……（见《白桦文集·文学剧本卷》第164页）

今人不见古时月，今月曾经照古人。春秋末期的遥远故事，有着宽阔巨大的阐释空间，对今天而言意义非凡。

《吴王金戈越王剑》是历史话剧，更准确地讲是一部诗剧，全剧洋溢着盎然不绝的诗意，意境美，语言美。吴越河界，姑苏台上；苎萝西村，浣纱溪畔……你听“朝为越溪女，暮作吴宫妃”的西施出场时，和范蠡对话的一段台词：

> 我厌烦车水马龙的喧嚣，我怕听含冤受屈的哭声，高高在上，我会眼花头昏。我没有任何奢望，只爱水秀山青，茅屋竹林，绿草铺满小径；案头常有花香，窗外常有鸟鸣；蔬菜淡饭，清泉当酒随意饮；看不见官吏，听不见杀声；前山是友好，后山是睦邻；嫁一个会种田的男子汉，最好会弹唱，又会做诗文；他在田头插秧，我在茅屋里织罗裙；我在窗口可以看见他，他也能听见我的歌声……（见《白桦文集·文学剧本卷》第118页）

不是诗人白桦，谁能写得出这样声韵美妙、意境美好的台词？

1983年3月15日，《吴王金戈越王剑》由北京人民艺术剧院首演，蓝天野执导，现在能看到当年的录像视频，舞台上的一切都那么简单甚至简陋，但内容的魅力不减；那时连续演出了73场，之后才被“下架”。

31年后的2014年，《吴王金戈越王剑》复排，依然由蓝天野执导，濮存昕领衔，重现经典。

媒体报道说：“4月23日，白桦不顾医生的劝阻，抱病从上海赶来参加复排首演。演出前，84岁的白桦和86岁的蓝天野紧紧拥抱。”

蓝天野随后还在《北京晚报》撰文，详细回顾了《吴王金戈越王剑》搬上舞台的来龙去脉。

复排重演《吴王金戈越王剑》，是对经典的最好致敬。

云　南

在白桦的所有作品里，涉及云南题材的，无疑是最多的。

是的，美丽神奇的边陲云南！那彩云之南的风土人情，滋养了白桦生命的芳华。

1950年，参军不久的白桦随中原野战军转战西南边陲。那时白桦20岁，正值青春年少。在散文《云南对于我是个什么地方》中，白桦以复调的“对于我，云南就是这样一个地方”，引出诸多关于云南的美好经历，其中第一个是：

> 1950年元旦，我们的野战兵团冒雨从南宁出发，前卫部队12日就从文山州的剥隘进入云南了，迎接我们的是载歌载舞的边纵游击队员和盛装的各民族群众。就在进入云南第一天的晚上，边纵游击队和各族群众的妇女端来热水，一定要给战士们洗脚。战士们很难为情，她们说，你们的脚是从遥远的黄河彼岸走过来的，你们走了好长好长的路啊！我们等了你们一生一世。我和战友们只好脱下已经破烂不堪的鞋袜，把打满水泡的脚伸给了她们。说实话，在此之前，除了母亲之外，为我洗过脚的就是云南各族人民的父老、兄弟、姐妹了。对于我，云南就是这样一个地方。（见《白桦文集·诗歌散文随笔卷》第686页）

白桦对美的执着追求，与边陲云南的独特之美“一拍即合”。因为那里有多姿多彩的民族风情、文化习俗，那些奇人异事、奇情异景、奇风异俗，成了文学创作源源不断的源泉。

长达两千行的长诗《孔雀》，电影文学剧本《山间铃响马帮来》《神秘的旅伴》，中短篇小说“边地传奇系列”《蓝铃姑娘》《一朵洁白的罂粟花》等，中篇小说《指尖情话》，长篇小说《远方有个女儿国》，都是云南题材的代表作，让我们了解另外一个时代，另外一种民俗，另外一种思想。

白桦笔下的云南边陲的美女，特美特迷人。美丽的姑娘、传奇的故事、丰沛的爱情、浪漫的边地，在白桦笔下得到充分的呈现，那种独特的气质、独到的魅力，屡屡看得我心旌摇荡。

对云南的眷恋与热爱，使白桦创作的欲望和冲动源源不竭。白桦是浪漫的，所以他的诗化的表达很唯美、很浪漫、很迷人。

《远方有个女儿国》写的是泸沽湖畔摩梭人的故事，远方的“女儿国”有着远古习俗——至今仍保留着母系大家庭形式，这里的女人们没有固定的丈夫；这里自然、温暖、真挚、自由、奔放、美好，远离保守、禁欲、残酷、焦虑。然而，时代却不放过梦境的远方，“文革”无情地切入，种种怪诞在小说中真实地再现。小说通过“内生的”苏纳美和“外来的”梁锐之间的爱情悲剧，通过对两个不同社会环境的交替描写，直面古老与现代、文明与野蛮、婚姻与爱情、社会与人性等等值得深思的人类重大问题。在很多时候，小说是“以乐景写哀，其哀更哀”，但哀而不伤。小说的开头一句话就写得摄人心魄：“她就要满十三岁了，美丽的小苏纳美！镰刀形的月亮就要变成船形的月亮了。”这其实就是诗句，复调式的吟唱在书中反复出现，不同的比喻意象，美丽得让人心颤，如果抽出来连缀在一起，就是一首诗，美妙动听的好诗。

白桦从心灵深处聆听美的召唤，他从字里行间表达美的浪漫；他对美的执着追求，是建立在对真的追求、对善的挚爱之上的。

绍 兴

有三个浙江绍兴人对白桦影响很大：最近的是鲁迅，稍远的是秋瑾，最远的是勾践。

没有秋瑾就没有长诗《从秋瑾到林昭》，没有勾践就没有话剧《吴王金戈越王剑》。白桦很多次说到、写到这个关于绍兴百姓与越王勾践的故事：

> 我想起一个战国时代越王勾践讨伐吴国的故事：在十年生聚，十年教训以后，越国复仇之师在河边誓师出征，越国一位老者把存了十年的一坛美酒献给国王勾践，勾践没有独自享用，当即倾入河中，下令全军迎流而饮。无论古今，这样的军队必胜。(见《白桦文集·诗歌散文随笔卷》第739页)

这个故事来自绍兴的民间传说，是白桦亲耳听到的，感慨万千，于是他在写《吴王金戈越王剑》时候，就把它写了进去。

白桦先生与浙江绍兴有了一年的缘分，那是他刚刚摘掉“右派”帽子后，当时的上海市领导人柯庆施和张春桥，认为白桦是没有改造好的“右派”分子，指令他还要到农村去劳动改造，唯有下放地点可以选择，但不能超过距离上海300公里。于是白桦选择了绍兴。1963年，他来到绍兴东湖公社种水稻。

> 当时我对绍兴一无所知，只知道那是鲁迅先生的“鲁镇”。在那里我整整种了一年水稻。我和闰土的后代一起，像狗似的，四肢并用，匍匐在水田里，插秧、耘田、抢种、抢收。绍兴夏日田里的秧水烫脚！绍兴冬日田里的冰凌割手！只有绍兴鉴湖的善酿四季都是香醇的……我常常有机会踏着鲁迅童年的脚印，在明镜一样的山阴路上，背着纤、拉着沉重的航船，低着头思索着漫长的历史流程，从水里的蓝天白云上踏过。鲁迅故乡的天空和土地一样沉重，婴儿一出生就会苍老！六十年代初，我在绍兴农村几乎每夜都失眠……（见《白桦文集·诗歌散文随笔卷》第621页）

在鲁迅先生的故乡，“摘帽右派”白桦思考很多很深，对越王勾践的思考就是在那个时候形成的，思考这个越王勾践能够发愤图强，最后一旦他复国以后，很快就杀文种了，又恢复了他帝王的残忍本性……

那时候绍兴的农民对白桦很好，还屡屡表扬他跟农民是一样地劳动，白桦还可以帮他们修理农业器械，他们都很高兴。当白桦“所有的枝丫都在断裂、坠落，我只能倾听自己被肢解的声音”的时候，农民给了他温暖，他在夹缝里依然昂着头、不停止思考，不让精神死于窒息——这就是一枝会思考的芦苇的形象。

今人概括两种不同的思维和生存状态：固化思维的人老是关注限制，成长思维的人总是寻找机会；固化思维的人不接受挫折，成长思维的人认为每次失败都是一堂课；固化思维的人在改变现状上无能为力，成长思维的人认为凡事皆有可能……幸好，白桦是后者！

苦　恋

一个民族没有几个高贵的灵魂与头颅在支撑，那叫“氏族”那不叫“民族”。“氏”字比“民”字，不就是头上还少了一点什么吗！

当文学被时代的狂涛裹挟时，一个作家往往不是因其缺点，而是因其优点被拽入更大的悲剧之中。

而在惊涛骇浪面前，善良的人性就是铁锚，就是压舱石。

白桦写作的一生，几乎所有“运动”的狂涛都把他卷进深海。他人生的至暗时刻，是在“反胡风”运动中以及被打成“右派”之后，前后长达20年不能写作的时期。白桦后来回忆说：“1957年的挫折使我发誓放弃文学，甚至文字，把所有的笔记、日记全都毁掉，扔掉所有的笔。但是，漫长的黑夜过去，风浪稍稍平息，我这个天真的苦恋者，又把我终生不渝的恋人——文学，紧紧地拥抱在怀里。看来我一直到死也不会放弃了。”

这就是“亦余心之所善兮，虽九死其犹未悔”。然而，也是这20年的阅历、这20年的磨砺、这20年的思考，让白桦成熟起来，成为作家里的思想家，在刚刚从“文革”的魔影里走出来的时候，他就写出了优秀的电影剧本《苦恋》。

从遥远的历史时空看，当年掀起滔天大浪的“《苦恋》风波”，仿佛是“茶壶里的风暴”，都是些什么事啊，人为制造的、不该有的那些事儿。当年被看成惊世骇俗的东西，今天看简直是毛毛雨。《苦恋》的风波实际上是《苦恋》电影的风暴，而不是《苦恋》电影文学剧本的风波。试想如果当年没有被拍成电影，能掀得起这么大的人为的风波吗？当年在京城小范围试映——现在叫点映，被少数相关人士看过，而他们都很关键。

《苦恋》剧本最初发表在1979年9月出版的《十月》第3期上。2013年，《十月》杂志创刊35周年，通过从读者到专家的诸多环节，评选出一批最有影响力的文学作品，其中就有白桦的《苦恋》。颁奖时，白桦因病住院没能去北京。

《苦恋》剧本写了画家凌晨光一生的遭遇。起初是白桦应约为一位画家写了一个简单的纪实影片的脚本——这位画家就是黄永玉。后来听取有关方面的意见，创作成一部故事片，故事里讲的是像黄永玉这样的一大批劫后余生的中国艺术家，经历了各种生活的折磨，但对祖国的爱始终不渝，是苦苦的爱恋。当然，《苦恋》早已不是黄永玉个人的专题片了，而是反映了知识分子群体的境遇，表达了“文革”后艺术界的共同心声，里边很多细节是白桦自己的经历。比如在“反胡风”运动中他被批斗，曾经想过自杀，他后来回忆：“在八一电影制片厂旁边，有一个莲花池，那是一个荒凉的地方，我就想跑进苇荡中去自杀，可是一直被看得很紧。《苦恋》中的主人公在‘文革’时期，逃到芦苇荡去生活，就是源自我的那个想象，实际上也确实有这样的人。”

这是一部“诗电影”。剧本拍成电影后，开始也叫《苦恋》，剧名是国画大师李苦禅先生写的，后来送审样片时，才改名为《太阳和人》。导演是长春电影制片厂的彭宁，在1980年底完成。电影中，结尾那个极富冲击力的“问号”让当时的一些人受不了，结果迫使导演改成了六个点的省略号：

一切安静下来，一个太阳，一枝风中摇荡的芦苇，画外配以定音鼓的一声强击，一个点出现了；连续六声强击，六个点出现在银幕上。

但是改了之后，仍被无限上纲，有人看了之后，说“这部电影很恶毒，对着红太阳打了六炮”。

“那一个结尾永远不会改的，它有很强大的力量，是上亿中国人共同的问号。”白桦生前在接受访谈时曾说，“中国人受了那么大的劫难，如果连个问号都没有，算什么伟大的民族？”

白桦有一部写岳飞的话剧《槐花曲》，结尾同样也写到了太阳。岳飞临死之前仰天高呼：天日昭昭！天日昭昭！狱卒黄连独白：

> 天日昭昭！天日昭昭！天日者，苍天之上一轮红日也！……岳相公，您终于把匍匐在皇帝脚下的头颅抬起来了，发现太阳并不在殿堂里，并不在九龙宝座之上！只有天上才有一轮光芒四射的太阳！只有天上……（见《白桦文集·文学剧本卷》第224页）

中国的诗人、作家很多，但是像白桦那样，有思想、有情怀、有坚持、有韧劲，能够让人尊敬和敬仰的，实在不太多。

对《苦恋》的批判，其实是一场观念的较量，是“文革”后最为激烈的一次，它检验了很多人的观念和勇气。也只有经历过的人，才能真正领会当年《苦恋》的影响，以及被时代风浪裹挟中的磨难。那个年代，李谷一唱一曲《乡恋》都要受批判，用了“气声”的唱法都不该。

彼时有无数多的政界人士以及文艺界领导介入。一些人理解影片“合理合情”，一些人则忙于给电影“上纲上线”。反对白桦和《苦恋》的，有王任重、胡乔木、林默涵、刘白羽、黄钢等等。其中“上纲上线”者琢磨如何将白桦及《苦恋》像捆螃蟹一样牢牢地捆起来，“代表作”就是《解放军报》发表的、署名为“本报特约评论员”的文章《四项基本原则不容违反——评电影文学剧本〈苦恋〉》。这其实不是批评而是批判，上纲上线的批判。周扬、顾骧等人则不赞成对《苦恋》展开粗暴的“批判运动”。对于《解放军报》的文章，《人民日报》没有转发，《文汇报》总编辑马达也抵制了转载的要求。

1981年8月，在北京召开了一个“思想战线问题座谈会”，著名剧作家吴祖光先生在会上说：这是一部温柔敦厚的影片。“温柔敦厚”和“敌视祖国”，真是两个针锋相对的结论。1981年10月13日，时任中共中央主席的胡耀邦在中南海会见前来北京主持中国作协主席团会议的巴金，巴金说：“文艺家受了多年的磨难，应该多鼓励、少批评。特别是对中青年作家，例如对白桦。”

后来有组织地、历时三个多月搞出了一篇《论〈苦恋〉的错误倾向》，在《文艺报》发表。最后是白桦以给《解放军报》和《文艺报》编辑部写信的方式，违心地进行了检讨。“《苦恋》风波”终于宣告结束。

白桦说，有情感的人才会动情，没有情感的人是不会动情的。被批判的过程中，他收到数以千计的声援信件与电报，某些刊载批判文章的报纸收到的质问信件要用麻袋来装。他们都是普普通通的读者群体，和白桦素不相识。一位蒙古族小姑娘来信说：“我知道您是一个历经坎坷的作家，如果您无处投奔，热诚地欢迎您到我们草原上来。我们的毡房里有属于你的一张毯子，我们的毡房里有属于你的一双筷子。”白桦泪如泉涌。

文章千古事，得失寸心知；文章千古事，得失众心知。读者的眼睛是雪亮的，读者的心灵是通透的。在最广大的读者那里，《苦恋》本来就是、一直都是一部非常非常优秀的文学作品，压根儿不存在“要不要平反”的问题。

在“后《苦恋》风波”时代，白桦受到了一定程度的保护。所以白桦1985年从军队转业到上海作家协会工作时，能够出任副主席。

随着时间的流逝，《苦恋》注定是要载入史册的。1981年，全球有10多种文字出版了电影剧本《苦恋》。我没有想到的是，在1982年，台湾著名导演王童就拍摄了《苦恋》，吴念真参与剧本改编，该片还获得了第19届台湾电影金马奖最佳剧情片提名。前几年我曾看过这个版本的电影，拍得很真诚。

2017年5月24日，中国电影文学学会在北京电影学院礼堂召开颁奖典礼，向白桦先生颁发第三届中国电影编剧终身成就奖。颁奖词是：

> 他是一位诗人，也是一位剧作家。他是新中国成立后诗化电影的倡导者和追求者。他的电影创作中，渗透着浓浓的诗意；他的人生履历中，流淌着光影的故事。他坚持原创，坚持文学道义与独立表达，即便为此曾遭受不公，也从未改变立场。他拥有卓越才华，笔触却探向民间疾苦；他曾历经磨难，目光却总是望向高处。他的《苦恋》，还有另外一个名字《太阳与人》，形象地寓意了他的人生。他跟电影是一场苦恋，他的创作，是太阳与人的关系。《山间铃响马帮来》《曙光》《今夜星光灿烂》，他的这些电影作品，回响着美丽的声音，绽放着灿烂的形象，在银幕上留下了永恒的光影。2005年，他出版了《每一颗星都照亮过黑夜》。这是他的生动写照，也是他的不懈追求。中国电影文学学会和中国电影编剧研究院特向白桦先生颁发编剧终身成就奖。

天 真

“实际上，我一生都是个简单幼稚的儿童。”（见《白桦文集·诗歌散文随笔卷》第421页）这是白桦对自己的评价。

或振迅天真，或平和天然，或炽热天成——这是我印象中的白桦。

日本现代文学中有个重要流派“白桦派”，因创刊于1910年的《白桦》杂志而得名，当年对留学日本的鲁迅有重要影响；“白桦派”主张尊重个体、追求自我，主张“善比单纯的美更美”，主张尽情地发挥自己应有的天分，他们呼唤光明和希望，对未来充满向往，对人生的态度乐观、明朗而又天真。这，跟我们的白桦先生是多么的切近啊！

天真、纯粹，在今天已然是十分稀缺的品格。我忍不住在心里喊一声：天真者，有福了！

天真者最容易遇见诗。不仅仅是写诗本身啊！先生本质是诗人——他不论写什么，都充满诗意，而诗意正是他内心丰富感情的自然流露。2006年5月7日，在泰国曼谷《世界日报》“文艺雅聚”上发表演讲，题为《文学的河流》，开头就是诗的语言：

> 文学像河流那样，是自由的；文学像河流那样，又是不自由的。因为自由自在的河流也会屈从于寒冷的季节，因冻结而停滞；也会屈从于大地的地质活动，被迫陷入溶洞，因局限而成为潜流，很久都会无声无息地埋没在没有阳光的地层下。但是，朋友们！听！河流总在向前涌动着、歌唱着，这就是希望。（见《白桦文集·诗歌散文随笔卷》第672页）

他的话剧的许多对白，一行行排列起来，就是诗。电影《今夜星光灿烂》既像叙事诗 又像散文诗，那是诗人用诗一样的笔抒写了战争中的人性、战争中的人的心灵。唐国强主演《今夜星光灿烂》时，刚出道不久，青春璀璨，也是演得诗意盎然。《今夜星光灿烂》《山间铃响马帮来》这样的电影名，也洋溢

年轻的白桦王蓓夫妇

着诗意。2010年，根据1954年白桦老电影作品改编的27集电视剧《山间铃响马帮来》再热荧屏，这是向经典致敬——“诗电影”“电影诗”，总是让人难以忘怀。

白桦身上的品格，就是最纯粹的诗人品格。

天真者最容易迸发情。1961年，在公安部看守所里的胡风写下一组《怀白桦》的诗，其中有言“善感方多感，从文更重情”（见《白桦文集·诗歌散文随笔卷》第550页）。白桦多少文章的标题、多少书籍的书名带有“情”字，真是数不胜数啊！从情感到情怀，都是无与伦比的丰沛。

《白桦文集·诗歌散文随笔》卷的最后一篇是《守望底线》，这是一篇感人至深的散文，每一个故事的最后白桦都用“我相信”三个字总结，其中两个亲情细节深深印在我的脑际：

> 我在工厂里劳动改造，每两个星期才能回家一次。一个周末，妻子在摄影棚做夜班还没有回家，疲惫不堪的我，回来之后倒头便睡，黎明时分醒来，发现妻子通宵未归，走到窗前才发现，她正坐在门廊台阶上打盹，丁香花正在她头顶上纷纷扬扬地飘落。一问才知道，她在子夜时分就回来了，怕开门惊醒我，才坐在门外等待晨光的。又有很多年了，没有机会重访往日的居所，那里的门廊下依旧是丁香似雪么？——我相信！
>
> ……
>
> 最近，我的八岁的小孙女聪慧，无意中听到爷爷在碟片里朗诵诗歌的声音。她立刻就安静下来了，坐在一张小板凳上，低着头，一动也不动了。等到她抬起头来的时候，我才发现她的脸上全都是泪水。她还那么小，就懂得爷爷了。——我相信！
>
> （见《白桦文集·诗歌散文随笔卷》第741—744页）

美丽的王蓓与帅气的白桦相依相恋，他们同甘共苦、相濡以沫，两个人一直过着非常简朴而深情款款的生活。在白桦被侮辱、被迫害、被劳改的至暗时刻，王蓓还多次到改造场所陪白桦加班干活；而白桦那拿笔的手，可是车、钳、铣、锉、磨、刨样样都会。

白桦挚恋着自己的祖国，他把祖国比作另一个恋人："我是一个早熟的热烈的恋人。由于对她的爱，我的生命才充满力量和希望；由于对她的爱，才命运多舛，痛苦不堪；但我永远天真烂漫地爱她，因为我是那样具体地了解她……"这是饱含苦难与忧患的大爱者的深情倾诉。

天真者最容易发现美。白桦在2009年12月28日开通了博客，2012年4月2日发表了一篇小文章，写的是应约到杭州做一次访谈，下车伊始，主人的第一个安排就是灵峰探梅，"对于我，都是如愿以偿"：

我确实未曾想到，灵峰的梅花在林泉间会那样喧闹。记得古人诗文里的梅花，几乎都是著风著雨，寂寞凄冷，暗香于积雪间浮动……袭人芬芳，扑面而来。昨日的骤晴，把春之喜剧从第一幕就推向了高潮。所有的花儿朵儿都争先恐后地竞相开放，山茶、迎春、樱花自不必说，玉兰也已在松林中高举着白炽的火炬，尽力向上，似乎要越过水杉去点燃浮云……梅林下，正仰望怒放的花朵、为身逢其时而庆幸时，一片花瓣轻轻飘落在眉宇间……

梅之美背后是人之美。白桦1990年6月写于扬州的散文名篇《梅香正浓》，经压缩改写后，选入北师大版的实验教材。《梅香正浓》赞颂大义凛然的史可法：

南明最后一位兵部尚书大学士史可法受命于危亡之秋，内忧外患，情势正如“史公墓”前抱楹联的上联所描述：“时局类残棋杨柳城边悬落日”。……史可法墓前的飨堂上有一副当代人撰写的七言楹联，使我吟哦良久：“数点梅花亡国泪，二分明月故臣心。”红梅如血泪，明月是冰心……

每当我们民族处于危亡之秋，总会出现两类人。一类人有邦国而无自身，敬畏史笔，体恤民苦，壮怀激烈，视死如归。另一类人则重私利而轻大义、色厉内荏、寡廉鲜耻、戕害同胞、践踏故土，只求一时富贵权柄，置世世代代之唾骂于不顾。每念至此，感慨系之，不能自已……

伫立在梅花岭下，依依不忍即去，虽非梅花开放季节，大地却久久沉浸在浓浓的梅香之中……

（见《白桦文集·诗歌散文随笔卷》第464—466页）

天真者最容易看见善。白桦说自己就是一个“温和到家的人”，是的，与白桦先生接触过的人都能强烈地感受到白桦的温和、温暖与爱，因为那是50℃就沸腾的血。善者有爱。先哲有言：“除了还要爱以外，没有别的反对爱的方法！”在《守望底线》一文中，白桦回答法国一位作家所问的守望什么的问题时说：“我守望的只剩下了一条底线：善良的民众不再蒙冤，不再蒙羞，不再蒙骗。”文中写到百姓的善良良善：

> 1948年初冬的一天，在进军淮海平原的路上，络绎不绝的小车和我军大队人马并行。我问一位推车的农民大嫂：“你们小车上推的是什么？”“白面。”“你们家还有存粮吗？”“有，不在窖里。”“在哪儿？”“在地里。”“地里？什么庄稼？”“麦子。”我环顾白雪覆盖的中原大地，麦苗还没出芽呢！我情不自禁地哭了。（见《白桦文集·诗歌散文随笔卷》第739页）

天真者当然最容易识见真。所以，天真者会最直接地说真话，一如面对皇帝的新装的孩子。

白桦说：“人，砸碎别人强加的精神桎梏，比较容易；砸碎自己给自己套上的桎梏，却很难，因为自认为那是闪光的项链，不觉得沉重。”（见《白桦文集·诗歌散文随笔卷》第565页）

白桦说：“世界上的镜子是砸不完的，即使全都砸碎了，大自然中还有亮晶晶的水。”（见《白桦文集·诗歌散文随笔卷》第423页）

白桦还说：“左转的战车，从来都不会装上刹车装置。”（见《白桦文集·诗歌散文随笔卷》第566页）

白桦在纪念翁同龢的文章《百年一瞬》中说：“在中华民族的文化遗产里，可供统治者利用的、观念上的牢狱太多。而且这些不可逾越的牢狱，都是早已死去的幽灵画在中华大地上的。以致善良、忠厚而又力求上进的臣民，每前进一步都非常之痛苦、非常之艰难！”（见《白桦文集·诗歌散文随笔卷》第364页）。其实看整个人类地球何尝不是这样呢，多少幽灵依然飘荡在人类的上空，降落在何地，何地就是百姓的灾难。

历尽劫难的白桦说：“一旦我从虚伪走向真实的时候，那就是走向个人的灾难。但是我必须走向真实。”然而“真实”会让一些人害怕、恐惧，因为他们习惯了虚假。剧本《李白与杜甫》为何挨批最甚？“‘文革’以后我才领悟到，它所以挨批最多，就是因为它最接近历史的真实，最接近美，最接近作家的独立思考。”

在新时期文学之初，他的话剧剧本《曙光》与刘心武的短篇小说《班主任》、徐迟的报告文学《哥德巴赫猜想》，率先开启反思文学先河，被誉为“三只报春的燕子”；彼时在各种意见下，白桦对自己的这只“燕子”也作了妥协后的修改，“忍痛割爱，为适履而削足”。贺龙的前妻蹇先任，看了《曙光》之后很生气地说：“白桦呀！你这样做，对历史是不负责任的！不把历史的真相告诉世人，世人哪里能够接受得了教训呢？”这真是振聋发聩、醍醐灌顶的发问！而那些拒绝真实、拒绝反思者，写了种种大批判文章，其中有一篇的题目竟然叫《曙光无光》。

曙光到来之前，每一颗星星都曾照亮过黑夜——每一颗真实的星星，都真实地照亮过真实的黑夜。2011年2月2日，白桦在博客上发出《空椅子》的诗，那是星星发出的一丝光芒：

繁星般密集的目光，
把一张空椅子照得雪亮；
它空得那样坦然，
平静而安详。

更让人惊喜的是，
它竟然也会演讲；
聋哑人都能听得懂，
兴奋得把臂膀当作翅膀。

它讲的都是些什么呢？
童话、预言、梦想；
以及人人额头上都有的，

一缕柔情的月光。

身　后

坚忍，特别坚忍；坚韧，特别坚韧！

弯下腰身，匍匐着也要前进！

白桦被称为是中国文化界的焦点代表、“苦难一代”的典型代表、世事沧桑中的突出代表。

白桦先生是有着风骨和良知、有着深刻思想的杰出的作家。

他能够做到著作等身，源自不放弃，源自“韧的战斗”。

白桦说 “如果可能，时光倒流五十年，要我用一句话提醒自己，我会说什么呢？我会说：你的心从来都是自由的！像江河那样……”先哲有言：“人类关系中的完美理想便是自由。”没有勇气便没有自由，没有自由便没有幸福。白桦以他坚韧的勇气坚持独立的思想，守望个体的自由。

无论经历过多少痛楚和苦难，改革开放之后的40年，让我看到这样一个杰出的白桦。白桦先生是思想界的先驱，早已超越了先进的层面。白桦先生为代表的那一代作家，比我们现在这一代作家优秀太多。

2002年3月，凤凰卫视《鲁豫有约》访谈白桦，节目名为《白桦：性格决定命运》。白桦先生说道：“我是一只公鸡，而且是一只不合时宜的公鸡，就是别的公鸡大概到了五点钟开始叫，我可能三点钟已经就叫了，这样的话主人很不高兴。”

叫得太早、走得太快，就是“不合时宜”的先驱。

改革开放走过40年，随着时间被按下快进键，世间的变化又大又快。先进的能够成为先驱，先驱的亦可成为先烈。

然而，回看漫长的历史时空，万马齐喑、噤若寒蝉、路人以目的时代，从来都是会过去的。

时间是最好的朋友。时间是对一切的一切的最好的判断者。

2015年上海“越冬的白桦诗歌朗诵会”上，85岁的白桦朗诵了自己晚年的作品《一棵枯树的快乐》——“本来我就已经很衰老了，已经到了俗话说的风烛残年。请透过我的创口看看我的年轮吧！每一个冬天的后面都有一个春天……”

2013年11月27日，白桦将手头幸存的、唯一一部手稿，捐赠给上海图书馆。那是长篇小说《哀莫大于心未死》的手稿，写于1991年。

2011年5月4日这一天，白桦在博客上发表《身后已无事》一文，其中说：

> 有人曾经问我，你自己怎么面对你的身后事呢？能回答吗？当然，一个八十开外的人了，难道还讳言死亡么？我的回答是：身后已无事，尽量不占有人间资源，不订购墓地，不举行葬礼。火化后的骨灰由我的儿子和孙女们，悄悄送往老家河南省信阳市东北郊的阳山脚下，撒在田野、树林、草丛和溪水里。终点也是起点，与大自然一起永生。这是我给自己的礼遇，我以为再也没有比这更高的礼遇了！

是的，身后已无事。只是让骨灰回到家园，回归本源。当然，我还期待《白桦全集》的问世，将出版的40多本书以及没有正式出版的作品集纳在一起，让读者和研究者完整看见“著作等身”里头的硬核。

2014年8月，著名诗人邵燕祥为先生河南信阳“叶楠白桦文学馆”敬撰序言，其中写道：“叶楠，白桦，来自河南信阳陈氏家门的这两支健笔，与他们全部的生活实践艺术实践一起，属于中国各民族的大家庭。他们的作品，为梳理和厘清历史本真的求实努力，追溯各样历史因果的反思自省，体现了独立思考和自由精神……中国文学是世界文学的一部分，叶楠、白桦作品的精神价值，不仅属于中国，也将属于整个地球村的读者。”

文山留胜迹，我辈复登临。江山如有待，白桦更无私。

小小的“叶楠白桦文学馆”，在信阳平桥区郝堂村，挂着两个牌子，另一个是“郝堂图书馆”。在门前土地上，立着叶楠白桦相握的花岗岩雕像。

在文学馆里，有心的志愿者每天夜晚都会让一盏灯亮着。

一盏灯，一如先生心灵的眼睛，照来者，照路人，照着沉睡和醒着的灵魂。

诗人昂昂，走过夜央。爱恋者的长歌萦绕、短歌不绝。

（原载于《芝田文学》2019年第1—3期）

苏叔阳：故土上的人

“感动一代人”的著名作家苏叔阳，告别了人世，那一天是2019年7月16日；7月20日，在北京八宝山举行了遗体告别仪式。

苏叔阳1938年生于河北保定。他18岁就开始发表作品。1960年毕业于中国人民大学，曾在人大等高校任教18年。1978年40岁上，调入北京电影制片厂任编剧。1979年加入中国作家协会。1998年60岁按时退休。在成功跨越80年的生命历程中，他的最后25年是以“抗癌英雄”的形象，给人留下了最为深刻的印象。

苏叔阳的创作高峰在改革开放初始的10多年。1978年，他创作的话剧《丹心谱》由北京人艺公演，于是之等最强阵容参演，一时盛况空前。不说京城“万人空巷”，人艺门前人山人海排队买票确实是当时的盛景。作为苏叔阳创作的第一部剧作，《丹心谱》谱的是知识分子的丹心，剧情是围绕着一种新药的研制，展开了一系列错综复杂的矛盾冲突：一边是正直、善良、有着强烈责任感的知识分子，另一边的人马却肆意践踏知识分子的工作热情、疯狂阻挠科研工作的进行……位卑未敢忘忧国，位卑未敢忘忧民，《丹心谱》道出了知识分子的心声，所以感动了一代人，当年有观众看完后哭晕在剧场。“爆款”的《丹心谱》，也成了北京人艺复出的“标志性建筑”。

《新京报》报道说，20世纪六七十年代，苏叔阳家只有一间房，摆着一张桌，苏叔阳就伏在桌子旁，一个字一个字地写东西。“他白天上班，晚上就光着膀子，在桌子上写作，桌子很破，咯吱咯吱响。”《丹心谱》《夕照街》等，就是在这样的环境里写出来的。

苏叔阳是多产作家，是作家中的多面手，从话剧剧本到电影文学，从小说到诗歌再到散文，全面开花。他著有话剧剧本《丹心谱》《家庭大事》《飞蛾》《太平湖》《灵魂的审判》等，电影文学剧本《夕照街》《周恩来——伟大的朋友》《永远的进行曲》《烈火》《春雨潇潇》《新龙门客栈》等，长篇小说《故土》，中短篇小说集《婚礼集》《假面舞会》《老舍之死》《月神集》《我是一个零》等，诗集《关于爱》《世纪之歌》，散文集《晨思所爱》《梦里青春》《中国读本》等等。话剧剧本《丹心谱》获庆祝建国30周年创作一等奖，《左邻右舍》获1980年全国优秀剧本奖，长篇小说《故土》获首届人民文学奖，传记文学《大地的儿子——周恩来的故事》获首届国家图书奖，散文集《我们的母亲叫中国》获1995年“五个一工程”奖、中国作协第九届儿童文学奖、第十二届中国图书奖，《中国读本》获中宣部“五个一工程”奖、国家图书奖等。

苏叔阳笔下那人性人情之美，很容易拨动读者和观众的心弦。我就是被苏叔阳作品所感动的一代人中的一分子，就因为他在1986年荣获首届人民文学奖的长篇小说《故土》。《故土》始发于人民文学出版社主办的《当代》1984年第1期，那一年我还在读大学，一下子就被这部反映现实改革生活的长篇小说吸引住了。小说写的是普通的、有血有肉、可知可感的人物，描写了在一场大的改革潮流下，某地医院中的人物群像，可谓是当代知识分子的“心灵造影”。当代知识分子的命运经历及其心理变化，构成了这部小说的主要内容，在苏叔阳的笔下表现得格外震撼人心。

《故土》的语言非常适合朗读，包括人物的名字袁静雅、白天明等等，朗读起来那叫一个朗朗上口；当年每天聆听收音机里的长篇小说连播，我是听得如痴如醉；后来小说由人民文学出版社出版，我平生第一次去到新华书店预订一本书，就是《故土》。苏叔阳为什么写得那么好？本质上，他自己就是故土上的人；他写自己熟悉的故土，写熟悉的故土上的生活，写熟悉的在故土上生活的知识分子，得心应手。

时光雕刻记忆，岁月选择经典。不妨来看几段当年留给我极深刻印象的描述：

白天明呆呆地立在夜晚的天安门广场，小皮箱靠在他的脚边。他盯着自己细长的身影，脑子里老是窜出一个毫无意义的问题：“人究竟有几个影子？”

刚才他在长安街上行走，脚边有三条影子伴随着他。前面的浓黑而又敦实；斜斜地躺在身边的那条，细长而又浅淡；后面的只是个影影绰绰的轮廓。浓黑、敦实的影子不断的萎缩，直到溶化在他的脚底，身边的那条影子赶紧补充它先前的位置；后面的又填补了身边的空缺，而先前那条最清晰的影子又从脚边向身后延伸，变成了模模糊糊的轮廓。

“哪一条是自己真正的影子？或者说哪条影子更像自己？”他翻来覆去地思考着：“自己是纤细、灰暗，还是壮实、明晰？哎呀，明晰壮实的影子只出现一小会儿，可灰暗无力的影子倒老是追着自己。”

他知道，这里面根本不包含什么哲理，充其量有那么一点可以引发人们想象的隐喻。人与影子的关系完全看灯光的位置。就自己前面的灯光来说，自己是一步步走向光明；而就后面的路灯来说，自己又一步步远离灯光。

从小说《故土》中，从《故土》中的优秀知识分子身上，直接感受到那一种真善美的和谐共振：真，是史上最令人敬畏的事实；善，是世上最感人至深的情怀；美，是人间最永恒不死的光芒。鲁迅曾说：“中国一向就少有失败的英雄，少有韧性的反抗，少有敢单身鏖战的武人，少有敢抚哭叛徒的吊客；见胜兆则纷纷聚集，见败兆则纷纷逃亡。”但在苏叔阳笔下的知识分子中，我们看到了不少韧性的反抗者，这就不一般。

苏叔阳拥有的是赤子之心。他称自己是“涉世未深的少年郎”。在他眼中写作也好，创作也好，就是“能力所能及地办点事儿”。他的夫人左元平也经常说他“太天真太傻”。他总结自己——没出卖过朋友，没欺负过人，没走过后门，所有的事情都是自己干出来的，“符合我的本意，说的都是真心话”。《新京报》报道说，常常有人邀请他参加各类活动，《百家讲坛》多次请他去讲课，苏叔阳都给拒了。他很谦虚：“《百家讲坛》请我去我不敢去，我是觉得我的‘板凳深度’不够。”

“创作的路是我自己选定的，不管我多么衰弱，只要生命的烛火还在燃烧，我就会走，哪怕是爬行，也要在这路上挣扎。”苏叔阳曾这样剖析自己的心路历程。他认为自己写作不是太有天赋，说自己在文学上“缺乏自信”，唯一有点儿底气的原则只有两条：第一，便是写人，写活人，活写人；第二，写我们民族的生活和心灵。的确，苏叔阳做到了，而且做得能够感动一代人。相比于当今这个急于谋利、急于变现、急于求成的情景，苏叔阳那一代人的默默专注，显得非常珍贵。如今多少文章，“一闪一闪亮晶晶，仔细看去假惺惺”。苏叔阳则是“但问耕耘”者，所以最终注定“收获”也不一般。

不承想，后来苏叔阳生病了，1994年他被查出肾癌，切除了右肾。之后又经历了多次癌症。但他是出人意料的乐观，他见到老友往往第一句话就是“还在活”。他的经验是“心宽一寸，病退一尺”；不能完全消灭癌细胞，那就跟癌细胞“做朋友”。

金庸曾说，拥有就是负担。这个“负担”应为身外之物的“负担”，而健康是身体本身需要拥有的，拥有健康非但不是负担，而是一个人的必需。但事实往往是，一个人随着年龄的增长，疾病也在增加。面对不断到来的癌症，苏叔阳如果不是那样的乐观旷达，恐怕早就不再活在世上了。病后他还坚持写了《中国读本》和《西藏读本》两部大散文体的畅销书。当然，从《我们的母亲叫中国》这样的书名、《中国读本》《西藏读本》的行文，可以看出苏叔阳是很传统的作家，这样的书名和读本引来了一些争议，也是正常现象。

“感动一代人”的苏叔阳，真是做到了“给时光以生命，而不是给生命以时光”。

（原载于2019年7月22日《杭+新闻》《杭州日报》）

流沙河：流沙河的生命力

梅花白杨，叹人间再无流沙河；锯齿啮痕，待天堂续写草木篇。

著名诗人、作家、学者流沙河先生，于2019年11月23日在四川成都辞世，享年88岁。11月23日星期六18:06，我收到黄一龙先生群发给邵燕祥、王栋生还有我等等多位文友的邮件，内容是一句话：“流沙河兄于今日（2019年11月23日）15时45分因病不治逝世，享年88岁。谨致深切悼念。”11月24日，他的家人在其生前居住地搭建了一个简易吊唁处，供人们寄托哀思。中新社报道说，“成都阴沉的天空飘着小雨，前来送别流沙河的人络绎不绝”。11月25日，澎湃新闻报道：四川诗人雨田回忆，当年正是在流沙河先生的推介下，余光中等一批台湾诗人在大陆逐渐被人们熟知；“在诗歌落寞的年代，先生为诗歌站台”。

流沙河本名余勋坦，1931年出生于成都。“流沙河”这个笔名甚好，让人过目不忘，它与吴承恩笔下《西游记》中沙僧做主的“流沙河”没有关系。《尚书·禹贡》有言“东渐于海，西至于流沙”：“导弱水，至于合黎，余波入于流沙”。“流沙”乃沙漠，古人心中西边最遥远之地。东面到大海，西面达沙漠——这个境界相当远大。

从大学时代开始，我读过流沙河先生的许多诗歌，多年来陆陆续续买过他的许多著作。80年代初我读大学中文系时，也是从诗歌创作起步的；那个年代，我们人人是文青、个个是诗人。去年我出版了诗集《相思的卡片》，回头看学生时代写的诗歌，事实上受流沙河先生影响很大。当年我组建学生文学社、主编社团刊物、组织诗歌朗诵会，把校园文学搞得热火朝天。最难忘是诗歌朗诵会，有朗诵流沙河、邵燕祥、舒婷等著名诗人的诗作，我给诗人们一一写信，以寻求他们的签名本，作为朗诵会的奖品和纪念品，诗人们回应之热烈，真是出乎我意料！其中流沙河先生寄来了十本签名的《星星》诗刊，他的签名极幽默豪放，大大的字体，行草的“河”字最后一笔向前拉得很长很长，托起前面“流沙”两个字，构筑成了一条形象的河流……

流沙河著作等身，他著有诗集《农村夜曲》《告别火星》《流沙河诗集》《流沙河诗存》《游踪》《故园别》《独唱》等，散文随笔集《锯齿啮痕录》《流沙河随笔》《流沙河短文》《书鱼知小》《晚窗偷读》《老成都·芙蓉秋梦》《南窗笑笑录》《Y先生语录》等，短篇小说集《窗》，诗论文论集《流沙河诗话》《写诗十二课》《十二象》《隔海说诗》《余光中100首》等，文化学术著作《庄子现代版》《庄子闲吹》《流沙河讲诗经》《流沙河讲古诗十九首》《诗经点醒》《流沙河认字》《白鱼解字》《字看我一生》《正体字回家》《文字侦探：一百个汉字的文化谜底》等，综合文集《流沙河近作》等，编著的《台湾诗人十二家》《台湾中年诗人十二家》等。

流沙河的生命力集中体现在他的这些著作中，尤其是诗歌。在上一辈诗人中，流沙河先生的诗歌是诗中的翘楚。他的诗作《就是那一只蟋蟀》《理想》被中学语文课本收录，而我最爱那充满了人性人情的组诗《故园九咏》。他的好多诗歌不仅适合朗诵，而且易记易背，经典如《理想》开头那段：

理想是石，敲出星星之火；
理想是火，点燃熄灭的灯；
理想是灯，照亮夜行的路；
理想是路，引你走到黎明。

流沙河年轻时文理兼通，他于1949年秋入读四川大学农化系，大学没有读毕业，因为爱好文学写作，立志从文，次年就到《川西农民报》当副刊编辑去了。1952年调四川省文联任创作员，后来成为新创的《星星》诗刊的编辑。

“寄言立身者，勿学柔弱苗。”青春年少的流沙河，写了一组托物言志的散文诗《草木篇》，就想表达这个意思，没想到结果撞在时代的枪口上，本来那五首短短的散文诗，实在是没什么名堂，艺术表现上也是很稚嫩：

【白杨】

她，一柄绿光闪闪的长剑，孤伶伶地立在平原，高指蓝天。也许，一场暴风会把她连根拔去。但，纵然死了吧，她的腰也不肯向谁弯一弯！

【藤】

他纠缠着丁香，往上爬，爬，爬……终于把花挂上树梢。丁香被缠死了，砍作柴烧了。他倒在地上，喘着气，窥视着另一株树……

【仙人掌】

它不想用鲜花向主人献媚，遍身披上刺刀。主人把她逐出花园，也不给水喝。在野地里，在沙漠中，她活着，繁殖着儿女……

【梅】

在姐姐妹妹里，她的爱情来得最迟。春天，百花用媚笑引诱蝴蝶的时候，她却把自己悄悄地许给了冬天的白雪。轻佻的蝴蝶是不配吻她的，正如别的花不配被白雪抚爱一样。在姐姐妹妹里，她笑得最晚，笑得最美丽。

【毒菌】

在阳光照不到的河岸，他出现了。白天，用美丽的彩衣，黑夜，用暗绿的磷火，诱惑人类。然而，连三岁孩子也不去理睬他。因为，妈妈说过，那是毒蛇吐的唾液……

五篇小东西，平均每篇不足百字，简单得不行，其中作为“正能量”讴歌的有三：《白杨》《仙人掌》《梅》，作为批判对象的为二：《藤》《毒菌》。流沙河写《草木篇》的时间是1956年，那时他25岁。彼时他是中国作协文学讲习所第三期学员，在结束后回成都的火车上写的。1957年1月，流沙河为主创办《星星》——新中国第一个官办诗刊，于是在创刊号上刊发了《草木篇》。

没想到，结果招来铺天盖地的批判，不久就迎来了“右派”的帽子，开启了22年饱受屈辱和磨难的悲剧人生。到了1978年5月，流沙河摘除右派帽子，任金堂县文化馆馆员。1979年春复出发表诗作，是年秋被改正结论，不算右派，调回四川省文联任《星星》诗刊编辑。《草木篇》成为“重放的鲜花”。1985年起专职写作，直到六十五岁退休。

“云领浮名去，钟撞大梦醒。”时代是人的产物，人也是时代的产物。对于自己的人生境遇，流沙河后来有深刻的反思。

流沙河本质上并非书生，而是思想家。这从他诗歌之后的散文随笔杂文中可见一斑。自1989年开始，他不再写诗，而是著文。他的文集《锯齿啮痕录》《流沙河随笔》《晚窗偷读》《Y先生语录》等，正话反说，直话曲说，庄话谐说；说天论地，谈古道今，别具一格；泼辣辛辣，跌宕起伏，意味深长；善用口语，爱造短句，卓尔不群。他的“Y先生语录”是精短的随想录，“Y先生”源自他本名姓“余”，他能把这样的语录短文写得如此好看，看得你十分过瘾，也是一绝。

流沙河在小学和中学受到良好的国文教育，形成了可贵的文化性人格。在岁数大了之后，流沙河先生闭门著书、不用手机，他在隐逸中治学，用更多的精力做古代文字和文化的研究，形成了另外一番风景。这个有点像沈从文后来不写小说，专心于中国古代服饰研究，系统考证中国服饰文化。流沙河说，“年轻人多梦的时候才写得好诗。人老了，眼光把啥子都看清楚了，就写不出诗了，改行了，来弄一些古代文史研究。”

文人学者，“周乎万物，道济天下”。流沙河写《庄子现代版》(最新版本见北京联合出版公司2019年3月第1版)，把两千多年前的庄子“拉到现代来讲话”，尽览庄子玄妙智慧，奇书不再艰涩难啃。在流沙河看来，“庄子不官不僚，也不运动社会，他只躲在陋巷著书，批评显贵的儒家，攻击污浊的社会，向往神秘的自然；布衣草鞋，糁汤野菜，物质贫困，精神自由，他是寂寞一生的大文豪。他的书安慰了历代的失意文人”。

流沙河在中华文化中浸淫，在汉语汉字中穿梭，说文解字，每有发现，乐不可支，还真是无愧于“汉字侦探”美称；其中中华书局出版《字看我一生》、新星出版社的《白鱼解字》是手写体版，尤有味道。他的这些学术性很强的著作，却以随笔化的语言来表达，通俗易懂、雅俗共赏，殊为难得。

时代变化，沧海桑田，惟诗永恒，惟文永存。流沙河的生命力，蓬蓬勃勃地存活在他的文字中。

每一首乐曲，将节奏放慢到一定的程度，就会变成奏哀乐；每一张菜谱，用低沉缓慢悲凉的声调朗诵，都会成为念悼词。流沙河先生在88岁高龄告别我们了，读他留给我们的那么生动、灵动的文字，千万不要放慢节奏念成悼词呀！

（原载于2019年11月26日《杭+新闻》《杭州日报》）

邵燕祥：明天比昨天更长久

睁眼看世界，谙熟红尘于外，你引吭你忆往你画蔷，酸辣为文丹青引；

扪心问自己，三省魂魄于内，我死过我幸存我作证，彳亍前行两头真。

这是我为著名诗人、杂文大家邵燕祥先生写下的两句话。邵燕祥先生于2020年8月1日去世，享年87岁。8月3日，邵燕祥子女写下对父亲的悼念："父亲前天上午没醒，睡中安然离世。之前读书写作散步如常。清清白白如他所愿，一切圆满。遵嘱后事已简办，待母亲百年后一起树葬回归自然。人散后，夜凉如水，欢声笑语从此在心中。"消息传出，我的微信朋友圈满屏都是邵燕祥。

"当我成为背影时 / 不用忧伤 不用叹息 / 请看我步履如此从容 / 不用问我到哪里去……"这是先生写于1989年11月的《当我成为背影时》一诗中的一段。8月3日上午，三五家人送邵燕祥遗体到八宝山火化，没有任何仪式，没有惊扰一个外人；家中不设灵堂，连遗像都没有。友人安慰邵燕祥先生夫人谢文秀："邵老先生没在医院受罪，多好啊。"她回答："哪怕让我伺候三天也就释怀了。"

邵燕祥先生1933年6月10日生于北平，名字为母亲程瑛所取，燕即燕京，祥祈瑞祥。邵先生是浙江杭州萧山人，几乎他的每一本书，介绍作者时一开始都要说明他是"萧山人"。"一井独存庐墓灭，于无家处有乡愁。"1982年，邵燕祥在年届半百之时，首次回乡寻根，在浦阳江边的下邵村，披阅了《山阴天乐邵氏宗谱》，找到了他自己在家族历代谱序中的位置。可惜祖居在1943年遭日寇破毁，只留一段残墙和一口井。2006年他再回萧山，写下了"于无家处有乡愁"的名句。

“百年山色湖光好，秋雁长风度画窗。”邵燕祥很爱家乡杭州，乡愁永远在杭州。他曾经多次回到杭州，参加各种活动。最早是1954年，他作为记者前来采写西湖好风光和杭州新气象，进行外宣报道。“一城一地都有自己的标志，杭州的标志是西湖；一山一水都有流传的吟咏，以西湖为题的诗词何止千百篇，我以为‘山外青山楼外楼’一首，最是写出了历史的杭州，也透出了历史的浩叹。”1998年4月，他在《酸辣文章》(楼外楼书系之一，东方出版社1998年4月第1版)一书的“人烟篇”中，写下了对杭州的感受。

在邵先生生前最后一部自由诗《日神在左，酒神在右：邵燕祥自由诗一百首》(北京出版社2020年4月第1版)中，第一首就是写于1956年的《忆西湖》，节选如下，其中尾句“还他格律，放我歌喉”绝妙：

忽然怀旧——远山近水勾留。
我忆杭州，杭州忆我否？
人在画中，画印心头：
少年脾气，爱赋新诗不说愁。

不是乱花浅草三月，
不是飘香桂子中秋，
雨雪霏霏，冷风穿袖，湖上寻舟，
船娘笑我痴兴浓如酒。
……
白堤依旧，苏堤依旧，
山外青山，楼外又新楼；
西湖歌舞，从今真个永无休。
还他格律，放我歌喉！

邵燕祥属于少年天才，读中学时就开始发表作品——他最早发表的作品，是一篇小品文《鸟语》，1946年4月29日刊发于《新民报》北平版“北海”副刊上，那时他才13岁。新中国成立后，他曾担任中央人民广播电台编辑、记者，那时他的激情洋溢的诗歌广受传颂。1957年被下放劳动，在改革开放之初获得平反，复出文坛之后，曾出任《诗刊》副主编。他还曾担任中国作协第三、第四届理事。

作家靠作品立身，邵燕祥先生一直被公认为鲁迅之后最重要的杂文家之一。长期以来，邵燕祥先生的作品受到上上下下极为广泛的欢迎、喜爱。在改革开放初期，在那个评奖比较公正的时代，他的诗集《在远方》（花城出版社）《迟开的花》（北京十月文艺出版社），分获第一、二届全国优秀新诗（诗集）奖，杂文集《忧乐百篇》（作家出版社）获第一届全国优秀杂文（集）奖；1998年，《邵燕祥随笔》（四川文艺出版社）获第一届鲁迅文学奖的优秀杂文奖。

20世纪80年代初我读大学中文系时，也是诗歌的酷爱者；我组织大学生诗歌朗诵会，给诗刊社邵燕祥先生写信以求签名本，作为朗诵会的奖品和纪念品；邵先生给我复信并寄来10册诗集签名题词本，题词内容为：“明天比昨天更长久！”这对青年学子来说，是最好的祝福；后来我买到他的一部诗文集，名称就是《明天比昨天长久》（吉林人民出版社1996年3月第1版）。当年他在给我的信中，特别细心地说，挂号比较慢，怕赶不上诗歌朗诵会，特意直接寄过来——这留给我极为深刻的印象。

一诗一世界，一文一乾坤。邵燕祥先生著作等身，在诗歌、杂文（包括散文随笔）、回忆纪实文学三个领域都取得杰出的成就，他给当代中国文坛建立了三座金字塔，高高耸立。

从诗歌起步，先生一生是诗人。他在1950年代初期的诗歌，很抒情也很讴歌，出版的诗集有《歌唱北京城》《到远方去》；改革开放时代的到来，他的诗情再次勃发，出版有新诗集《在远方》《迟开的花》《如花怒放》《岁月与酒》《含笑向七十年代告别》《五十弦》《邵燕祥抒情长诗集》《邵燕祥诗选》《孤独不是生活——邵燕祥自选抒情诗》《日神在左，酒神在右——邵燕祥自由诗一百首》等等；后来还有旧体诗集《三家诗》和《七家诗选》（合编），以及《邵燕祥诗抄·打油诗》。他的诗歌，有着深广的意境、真挚的情感、朴实的语言，与读者很“贴”，不存在读不懂的问题。同时，他还出版了论及诗歌和诗人的《品诗》《我的诗人词典》《赠给18岁的诗人》等著作。

“必须有思者在先，诗者的话才有人倾听。”在这些隽永醇厚的诗歌中，你不仅能感受到一位诗人的多愁善感，更能感受到一名知识分子忧国忧民的情怀。“生逢奥斯维辛后，难写风花雪月辞。”邵先生说，“诗的核心价值是自由。离开心智的自由，离开对自由的追求，就没有真正的诗。”

与诗歌的抒情性不同，邵燕祥的杂文针砭时弊，一如银针手术刀，具有鲜明的启蒙理性色彩，能够开启民智官智；在我看来，他的杂文水准属于珠峰，成就超过诗歌。包含杂文随笔散文在内，作品集可谓星罗棋布，其中有：《小蜂房随笔》《蜜和刺》《杂文作坊》《忧郁的力量》《旧时燕子》《乱花浅草》《酸辣文章》《柔日读史》《奥斯维辛之后》《教科书外看历史》《大题小做集》《热话冷说集》《审丑》《痛与痒》《你笑的是你自己》《检阅天安门》《自己的酒杯》《惟知音者倾听》《我的心在乌云上面》《切不可巴望“好皇帝”：邵燕祥杂文自选集》等等；1997年作家出版社出版了《邵燕祥文抄》，其中包含《史外说史》《人间说人》《梦边说梦》三卷；序跋集有《一万句顶一句》，散文集有《昏昏灯火话平生》《邵燕祥散文选》《中华散文珍藏本：邵燕祥卷》等，另有游记作品集《出远门》等。对于杂文写作，邵燕祥说：“杂文的灵魂是真理的力量，逻辑的力量。”

2013年，《杂文选刊》主编刘成信先生选编出版《中国杂文（百部）》，其中当代杂文家部分选了50人，出版了50部个人杂文精选集。非常荣幸的是，我的《徐迅雷集》和《邵燕祥集》一起入选，这个选集后来成为“全国重点中学优秀教师推荐杂文经典”。我的这本先后出了3个版本、6次印刷，至今畅销；相信《邵燕祥集》更受读者欢迎，书中收有《切不可巴望“好皇帝”》《人是有尾巴的吗？》《史无前例和史有前例》《“公仆”之名不能成立论》《臣性》等杂文代表作。这些杂文佳作有事实、有根据、有分析、有理论、有文采，充分体现了作者的公民情怀——一个共和国公民，发自内心地关心国家大事和当下的现实生活，这既是公民应享的权利，更是一个公民应该履行的义务。这是有着生命体验的真话杂文。“说真话的文字不都是杂文，但杂文必须说真话。”邵燕祥说，“杂文不但要说真话，还要尽力揭穿假话—— 一切虚伪、欺骗的人和事及其在语言文字上的表现。”邵燕祥先生的真话杂文，往往是“两眼看得到，伸手够不着”。

“蔷薇有花又有刺，然而花开须有时。”《画蔷》（商务印书馆国际有限公司2000年1月第1版）一书，是邵燕祥的文化随笔精品集，作品思想深刻，不仅发人深省，而且趣味十足。他非常谦逊地说：“邵某画蔷，也只是表明，对于有花又有刺如蔷薇那样的美文，虽不能至，仍然心向往之而已。”

“独立之精神，自由之思想”，成为先生为文之魂。每每遇到公共领域的大是大非，他总是不畏权势，挺身而出，以笔为枪，伸张正义。作为杂文大家，邵燕祥先生极具忧患意识与批评精神。作家章诒和说邵燕祥是“不倦的风，始终呼啸着”：“他对人，无论亲疏远近，他对事，无论大小轻重，都有着良好的理解力和判断力。他是把所有的生活挫折和全部的精神磨难，都转变为一种‘体验’，投到作品中，砸进文字里……邵燕祥是有锋芒的，锋芒在他的文字里。”

“刚日读经柔日读史，无酒学佛有酒学仙。”《柔日读史》（作家出版社2013年5月第1版）一书，收录了邵燕祥许多读史随笔，其中有《狱中诗》《假如阿Q还活着》《试论知识分子政策没有改变》等名篇。

在人生后期，邵燕祥先生以自传为主的纪实文学奇峰突起，他陆续出版了《沉船》《人生败笔》《找灵魂》《我死过，我幸存，我作证》《一个戴灰帽子的人》等；这些自传性非虚构写作，属于“邵氏反思录”。通过这些作品，他为自己说真话，他为历史说真话，他为他人说真话——真实地叙述，诚恳地表白，深刻地反思，无情地解剖，善意地警示，殷切地期望。“人类有记忆。一个民族共同的记忆是民族的历史。全世界人民共同的记忆是人类史。忘记了历史的民族会遭到什么命运？世界上总有一些人要掩盖或篡改历史。”邵先生说：我的这些文字，多属感性的记忆，是人到黄昏，检点平生，是“数脚印”，我愿意叫它们“人生实录”。

邵先生经历了“找灵魂”之旅。2004年5月由广西师范大学出版社出版的《找灵魂》一书，是邵燕祥的人生实录之一，有个副标题为“邵燕祥私人卷宗：1945—1976”。邵燕祥谈到《找灵魂》的缘起：“我决心把那些卷宗里带着深刻时代烙印的旧作编成一本书。但它不是一份文学读物，而是一份知识分子改造史的个案。”在“解题”中，他写道：“找灵魂的路，好艰难啊。我愿与一切找灵魂的‘过客’们，一起相扶掖彳亍前行。”他还说：“我也到所谓晚年了吧，这才发现：只有自由思想、自由意志，独立精神、独立人格，才是一个人的灵魂。”2000年出版的《〈找灵魂〉补遗》一书，是《找灵魂》一书的补遗本。即使单看“补遗”本，也能感到一个小知识分子从少不更事到哀乐中年，伴随着思想改造的进程，经历的心路十分曲折复杂。

“文学作品，归根结底是作者个人和社会的记忆。”个人的跌宕经历，折射出国家、时代的风云剧变、沧海桑田。作家出版社在2016年7月出版的《我死过，我幸存，我作证》，是邵先生的代表作，至2018年3月1日第6次印刷，可见受欢迎的程度。该书是他1945年至1958年的自传，他用自己的亲身经历，记述了中国社会的履历、奇变，证明了那个时代，既是珍惜的史料，也是深刻的反思，既是中华民族真实、生动的阶段史，也是一代知识分子的命运史、心灵史。“不是辩诬，不是自恋，更不是怀旧。”邵燕祥说，“历经忧患的生还者也都逐渐老去，这就是我为什么如此急切地写出来，献给健在者和一切敢于直面历史的同时代人，只有他们有权利来审查这一份历史的见证。”

当年邵燕祥历经多少艰难，他都熬过来，活下来，因为有鲁迅先生醍醐灌顶的一句话，让他刻骨铭心：“名列于该杀之林则可，悬梁服毒，是不来的。”邵先生曾写过一篇亦诗亦文的《死的意义》，其中说到，死可以“使讨厌的人不再讨厌，使作恶的人不再作恶。使可爱的人永远可爱，并转化为长长的思念。使追求者不再追求。使等待者不再等待。使期望者不再期望，也从此无所谓失望”……经历过艰难时世的人最知道：活下去，才有机会给别人讲历史；否则，你就变成别人讲的历史。

“却顾所来径，苍苍横翠微。”《一个戴灰帽子的人》（江苏文艺出版社2014年7月第1版）所写的，基本上是1960到1965年这6年的个人经历和见闻。个人头上的“帽子”变成了灰色，社会则是“树欲静而风不止”。狂风暴雨惊涛骇浪中颠簸也罢，暂时靠岸避避风浪也罢，人在自然界有时不能完全掌握自己的命运，社会生活中亦不例外。本书是《作家文摘》2014年度十大影响力图书获奖作品。

一个人有一个人的个性，一个人有一个人的历史。邵燕祥人品文品皆高尚。有人说：“在他的身上，闪耀着理性的光辉、正义的文明，散发着浓烈的人性善的馨香。这是民族复兴、国家富强的灵魂性力量。”邵先生温文尔雅，相貌堂堂。他晚岁耳朵有点背，需要借助助听器。他平常不是太爱说话，但一旦说话往往就是惊醒世人。邵燕祥先生的字也写得很好，我大学时的老师樊诗序跟我说，他收藏有好几封邵燕祥的信札，“有一封我印象挺深，是写给好友高尔泰的，说自己在农村劳动改造，化名：李德胜；邵的字相当有功底……”

邵燕祥先生的终身伴侣是谢文秀，是大家闺秀。1953年，她从上海复旦大学新闻系提前毕业，分配到中央台，不久两人成了同组的同事。“左边不到两米远处，就是她的办公桌，而我管不住我的第六感觉，暗里关注着她的一蹙眉，一微笑，一插话……人之相知，更不用说年轻人，在敏感的年龄，人人都‘心有灵犀’……”谢文秀一直非常受人爱戴，她的人生絮语，请见《我死过，我幸存，我作证》一书最后的附录文章《碎片》。

邵燕祥先生，中国文学界的良心！先生不死，明天比昨天更长久！

（原载于《文澜·文史版》2020年第3期，《浙江杂文界》等转载）

村上春树：从《1984》到《1Q84》
——《1Q84》前两部阅读札记

乔治·奥威尔有一部描写西班牙内战的名著《向加泰罗尼亚致敬》，而村上春树以他的《1Q84》向奥威尔最伟大最杰出的作品《1984》致敬。当初一听到这个“致敬”的消息，我就向村上春树表示致敬了。

简体中文版的《1Q84》第一部（施小炜译）由南海出版社在2010年5月推出，首印高达120万册，上市后受到读者热捧，又迅速加印了10万册。在有的网上书店，在24小时图书销售排行总榜上，它已累计近一个月位居冠军。《1Q84》第二部简体中文版在6月26日全面上市，目前第三部正在翻译中，有望年内推出。前两部我都买了若干本送朋友，一位年轻的女性小朋友，以若干通宵的代价将它读完，然后是赞不绝口。喜欢——是一种没有法子的事。

乔治·奥威尔中文版的书，我基本上买全的，但村上春树的书还真是买得不多。当然，早年《挪威的森林》是两个版本都买的，而且还做过不同译笔的比较阅读。这本《1Q84》确实好看好读，它在文学史上的地位应该是没有问题的，但在思想史上，该是《1984》更牢靠，因为那属于开山之作，振聋发聩。奥威尔，一个正直的人，一个执着的人，一个理想主义者，一个真正的思想家。阅读奥威尔，我们不禁为其洞察力所震撼——动人的真诚，睿智的思维，机灵的隽语，犀利的文笔，使他的作品能够跨越时空，魅力永存。

《1Q84》与《1984》其实相差巨大，就像音乐中现代与古典的区别。我不能免俗，先引用一下村上春树自己简介的话语：“《1Q84》写一对十岁时相遇后便各奔东西的三十岁男女，相互寻觅对方的故事，并将这个简单故事变成复杂的长篇。我想将这个时代所有世态立体地写出，成为我独有的‘综合小说’。超越纯文学这一类型，采取多种尝试。在当今时代的空气中嵌入人类的生命。”“不管喜欢还是不喜欢，目前我已经置身于这‘1Q84年’。我熟悉的那个1984年已经无影无踪，今年是1Q84年。空气变了，风景变了。我必须尽快适应这个带着问号的世界。像被放进陌生森林中的动物一样，为了生存下去，得尽快了解并顺应这里的规则。”

《1Q84》里的这对男女主人公，是天吾与青豆。奇数章写女，偶数章写男，“青豆”与“天吾”轮番出现，成为篇名。个中的“爱情物语”，是一种“强烈而持久的信念”，被称为“无与伦比”。“青豆”和“天吾”两条线交叉推进：女主人公青豆漂亮而雷厉风行；男主人公天吾高大而谨小慎微。青豆身为体育俱乐部教练，她受一位富有的“老妇人”之命，以极其巧妙的手段结果了若干虐待妻子的男人性命，最后受命结果邪教头目，由此和邪教发生关系；天吾是补习校的数学教员，受出版社好友之托加工改写一个十七岁女高中生深绘里写的小说《空气蛹》，小说因而获奖并成为畅销书，不料深绘里竟是邪教头目的女儿，由此他也和邪教发生了关系……最后，天吾发现小说中的“空气蛹”实际出现在父亲的病床上，开裂后里面躺着的，居然是自己十岁时开始动心、二十年未曾相见的恋人青豆！而现实中的青豆则因听信邪教头目的话，为保全天吾而将手枪管含入口中扣动扳机……《1Q84》在结构上，用二人世界的“二重奏”来讲故事，这达到了村上春树自己所说的目的：“我想用好的节奏感的文章，写出传达到人心的故事，这是我的志向。”

当然，更重要的是《1Q84》讲述的大背景，即“奥姆真理教”事件。日本著名的邪教“奥姆真理教”，始创于1984年，教主为臭名昭著的大胡子麻原彰晃。这个邪教制造了惨绝人寰的东京地铁沙林毒气事件等恐怖活动。“奥姆真理教”所号称的“真理”，可不仅仅局限于一个部门，而是认为自己从头到尾甚至到肚脐眼都充满了“真理”的，这才是邪，才是邪门。

有人说，科学、哲学与宗教是回答同一个问题的三种不同方式，而宗教可能是跟人们精神生活关系最为密切的方面；也有人将宗教比喻为人类的“另一种呼吸”。在人类成长史上，宗教是文化，是博大精深的文化，宗教是教人向善的。但是，邪教绝不同于宗教，邪教控制人的思想，控制人的精神，控制人的思维，控制人的行为，控制人的信息，控制人的情绪，以强硬的规条让人依赖和服从。邪教是一小撮走火入魔的人玩弄折腾的，根本就不具备普适性。

毫无疑问，邪教是另一种极权。奥威尔反专制反极权，村上春树反邪教反“伪真理”。在这一点上，村上春树和奥威尔相联了，《1Q84》与《1984》相通了。香港文化名家梁文道，称村上春树的小说有“社会关怀”，我赞同这一观点，这在《1Q84》中体现得尤为深入精到。

村上春树是清奇的，奥威尔是冷峻的；村上春树是绮丽的，奥威尔是劲健的；村上春树是温柔的，奥威尔是沉着的。两人都很丰厚，但丰厚的内容有所不同。按照诺贝尔文学奖的价值取向，奥威尔，这位英国著名作家，似乎是最应该获奖的，但他没有；而写出《1Q84》的村上春树，究竟是离诺贝尔文学奖近了呢还是远了？不知道。

但是，在世界的尽头，肯定不是《阿凡达》，不是《2012》，不是《2046》，不是《1984》，而或许是《1Q84》……

（原载于《记者观察》2010年第17期）

刘震云：岩中花树

这是刘震云的卡萨布兰卡。

2017年2月11日，在第23届卡萨布兰卡国际书展上，我国著名作家刘震云被授予“国家文化最高荣誉奖”，以表彰他的作品在摩洛哥和阿拉伯世界产生的巨大影响。授奖单位是摩洛哥文化部，这是中国作家首次获此殊荣。

或许有许多人会轻忽这个由非洲国家设立的奖项，或许有许多人只知道著名老电影《卡萨布兰卡》而不知道“卡萨布兰卡国际书展”，或许有许多人并没有读过刘震云的作品，但无论如何，我觉得刘震云这次获奖是很有价值的。有文化的价值，有文化交流的价值，有肯定中国作家走向世界的价值。我向来认为，刘震云是非常优秀的作家，其实哪一天诺贝尔文学奖授予他，也不用太惊奇。

通常来说，汉语作家在英语世界影响大一些，而刘震云在阿拉伯语世界拥有众多读者，去年他就曾获得“埃及文化最高荣誉奖”。他的《塔铺》《头人》《手机》《一句顶一万句》《温故一九四二》《刘震云小说选》等作品被翻译成阿拉伯语后，大受欢迎，尤其在知识界有巨大影响。他的《我叫刘跃进》和《我不是潘金莲》等作品，将被更多的阿拉伯语国家同期出版。

刘震云在获奖感言中说了一句温暖到有沸点的话：“到了有我作品的地方，就有了回家的感觉。”是的，对于作家而言，哪里有你的作品，哪里就有你的读者，哪里就是家。得知刘震云获奖消息的2月12日，我恰好在台北国际书展现场，买到了他在台湾九歌出版社出版的《我不是潘金莲》一书，腰封上印着主演范冰冰戴着大斗笠的剧照。九歌出版社出版了刘震云一系列的小说，包括《一地鸡毛》《手机》《一句顶一万句》《故乡天下黄花》和这本《我不是潘金莲》等。“内容是形塑魅力和吸引力的关键”，刘震云印成竖排繁体字的作品，一直很受宝岛台湾读者的欢迎，成为台湾读者了解现实主义大陆和大陆现实主义的一扇窗口。

我很早就开始喜读刘震云的作品。他的许多小说，是轻幽默的现实主义，在轻幽默中实现批判，所以又可以称为轻幽默的批判现实主义。读者在忍俊不禁中，在愉快的阅读即“悦读”中，完成阅读之旅。这种旅行，是精神界的，是思想沐浴。刘震云小说的边界把握非常好，这是一种思考能力和表达能力，是洞悉历史世界与现实世界的能力，其实这一点刘震云很像莫言。在“莫能言”的时代背景下，言之有识，识而能言。刘震云的作品由此形成了自己的独特风格，一看语言文本就知道是刘震云，而书名也是过目不忘的那种。

于是乎，一说《一地鸡毛》，那是刘震云；一说《温故一九四二》，那是刘震云；一说《故乡天下黄花》《故乡面和花朵》，那是刘震云；一说《我叫刘跃进》《一句顶一万句》，那是刘震云。《一句顶一万句》获得第八届茅盾文学奖。

对于刘震云作品的思想和艺术，摩洛哥文化部的颁奖词说得好：“刘震云用最幽默的方式写出了最深邃的思想，用最简约的方式写出了最复杂的事物，用最质朴的语言搭建出最奇妙的艺术结构。”刘震云自身的形象和他作品的意象，让我想起一个语词：岩中花树。刘震云是岩，是树；他的作品是树，是花。

由于现实性与故事性很强，所以刘震云的小说比较适合改编成电影，大多属于那种票房中等、思想上乘的电影作品。他擅长自己动手改编，在这个过程中，他成了编剧高手；“老炮儿”冯小刚最喜欢与刘震云合作了，这是在思想层面的“一拍即合”。从早期冯小刚执导的电视剧《一地鸡毛》，到第一部引起巨大反响的电影《手机》，再到《一九四二》和《我不是潘金莲》，这显然是冯导偏爱刘震云。无论是小说原著还是改编的电影，《我不是潘金莲》都是“岩中花树”的一个代表作。

《我不是潘金莲》讲述了一个被丈夫污蔑为“潘金莲”的女人上访申诉的故事。李雪莲是个农村妇女，在一场荒唐的假离婚变成了真离婚的家庭变故之后，由于前夫的一句话——说她是潘金莲，这个本来怯生生的女子，为证明自己根本就不是潘金莲，洗刷不白之冤，她执着地一次次去打官司告“御状”。在十多年的上访申诉中，为了自己的权利，她坚持不懈讨公道，这不是“岩中花树”那是什么呢！先哲康德说：“人不应被作为手段，人是有自我目的的，是自主、自律、自决、自立的，是应由自己来引导内心的，是出于自身的理智并按自身的意义来行动的。”无论是小说还是电影，《我不是潘金莲》里的女主，就是这样的人，尽管她的表达方式不是哲人式的。无论这部电影最终的票房高不高、喜欢的人多不多，其现实主义的揭示，都是非同一般的。

当然，从世界看中国，那么我们的电影作品与世界顶尖水平还是有很大差距的。就拿电影《卡萨布兰卡》来说，这部于1942年在美国上映的电影，由华纳兄弟影片公司出品，让观众记住的可不仅仅是女主英格丽·褒曼的光彩夺目；它不仅获得第16届奥斯卡奖的最佳影片、最佳导演、最佳剧本三项大奖，还在美国好莱坞编剧协会于2007年评选的“史上101部最伟大的电影剧本”中排名第一。《卡萨布兰卡》的电影名、1942年上映，让我联想到卡萨布兰卡国际书展和电影《一九四二》，不妨就拿它当一回参照物。

“很多事情别想得那么糟糕，毕竟，还有阳光来温暖我们的骨头。真正的救赎，并不是在厮杀后的胜利，而是在苦难之中找到生的力量和心的安宁。”人道主义作家加缪这样告诉我们。其实，我们和《我不是潘金莲》中的女主，以及作家刘震云，都是不断推石上山的西西弗斯。刘震云在卡萨布兰卡说，“我会以一个初学写作者的心态，写好下一部作品。”面对未来，刘震云获奖的价值，更应该体现在不断砥砺前行、写出更多更好的作品上。那么，一定还会有更多的大奖等着他，如影随形。

（原载于《古今谈》2017年第2期）

吴贻弓：曾经美好的“城南旧事”

送别又响，银屏永存城南旧事；

归期不再，世间最念巴山夜雨。

2019年9月14日7时32分，著名导演吴贻弓在上海瑞金医院去世，享年80岁。消息传来，各地电影人和观众，反复咀嚼《城南旧事》《巴山夜雨》《阙里人家》等吴贻弓执导经典作品中的台词，寄托哀思。“今日《送别》，只为您唱……”《城南旧事》主题曲《送别》在人们心头再次响起，萦绕不散。

吴贻弓是中国第四代导演的代表，曾任中国文联副主席、中国电影家协会主席、上海文联主席。他的祖籍是浙江杭州，1938年生于重庆，1948年起定居上海。抗战时期，父辈出于一种美好的愿望，给他取名“贻弓”：“贻”为收藏，“弓”乃兵器，寄寓着长辈对“刀枪入库，天下太平”的美好祈愿。

吴贻弓的父亲是杭州人，母亲是平湖人。吴家属于商人世家，祖上与民国时浙江兴业银行有关。吴贻弓父亲在杭州上中学时，遇到了老师李叔同，受李叔同大师的影响，吴贻弓父亲喜爱文学艺术，喜欢电影，也使少年时的吴贻弓就随父亲开始接触电影，成为一个“少年影迷”。

李叔同是吴贻弓父亲的授业恩师，这让吴贻弓“有种莫名的自豪感”，这正是他在《城南旧事》中使用李叔同填词的《送别》作为插曲的原因。“长亭外，古道边，芳草碧连天；晚风拂柳笛声残，夕阳山外山……”在很大程度上，人们就是因为电影《城南旧事》而熟稔了这首感人至深、无比动听的《送别》。

艺术的飞毯落到地面，“童年重临于我的心头”。《城南旧事》是吴贻弓在

1982年独立执导的第一部长片，也是他的电影作品代表作，根据台湾女作家林海音的同名小说改编。林海音女士是台湾文学界“祖母级人物”，她原名林含英，小名英子。在台湾日据时代，林海音一家不甘在日寇铁蹄下生活，举家迁居北京，《城南旧事》就是以她自己7岁到13岁在北京生活为背景创作的，成为她的代表作，是“百年百部中国儿童文学经典”之一。

“我们给孩子讲故事，是为了哄他们入睡；我们给大人们讲故事，是为了让他们能够醒来。”从小说到电影，《城南旧事》既是讲给孩子听的，又是讲给大人听的。影片发展了原著抒情风格和怀旧情绪，以小英子明亮而清澈见底的那双眼睛为视角，将一幅幅古城北京的风俗画和风景画展现在观众面前，是一部极有意境的散文式的电影，有一种不显山露水的精美，更有一种淡淡的惆怅。《城南旧事》具有很强的艺术感染力，是20世纪中国最具人文关怀气息的电影之一，诗意氤氲，韵味十足。

这是曾经美好的“城南旧事”：在1983年第三届中国电影金鸡奖中，《城南旧事》获最佳导演奖等奖项；之后还获得第二届马尼拉国际电影节最佳影片金鹰奖、1984年第十四届贝尔格莱德国际儿童电影节最佳影片思想奖等，成为改革开放之后最早在国际上获大奖的中国电影。

《周易》说：“观乎人文，以化成天下。”人文艺术是第一位的。那个时代的影视艺术大家，还真不是以盈利为第一目的，所以能够留下永恒诗意的经典电影。在《城南旧事》之前的1980年，吴贻弓与吴永刚导演搭档拍摄的《巴山夜雨》上映。在当年物资匮乏条件下，吴贻弓创造出《巴山夜雨》这样的电影，尤其不容易。这也是一部抒情的、诗化的电影，由著名剧作家叶楠编剧，讲述了一个关于人性的故事，被评价为“传统美学和现代电影语言完美结合的作品”，获得首届中国电影金鸡奖最佳故事片等奖，奠定了吴贻弓作为新时期中国电影第四代导演的地位。

吴贻弓在2011年度获中国电影导演协会“终身成就奖”。他说：“所有称呼里，导演是我最看重的一个。”他出版有电影专业研究文集《灯火阑珊》、笔记文集《花语墅笔记》，主编有《上海电影志》和普通高校人文素质教育通用教材

《影视艺术鉴赏》。在《影视艺术鉴赏》的前言里，他说："所谓集经典以求张扬，举纲目务使发明，这对于未来影视艺术教育和影视艺术事业本身的发展都是功德无量的。"吴贻弓晚年帮助建设宁波上影影视艺术学校，他担任名誉校长，致力于培养多能型的影视技术人才，而且想把宁波打造成"华东影视人才基地"。

斯人已逝，诗意永存。犹记得2012年深秋，吴贻弓从上海到杭州进行了三天两夜的"诗意秋游"，其间畅游了西溪湿地、云栖竹径、永福寺、孤山，他在博客里很诗意地写下了图文并茂的系列游记，其中写道："雨后的西湖，自有一种朦胧的美。岸边高大的法国梧桐已经缀满了黄叶。雨刚停不久，地上还是湿漉漉的，穿着大红工作服的清洁工人正在打扫落叶，那情景似乎又平添了不少诗意……"

电影万岁，风吟且听饮瓠酒；理想不灭，流年未肯付东流。让我们重温经典，再一次和艺术界的智者、贤者对话。

（原载于2020年4月13日《杭+新闻》《杭州日报》）

韩美林：五福娃与自由发挥空间

2005年11月13日《都市快报》刊发了记者王志撰稿的“今日看点”，介绍这一天央视《面对面》节目与韩美林面对面的内容。美术大家韩美林此时的身份是北京奥运会吉祥物修改创作组组长，此前一个月，他捐献了1000件艺术作品在杭州植物园设立了韩美林艺术馆，尽管韩美林谦逊地称“我不是大师”，但他是将“美术”与“工艺”结合得绝佳的人，所以以他为主来创作2008年北京奥运会吉祥物“五福娃”，还是蛮对路的。

11月11日，五个“福娃”揭开神秘面纱，可想而知的是，与当年北京奥运会会徽“中国印”发布一样，引起网民一片争议声。五个“中国福娃”，对应奥运五环，分别以“鱼、熊猫、奥运圣火、藏羚羊、京燕”为创意，以“北京欢迎您”的谐音命名为“贝贝、晶晶、欢欢、迎迎、妮妮”……这一切可谓苦心孤诣。当主持人王志问及创作者如何看待自己设计出来的作品时，韩美林实话实说：“儿子再丑也是娘的宝贝蛋。不过遗憾的是时间不够，修改太多。要是在没有任何压力的情况下让我自由发挥，估计能做出比这套好得多的作品。”

别看韩美林这里的寥寥数语，可是说出了艺术创作的基本规律。韩美林的遗憾是显见的，因为他还有潜力没用上。“时间太短”，还没够“十月怀胎”，有点“早产”的嫌疑，但这不是根本；根本要素在于没有“自由发挥”，没有“没有任何压力”，加上“修改太多”，遗憾就免不了了；这自然让我想起清朝袁枚在《随园诗话》里引用过的话：“凡作诗文者，宁可如野马，不可如疲驴。”当然，“儿子再丑也是娘的宝贝蛋”，“媳妇再丑也要见公婆”，好在“情人眼里”有望

“出西施”。艺术品的生命力，通常需要较长时间的检验。

我曾经在一篇文章中阐述过这样的观点：神奇创造源于自由心境。正如古罗马的贺拉斯在《诗艺》中所说的：“画家和诗人都应享有放手创作的特权。”神来的东西，无一例外都需要自由的心境与自由的环境。中国书法艺术的绝顶之作是王羲之的《兰亭集序》，它就是自由挥洒的结晶。曲水流觞，饮酒赋诗，酒醺挥笔，意气勃发，潇洒飞扬，自然酣畅，书时偶有修改，也是顺手改之，“补丁”也成艺术的眼睛。“没有任何压力”的“自由发挥”的空间维度越大，艺术的神韵就越饱满。我们没法想象，如果那帮聚于会稽山阴的四十多位文人雅士每人都给《兰亭集序》提点修改意见，那会改出一幅什么样的作品来。

大体来说，作为艺术的创作，是一个人的事，所谓“儿子是我一个人生的，不是大家一起生的”。管的人、管的层面越多，自由创作的空间就被压迫得越逼仄。七嘴八舌、“修改太多”，公说公理婆说婆理，仿佛“群口相声”——群口相声也只是“说”时群口，创作脚本时绝不是七八个一起干的。“五福娃”创作时有太大的外在压力，缺乏自由发挥的足够空间，由此无形中牵制甚至钳制住了创作者的想象力、创造力。这正是“五福娃”的“主打爹爹”韩美林所说的遗憾所在。

不过，从根本来说，奥运吉祥物不是纯粹的艺术品，它所承载的商业开发担子是沉重的，三四十亿人民币的收益预期可不是闹着玩的，那么，集体领导、集体规划、集体创作、集体分担、集体负责也变成很必然的事了。“五福娃”是“公家”的，正如韩美林回答主持人王志时所说的，设计者并无一分钱的收入，连知识产权都属奥运会所有。“五福娃”尽管是“五胞胎”，但它也“只生一胎”，永远不会再怀胎一回、分娩一次。童话大王郑渊洁和央视名嘴韩乔生的评述有点意思，前者说：别人介绍的女朋友，结果见了很失望，但没别的女孩，只有将就着相处，处久了感觉也挺好；后者说：吉祥物出人意料，好不好全世界人民说了算。

（原载于2005年11月14日《都市快报》）

唐杰忠：最后的抚慰与最好的告别

自主、快乐、拥有尊严地活到生命的终点，那么这样的生命有福了。2017年6月22日，著名相声表演艺术家唐杰忠先生的遗体告别仪式在北京八宝山殡仪馆举行。6月18日，唐杰忠先生因病在北京去世，享年85岁。容貌忠厚、“高调从艺，低调做人，甘做绿叶，培养后辈”的唐杰忠先生，是我很喜欢的相声演员。先生的儿子追忆父亲最后时光，讲到那种乐观、坚强，让人很感慨——

唐老先生患前列腺癌已经六七年时间，患胃癌也有三年；由于年龄大了，大夫建议采取保守治疗；“病情还在不断发展，有很多次胃部肿瘤破了大出血，都采取了紧急救治。到了后期，他饮食饮水都很困难，靠输营养液来维持生命，后来肝、肾功能衰竭，肺部也出现感染。医生们说，老爷子能够坚持到现在，已经是一个奇迹了。他这几年，始终跟疾病作斗争，很乐观，也很坚强。”

生老病死，生命的自然规律；人终有一死，如何向死而生？浙江人民出版社曾出版了一部好书《最好的告别》(阿图 · 葛文德著，彭小华译，著名作家余华等推荐)，说的是衰老与死亡，关注的是医疗的局限以及在医疗局限面前人的尊严。作者阿图 · 葛文德是美国著名的医生思想家，《时代周刊》2010年全球“100位最具影响力人物”榜单中唯一的医生。他在书中说，对于医学工作者的任务究竟是什么，我们一直都搞错了；“我们以为我们的工作是保证健康和生存，但是其实应该有更远大的目标——我们的工作是助人幸福。幸福关乎一个人希望活着的理由。那些理由不仅仅是在生命的尽头或者是身体衰弱时才变得紧要，而是在人的整个生命过程中都紧要。”这是深刻的洞见，有更深远的人文意义，作者感人至深地阐述了有关“善终服务”“辅助生活”“生前预嘱”等一系列理念，难怪当年奥巴马都对阿图 · 葛文德推崇备至。

最好的告别！以葛文德的理念观照唐杰忠先生，可谓是乐观、拥有尊严地活到生命的终点，有最后的抚慰，然而自主似乎不够一些，是“较好的告别”，而一时难以抵达“最好的告别”的境界；就像著名作家巴金在生命晚期所言的“我为你们而活”——他在医院病床度过痛苦的最后六年。在《最好的告别》书中，葛文德直言那些被过度、无效治疗折磨的病例是在“奢侈地遭罪”；而医生的压力都朝着一个方向，那就是采取更多措施，因为临床医生唯一害怕犯的错误就是做得太少；“大多数医生不理解在另一个方向上也可以犯同样可怕的错误——做得太多对一个生命具有同样的毁灭性”。

最为理想的，应该是台湾著名作家琼瑶在今年3月发布的《预约自己的美好告别》所描述的理想形态：不要变成“求生不得，求死不能”的卧床老人！“帮助我没有痛苦地死去，比千方百计让我痛苦地活着，意义重大！”“我最怕的不是死亡，而是失智和失能。”琼瑶要求的是千万不要被“生死”的迷思给困惑住，她甚至提出：万一我失智失能了，帮我“尊严死”就是你们的责任！

我们还没有达到“帮我尊严死”的境界，但这里“尊严”二字与阿图 · 葛文德所言的“尊严”是一致的。琼瑶更多地追求“自主”和“快乐”的境界，这是超越了“无意义却痛苦地活着”的境地。遥想整整三十年前的1987年央视春晚，唐杰忠与姜昆合作表演了著名的相声《虎口遐想》，那么重病中的唐杰忠先生，不知是否有乐观的“生死关口的遐想”，或许他想的与琼瑶女士是一致的。

人类老化通常经过“健康→亚健康→疾病→失能”四个阶段，如何应对“失能”，是个人问题，是家庭问题，亦是社会的问题，严肃的大问题。每个步入老年的人都应思考这个问题。他人有“最后的抚慰”，自己作“最好的告别”。修复健康，也需滋养心灵。临终关怀，女儿式的亲情服务，将爱心、耐心、细心、热心等融入对患者的照料中，这都是必需的。浙江丽水学院有支临终关怀志愿服务队，200多人的项目团队，已为300多名临终病人及高龄老人送去了抚慰的温暖。不久前，他们的“倾馨——青春关怀·心暖生命临终关怀志愿服务队”项目脱颖而出，获得中国红十字会总会的项目资助。他们给予的“最后的抚慰”是宝贵的，而琼瑶给予的另一种“向死而生”的大抚慰，同样可贵。

（原载于2017年6月22日《杭州日报》）

黄一鹤：“三贴近”先行者

一鹤西去，知行合一真大境；几番新创，风气首开不为师。2019年4月8日清晨，央视春晚开创者黄一鹤先生去世，享年85岁。作为中国著名的导演，黄一鹤被称为“春晚元勋”，他先后担任了五届央视春节联欢晚会的导演，时间是1983年、1984年、1985年、1986年和1990年，创下了纪录。

黄一鹤先生是电视文艺工作者中“三贴近”的先行者。他当年导演的春晚，贴近实际、贴近生活、贴近群众，注重创新，开创先河。央视春晚在1983年正式开办，黄一鹤率先提出，要扩大规模，要形式创新——改为直播，于是有了破天荒的长达4小时38分钟的直播春晚。

春晚的前身，是“迎新春文艺晚会”，始于1978年2月6日除夕夜的播出，内容包括歌舞、相声、评书、京剧等，还有游戏环节，播出形式是录播。

黄一鹤是电视艺术规律的自觉探寻者，开创了一系列的“之最”：最大胆的决定就是搞现场直播，最新鲜的创意就是设立主持人而不再是“报幕员”，最早实施的互动就是让观众电话点播节目……宁在创新中失败，不在保守中成功，这就是黄一鹤。

贴近实际、贴近生活、贴近群众的黄一鹤，因为心中装着群众，平常深入实际、深入生活、深入群众，所以最知道百姓需要什么。一个著名细节是：直播当晚开通四条电话点播热线，接受观众点播节目；其中点播李谷一歌曲《乡恋》的最多，点播单装了满满五个盘子。当年李谷一的《乡恋》“被争议”，成为“禁歌”，已无公开表演；黄一鹤听取观众的呼声，直播过程中屡屡向有关领导争取，最终获得首肯，《乡恋》终于在1983年春晚现场“解禁”，让李谷一再度唱响，从而成为这届春晚一个最大的高潮。这，也成了改革开放之初的一个标志性事件。

后来在一项“我最喜爱的历届春晚”的观众票选评选中，1983年春晚以40万票高居榜首。

百姓需要现实，需要艺术，需要雅俗共赏。黄一鹤所追求的艺术风格，正是“真情、清新、质朴”六个字。在质朴的80年代，春晚的舞台非常简陋，但节目非常真诚、非常纯粹，整个春晚没有那么多附加的东西，所以老百姓特喜欢，留下了诸多经典。

当年参加春晚的表演艺术家，是那样的贴近群众，黄一鹤都很感动。他曾经回忆了一个细节：当天晚会结束已经12点多了，演员卸妆后要一起去吃夜宵，他一看少了相声大家马季，最后在后台找到了他，马季正抱着电话筒在说相声。原来有个首钢的工人很喜欢马季的相声，当晚因为值班没有听到他和赵炎的《山村小景》，就打电话来说，“马季你必须再给我讲一个”，马季真的就在电话里说开了！都说科学求真、人文求善、艺术求美，那一代艺术家可真是真善美齐备。

1984年春晚，马季的相声《宇宙牌香烟》，讽刺了当时一些商家以假乱真的不良风气。陈佩斯、朱时茂的小品《吃面条》异军突起，成为那一年最成功的节目之一，陈佩斯的表演就是让人开怀大笑，让人过目不忘。《吃面条》是“小品”这一节目形式的真正的开山之作。讽刺现实、幽默表达，是相声小品的生命力所在。

但开风气不为师——黄一鹤只求开启一代新风气，并不自为人师。1984年春晚，首位来自香港的歌星张明敏登台演唱了《我的中国心》，引起巨大的轰动。黄一鹤是如何发现张明敏的？他是在去深圳的一辆中巴车上，听到张明敏的歌声的。他立马去问司机，才知道这是张明敏演唱的《我的中国心》，经过多方寻找，才买到了这盘磁带、联络上了张明敏；之后向上级反复争取，终于获得同意，请张明敏登台演出，从而开启了请港台明星上春晚的先河。在整个争取的过程中，作为导演的黄一鹤不激不随——不随便生气，也不随意附和，这可是不一般的智慧。

《我的中国心》的词作者是黄霑，曲作者是王福龄，《我的中国心》不知道让多少人在歌声中落泪："河山只在我梦萦 / 祖国已多年未亲近 / 可是不管怎样也改变不了 / 我的中国心 / 洋装虽然穿在身 / 我心依然是中国心 / 我的祖先早已把我的一切 / 烙上中国印……"1983年我正在读大学，我们班级参加全校文艺汇演，上台合唱《我的中国心》获了一等奖，这被我写进了诗里："我们爱唱童年爱唱北国之春爱唱酒干倘卖无爱跳舞 / 我们异口同声说日本姑娘真苗条我们合唱我的中国心获了奖……"（见徐迅雷诗集《相思的卡片》，中国国际广播出版社2018年7月版）

央视前副台长洪民生分管了头十年的春晚，有关他谈春晚的一个报道曾广泛传播。报道初刊《中国周刊》，作者是该刊记者闫小青；2013年2月24日凤凰网、新民网等诸多网络转载，一时刷屏。在报道中，洪民生毫不客气批评近几年的春晚："舞台一年比一年漂亮，但节目仅仅是每年变一下形式，内容却没进步；尤其是最近五年，路子不对，老百姓过得还很苦，春晚却一直在歌功颂德拍马屁。"

世道人心在变化，洪民生谈到一个细节："几年前，台里组织干部去五台山旅游。到了庙里无论老少扑通跪倒一片，虔诚地叩拜，嘴里还念念有词。"洪民生成了唯一站着的一个人，一时间他愣住了。"跪在佛前的都是党员，节目里歌颂完伟大的祖国，然后发现自己根本没有信仰。"洪民生说。当年我看了这个细节很感慨：是什么压力把他们压成这样？

不知道黄一鹤看了洪民生说的事，会是一番怎样的感叹、感慨、感受。如今网友对春晚说得更不客气：不看失落，看后失望，此乃央视春晚；春晚已然成了一个世界上最大单位的年会，博领导一笑，顺便忽悠全国百姓一起看。

“艺术具有影响人的智慧和心灵的强大力量。那种把这一力量运用于创造人们灵魂中的美、从而造福于人类的人，才有权称之为艺术家。”这是苏联作家肖洛霍夫说过的话。黄一鹤先生就是这样的艺术家，他真当是“胸中有大义，心里有人民，肩头有责任，笔下有乾坤”！

（原载于2019年4月9日《杭+新闻》《杭州日报》）

张泉灵：改变与坚持

辞职，改变。因为爱妻罹患乳腺癌，央视主播郎永淳选择了辞职，印证了先哲所言的“我们爱人生，并不因为我们习惯于生，乃是因为我们习惯于爱”。可是没想到，著名主持人张泉灵也选择了辞职。2015年9月9日她发布长微博，详述心路历程，42岁的她说自己想在生命的后半段“再开始一次”。此前，央视有柴静、崔永元等著名主持人辞职离开，原因各异，前程不同。张泉灵离开央视，去做了紫牛基金的合伙人，与她的同仁们一起寻找“风口上的紫牛”，一起飞。

生于上海的张泉灵，祖籍是浙江余姚；毕业于北大的她，素有“北大才女”之称。给我印象最深的是，2008年汶川大地震中，她在地震灾区做报道的优异表现：敏锐、勇敢、专业、忘我，她的眼泪，盈满了情怀，折服了观众，被网友称为“震区最美的战地记者”。

决心改变，缘于她的虚惊一场：年初她天天咯血，医生怀疑肺癌；排除之后，“促成了我换个角度去思考我的人生”。互联网时代的世界，变化迅速而剧烈，“很像《三体》里，一句无情的话，我消灭你，和你无关”。她决定跳出“鱼缸”，跳出自己习惯的环境，跳出已经“慢慢凝固的思维模式”；虽然“人生过半”，但“好奇和勇气还在那里，什么时候开始都来得及”。

张泉灵在微博中说得十分形象：“我开始有一种恐惧。世界正在翻页，而如果我不够好奇和好学，我会像一只蚂蚁被压在过去的一页里，似乎看见的还是那样的天和地，那些字。而真的世界和你无关。”她的意志是异常坚定的，所以表现出来的就是果敢和决绝：“既然，我已经做好了准备放下，失败又如何，不过是另一次开始。人生最宝贵的是时间。42岁虽然没有了25岁的优势，可是再不开始就43了……”然而，真的要跟一个合作了那么多年的工作岗位说再见的时候，张泉灵说“很难开口”，“这种感觉特别像离婚”。不过，这是刹那间的感觉，分离和改变，该到来的终究会到来。

我们要祝福选择改变的人。每个人，都应成为自己人生的领导者。一个人经历得越多，就会越丰厚饱满。越是优秀的人，越是能够看到更好的；越是有成就的人，越是刻苦勤奋努力；越是有智慧的人，越是不断学习进取。当然，也有这样的情况：误将洋葱当苹果，含泪将其啃完，然后感叹一声“人生好艰难”。庸常总是容易的。想起著名的“老树画画”，其中有云：“天天忙些破事，年年辜负春风。”“春光又明又媚，我却天天开会。人人装模作样，讨论鸡零狗碎。真想出去走走，或者蒙头大睡。总叹人生苦短，怎能如此浪费！”

改变是人生的一个侧面，坚持则是人生的另一个侧面。在传媒界，改变自己人生轨迹的人很多，而坚持在这一领域的人士更多。一个人一辈子坚持做好一件事也不错。“有兴趣、能坚持”也是一种可贵的品格。有长辈的劝导：“孩子，路很长，坚持走下去的，都是英雄。”有过来人的总结：“20年同学聚会，你可以去，你会看到，那些坚持梦想的人和随波逐流的人，生命将有什么不同。”

滴水穿石，久久为功，就是一种坚持。张泉灵的北大校友樊锦诗，在敦煌已坚守了半个多世纪。生于北平、祖籍杭州的樊锦诗，从北大考古专业毕业，选择到千里之外的敦煌，“干着干着就爱上了，就离不开了”。她说，“现在，别说离开，哪怕出差时间长点，就会想敦煌，想尽快回到敦煌。”她做了多年的敦煌研究院院长，她毕生致力于干好一件事：研究和保护莫高窟；她被誉为“敦煌女儿”，她被评为“100位新中国成立以来感动中国人物”，她的守正笃实，感人至深。

改变与坚持，可以并行不悖，可以殊途同归。人生的事业，是要铸就事业的人生；人生的理想，是要抵达理想的人生。

（原载于2015年9月10日《杭州日报》）

春日 · 载阳

CHUNRI · ZAIYANG

任正非：华为的磨难和任正非的智慧

你有“极限施压”，我有“极限生存”——这就是中国的华为，这就是华为的任正非。

任正非是中国商业史上里程碑式的人物，被誉为“教父级企业家”，他重新定义了中国企业家精神。在中美贸易战的大背景下，任正非领导华为如何在“极压之下”绝处逢生、从胜利走向胜利？王永昌著、由中国社会科学出版社出版的《华为：磨难与智慧》(2019年11月第1版）一书，揭开了其中的密钥。读这本书，让我不时想起叙利亚诗人阿多尼斯的名句：“我曾遍体鳞伤，但伤口长出的是翅膀！”

智慧和磨难比翼，纪实与剖析齐飞。这是一本深度解读任正非，解码华为、赋能华为的书，是作者向华为和任正非的致敬之作。在这里，探明华为挺进“无人区”、向死而生、进行生死对决的秘诀和路径；在这里，看见华为任正非世界级的政治智慧、战略智慧和经营管理的成功经验；在这里，读懂任正非领导华为的坚强意志、创新行动、忧患意识和灰度艺术；在这里，展现任正非非一般的精神境界、心灵内核和思想力量。

《华为：磨难与智慧》共有十三章，每一章的标题都很精彩，每个标题的后四个字就是关键词：第一章《“不能因为我们领先了就要挨打”：华为的生死对决》；第二章《“我不懂政治”：任正非的政治智慧》；第三章《“以客户为中心”：华为的经营智慧》；第四章《“以奋斗者为本”：华为的管理智慧》；第五章《“做有高度的事业”：华为的理想情怀》；第六章《“傻傻地走自己的路”：华为的工匠精神》；第七章《“无人区的生存法则”：华为的创新逻辑》；第八章《“强者在均衡中产生”：华为的灰度艺术》；第九章《“很荣幸成为乔布斯的同学”：华为的竞争风范》；第十章《“唯有惶者才能生存”：华为的忧患意识》；第十一章《“功劳簿的反面就是墓志铭”：华为的自我批判》；第十二章《“我手里提着一桶糨糊”：华为的哲学智慧》；第十三章《任正非的心灵内核》。

伟大由磨难铸造，成功由智慧引领。30多年的风雨历程，由任正非率领的华为团队，冲向了世界通信技术的“珠穆朗玛峰”。作为一家民营企业，经历了史无前例的磨难，展现了非凡杰出的智慧。正如书中开宗明义所言的：“从古到今，恐怕没有任何一家企业，会出现类似于华为这样的事件：美国从政府到国会，从总统到国务卿，如此‘关心’外国的一家民营企业，举全国之力并动员国际力量对其进行围剿扼杀。这也许是史无前例的世界性大事件。”（见该书第一章）中美角力是世纪博弈，是百年未有之变局，但华为并非中兴。因为“领先就要挨打”，华为和美国企业的竞争、华为和美国之间有一场注定的交锋；而华为多年来的发展始终是锚定创新目标，对准一个“城墙口”冲锋，面对美国的遏制，早已未雨绸缪，做好了准备。

作为华为的创始人、领军者，任正非就是华为的灵魂。华为的磨难就是任正非的磨难，华为的智慧集中体现了任正非的智慧。王永昌对华为有深入的观察和研究，此前领衔著述了《伟大的磨难：华为启示录》（浙江人民出版社2019年9月第1版）一书。从国家人、社会人、家庭人和个体人的不同角度观察任正非，可看出“任正非式的立体感”，明白他为何在战略战术层面都能呈现出“狼性”——富有智慧策略的战斗性，懂得他为何不断地向上攀爬——全然不顾“路两旁的鲜花”。

巧合的是，作者王永昌是浙江金华人——任正非的“大老乡”，而且年轻时同样在部队当过兵，经历过磨砺磨炼。作者在《华为：磨难与智慧》后记中说：“任正非先生的祖籍在浙江金华浦江县，他也可以算是一位广义的浙商。我作为金华人和浙商发展研究院院长，自然多了几份特殊情怀。”

好多人都不知道，任正非是浙江省金华市浦江县人氏，只是出生于贵州安顺。任正非的老家是浦江县黄宅镇的任店村——在任店村，任姓是个大姓。黄宅镇如今是沪昆高速经过的地方，那里距离金华著名的双龙洞也不远。任正非祖上其实是从邻县东阳搬过来的，东阳自古就有“兴学重教、勤耕苦读”的传统，名人辈出，如今是著名的“博士之乡”。当年，任正非的爷爷任三和是当地做金华火腿的大师傅。任正非的爸爸是任摩逊，他天资聪颖，勤奋好学，后来去北平念了大学，成为任店村第一个大学生。在抗战的兵荒马乱时代，任摩逊在家乡受到特务追捕，他乔装打扮从浙赣铁路浦江郑家坞火车站搭车逃离；最终随解放军剿匪部队进入贵州少数民族山区，去筹建了一所民族中学，成为一位乡村教育家。

1944年，在贵州贫困山区，在那接近黄果树瀑布的地方，任正非出生，他是家里的长子。任正非的母亲程远昭，是一个“陪伴父亲在贫困山区与穷孩子厮混了一生的一个普通得不能再普通的园丁”。童年少年时期，任正非经历了种种磨难，最要命的是吃不饱，高中三年，他最大的理想就是“吃上一个完整的白面馒头”。熬过困难时期，任正非在1963年以中上的成绩考入了重庆建筑工程学院，这成为他新的人生的开端。然而，随着“文革”的到来，“臭老九”任摩逊身陷囹圄，大家庭经历了非一般的磨难。大学毕业后，任正非选择应征入伍，成为基建工程兵。任正非干的是技术活，他的科技素养很高，在技术发明中表现优异，曾两次填补国家科技空白；他还参加过著名的1978年全国科学大会，一同去迎接“科学的春天”。

改革开放后，任正非在1982年离开军队。他紧随时代潮流，南下深圳，进入国企南海石油集团，开启了另一种生活。不承想，他在经营过程中受骗，给所在企业造成巨额亏损，最终被除名。1987年，任正非集资2万多元人民币，创立华为公司。这家诞生在深圳一间破旧厂房里的小公司，改写了中国乃至世界通信制造业的历史。一个成功的企业，一定是由无形之手造成的，有形之手不可能造就华为这样的成功企业；而无形的手的核心要义，就是尊重市场经济规律，尊重市场在资源配置中的决定性作用，以市场为基础、为核心来做决策、谋发展。

因为华为发展得太好，后来的经历众所周知，作为一家中国民企，华为进入中美贸易摩擦的焦点位置，承受着美国的极限施压。“领先”却挨打，因为“枪打出头鸟”；美国执意收走“金箍棒”，不断念起“紧箍咒”。大国博弈面临“修昔底德陷阱”，而美国施行的几乎就是“经济麦卡锡主义”。

伟大的背后都是磨难。人生的磨难、家庭的磨难、企业的磨难，任正非经历得非常“完整”。“天下有大勇者，卒然临之而不惊，无故加之而不怒；此其所挟持者甚大，而其志甚远也。”磨难而成任正非的大勇。

任正非经历的磨难很“硬”，而任正非应对的智慧很“软”，这就是任正非的“政经智慧”——政治智慧和经济智慧的结合，从而体现了他的真正的软实力。和美国这样的大国博弈，在很大层面上是政治意义上的博弈；作为一家高科技企业，华为在经济意义上的成功是必须的追求，科技创新、经济发展，都离不开经济智慧。

正如任正非所言的“我不懂政治”，不在产品中附加意识形态，就是重要的政经智慧。“上帝的归上帝，恺撒的归恺撒。”在《华为：磨难与智慧》一书中，作者阐述了任正非的诸多“分开”，尤其是坚持把商业行为与政治分开、坚持把华为产品与爱国分开、坚持把爱国与民粹主义分开（见该书第二章），集中体现了任正非的政治智慧。华为产品只是商品，事实上，华为公司销售的设备上没有意识形态，设备的掌控者是运营商自己。

思想和智慧，相辅相成。在《华为：磨难与智慧》中，作者说：“我相信，企业生存和发展，要比技术、比产品、比服务、比投入、比管理、比人才，还要比情怀、比意志、比文化、比思想。”因为思想力是企业竞争最深层、最持久的力量，而一般企业家是难以达到这个境界的。“思想的力量”，可以跨越时空。“任正非是个孤傲的思想者，他总在痛苦中经受磨难。他‘除了痛苦，就没有不痛苦’。但他也是搏击风浪的快乐‘蛟龙’。因为，思想王国是最高贵的创造者的乐园。”（见该书第十三章）

与世界上许多杰出的企业家一样，有思想有智慧的任正非，是改变人类世界的人。王永昌说，华为是一架巨型飞机，任正非是一个巨人，一个大战略家，他总把华为放在全球发展的战略高度去思考和布局……没错，任正非是真正的“胸怀世界，放眼祖国”，他是站在世界看国家、看企业，而不是站在企业、站在国家看世界。做好设备，做好5G，是造福全人类的大事，不仅仅是造福自己的企业。这是任正非的战略高度，更是任正非的非凡品德——他不小器、不自私。任正非自己曾说：“不自私也是从父母身上看到的，华为今天这么成功，与我不自私有一点关系。”

王永昌深度研究任正非领导的华为，曾以八个维度予以精练的剖析：一、“华为产品只是商品”——发现华为的政治智慧；二、“做有高度的事业”——呈现华为的奋斗理想；三、“傻傻地走自己的路”——体现华为的专业精神；四、“华为是华为人的”——再现华为的利益分配法；五、“无人区的生存法则”——展现华为的开放式创新；六、“一个公司不可能包揽市场”——透现华为的竞争逻辑；七、“自立必须要有实力”——显现华为的忧患意识；八、“功劳簿的反面就是墓志铭”——凸现华为的批判品格（见《伟大的磨难：华为启示录》第六章）。智慧来自思想，思想根植于文化。而在《华为：磨难与智慧》中，作者更是深入剖析了思想文化和哲学智慧成为华为的生命，那就是：先进文化——华为的生命之魂，客户至上——华为的生命之本，至诚守信——华为的生命之基，开放创新——华为的生命之道，奋斗为本——华为的生命之力，妥协灰度——华为的生命之圈，自我批判——华为的生命之源，“糨糊哲学”（黏性哲学）——华为的生命之核，以此诠释了任正非的名言——“资源是会枯竭的，唯有文化才会生生不息”（见该书第十二章）。

面对未来，任正非期待“下一场战争叫和平”。他对华为从来不是“强势定位”，而是“弱势定位”，由此“君子豹变，其文蔚也”，从而避免导向“外争霸内称王”，避免导向“化友为敌”，避免导向“自我孤立”。任正非说，那些认为所有来自中国想进入美国的东西都是坏的，或者所有来自美国的东西，如飞机引擎、软件等等都是坏的，这些想法都是疯狂的；正确的做法，是应该利用各自的创新，让两个国家互相充分依存，共同发展、共同进步。企业除了死，其他皆是擦伤；面对美国的制裁，任正非非但没有抱怨，反而乐观地表示：美国的制裁给了我们鞭策，让我们不要堕怠了，要努力。还真没错：特朗普总统主导的对华为的制裁，反而是为华为在全世界打了一个最大的“免费广告”。

在冲突中谋发展，最需要“求和”“妥协”“掌握好灰度”的智慧。“妥协其实是非常务实、通权达变的丛林智慧。凡是人性丛林里的智者，都懂得在恰当的时机接受别人的妥协，或向别人妥协。毕竟人的生存需要理性，而不是一味意气用事。”任正非说得好，“明智的妥协是一种适度的交换。为了达到主要目标，可以在次要目标上做适当让步……明智的妥协是一种让步的艺术，也是一种美德，而掌握这种高超的艺术，是管理者的必备素质。只有妥协，才能实现双赢或多赢，否则必然两败俱伤。因为妥协能消除冲突，而拒绝妥协必然是对抗的前奏。”

任正非的经济智慧，则集中体现于“不打无准备之仗”、占领科技创新制高点。他组织千军万马，向世界信息技术高峰——“5G 高地”发起冲锋，并成功地占领制高点。2019 年世界移动通信大会，年初在西班牙巴塞罗那举行；“如果把巴展比作一道甜点，折叠屏就像一颗紫红色的樱桃，一下就抓住了人们的目光；而5G 则更像是樱桃下的蛋糕，被每位食客所期待”——这是财新特派记者叶展旗发回的报道中的妙喻。5G 是核心，是关键。任正非说：“美国为什么打击我们的5G，为什么不打我们的终端？就是因为我们5G 很厉害，5G 是网络的连接设备，不是终端。所以，最重要还是我们的连接设备在国际上所占有的地位。”美国打压华为的实质，就在于5G 技术的先进性和华为在5G 行业的领先性。个中的领先性，绝不是一蹴而就的——如今的华为至少有700 名数学家、800 多名物理学家、120 多名化学家、6万多名各种高级工程师、工程师；华为每年研发投入150亿到200亿美元，投入强度在世界排名前五；而华为的5G 基本专利数量占世界的27% 左右，在世界排名第一位（见该书第七章）。占领制高点之后，华为当然会坚守阵地，“敌军围困万千重，我自岿然不动”。

华为的创新，华为的改革，华为的“准备”，都是“静水潜流”。任正非说华为是准备打持久战的，不是准备打短期突击战的。尽管事先没有预料到受打压的严重性，但所幸已经做了准备，就像第二次世界大战中的“烂飞机”一样，保住了发动机这个心脏，保护好了油箱，它照样能飞。华为长时间来悄悄地做自己的“备份”，一旦外部断供，就让自己的“后备队”在关键时刻顶上去，一夜之间就能让“备胎”转正。而且，华为完全能补上“备胎”中的漏洞（见该书第十章）。

揉碎花瓣，并不能阻止春天的到来；踩碎果实，并不能阻挡秋天的丰收。酷爱歌曲《北国之春》的任正非，当然热爱寒冬过后的春天；而放眼今日，秋天已然成为华为收获累累硕果的季节！

2019年是5G商用元年，终端和网络在加速成熟。11月10日10:08，华为商城正式开售Mate 30 RS“保时捷设计”5G智能手机，定价12999元。这款顶配手机，“重构想象”，“致敬时代”，采用的就是华为全球首款麒麟990 5G旗舰SoC芯片。

两天前的11月8日，坚持不上市的华为，第二次发行30亿元中期票据的方案出炉，票面利率3.49%，合规申购的金额超过百亿元，认购倍数高达3.46倍。华为发债而债券机构“抢破头”。

这都应验了王永昌的说法：“2019年是华为之年，2019年的世界是华为的世界。”2019年是华为的磨难之年，更是华为的收获之年。

再两天前的11月6日，《与任正非咖啡对话（第三期）》在深圳举行，围绕数字主权的主题展开，对话内容成为媒体爆款。“敲黑板、画重点”：眼前华为自主发展是短时间的措施，不是公司长远的政策，华为将永远拥抱全球化；2020年将是华为完全处在美国制裁之下，如果到明年年底我们仍然是健康发展的，那就说明生存危机完全度过了；华为的5G智能手机Mate 30没有预装谷歌系统，现在销量不错，今年华为手机生产2.4亿至2.5亿部；信息安全就是遵守规则，人们把5G的威胁过度放大了；华为当年在标准上选择了厘米波，而不是美国的毫米波，类似于一场赌博，运气好赌对了……

任正非很精彩地用“雪山雪水”作比喻：美国处在高科技的顶峰，世界最高的山峰就是喜马拉雅山，美国就像处在喜马拉雅山的山顶，中国则在山脚下，山顶的雪水融化可以灌溉山脚下的庄稼，美国可以通过这样的水流，分享庄稼的利益；但现在的情况是，美国不让水流下来，这样山脚下的人就会打水井解决灌溉问题，当美国不供应的时候，这个世界一定会出现替代品的机会。任正非笑问："喜马拉雅山上的水不流下来，山上很冷，水在山上冻上几年，还能动弹吗？"

美国的"极限施压"阻挠不了华为前进的步伐。正如王永昌在书中所指的，中美战略博弈将是长期的，但华为是"打不死的鸟"，是"打不烂的飞机"，而"烧不死的鸟就是凤凰"，凤凰涅槃，浴火重生！而任正非是那么的洒脱，他说："如果华为死了，请你带一束玫瑰花放在墓前；如果华为还活着，我会送你大蛋糕！"（见该书结束语《玫瑰花与大蛋糕》）

奋斗，是一个民族崛起的动力源泉。做企业，是不能仅仅停留于"但问耕耘，莫问收获""但行好事，莫问前程"的，而必须不断奋斗，不断前进，不断收获。如果说俄罗斯是"战斗的民族"，那么中国就是"奋斗的民族"；一部华为的发展史，就是一部一次次应对挑战的奋斗史；而华为的任正非，正是中华民族的智慧的奋斗者的杰出代表。

《经济学人》杂志的创刊词有一句话："前行的智慧，和阻碍我们进步的愚昧，正进行着一场严肃的较量。"较量难免，智慧永存。"那所信的道我已经守住了"，接下来还要继续守；"那美好的仗我已经打过了"，接下来还要继续打；"那当跑的路我已经跑过了"，接下来还要继续跑！

（原载于2019年12月9日《企业家日报·华东周刊》）

马云：西湖边那一场美丽的邂逅

【篇一】马云：阿里巴巴之梦

马丁·路德·金如果活到今天，一定会对来自中国的小个子企业家马云的梦想致敬。

2014年9月19日，北京时间21时30分，美国纽约证券交易所，阿里巴巴的8位客户代表敲钟——阿里正式在纽交所挂牌上市，股票代码为“BABA”，发行价每股68美元；截至收盘，暴涨38.07%报93.89美元，市值达2314亿美元，超越了扎克伯格领导的Facebook，成为全球第二大互联网公司，仅次于谷歌；也超过了中石油，成为中国第二大市值公司。

马云，这位缔造阿里巴巴神话的特立独行者，他自己所持有的股权，使其总身家超过200亿美元——马云立马成了中国首富。作为一家民营公司，阿里巴巴此次公开募股，同样也直接为公司其他员工带来以百亿美元计的巨额财富。

钟声悠扬，带着梦想。当初他在香港上市的梦想没有实现，这并不意味着失意，更不意味着失败。条条大路通“上市”——阿里到美国上市，就是马云领导的这家现代公司“有梦皆有可能”的明证。当天马云所穿的T恤，是阿里巴巴从淘宝卖家定制的，共13万件，阿里全球公司的员工都穿上了它，T恤前面写着“梦想是一定要有的”，后面则是“万一实现了呢”。当然，一直带着梦想前行的马云，深知“且行且珍惜”。他与员工进行视频通话时说：“今天阿里是一家运气很好的公司；从明天开始，我们的路程会更加艰难，今天我们融到的不是钱，我们融到的是信任，是所有人对我们的信任。”

钟声悠扬，非同凡响。按常理，交易的开市钟应该由马云敲响，但他将这个机会交给了阿里巴巴的8名客户。这些通过淘宝、天猫来“淘宝”的客户，包括曾获奥运跳水金牌、现在拥有一家淘宝店的劳丽诗；淘宝模特（淘女郎）、同时担任自闭症儿童教师的何宁宁；拥有“淘宝博物馆”的十年用户乔丽；将车厘子卖到中国的美国农场主Peter Verbrugg；以及边送快递边为贫困地区收集旧衣旧书、建立两座乡村图书馆的快递员窦立国……他们8人此前并不知道这一计划，以为只是被邀请来做观礼嘉宾。细节透露的是睿智、真诚与用心。

马云不是外星人，他来自中国，来自杭州，来自美丽的天堂。马云的梦想，不仅照亮现实，也照亮历史：并不遥远的1999年，依然青涩的马云，在陋室里来回走动着，向阿里巴巴另外17个创始人发表演讲，畅谈他的创业梦想和上市梦想；那个时刻，听者似乎并非个个都相信“所有梦想都开花”。然而，历史真是“上帝的神秘作坊”，飞速发展的互联网时代，为马云领导的电子商务“芝麻开门”——这里面蕴藏着如何巨大的宝藏，上帝见了都要瞪大眼睛。

我们要做一个由中国人打造的世界性公司！那些年，马云吹的不是牛，而是梦想。“杭州是一个造梦的地方，也是个能够梦想成真的地方。”生于1964年的马云，是土生土长的杭州人，针对一次次“被投资移民”，他说：“我在杭州出生，杭州上学，杭州创业，一直都是杭州户口，一切‘粮油关系’全在杭州某街道，觉得做‘杭州佬’挺好，没有任何想改变现状的计划。”杭州曾连续多年被《福布斯》杂志评为中国最佳商业城市，以及被评为国内“最具幸福感城市”第一名。对于一个企业家来讲，营商环境至关重要，马云曾发自内心地说：“杭州扶持着我，扶持着阿里巴巴度过了最困难的时期，阿里巴巴将永远是杭州的阿里巴巴。”在马云身上，更是典型地体现了杭州企业家精神——有钱塘江“弄潮儿”的闯劲，有不达目的誓不罢休的“杭铁头”韧劲。

阿里巴巴的发展路程、融资历程并非都是一帆风顺。2005年，为了发展，为了在竞争中战胜进入中国的美国“淘宝”易贝（eBay）等对手，经过几个月的紧张谈判后，终于获得美国互联网巨头雅虎投资10亿美元；阿里巴巴由此能够自由使用雅虎的搜索技术——对于网购而言，搜索是多么的重要。然而，这笔交易的代价也是巨大的，阿里让渡了太多控制权，雅虎占了阿里40%的股份。为了回购雅虎股份，马云开始了长达数年的谈判，直到两年前的2012年9月18日才传来好消息：阿里巴巴集团全部完成了对雅虎76亿美元的股份回购，马云重新拿回了阿里集团的控股权。而服务于在线支付的支付宝，被称为阿里公司“皇冠上的明珠”，其所有权也在“避免非法化”过程中，转至马云自己控制的实体里，否则可能“后果很严重”。

“永不放弃”，才是马云！深看马云，我们可以看得非常清楚明白：脸上能呈现的表情叫气色，脸上没呈现的表情叫气魄；脑袋测得出的东西叫智商，脑袋测不出的东西叫智慧；背后摸得到的硬度叫脊椎，背后摸不到的硬度叫脊梁；脚下走不到的距离叫幻想，脚下走得到的距离叫梦想！正是这种气魄、智慧、脊梁与梦想，构成了一种非一般的企业家精神、企业家品格。

人，可以白手起家，但不可以“手无寸铁”——没有一技之长；人，可以“手无寸铁”，但不可以没有梦想——技艺总归可以学习而得。15年前马云对他的团队所说的——“如果我可以成功，80%的中国人可以成功，80%的全球年轻人也都可以成功”，至今依然励志。有梦皆有可能，无梦只能昏睡。迷恋中国太极的马云，打太极都如入“梦”之意境，也因此他深谙阴阳、收放、进退，最终抵达成功。感谢马云！今日的马云，不仅是杭州企业家的标杆，已然是世界级企业家的标杆；感谢阿里巴巴！如今的阿里巴巴集团，不仅是中国企业的标杆，当然也是世界级企业的标杆。

最后，把法国文豪罗曼·罗兰一段激情洋溢的话送给马云，送给马云的团队，送给所有为梦想而奋斗的人：“伟大的心灵俨如崇高的山峰——风吹袭它，云遮住它，但你在那儿比在别处呼吸更畅更爽。那里空气清新，涤尽心灵的污秽；而当云开雾散时，你俯临全人类！”

【篇二】西湖边那一场美丽的邂逅

振动马云人生飓风的蝴蝶翅膀，或许可以看作是远在1980年他在西湖畔，与澳大利亚人肯·莫利的一次邂逅。

生于1964年的马云，1980年正值“二八芳龄”，他正在读高中，他刚开始学英语。夏日，莫利带着一家旅行来到杭州，在西湖边偶遇随时缠住老外学英语口语的马云。莫利是澳中友好协会会员，应邀参访中国，到访美丽杭州。“晚上自由活动时，我们在公园里玩火柴，一个男孩走过来和我们打招呼……我们约定之后再来这个公园碰面。”莫利的儿子戴维后来这样回忆。与马云年纪相仿的他，由此结识了马云，两人成了跨越大洋的好友。

一次坏的交往，可能会让一个人变成人渣；一次好的邂逅，可能会让一个人变成人杰。少年马云，就有了在西湖边这次非常美丽美好的邂逅；如果没有这场邂逅，很可能今后的马云就不是这样的马云。

从马云、戴维合影的老照片看，少年马云其实挺帅的。马云一次次用英语给戴维一家写信。他们家住在澳大利亚重要港口城市纽卡斯尔。莫利则在每次回信中，像批改作业一样为马云细心地修改英文，甚至细心到专门提醒马云“来信把行距留大点”，好让他写下修改意见。到了1984年，马云考上杭州师范学院，虽然总分离本科线还差5分，由于英语优异，他破格升入外语本科专业。莫利为马云提供支持，每半年给这位学生朋友寄一张支票，总共寄了大概200澳元。如今1澳元等于5块多人民币，在20世纪80年代，别说200澳元，200元人民币都是大钱。

马云在英语专业上得到了莫利的帮助，在经济生活上得到了莫利的支持；这真是“春风风人，夏雨雨人”，潜移默化，润物无声。更重要的是，1985年，莫利邀请马云前往澳洲旅行，他鼓励这位从来没有出过国的中国少年：“试试看，说不定你能拿到护照！”那是一个刚刚打开国门的时代，对于多数普通中国人来讲，出国那是连门都没有。马云用了半年时间才拿到护照，然后要去北京签证。

到了京城，他住在一个廉价的地下宾馆，在7次拒签后，终于在第8次拿到了签证。

这是一个非常励志的故事。一个澳洲人的鼓舞与帮助，为马云打开了一扇世界之窗。开窗为师，开路为师，开风气为师。正如那首动听的歌曲《你鼓舞了我》所唱的："没有一个人是没有渴求的，悸动的心在激荡中跳跃；当你悄然来临，我充满了惊奇，让我看到了永远。你鼓舞了我，所以我能站在群山之巅；你鼓舞了我，让我能跨过狂风暴雨的大海；当我倚靠在你的肩膀上，我于是变得坚强；你鼓舞了我，让我能超越自己……"

纽卡斯尔那29天，在马云的生命中至关重要。那段旅行时光，让马云首次发现了中国之外的世界，成为他人生的转折点。"没有那29天，我永远也不会像今天这样思考。"今天的马云说，"那次澳大利亚之旅真正地改变了我。是我没法想象这么大的改变。我出生在中国，100%是中国制造。过去，我被告知并且告诉我的学生，中国是世界上最富有的国家，我们要帮助在中国以外的贫穷国家，去解放全世界。但是当我到澳大利亚后，我意识到中国才是需要解放的地方。"

马云是在纽卡斯尔大学的演讲中说下这番话的。这是32年后的今天，这是2017年2月3日，中国的立春时节。纽卡斯尔大学在这天宣布，马云通过马云公益基金，拿出2000万美元设立奖学金。这是该大学有史以来收到的最大规模捐赠。奖学金命名为"Ma-Morley"，这正是马云和莫利的双M组合。1985年，马云第一次到访纽卡斯尔大学，没有上过大学的莫利，经常和马云谈起这所澳大利亚的著名公立大学，所以马云一直念兹在兹。从200澳元的资助，到2000万美元的捐赠，跨越了非常时空。

这项奖学金将用于"支持那些想自己看看这个世界，经历它、用自己的脑袋思考它的人们"。马云深情地说："过去的30年，我一直怀着感恩的心生活着，希望有一天，因为这份友情，我可以成为像肯·莫利先生那样的人，帮助和支持自己根本不认识、只是在街上遇到的年轻人。我希望自己可以做得更多，希望可以在未来一直做下去。"戴维·莫利在发言中说："如果我父亲仍在世，看到马云在这里为纽卡斯尔大学做捐助，他应该会非常骄傲和感动。……我们希望这个奖学金的受惠者以后可以启发及鼓舞其他人，共同创造一个更和平的世界。”

情谊，情感，情怀，总是相依相存的。一个人的生活，可能越来越能体会到“平平淡淡才是真”，可那些氤氲在岁月里的情愫，往往是越熬越浓越有味。帮助马云的澳洲好人莫利已于2004年去世，而他和马云的美好故事，必将长存人间。

生命中那时光，因为邂逅，所以美丽。

人生中这时代，因为感恩，所以美好。

【篇三】公益时代的“心探索”

这是公益的时代。2016年7月9日，首届全球XIN公益大会在杭州开幕。大会由杭州市政府和阿里巴巴公益基金会共同举办。联合国秘书长潘基文、英国前首相戈登·布朗、阿里巴巴集团董事局主席马云，还有李连杰、姚明等公益人士出席大会，共同分享公益的故事、探讨公益的未来。大会分为主论坛和5个分论坛，围绕教育、互联网公益、环保、救援、医疗5大公益话题展开。

这是公益时代的新探索，更是公益时代的“心探索”。马云作为发起人，为大会准备了一年的时间；他还为大会专门创造了一个新字——“亲”字下面加上一个“心”字，读音为xin。其含义是：“亲”代表家庭和亲情，一种亲密的关系，寓意做公益不仅仅是个体的参与，更强调群体的融入，呼吁人人参与；“心”寓意用心和心态，做公益首先要用心，有真正的公益情怀，同时公益应该有“公益的心态，商业的手法”。本次XIN公益大会，旨在推动建立人人参与的公益文化，探索公益发展的新模式和新思路，促进我国公益事业可持续发展。

“慈善公益，是心不是钱。”这是在公益领域的一句老话。这不是说慈善公益不要钱，而是说人人参与、“心”比“钱”更重要。大多数的工薪阶层、草根英雄，为慈善公益只能出“小钱”，而有些公益活动有心参与、出力就好。参加这次 XIN 公益大会的主角，就是一群一直以来默默躬身于公益事业的草根英雄。

慈善和公益，相同的范畴又有不同领域。马云倒是将两者区分得很清楚，他说："慈善在于给予，而公益在于参与。你未必有能力去做慈善，但是我们每个人都应该可以去参与公益。这世界的穷，你救不完，这世界的病，你治不光，但我们可以把这个世界上每个人的善意和善心给唤醒。"他也坦承：花钱，尤其是花在公益上，比赚钱难多了。

新时期，新探索。公益如何可持续发展，如何充分利用"互联网 +"的优势，如何提高公益的社会化、专业化的水平，如何建立共筹、共投、共建、共赢的新型合作机制，如何广泛吸纳社会力量等等，都值得研究探索。潘基文在演讲中说，公益是社会经济转型的驱动力，期待崛起的中国公益事业为实现联合国2030年可持续发展议程注入动力，他呼吁各界拧成一股绳，"我们是第一代有机会去终结贫困的人，也是最后一代可以去应对气候变化的人"。是的，公益有着非常强大的力量，大家都行动起来，这样将来才不会后悔。

杭州的马云，就是慈善公益行动的"大咖"。在大额捐赠之外，他的许多接地气的"小行动"，更让人感怀。记得去年年底，他带着100位优秀乡村教师，去了三亚，为他们颁奖，给他们上了自己作为教师身份回归的第一堂课。"你知道吗？这100个老师里，有95个没有坐过飞机，100个没有看过大海。进了五星级酒店，很多人连厕所都不敢上，因为太干净了。首先我要让这些老师得到尊重；其次是给老师更多的回忆，教孩子畅想。"说起乡村教师，马云的"心"与"情"——心情总是那么激动，他列了一组数据来说明乡村教师之不容易：中国农村贫困地区有4000万孩子，整个中国却只有300万乡村教师。

杭州是一个充满爱心的城市，有许多"最美"的杭州人，有诸多公益慈善组织，有一大批马云那样从"心"出发的公益人士。杭州应该成为"公益之城"。一座走向国际化的城市，要成为"世界名城"，那么，它很重要的部分，就是成为一座为世人所敬仰的、有着"公益之心"的"公益之城"。

【篇四】云栖大会的“云动力”

2018年杭州“云栖大会”，如火如荼。6万人激情四射齐聚云栖小镇，人数创下9年来新高；来自64个国家的上千位顶级学者、行业专家、企业领袖，兴致勃勃地莅临参与；不同主题的论坛多达173场，覆盖了芯片、量子计算、人工智能、物联网、区块链、生物识别、车路协同、软硬件一体等前沿技术。至于在线观看、间接参与的人数，那是不计其数。

云栖大会拥有巨大的“云引力”和“云动力”。为何应者“云集”？按照马云的说法，“所有人都是因为相信而来”；大家不是来这里卖东西，而是来交流碰撞思想。作为阿里巴巴董事局主席任上最后一次云栖大会演讲，马云重点关注了“新制造”；而明年将接棒的张勇，则分享了阿里巴巴的数字技术驱动未来。

“已识乾坤大，犹怜草木青”的马云，演讲的关键词是“新制造”，理论基点就是“按需制造，数据是核心”——制造业以前靠电，未来靠数据，“每个企业都将因为数据而个性化，数据是制造业必不可少的生产资料”。马云总是把目光盯在“未来”，他相信未来是“无国界制造”；他直言：“未来10至15年，传统制造业会非常痛苦。任何一个国家不会因为你是实体而保护你，而是因为你是未来而保护你。”事实上包括马云所在的电商行业亦是如此，乐观前行和忧患意识都不可或缺。

也正是因为关注未来人类社会，马云之前提了“新零售”。然而，无论是“新零售”还是“新制造”，“造出东西卖出去”的基本法则没有变，正如定位理论创始人艾·里斯所说的：“无论飞机变成什么样，总要遵循重力法则。”这就是“万变不离其宗”的常识。尊重了“宗”，才有正确的“变”。

“变”，是创新，是实验，是驱动。今年云栖大会主题是“驱动数字中国”。而张勇说，阿里一直是、未来必将永远是一家技术驱动的公司。“技术驱动公司”“数字驱动中国”，内涵本质是一样的。阿里巴巴就是这样的“数字经济体”。在这次云栖大会上，达摩院宣布成立半导体公司，明年计划面市两款自研芯片；“阿里云”正式发布了阿里巴巴城市大脑2.0、未来城市实验室，并宣布启动“达尔文计划”，旨在建设“全链路生态服务”，交付给企业一张自有可控的物联网。

我们知道，大数据、云计算开启了“潘多拉星球时代”。有了云计算，就可以进入可配置的计算资源共享池，快速获得资源与服务。云计算的硬件设施是计算机和互联网，软件内容则是虚拟化和大数据。阿里巴巴大数据系统架构，满足不断变化、巨量增长的业务需求，实现系统的高度扩展性、灵活性以及数据展现的高性能。在无数次的迭代进化中，阿里人明晰了“让大数据赋能商业，创造价值”，与生态伙伴共创“数据智能”。

大数据、区块链、云计算……我把这些数字技术的驱动力，形象地称为“云动力”。云栖大会就是一次“云动力”的集中展示，而马云这个“云”，就是“云动力”的集中代表。马云说，未来的30年“应用变革”将深入到方方面面；未来成功的制造业，都是用好互联网、物联网、云计算、大数据的新制造企业。

当然，马云本身不弄“技术”，他是飘在“技术”之上的哲学之“云”、理念之“云”，是驱动阿里新生态乃至中国新技术欣欣向荣向前发展的无价之“云”。

【篇五】阿里的传承

阿里传承，自我迭代。2018年9月10日教师节当天，阿里巴巴集团创始人马云发出题为“教师节快乐”的公开信，宣布“传承计划”：一年后的阿里巴巴20周年之际，即2019年9月10日，他将不再担任集团董事局主席，届时由现任集团CEO张勇接任。

9月10日这天对马云而言意义非凡，它不仅是中国的教师节，也是马云创立阿里巴巴的日子，还是他的生日。明年这一天，就是马云55周岁了。对于大多数中国男子来说，55岁不是退休的日子，那时马云也不是退休，而是“转型升级”，因为大家知道他是“闲不住的人”。

马云是杭州的马云。在2018年雅加达亚运会闭幕式“杭州8分钟”里，马云代表杭州，用英语向全亚洲发出了参与2022年杭州亚运会的热情邀请。马云是杭州企业家的杰出代表，是世界电子商务的杰出开拓者。没有马云，就不会有阿里巴巴。阿里巴巴集团经营多元化的互联网业务，以“让天下没有难做的生意”为使命，致力于打造开放、协同、繁荣的电子商务生态系统，取得了巨大的成功。马云在公开信中说：“阿里从来不只属于马云，但马云会永远属于阿里。”上岸的是人而不是轮船，马云就要“上岸”了，而阿里巴巴这艘电商的巨轮，必然不是上岸是出海，而且要更远地驶入深海。

对于交棒、传承，马云在信中说：“这是我深思熟虑、认真准备了10年的计划。”此前马云曾以北宋大家张载的“横渠四句”名言为底本，提出了“为市场立心，为商人立命，为改革开放继绝学，为新经济开太平”。这里的“为改革开放继绝学”，就是一种传承的理念；这里的“为新经济开太平”，就是一种“面向未来，春暖花开”的寄望。

马云的“传承”，其实有两方面的内容：其一是企业，其二是教育。

企业的传承、公司的可持续发展，靠的是治理制度、文化体系和源源不断的人才梯队；“一把手”的接力棒交给“中国2018年最佳CEO排名第一”的张勇（逍遥子），那是因为张勇加入阿里巴巴已经11年，“自担任阿里巴巴集团CEO以来，展现出了卓越的商业才华和坚定沉着的领导力，连续13季度实现阿里巴巴业绩健康持续增长”。马云还非常形象地评价张勇“具有超级计算机般的逻辑和思考能力”。马云自己不恋栈，知进退，早传承，促迭代，这就是马云之智。

教育的传承，则是马云个人意义的。马云毕业于杭州师范学院（现杭州师范大学），早年当老师，以马云的哲学脑袋和非凡口才，做老师自然是好极了。“我想回归教育，做我热爱的事情会让我无比兴奋和幸福。”教育是“立人”之事，教育的一切都是围绕着“人”进行的——凝聚人心、完善人格、开发人力、培育人才、造福人民。不做阿里的“总统”，就去做教师，这不是这个教师节给全体教师的一份最好的礼物吗？阿里巴巴微信公众号这天推文的标题做得不错：《恭喜马老师，教师节快乐》。

当然，马云回归的教育、所做的老师，是公益性质的，也就是教育慈善、教育公益。对此马云已经做了多年了。他要继续做下去，就是最好的传承。做企业赚钱并不容易，如何把赚到的钱用好则更难。公益慈善，教育的公益慈善，就是最好的“花钱”的方向。

过去已去，未来已来。“阿里无云”是迟早的事，但如果马云的精神品格不变，能够化为一种可传承的精神文化，那么，阿里就永远不会“无云”。

【篇六】离职原来叫“毕业”

阿里巴巴早已成为人才集聚之地、辈出之地、向往之地。然而，与任何一个单位一样，阿里巴巴的人才也是有进有出的。如果一个离职的员工，依然对原工作的单位、公司念念不忘，那说明其对人才有着特殊的凝聚力。2018年11月22日，杭州阿里巴巴西溪园区被一片橙色淹没：近千名已离职的阿里巴巴前员工，纷纷从世界各地赶来，戴着阿里巴巴标志性的橙色围巾，参加两年一届的“校友会”。

在阿里巴巴的公司文化中，同事间互称“同学”，员工离职称“毕业”。在2014年，马云提出组织“阿里校友会”，目的是感谢大家为阿里巴巴作出过贡献，也邀请大家一起感恩时代，感恩这个时代有机会让阿里人为社会作出贡献。

杭州的创业人才，已然形成了几个门派，比如阿里系、浙商系、海归系和高校系等等。这个“阿里系”，既包括现在在职的阿里巴巴职员，亦包括已经离职的员工。目前阿里巴巴有在职员工8万多名，但你可能想不到，离职员工数量更多，累计近10万名。这些阿里人，即使离开了，依然怀揣着共同的理想，在不同领域继续努力，其中有1200家由阿里校友创办的公司持续获得融资，总额超过百亿元；如今有大约500名阿里巴巴的老同事担任着不同公司的CEO。

相同的价值观，让在职或不在职的阿里人，能够团结在一起，这比“价值观留人”更加广阔与高远。离职原来叫“毕业”，从阿里巴巴这所大学校毕业之后，可以为社会作出更多更大的贡献，这正是阿里巴巴可贵的“大人才观”。在现场，马云谈起了自己的“退休”——亦即“毕业”：“明年这个时候，我也是阿里校友会中的一员，我想我们都至少今生无悔，无论是犯过错还是取得过成绩，都是人生的财富，让我们与众不同……阿里人不是一种光环，而是一种责任。”

就在最近，马云的首任秘书、阿里19号员工马春有一个口述实录，标题是《我的无上荣光》，引起了广泛的关注。马春是马云杭师院的师姐，1999年8月加入阿里团队，担任马云的秘书，是行政经理，工号19号。当年一起创业的“阿里巴巴十八罗汉”之外，就是第19号员工了，这个资深程度，非同一般。马春因为自身家庭原因，较早就从阿里巴巴“毕业”回家了。公司上市前有一年，9月10日马云生日之时，马春打电话祝马云生日快乐；马云很高兴，最后还叮嘱一句：“马春，你的股权还在吗？你千万不要卖哦！”这真是亲人家人式的关切关爱。所以马春感慨：马总和阿里给了我这份财富，但更多是精神上所得到的财富；人生中有一段曾与阿里同行，这是我的无上荣光；我祝福我的阿里，在我心里，我永远都是阿里人！

一位位离职的员工，回想曾经从业的单位、公司，能够感到“无上荣光”，这不正是原单位、原公司的“无上荣光”吗？马云曾说：“过去把人变成机器，未来把机器变成人。”现在来看，“把人变成机器”、把人当成机器人使用，其实是一种不那么正确的人才价值观，在我们能够把机器变成“人”的时候，那么“人”至少应该成为受尊重的“人才”，那样无论是人还是人才，才会有更大的贡献，才会让未来一定比今天更靠谱、比今天更美好。

【篇七】境界和马云差了一光年

2019年3月15日，阿里巴巴董事局主席马云和董事局副主席蔡崇信，让其关联实体和慈善基金会签订了售股计划，目的是达成公益慈善承诺以及一般财富规划。计划自今年4月开始的12个月里，马云将出售最多2140万股；在今年年底前，蔡崇信将出售最多920万股。

消息一出，网友一片沸腾。其中一位网友的评论干脆利落：“境界和马云差了一光年！”这说的正是慈善之心、公益行动的差距。

减持股票、回馈社会，一直是全球企业家们投身慈善公益的通行做法。按照目前的阿里巴巴每股股价180美元计算，两人合计减持价值的股票约为55亿美元，约合370亿元人民币。这是阿里上市以来，马云和蔡崇信第二次出售公司股权。

放眼世界，真正杰出的企业家，最终都是慈善家。比尔·盖茨曾在2015年12次出售自己持有的微软股票，大部分收益进入了他们夫妻的慈善基金会。自成立以来，该基金会已累计受赠超过500亿美元，是全球最大的私人慈善基金会。

马云曾说过："我对钱没有兴趣，但对花钱有兴趣。"他所说的花钱，重点就在公益慈善，也就是如何"用之于社会"。做企业是如何把钱赚好，做公益是如何把钱用好——这就是财富取之于社会而用之于社会的意义，而往往是把钱管好用好的难度比赚钱更大。马云个人发起并捐赠成立的"浙江马云公益基金会"，重点关注教育发展领域，尤其是乡村教育；同时兼顾环境保护、医疗健康等方面。"蔡崇信公益基金会"也是重点关注教育领域，主要是现代职业教育、青少年体育教育及教育脱贫。他们这次践诺公益的承诺，是化收益为公益金融。

企业家、公共人物，一定要关心公共事务、公共利益，而公益慈善就是重要的公共利益。人们在经济活动中的求利之心是一种原动力，这无可厚非；但是，当社会把巨大的财富聚集在你名下的时候，一个人的责任可就大了，绝不可停留于单纯利己的范畴，而是要把个人私欲提升到追求慈善公益的"大欲"层面。企业家为自己服务是人、为他人服务是神；从事公益慈善，正是个人安身立命的基础，是用好财富的神圣职责。

而这种公益慈善的利他精神，最终必将惠及自己、成就人生。从另一角度看，企业家从事公益慈善，也是一种"影响力投资"，以此化为看得见、摸得着的社会影响力。这样的"影响力投资"，在发达国家已经成为主流投资价值观；其本质就是商业向善、金融向善、资本向善、收益向善，是一种巨大的向善正能量。

马云曾说：公益应该成为企业一种内在的基因，公益是每个人的权利，要唤起更多的人做公益，因为"一个人做很多不是公益，很多人做一点点才是公益”。我们普通人如果积极投身慈善公益，那么捐赠的额度会与马云、蔡崇信“差一光年”，但境界完全可以是一样一样的。

所以，我们要学习马云、蔡崇信好榜样！

【篇八】马云怒斥的1%与挂念的99%

“马老师您好！”1968年生人的白岩松，尊敬而客气地称1964年生人的马云为老师。2020年4月17日，央视新闻频道《新闻1+1》，主持人白岩松对话马云，主题是抗疫与公益，以一声“马老师您好”拉开帷幕。两大名嘴，近半个小时的对话视频在网上刷屏；网友曰：果然有大格局！

此时的马云身份是：马云公益基金会创办人、联合国可持续发展目标倡导者。疫情发生后，马云公益基金会联合阿里巴巴公益基金会，资助1亿元人民币科研资金；采购提供超过1亿件防疫物资，在帮助武汉之后，又帮助150个国家、地区和国际机构……

疫情到来，马云和他的公益团队反应非常迅速，1月20日就成立了相关机构，25日就成立了全球采购小组。这是因为，他们有过2003年非典的经验。疫情暴发之初，防疫物资非常短缺，那时马云给全世界的朋友打电话，从克林顿到比利时国王，从日本的首相助理到以色列的大使，希望他们想尽一切办法，帮助搜集各种防疫物资，然后由阿里全球采购小组购入后抢运回国。马云说，他感受最深的，是专门飞到日本，找到80多岁的政治家二阶俊博先生，在他的帮助下筹措了12万套防护服，当时几乎把日本所有的库存都给抢购回来了。

当国内疫情控制下来之后，战疫进入了境外抗疫为主的下半场。马云和他的团队，又是几乎每天都在设计各种路线，以保障中国的物资能够运到海外：“我们利用了菜鸟在海外200多个仓以及300条线。我们为了到欧洲，先把所有的货送到比利时列日机场，然后由列日机场用卡车24小时内运到欧洲各国；我跟埃塞俄比亚总理通电话，把所有的货运到埃塞俄比亚，再通过埃航运向非洲各地……”

这个过程，真是体现了“万千精神”：动员千军万马，想尽千方百计，说尽千言万语，历经千辛万苦，飞越千山万水，最终呈现了民间公益抗疫的万千气象。

然而，不承想，面对马云公益团队这样“不计个人得失、只愿公益利他”，有的人却不知道从哪里涌出千仇万恨，成了网络喷子。马云在节目里毫不客气地说：“每个国家都有一些脑子撞坏的混蛋，大概任何国家都有1%左右。如果我们都关注了1%，而忘掉了99%善良的人群，我认为这是人类的悲剧和悲哀！所以我们并不在乎这些。”

抗疫以来，那1%“脑子撞坏的混蛋”，有种种荒谬的表现，而且还特亢奋，我们已经见得多了，马云的怒斥，斥得应该，斥得痛快！正义之声，铿锵有力！而那99%善良的人，其中有一些是病毒的受害者，有不少则属于“沉默的大多数”，有许多也通过报道通过记录通过评论发出了正义的强音……对于这99%善良的人群，确实应该像马云一样，应该挂念，不能忘掉。否则，这世间就会人妖不分，就会正不压邪，就会乾坤颠倒。

马云有着良好的公益理念，而且努力做到规范化、科学化、标准化，所以“不惧怕别人的批评”；同时他相信，做公益的最大受益者不是别人，而是自己。在与白岩松的对话中，马云说得好：“世界上永远不缺那些刺耳的声音，但我们要听内心的声音、未来的声音，那些呼喊救命的声音！”而尤为可贵的是，针对那1%“脑子撞坏的混蛋”，马云敢于发出怒斥的强音——唯有如此，才能避免正义的失能！

（先后载于2014年9月至2020年4月《杭州日报》）

王坚：阿里的院士

阿里巴巴的王坚，当选院士了！

2019年11月22日，2019年两院院士增选名单出炉。其中，中国科学院新增院士64位、外籍院士20位；中国工程院新增院士75位、外籍院士29位。阿里巴巴（中国）有限公司的王坚博士，当选为中国工程院院士。这是中国民营企业培养的首位院士。

有人质疑王坚博士的“院士分量”，其实王坚属于工程管理学部（本次共增选6人），并不属于信息与电子工程学部（本次共增选9人）。王坚博士既懂工程技术，又懂工程管理，属于实至名归。4月份院士候选人名单公布的时候，百度的李彦宏也榜上有名，结果引起轩然大波，随后他遭遇“水掉哥头”，最终“候选院士”被拿下是必然的。来自民企的唯有王坚博士当选，还真是选准了、选对了！

王坚是阿里巴巴的首席技术官、阿里巴巴集团技术委员会主席，他被公认为近10年中国最好的首席技术官；他也被称为“阿里云之父”“城市大脑之父”。正是王坚对研发云计算系统的坚持，使得阿里在该领域拥有国内最大的市场份额。

新媒体的报道做得响声很大，说这个“忽悠”马云10亿的男人，还给阿里5000亿什么的。有关王坚的两个关键词被反复提及——一个是“骗”，另一个是“哭”：他被人质疑为不会写代码的“骗子”，在阿里总裁大会上有人直接对马云说“你别听王坚的瞎扯，他就是一个骗子”，甚至被阿里同事指着鼻子叫他滚蛋；王坚是阿里最受争议的领导，被骂了整整四年，他领导的阿里云团队，最多的时候有百分之七八十离职，直到在阿里云事业部年会上，上台讲话的王坚失声痛哭……

我对王坚最直观的了解，还是在董卿主持的央视《朗读者》节目上。去年有一期董卿邀请王坚参与朗读，节目中播放了王坚“哭鼻子”的片段。王坚回忆了阿里云研发的艰难经历，说阿里云是工程师“拿命来填”的！王坚朗读了美国探险作家乔恩·克拉考尔的《进入空气稀薄地带》一书的选段，那是登山者的《圣经》，惊心动魄地记录了珠峰在1996年春季夺去12名攀登者生命的历程；而“进入空气稀薄地带”这句话，最能体现阿里云研发的艰辛。

王坚生于1962年10月，1984年22岁时成为杭州大学心理系学士，1990年28岁时成为杭州大学心理系博士，1992年30岁时成为心理学教授，1993年31岁时成为博士生导师，1994年32岁时被提拔为系主任——这就是开挂的人生。王坚在2008年加入阿里巴巴，此前担任微软亚洲研究院常务副院长，他深受比尔·盖茨赏识。加入阿里，他的主要任务就是要解决大规模算力瓶颈问题。

王坚发现，传统IT解决方案，都不是大规模数据计算的最优解，要研发一套新的技术架构来换掉阿里巴巴的旧引擎。那就是“阿里云”——云计算，在当时被众多业内专家视为天方夜谭。阿里云计算公司组建于2009年9月10日，那时恰逢阿里巴巴集团成立10周年；王坚担任总裁，领导团队着手研发大规模分布式计算系统——“飞天”(Apsara)云操作系统，建立互联网规模的通用计算平台，它可以将遍布全球的百万级服务器连成一台超级计算机。阿里云成立时，王坚想过给公司取名为“通用计算”，后来怕和通用电气混淆，才随大流叫了“阿里云计算公司”。当时他给阿里云提出的企业愿景，是“打造数据分享第一平台”，做“以数据为中心的云计算”。在北京一间租来的、简陋得连暖气、空调都没有的办公室，阿里云团队写下了第一行代码。

引进、管理和使用好人才，是企业的核心竞争力，马云就有这方面超高的水平和能力。马云的战略眼光就是：每年给王坚的科研团队10亿元研发经费，而且要为这个“无人区”连投10年！马云和王坚两人的思维正巧在一个频道上。

王坚要用100斤的力量，驱动100吨的庞然大物。马云很坚定：“如果撞墙了，这钱打水漂了，我花得起，这是战略。”而前瞻性的、战略性的研究，特别需要“有信念，能坚持”。

王坚说，一场战争最重要的战役是改变战争格局。王坚对技术趋势的洞察和认知，在中国互联网圈，没有人可以超越。在他看来，云计算是一个新的行业，阿里云要走在最前面，就不能靠别人提供技术。他有着强烈的技术自主情结。

落后吃亏，科技为甚。“要在阳光灿烂的日子修屋顶，要在年轻力壮的时候生孩子。”这是马云在内部讲话中表达过的意思，说得很形象。有关云计算，后来腾讯、百度没有坚持下去，“你今天的泪水，是你当年脑子进的水”；客观上一个重要的原因，是它们的领导知道这个技术很难，因为畏难而没有做下去。“而我是真不知道这个东西有这么难，所以只是说了一句‘不管怎么样，一定得坚持下去’的话。”马云说，“网上有很多人，包括我们公司内部也有一大部分人批评说，马云被王坚忽悠了，5000台计算机合在一起，这个云计算是根本不可能实现的。其实，我根本没听懂。我不懂技术，但是我希望阿里巴巴为技术增加生命力，为数据注入灵魂。”（有关内容见“马云内部讲话3.0版”《马云：未来已来》一书，阿里巴巴集团编，红旗出版社2017年3月第1版）王坚则说：什么事情前面加个“要是那样的话就好了”，基本上这件事情就做不成了。

媒体报道，在研发最艰难的时刻，王坚常常很生气，狠狠敲桌子，有一回焦虑的王坚砰砰地拍手机，坐边上的一位工程师实在受不了了，说：“博士，你拍的是我的手机。”压力之大，外人难以想象。“那时候马云跟我说，王坚，我对你只有一个要求，不要拍桌子了知道吧。”

压力在这个公司弥漫，辞职走人成了常态。有个优秀的工程师走的时候，写了封信大骂他的主管林晨曦，说他领着大家做一件完全没有希望的事情（见《人物》月刊2017年第5期的报道）。

“水本无华，相荡而生涟漪；石本无火，相击而生灵光。”发明创造就是这样，是思维的激荡，是灵感的闪现，是必然中的偶然，是偶然中的必然。没有经验的一大好处就是，可以不受传统或先例的束缚。王坚带着一群理想主义者，经过苦不堪言的四年研发，经历了2013年的生死战，终于突破了关键技术；阿里云由此打破了美国公司的绝对统治，与亚马逊AWS、微软云一起，成为云计算领域世界前三强、亚洲的霸主。在刚刚过去的“双十一”，飞天云操作系统成功支撑起最新的流量高峰：订单峰值54.4万笔/秒！阿里巴巴成为互联网的高科技公司，阿里云就是象征，从而使阿里巴巴不再是一个“出租摊位的大卖场”。2017年12月，阿里云主导的“飞天云操作系统核心技术及产业化”项目获得中国电子学会科技进步奖特等奖。

王坚成了预知未来的“先知”，他成功地抓住了互联网最具想象力的风口，起飞。

阿里云用突破性的技术，不断研发超级数据智能，解决社会和商业中的棘手问题。其“ET大脑”，赋能工业制造、城市交通、医疗健康、环保、金融、航空、社会安全、物流调度等数十个领域。这些工业大脑、城市大脑、医疗大脑、环境大脑等等，成为人类的强大助手。“智能客服”能量巨大，在“双十一”当天，蚂蚁金服客户中心服务量超过500万人次，其中94%以上通过人工智能ET提供服务，解决客户问题。蚂蚁金服还进一步应用区块链技术，在全国首创将“时间银行”搬上区块链，实现在支付宝里存储“公益时间”，永久记录在链，并可通存通兑。

“互联网是所有产业的互联网，而不是互联网公司的互联网。”科技创新已“无问西东”，要主动求新求变，要“无中生有”。数字经济大背景中，现代商业生态错综复杂，市场剧变、跨界竞争、新模式与“新物种”不断涌现；在研发、生产、内控、供应链等等环节，企业如何全面突破发展短板，如何彻底推动数字化？王坚领导阿里云，构建“云战略”，实现“网络化”“平台化”“智能化”和“生态化”，成了最成功的范例。

科技改变网络世界，数据改变商业本质，计算重塑经济未来；网络是创新平台，数据是自然资源，计算是能源动力。云计算，让数字经济时代实现可持续的数字化增长。云计算最大的价值，不仅仅是连线，是时时在线、数据积累和输出过程的双向在线。王坚所著的《在线》(中信出版社2018年5月第1版),以“在线思维”重新审视互联网,凝聚了他的智慧思考,从根源上为我们解读了互联网、数据和云计算。

数字经济时代,商业世界被在线重构,人们的大部分时间都消耗在“在线社会”上了。在《在线》这本书中,可以具象地看到王坚博士为何将互联网定义为基础设施,将数据定义为世界的新财富,将计算视为一种公共服务;看到阿里云如何一直在追寻“计算在线”之梦——这个“在线凌云梦”,就是要让计算成为人类的能力,让数据变成世界的财富。

王坚在书中记述的一个细节,让人过目难忘:在陕西安康,秦岭大巴山深处,吴磊所在的铁路机务段,负责上千公里的铁道养护工作,养路工人一年到头都在外面作业;吴磊利用云计算,把紧急文件和通知及时传达给工作在千里铁路上的工人们,包括车次改变、安全通知等重要事项,以确保行车安全。一旦某个地段出现塌方等险情,铁路工人就能够通过手机拍照,快速将信息回传至阿里云服务器,让不同路段的负责人都能第一时间查看。云计算和铁路安全,就这样被联结在一起;原本无法逾越的空间和时间障碍,就这样被云计算轻松化解……

为该书写序的,有时任浙江省省长李强,还有马云等大咖。马云在序言里说,“阿里会把一个心理学博士变成出色的CTO(首席技术官),就像美国把里根这个演员变成总统一样。博士能有今天,不光是因为他本人的天赋和努力,更因为你我的支持和帮助。”马云非常赏识王坚博士,阿里人都知道,马云经常在背地里“恶狠狠”地表扬王坚。如果说马云是超级理想主义和超级现实主义的集合体,那么王坚也是一样。李强在序言中则说:“马云和王坚,都是我喜欢的聊天对象。跟马云聊天的收获是‘原来可以这样看问题’,跟王坚聊天的收获是‘未来可能真的会这样’。”

未来可能真的会这样!王坚领导阿里云的发展历程,已经证明了“真的是这样”!还有,2013年年初,王坚在杭州发起创立“云栖小镇”;2016年4月,他在云栖小镇首次提出了“城市大脑”设想和构架——如今都已变成了“真的是这样”。

“上云就上阿里云”，如今阿里云已成为全球领先的云计算及人工智能科技公司，为200多个国家和地区的企业、开发者和政府机构提供服务，客户已超过230万；在全球18个地域开放了49个可用区，为全球数十亿用户提供可靠的计算支持；阿里云数据中心遍布全球，在全球部署200多个飞天数据中心，为客户提供全球独有的混合云体验……阿里云官网中国站，各类产品琳琅满目。2018世界杯期间，阿里云承担了国内全网70%的赛事直播流量。2019年第三季度，阿里云当季营收92.91亿元，增速达64%，成为阿里业绩增长最快的板块。

今年9月10日，是阿里巴巴集团成立20周年，也是阿里云成立10周年。一个月后，2019年胡润百富榜发布，王坚以41亿元人民币财富位居第1008位。为科技进步作出巨大贡献，回报当然应该丰厚；个人财富的增长，与公司财富的增长同步，这就是最理想的境界。

我没想到的是，王坚博士还喜欢开飞机，2010年1月底春节临近的时候，他曾向马云告假，原因很特别，就是要去美国开飞机，他从前是美国一个飞行俱乐部的成员。在马云助理陈伟先生所写的《这就是马云》(浙江人民出版社2018年7月第1版，第84页)这本书中，我第一次看到王坚博士这个爱好，多少有些吃惊，不是航空领域的博士、教授，会开飞机的少之又少吧，如今“会开飞机的院士”，更是凤毛麟角。

《这就是马云》一书中也提到，王坚博士是一个集大成者，跟他聊天会很有收获，公司每一位技术人员都钦佩王博士，尽管王博士的大部分话他们听不明白。“我说这就对了，20%能听懂的，让你明白该如何工作；80%听不懂的，让你坚信公司会有意想不到的未来……”(见该书第263页)

如今王坚当选院士，已成为一个里程碑式的标志性事件：中国民营企业历经四十多年，“筚路蓝缕，以启山林”，在科技创新领域，亦能点燃新动力引擎！科技创造，不仅仅决定一个民营企业的未来，更将决定国家和人类的未来；而科技竞争最终是制度竞争，更多的科技人才、科研力量要转到民营企业上，尤其是转移到阿里巴巴、华为这样的高科技企业上；企业本身则要练好“内功”，优化自身制度环境，吸引更多科研人才，改进科研组织架构，不惜成本地投入再投入，那么，未来科技一定会来！

写到这里，我想到刚刚辞世的著名诗人流沙河诗歌名篇《理想》，模仿其中的名句，以“科技”置换“理想”一词，于是在最本源的意象上，就有了这样的句子：

科技是石，敲出星星之火；
科技是火，点燃熄灭的灯；
科技是灯，照亮夜行的路；
科技是路，引你走到黎明……

（原载于2019年11月25日《杭+新闻》《杭州日报》）

褚时健：面对它　接受它　处理它　放下它

“四川的酒，云南的烟。”早先的“烟草大王”褚时健，如今成了一位“果农”。曾是云南“红塔山”一把手的褚时健，因“领导私分公款”案件，在1999年被判无期徒刑；2002年保外就医后，当年就开始了二次创业，着手开辟种植2400亩果园，如今的“褚时健冰糖橙”在云南名声很大。

早在四五年前，诸多媒体就研究性地报道了“烟王”变“果农”之事，更有学者从中探究国有企业里的创业型企业家的传承问题。褚时健是个功勋人物，是个争议人物，也是个悲剧人物。那么早就想到“与国际接轨”，正是褚时健能够把烟厂变为“印钞机”的一大法宝，但他所获得的回报充满了当年的“国有特色”——在经济上贡献那么大的他，当时的收入确实微薄得可怜，于是导致了错误的“多拿点”。若说企业家的“大败局”，褚时健就是一个典型。而在距他落马十多年之后的今天，国企尤其是垄断国企高管的高薪反而成了问题，年薪动辄几百万上千万，让人咋舌。

企业家大多是在“钱”字上头出事的。其违规落马，大致有这么几种情形：一种是资本运作“高手”，在各种令人眼花缭乱的关联交易中，蔑视监管机构的智商与水平，“瞒天过海，暗度陈仓”，结果是“成也萧何，败也萧何”；一种是MBO（管理者收购）的“高手”，借MBO之名，行化公为私之实；一种是诈骗、偷逃巨额税款等经济犯罪；一种是涉嫌贩毒洗钱等刑事犯罪；还有一种，就是以褚时健为代表的直接“分钱”。最终想来，那真是“得不偿失”。

“面对挫折不要消沉，做事业需要野心但不能脱离实际。”经历人生沧桑之后的褚时健，如今的话语相当有价值，其言其行，不免让许多人唏嘘感慨。褚时健如今的心境平和了，语言也平淡了。听他说“面对挫折不要消沉”，我立马就想到了台湾圣严法师的名句：“面对它，接受它，处理它，放下它。”不久前辞世的圣严法师，是一位取得博士学位的学问高僧。曾任台湾当局副领导人的萧万长先生碰到难事，日思夜想，坐卧不宁，就去请教圣严，获得这12字箴言；他于是想着念着，并照着去办，事也不难了，并且成功了。当褚时健“面对挫折”时，他一定还不知晓圣严法师这句箴言，可他在70岁高龄上重新振作起来，不正是体认践行了这一箴言吗？

那非常朴素的12字，蕴含着乐观豁达、向上奋进、“拿得起、放得下”的人生哲理。一个国家也一样，中国经历了那么多的坎坷和磨难，但我们总是能够“面对它，接受它，处理它，放下它”，圣严法师说，没有什么东西能够挡住我们走向共同繁荣、实现民族复兴的步伐。

一个人的事业与人生，不免会遇到问题，遇到困难，遇到挫折。圣严说，“任何问题，特别是严重、困扰的问题，逃避没用，总要面对它。对感情的问题，宜用理智处理；对家族的问题，宜用伦理处理；即使发生不得了的大事，也要用时间来化解。如果是无法避免的倒霉事，能处理当然好；不能处理，去面对它、接受它，也就等于是处理。任何事情发生以后，你处理了，就把它给放下。”相信莳花弄果的褚时健，早已把“红塔”给放下了。

是的，让我们每个人都记住这句有用的话：面对它，接受它，处理它，放下它。

（原载于2009年2月24日《都市快报》）

马斯克：
美国的马斯克和中国的特斯拉

【篇一】美国的马斯克和中国的特斯拉

埃隆·马斯克是一个很有意思的人。洛杉矶时间2020年1月6日，他乘坐私人飞机抵达上海，1月7日现身中国产特斯拉电动车正式对外交付现场，这位老兄情不自禁，难掩激动，在台上来了一段即兴舞蹈，边舞边脱掉外衣，瞬间点燃全场；尽管他的舞姿有点滑稽、有点笨拙，但那兴奋之中的舞之蹈之，留给人深刻印象。

是中国让他太爽了！放眼地球，这是全世界都难以寻觅的“中国速度”：2019年1月7日，特斯拉位于上海临港的超级工厂宣布动工；当年12月30日，特斯拉向15名内部员工交付了首批国产 Model 3电动车；2020年1月7日，首次向公众用户交付，这些中国车主来自杭州、苏州、无锡、上海……

特斯拉上海工厂的飞速建成，绝对是多赢：马斯克能快快从中国赚钱；中国不仅树立了“速度”的形象，更是树立了对外更加开放的形象——要知道，这可是首家百分之百全外资的世界著名品牌汽车企业；而中国客户则可以快快从中受益——堪比奔驰的特斯拉，在扣减新能源汽车补贴之后，价格竟然降至29.9万元！

马斯克来中国建厂，当然是看中了中国巨大的市场和相对低廉的生产成本，但这么快的建厂和投产速度，恐怕是他不曾想象的。在工厂基建方面，由于中国是“基建狂魔”，飞速把厂房给建好，一定没有问题；关键还在于，特斯拉整个生产线的建设，这个要飞快地建好那可不容易。从2019年1月正式动工，8月获得综合验收合格证，11月获得工信部量产许可，仅用10个月，就实现了从建厂到投产。

“中国速度”，呈现的是中国精神。这种精神在大都市上海落地，是上海营商环境优化的最直接的体现。需要明白的是，评价营商环境好或差，关键就在于民营企业、外资企业的营商环境是好是差。让全外资的特斯拉拥有如此之优的营商环境，可谓树立了标杆形象。网友欢呼：引进来特斯拉，不仅提高了自己的实力、开拓了市场，还给国内骗补贴的企业敲响了警钟，好好净化一下新能源市场！

美国的马斯克，中国的特斯拉！目前特斯拉上海工厂的产量，可以达到每小时生产28台，而订单需求极为旺盛。一期年产能为25万辆，今后总产能则是每年50万辆年。中国特斯拉，关乎零部件国产化，目前已达到30%，今年年中可达80%，年底将实现全国产化。这无疑是中国汽车供应链厂商不能错过的盛宴！

马斯克造电动车，追求节能环保舒适，亦是一种“科技向善”。科技向善，是一种理念，一种追求，也是一种产品能力、一种产品机会，马斯克已然走在了人类的最前端。此间，马斯克60颗小型卫星的星链刷屏——它经过任何地方的上空，都让人觉得壮观和震撼。60颗卫星排队上天，其实是去年5月25日发射成功的；最终马斯克将推出数千颗卫星，为全球消费者提供高速互联网服务。这种“科技向善”，大概只有如此异想天开的马斯克才能想得出、做得到吧！

在世界企业家中，马斯克是一个极富想象力的人；但“想象”不是乱来，而是如临深渊的扎扎实实的努力实践。我曾经写过一篇《马斯克的宇宙折叠》(收在我的《知知而行行》一书中)，一开始就说到马斯克的名言：“所谓创业生活，就是嚼着玻璃凝视深渊。”他可不是一个传统意义上的企业家，而是一个梦想家，敢于付诸实践的梦想家。如今他的努力，他的作为，他的开挂，简直就是“孕育一团春意思，撑起两根硬骨头”的意蕴。

马斯克是美国的，同时，马斯克也是全世界的；上海的特斯拉是中国的，当然，特斯拉也是全人类的。

【篇二】特斯拉爽在中国

埃隆·马斯克的特斯拉，情况出乎意料的好。包括疫情肆虐的今年一季度在内，特斯拉已经连续三个季度实现盈利。

2020年5月10日财新网报道说，特斯拉中国工厂未受疫情的明显影响，于2月10日顺利复产。而美国的费里蒙特工厂，自3月23日起关闭至今，尚未复产；该厂能否尽快重启，将决定特斯拉二季度的业绩表现。

毫无疑问，疫情之下，实体企业、实体经济是无法“云端化”的。特斯拉生产电动汽车，可是实打实的实体企业。现在马斯克做梦都在笑的是，他的特斯拉上海超级工厂，2019年年初动工，年底就开始量产，呈现了非凡的“中国速度”，而且疫情之下，产销情况不赖；如今上海工厂正进行二期建设，公司刚与中国工行签了贷款合同，贷款额度最高可达40亿元人民币，这将有力促进上海工厂的增产；预计今年将出产15万辆特斯拉，每月产销如果都在万辆以上，那就是“形势一派大好”。

相比美国的工厂，特斯拉还真是爽在中国。美国现在疫情蔓延得厉害，特斯拉美国工厂停产至今，每一天的损失都是天文数字，要知道，一年仅仅365天！所在地加州，3月4日宣布进入紧急状态，但在3月19日，包括“车辆和商业船舶制造”在内的部分关键基础设施行业已宣布解禁。偏偏特斯拉美国工厂所在的加州阿拉米达县政府执行比州更严格的防疫措施，以至于特斯拉迟迟难以复产。特斯拉真是气不打一处来，5月9日，一纸诉状将阿拉米达县政府告上了法庭。与中国一个行政文件就可让你复工复产不同，在美国得打官司，输赢结果还真难料。

马斯克最近又一次在美国媒体上露面，畅谈了两个小时。他说：“新冠病毒这个东西，把我们搞得有点晕头转向了。虽然不能把一切都归咎于病毒，但是这个疫情肯定会让我们的生产倒退几个月。”他一直反对“管控过头”，甚至批评美国管控措施是“法西斯”；他在推特上也表达了对所在地政府的抗议，意思是如果再让他不爽下去，未来公司总部和相关项目都将搬迁到别的州去。

看当下的特斯拉上海工厂，现在正在努力产销 Model 3，而且干脆将续航里程为445公里的标准续航版的定价，由32.38万元降至30万元人民币以内——调到了29.18万元。这对中国的消费者而言，也是个实打实的好消息。

毫无疑问，新冠肺炎疫情重创了全球的产业链和供应链，如何巩固、补齐和创新链条，业内人士都在伤脑筋。我们既不能刻意缩小疫情的影响，也不能肆意夸大其影响。应该看到，与一战、二战不同，这次疫情尽管肆虐了全球，但经济存量基本没有损坏，基础设施也没有受到战争的“狂轰滥炸”，人口因疫情导致死亡确有减少，但与战争的死伤人数相比毕竟不可同日而语。所以，恢复经济的底子还在；从常识判断，恢复的速度要远远好于一战、二战之后。正因如此，能够挺过这一非常时期的企业，尤其是实体经济领域的企业，终究是可以逐渐恢复元气的。特斯拉——中国的特斯拉，或许就是一个好榜样。

2019年中国给特斯拉“特事特办”，这成了新时期中国对外开放的一个重要象征。接下来，只要进一步致力改革、扩大开放，不断鼓舞企业家精神、激励企业家创新，那么，包括特斯拉在内，经济领域美好的未来终究是会到来的，这只是一个时间长短的问题。

（篇一原载于2020年1月13日《杭+新闻》《杭州日报》；篇二原载于2020年5月12日《杭+新闻》《杭州日报》）

吴玉泉：
技可进乎道

“技可进乎道，艺可通乎神。”被誉为“睁开眼睛看世界第一人”的魏源，早在十九世纪上半叶，在他的著作《默觚·学篇》中，就这样阐述了技艺精进的可贵。当一位工匠拥有一项技艺，在完成基本修炼的基础上，达到技法的精熟之后，如果再继续精益求精、深修其行，就能逐步触及“道”的境界，进入领悟“天地规律”的层次。

作为启蒙思想家的魏源，以这样一句名言金句，完美阐述了工匠精神的至高境界。

改革开放以来，随着制造业的兴起，中国逐步成为工匠大国，工匠精神日益深入人心，大国工匠不断涌现。工匠精神，其表现为一种职业精神，而本质上是专业精神；它熔铸了精良的职业道德、专业能力、从业品质、价值取向，它崇尚卓越、追求极致，它是“敬业与求精齐飞，持守共创新一色”。“中国制造”离不开工匠精神，离不开大国工匠。

在中国浙江杭州，国家级技能大师吴玉泉，就是一位代表性的大国工匠。陈志荣先生所著的《大国工匠吴玉泉》一书，全方位展示了这位大国工匠的风采。

一

“何处潮偏盛，钱塘无与俦。万叠云才起，千寻练不收。”2019年10月1日，在《杭州日报》一百个版的“庆祝新中国成立70周年特刊”中，在占了两个版的重大评论“吴山平”文章《致敬伟大祖国》中，有一个部分阐述杭州人“勇立潮头”的精神密码——“杭铁头”精神，其中一段论及“杭州工匠”，就提到了“甘做技术蓝领的水轮发电机改造技师吴玉泉”。“杭州工匠”迄今共评出90名，他们是知识型、技能型、创新型工匠的典范，是“中国的脊梁”。“事业都是靠人干出来的，人对了，事业才会对”，吴玉泉就是“对了”的人。

稍早几天的2019年9月19日，杭州工匠学院宣告成立，吴玉泉等6位在杭州的国家级技能大师，获聘杭州工匠学院特聘教授。作为教授级高级工程师，吴玉泉这辈子最大的心愿，就是把身上的技术传承下去；成为特聘教授，可以为工匠学院“创新协同培育模式、传承绝技绝活、孵化拔尖技能型人才、提升产业工人技术技能”发挥独到的作用，进一步为行业技术进步提供技术支撑，为产业创新发展提供人才储备。

吴玉泉是杭州富春江水电设备有限公司董事长。“天下佳山水，古今推富春”，公司地处杭州市富阳区，钱塘江的中游——美丽的富春江就在不远处静静地流淌，附近则是拥有杭城唯一地质溶洞灵山洞的杭州西山森林公园。吴玉泉以他的工匠精神，在江水泱泱的富春江畔，在水电设备技术领域，描写了一幅非同一般的现代《富春山居图》。

他是国家级技能大师工作室领衔人、浙江省技能大师工作室领衔人、杭州市技能大师工作室领衔人；他是国家级技能大师、全国技术能手、水利部大禹杯二等奖获得者；他是浙江省首席技师、浙江“万人计划”高技能领军人才、浙江省五一劳动奖章获得者、浙江省钱江技能大奖获得者；他是杭州市首席技师、杭州市劳动模范、杭州富阳十大“百姓新闻人物”之一……

这本《大国工匠吴玉泉》，以流畅的笔触，谱写了工匠大师吴玉泉动人的创业史和奋斗史；让我们清晰地看到，吴玉泉是“师者”，既是技艺大师，又是传道之师。

二

吴玉泉的童年没有玫瑰花。

1955年农历九月十七，在富阳东洲里浮沙村，吴玉泉出生在一间“篱笆作墙、稻草当瓦”的草舍中。书中以诗意的笔触描述了吴玉泉家乡的环境：

> 深秋时节，霜风初起，北支江边，乌桕叶红，芦苇花白。夜晚，芦苇中鸿雁群集，嘹呖干云，哀声动人。寂静的深夜，“哗哗”的潮水声，此起彼伏，传入里浮沙村。劳累了一天的村民，已把这沙洲特有的声音，当作了催眠曲，早早地进入了梦乡……

然而，那是在农耕社会，彼时富阳农村已经掀起“合作化”的高潮，农民的个体利益、家庭的生产积极性随即被“合作化”的浪潮给淹没。当时吴家一家六口，只有吴玉泉的爷爷和父亲两个正劳力，家里生活的艰辛可想而知，吴玉泉在困苦中度过了孩提时代。

入学之后，他遇到了所谓“学制要缩短，教育要革命”的时代。他读的小学五年就毕业，初中则是两年，高中还是两年。穷人的孩子早当家，吴玉泉那稚嫩的肩膀，过早地为父母分担了家庭的重担。当他走出高中校门，作为品学兼优的高中毕业生踏上社会后，先后当过农技植保员、民办教师、电影放映员。正是青年时期做过电影放映员，他对放映机的“心脏”马达产生了浓厚的兴趣，他自学马达结构、电路知识，掌握了放映机马达的维修技术；一边放电影，一边自学电动机修理知识，他从新华书店买来了《电机制造工艺学》等诸多书籍，工匠的雏形就是这样形成的；小小的马达，改变了他的人生。

在20世纪70年代末，改革的春风，沿着富春江悄悄地吹进了富阳农村的大地。美国福特汽车公司创始人、“汽车大王”亨利·福特曾说：“一旦你有了某个好的想法，就一定要集中精力把它实现，而不是到处闲逛，一路空想。”吴玉泉的头脑开始活络起来，他学习掌握了电风扇定子嵌线技术，偷偷地办起了制作电器配件的家庭作坊，把产品拿到杭城市中心浙江展览馆旁地摊市场上，摆摊叫卖。事实上，杭州的许多企业家、工匠技师，都是这样敢为人先。尽管吴玉泉的“地下”作坊一度被罚款，还勒令停工。

命运弄人，先人一步的吴玉泉，在1984年6月5日——端午节的第二天，遭遇了一场未曾料到的大火。那天晚上他本来在放电影，因电力不足，放到一半停电了，他回了家。不知怎么回事，因停电而点燃的煤油灯突然倒翻，他赶紧去扶，忙中出乱，脚一勾结果勾翻了一桶绝缘油漆，引发了大火；当时他被漆桶绊了一下，跌倒在地，油漆粘在身上，而夏天只穿汗衫短裤，他立刻也成为一个火人；他跑到池塘边，纵身跳入水中，当他从池塘中爬了上来，就昏倒在塘边……整个工场烧毁了，吴玉泉烧伤面积达80%，被救护车送到杭州救治，经过多次手术植皮，住院长达三个月，倾家荡产支付医疗费用，最终才从死神那里捡回了一条命。

人们称吴玉泉为“九死还魂草”，可是他办的工场刚刚起飞，就被折断了翅膀。

三

这场大火将吴玉泉多年心血化为灰烬，他也成了残疾人。但是，就像叙利亚著名诗人阿多尼斯所说的:“我曾遍体鳞伤，但伤口长出的是翅膀!”

工匠最可宝贵的就是一种精神。正如书中所说的，“吴玉泉有坚忍不拔的性格，凡是他认定的事情，无论怎样，都会去做；而且他还有一种非常坚强的信心，无论困难有多大，最终一定能克服，一定能从逆境中崛起”。

“曾经拥有的东西被夺走，并不代表就会回到原来没有那种东西的时候。”这是著有《解忧杂货店》的日本著名小说家东野圭吾在《白夜行》里说过的一句名言。有意思的是，与吴玉泉属于同时代的东野圭吾，毕业于日本大阪府立大学电气工学专业，之后在汽车零件供应商日本电装担任生产技术工程师，业余写小说。吴玉泉曾经拥有的毕竟已经失去，那么新的“解忧杂货店”是什么?

那一定是凤凰涅槃，从头再来！

吴玉泉浴火重生，重新启动事业的“马达”：1985年2月，他批来了正式的营业执照，兴高采烈、堂而皇之地挂上了“富阳县江丰民联电器配件厂”的牌子。他的工厂终于从“地下”转到“地上”——“他像闭憋良久的水库之水，突然抽去了闸板，奔腾而出，浩浩荡荡，锐不可挡”。

那时，他的企业主要生产电风扇配件，有两年时间生意挺好；但是到了1987年，电风扇从卖方市场变成了买方市场，库存积压严重，吴玉泉生产电风扇零件，也只好画上句号。他于是走出家乡，来到富阳城区，创办了电机修理部。他修潜水泵，修柴油发电机，甚至修补牙用的砂轮机，再到修理水泥厂的大型球磨电动机，抢修冶炼厂的高压电动机，将修理电机的技术水平发挥得淋漓尽致。

在吴玉泉的工作室里，挂着两块自制的牌匾，一块写着“做篾”，一块写着“打灶头”，两者都是中国工匠的传统手艺。“其实，修电机与手工艺有很多相似之处，最重要的就是精益求精。”吴玉泉说，“在我看来，要像对待艺术品那样对待电机。”

吴玉泉修电机的技术过硬，这自然会让人想起历史上著名的“斯坦门茨帮福特公司修电机”的故事。说的是1923年，美国福特公司有一台大型发电机坏了，许多专家百般努力都无济于事，最后请来德籍工程师斯坦门茨；斯坦门茨经过悉心研究，在电机的一个部位画了一道线，指出故障所在，于是很快就修好了。那么需要多少酬金？斯坦门茨说：3000美元。简简单单画一条线就收费那么贵？斯坦门茨开了个账单：画线，1美元；知道在哪儿画线，2999美元。后来，福特公司老板亨利·福特干脆把斯坦门茨所在的那个小公司给买了过来……这个流传甚广的故事，演绎的成分比较多，但是电机修理的技术含量和工匠精神，却体现得淋漓尽致。

相比之下，吴玉泉帮人修电机，往往是修好后你先用，满意了再付钱，收费也很平常心，加上技术精湛，所以大受欢迎。

事实上，吴玉泉非常肯学习、肯钻研，他喜欢走南闯北去取经。书中写道：

为了攻克电动机维修上的难题，吴玉泉还特地到上海中小型电机研究所、哈尔滨电机研究所等科研单位，自报家门，向他们请教。没有业务关系，没有熟人推荐，千里迢迢，寻上门来，那些专家们感到不可思议。但还是被他求学的精神所感动，热情地接待了他。数次后，互相熟悉了，碰到难以解决的技术问题，吴玉泉就写信或者打电话给他们，专家们都乐意为他排忧解难。

工匠的技术、技能、技艺，从来都不是天生的，一定是先要通过学习获得的。也只有像吴玉泉这样的工匠，拥有“时代匠心”，不断精进，活到老学到老，才能把“蛋糕”越做越大。

有道是“聪明人用的都是笨办法”，用笨办法往往需要“洪荒之力”。在《咬文嚼字》杂志社发布的“2016年十大流行语”中，“工匠精神”与“洪荒之力”“吃瓜群众”“小目标”“葛优躺”等一起入选；连缀这几个语词，或许可以这样说：拥有“工匠精神”，不该是“小目标”，而是大理想；拥有“工匠精神”，不能做“吃瓜群众”，必须身体力行；拥有“工匠精神”，不能是“葛优躺”，而必须付出“洪荒之力”……

总是使用“笨办法”的吴玉泉，一直保持老老实实、诚信服务的良好风尚，他修理电机的服务，从富阳走向全省，又从浙江走向安徽、福建、江西等省，固定客户曾达到2000多家……

四

进入新世纪，创新创业开始如火如荼。“为了维持不变，我们必须改变。”吴玉泉领导的企业，也实现了从维修到制造的转型升级。

2000年10月13日，企业更名为杭州富春江水电设备有限公司。吴玉泉向前跨出一大步，进军小水电，专注于中小型水电设备的生产和开发制造。

在不断钻研技术业务的同时，吴玉泉也成了一位富有开拓精神的企业家。正如书中所评价的："开拓者自有开拓者的眼光，开拓者自有开拓者的魄力。"

电动机和发电机，结构相同，差异却很大。从电动机的修理，到水轮发电机的维修、制造，技术必须上台阶。要掌握新的过硬的技术，那只有不断学习、刻苦钻研。工匠精神，首先就体现在学习精神、学习劲头上。吴玉泉参加了浙江大学水利水电专业函授学习，还在双休日到浙江大学听教授讲课，而且参加浙江工业大学与富阳市经济管理干部学校联合举办的远程教育的学习；他还先后赴湖北、福建、湖南等省，参加全国水电站增效扩容技术培训班，学习水轮发电机的制造和修理技术……本来他早已是技术精湛的"吴师傅"，如今变成了"好好学习天天向上"的"吴同学"。而通过学习，自己的人生也获得了"转型升级"。

这20年来，杭州富春江水电设备有限公司走过了跟小水电打交道的"三部曲"：从水轮发电机的维修开始，到机组的扩容改造，再到自己制造水轮发电机。

跟小水电打交道是很辛苦的。小水电毕竟不像三峡电厂，它们通常都在山沟沟里，比较偏远；吴玉泉往往要带三五个人去，有时候遇到复杂情况，一待就是十天半个月，甚至一个月都有。尤其是小水电机组扩容改造，技术要求非常严格，需要大量时间和精力的投入。一年365天，吴玉泉200多天在外面，出差全国各地，除浙江外，还到安徽、江西、福建、湖北、湖南、广东、河南、河北等省；一年到头，几乎没有休息天。

由于在水轮发电机组扩容改造中做出了突出的成绩，2008年3月，吴玉泉应邀参加广东省水利厅科技推广会，并作交流发言。截至2019年，他的公司已经为国内300多座水电站、500多台（套）机组，进行了增效扩容。

企业自己研发制造水轮发电机，这是迈上了新台阶。吴玉泉带领企业一班人不断学习钻研，尤其是让自己的儿子吴向荣，在大学毕业后到水轮发电机制造企业实践，学习设计技术，最终他学成归来，成为水轮发电机设计的骨干。自2013年以来，杭州富春江水电设备有限公司制造小至160千瓦，大到6500千瓦的水轮发电机，已有100多台；不仅销往浙江、江西、安徽、福建、广东、湖南、湖北、山东、天津、河北、山西、陕西、甘肃、新疆等，而且还出口到越南、南太平洋岛国萨摩亚等国家。

2014年1月7日，联合国国际小水电中心编制的《中国小水电设备企业名录》中，杭州富春江水电设备有限公司被列入其中。

吴玉泉不断学习，不断实践，并且把实践中获得的经验写成文章，先后有20多篇技术总结和论文，发表在《小水电》《中国水能及电气化》《浙江水利科技》等杂志上，或者在专业技术会议上宣读。他投身机电、水电修理与制造，相继获得多项国家发明专利和国家实用新型专利。

“中国有句老话，‘三百六十行，行行出状元’。”吴玉泉说，“一旦决定好职业，必须全身心投入，必须穷尽一生磨炼技能。我想把工艺做到极致，在自己热爱的事业上，做点成绩，即便辛苦，也没有想过放弃。”也只有做到极致，才有可能达到魏源所言的“技可进乎道，艺可通乎神”；也只有做到极致，一个企业才有可能持续存在，成为让人尊敬的“百年老店”。

我们知道，日本将工匠精神视为“国宝”，更是拥有全世界最多的“百年企业”，甚至“千年老店”。背后的原因，其实也很简单，那就是长期以来，日本企业追求极致的工匠精神，高度重视永续经营，坚守创始人精神，将社会责任和顾客价值视为第一重要之事，守护好商业文明。

华语电影不朽名作、台湾著名导演杨德昌的《牯岭街少年杀人事件》，长达四个小时，电影中场景的布置、细节的准确，都与20世纪50年代末60年代初的台湾完全匹配、切合；艺术家如果不具备强大的工匠精神，真不可能把四个小时摄制得如此完美。尤其有意思的是，电影中的人物提到了大陆青岛当年德国人建设的下水道之好，那可谓是工匠精神的历史和现实之作。

杭州财经作家吴晓波，写过一篇影响巨大的网文《去日本买只马桶盖》，其中阐述了制造业一个非常朴素的哲学，那就是：“做电饭煲的，你能不能让煮出来的米饭粒粒晶莹不粘锅；做吹风机的，你能不能让头发吹得干爽柔滑；做菜刀的，你能不能让每一个主妇手起刀落，轻松省力；做保温杯的，你能不能让每一个出行者在雪地中喝到一口热水；做马桶盖的，你能不能让所有的屁股都洁净似玉，如沐春风。”他认为，“世上本无夕阳的产业，而只有夕阳的企业和夕阳的人”。

那么，让产业成为“朝阳”，让企业成为“百年老店”，就一定离不开“把工艺做到极致”的工匠精神。在追求极致的吴玉泉这里，修理或制造水轮发电机，就是要让它欢快而不停地运转……

五

师者，所以传道授业解惑也。

吴玉泉的公司，如今成了小水电的“黄埔军校”。

“我这个人，说到底就是喜欢技术，也爱钻研技术。技术活辛苦归辛苦，但也蛮有成就感，心里踏实、牢靠，做牢了就不想换了。我这辈子最大的心愿就是把身上的技术传承下去，培养更多的实用人才。”

吴玉泉要在自己这个领域，建立“工匠精神共同体”。这些年来，除了去学校授课，他更是在第一线直接把自己掌握的核心技术毫无保留地传授给学徒。“没有实际操作过，技术就是纸上谈兵。”2016年6月，他投资260多万元，建成了培训用的立式水轮发电机组“学习机”。经他培训的技工人数，迄今已超过1000人，培养出年轻技术人才200余人，其中50余人，已经取得初级或中级技术职称。吴玉泉说：“不管是院校学生，还是水电站的职工，只要肯来学习，我就会打开大门，欢迎他们进我们的实际操作课堂。”

昔日的电机发烧友“吴马达”，就这样变成了人们口中的“吴师父”。1995年起，吴玉泉带徒授艺，不但不收学费，还每天倒贴三顿饭。粗粗一算，吴玉泉用于技工培训的资金已经超过400万元。

随着“一带一路”倡议的推进，中国小水电技术，受到越来越多沿线国家的欢迎，来吴玉泉这里学习的洋学徒不断增加。2016年来，吴玉泉已对30多个国家的200多位洋学徒进行了培训；他们来自斯里兰卡、泰国、老挝、尼泊尔、巴基斯坦、蒙古等国家。2017年9月初，在杭州国际小水电中心的组织下，肯尼亚、赞比亚、尼日利亚、坦桑尼亚、埃塞俄比亚、巴拿马、乌拉圭、多米尼加、格林纳达、马达加斯加等19个国家54位小水电方面的技术人员，来杭州富春江水电设备有限公司现场培训。面对洋学徒，吴玉泉亲自上阵，边操作，边讲解……

建一个水电设备陈列馆，作为科普教育基地，是吴玉泉一直来的夙愿。经过多年的努力，他投入600万元，终于让梦想成真。2018年7月17日，“富春江水电设备陈列馆”获颁证书。多年来陆续购置收藏的诸多水轮发电机设备，得以一一展示，而且在不断丰富中。这里有来自新中国成立后自行设计建设的第一座大型水力发电站——新安江水电站的发电机定子线棒；这里有来自葛洲坝水电站的12.5万千瓦发电机的集电环、硅钢片、转子磁极线圈、转子磁极阻尼环连接片等十余件；这里有来自富春江水电站的水轮发电机转轮螺栓，等等等等，各年代各系列水电设备实物藏品共有300多件（套）。吴玉泉还创制了诸多趣味体验电和发电的项目，供参观者互动参与，笔者也曾到现场体验过，非常有意思，可以身临其境地了解“看不见摸不着”的电的“前世今生”。

传承，从来都是工匠精神的具体体现。唯有薪火相传，才能技艺不断，才能让工匠精神万世永续。

在我国，有一部大型公益文化纪录片《百心百匠》，记录了中国100位民间匠人，他们是非遗的传承人，拍摄和展示的模式是：请100个名人明星，去找这100个匠人拜师学艺，“掏出赤诚之心，向工匠精神致敬”。

在日本，诸多“长寿企业”都是代代传承。有一家以制作高质量家具工艺闻名的“秋山木工”，是日本传统技艺中工匠精神的典范；他们对学徒要求严格，有许多“规矩尺度”。秋山木工的社长秋山利辉说过一句非常深刻的话：“是否能够成为一流的工匠，取决于人性而不是技术。如果你的心是一流的，那么经过努力，技术绝对可以成为一流。”

工匠吴玉泉就是这样，为了传承，为了下一代，他不仅“动脑”，更是“用心”。

六

“桃李春风一杯酒，江湖夜雨十年灯。”吴玉泉富有情感情怀，经历过艰辛苦难的他，对国家改革开放的大时代充满感恩，对帮助过他的不同岗位上的人们充满感激。

2020年开年，一场新冠病毒疫情突如其来，一时成为燎原之势。病毒来势之汹，疫情传播之烈，范围扩散之广，前所未有。吴玉泉的富春江水电设备有限公司不得不临时关门。他积极投身抗疫，参加所在的民联村的防控值勤。同时，他向村里捐赠1万元，用于防疫。书中写道：

> 在这场没有硝烟的战争中，吴玉泉义无反顾地站在抗疫第一线。民联村开始时设卡15个道口，后改为6个；需要党员值勤，吴玉泉便积极报名参加。从开始到结束，轮流值班。特别是从23时30分到凌晨5时30分的深夜班，他还得从富阳城区的家里赶去。
>
> 风雨交加，寒气逼人，因火灾受伤的病根，他手上的皮肤裂开，但还是咬紧牙关坚守。看到值班人员的衣服被雨淋湿，担心会受冷而感冒，便送去了6把吹风机。村里用于防疫宣传的喇叭坏了，就把科普教育基地的喇叭送到村委。他还买了水果、牛奶等食物，和儿子吴向荣一起，慰问村里各个卡口的值班人员……

吴玉泉如今是国家级技能大师，但他不忘“草根”的本色。在平常，他身为公司的董事长，却全然没有老板的样子，穿上蓝色的工作服，就是个普通技工。他真正在乎的，就是一门心思钻研小水电维修制造，以及传道授业。

这让人想起隐居富春江畔富春山的东汉著名隐士严光严子陵，想起范仲淹赞颂他的名句——“云山苍苍，江水泱泱；先生之风，山高水长”；如今富春江畔的严子陵钓台，就镌刻着这句名言。

吴玉泉一如《尚书·洪范》里所言的“有猷有为有守”，用现代语言释之，就是有理想、有作为、有坚守。

格局决定结局。你的格局有多大，你的舞台就有多大，你的事业就有多大。

大国工匠，富有情怀；中国制造，要有敬畏；先生之风，山高水长。

吴玉泉，拥有的就是这样的人生大格局！

（本文为《大国工匠吴玉泉》一书序言，原载于《东海岸》2020年第4期）

臧健和：那一只水饺

我在媒体干活，上的都是夜班，早晨从中午开始。作为工作繁忙的一员，我一日三餐大致是这样的：早上一碗稀饭，中餐一碗面食或其他杂食，晚餐吃单位食堂的快餐，属于那种“填饱肚子就行”的一类。我是正宗南方人，却喜欢北方的面食，差旅到北方，我往往就是全天候“粒米不进”，全都吃各种来自小麦的食品。在家最方便的就是吃冷冻食品，吃得最多的是速冻水饺，而且多年来就一个牌子——“湾仔码头”，这是香港品牌，超市里常见。据说现在的速冻食品市场占有率中，三全、思念和湾仔码头属于前三名，但前两者与我没缘分。我不知道“三全”究竟是哪三个都全了，对“思念”水饺一点也没“思念”，当然这仅仅是因为我没有吃过这些品牌的冷冻水饺。

本文跟任何广告软广告以及“插入广告”没有任何关系，也不是推销什么“成功学”，但所说的，确是我的主食和提供给我主食的一个女人。我是很迟之后才知道“湾仔码头”的故事的。创始人是臧健和女士，人称臧姑娘，最初在香港湾仔码头边摆地摊卖水饺起家，那是一个正宗的“励志故事”，央视等诸多媒体报道过。一本名为《一个女人的神话——水饺皇后臧健和的悲欢人生》(于艾香著，山东画报出版社2006年7月第1版）的书籍，更有详细的描述：

早在1977年，臧健和带着年仅四岁和八岁的两个孩子，从家乡青岛出发，取道香港，准备飞往泰国与泰籍华人丈夫团聚，在香港转机时，她得知丈夫在泰国又娶了妻子，最后决定留在香港打工。

来自北方的她，有家传的做饺子秘方和技术。北方人过年吃水饺，那可是天大的美事。能够做得一手美味好水饺，这本身就是一桩美事。臧姑娘于是打定主意，做手工水饺来卖，她在香港湾仔码头边摆摊卖起水饺来。苦与乐是一张纸的两面。包饺子、煮饺子、卖饺子都是她一个人“一脚踢”，由于她的水饺鲜美好吃，很快远近驰名；经过多年的经营，臧姑娘成了著名企业家，而且现在还是慈善家。

臧姑娘护士出身，摆摊时就以严谨认真的态度来做事，按职业习惯来保持食品和器皿的清洁卫生。但是，一旦成为大企业生产之后，不知道什么时候就出事情了。臧健和说：“有一次有一位顾客在饺子皮里吃出一条面粉袋子的残线，他写信来说：‘不知道你的饺子什么时候长上线了，下次要再长针就麻烦了。’顾客尽管语言很幽默，可我笑不出来却想哭……”还有一次，臧姑娘发现一位顾客在吃完水饺后，把饺子皮留在了碗里。她追问原因，那个顾客毫不客气地说：“你的饺子皮厚得像棉被一样，让人怎么下得了口！”就是这一句批评，臧姑娘三日三夜不眠不休，改良饺子皮的配方，终于擀出了薄薄的饺子皮。

出问题并不是最可怕的，最可怕的是没有发现问题，以及出了问题之后错误对待问题。从那以后，臧健和意识到面粉不能开袋就用，一定要经过筛箩环节，于是立即购买了机器，增加了一道筛箩工序，以保证品质。“口碑才是顾客选择的市场原动力。”臧姑娘说，“我们包饺子给自己吃的时候没有任何压力，但当我们出去卖饺子，给顾客吃，给全香港的人吃，给全中国的人吃，我们身上的担子也越来越重。我们一定要记住，做食品生意的人一定要有做生意的良心。”

在湾仔码头上卖了几年水饺，那独特的口感，培养了一批忠实的“粉丝”消费者。于是有了一个广泛流传的故事：一个偶然的机会——臧姑娘的一个亲戚拿了她的水饺去参加一个日本的PARTY，日资百货公司老板娇生惯养、对饮食极挑剔的小女儿，吃到“湾仔码头”水饺，哪想到，一口气竟然吃下了15个！好吃，对口味！精明的日商老板立马意识到，这“湾仔码头”不是一般般的水饺，经营这种水饺一定能赚钱，于是打听寻找其主人；他找到了臧姑娘，发现她是一个在码头上摆摊的小贩，简直不敢相信。日商老板次日正式约见臧姑娘，提出在日资百货的工厂里生产她的水饺，但要对产品进行重新设计包装，作为日资百货的产品来经营。

臧姑娘的拒绝很干脆。她想得很明白：“湾仔码头是我辛辛苦苦创立的品牌，如果品牌没有了，我把配方拱手相让，哪一天被踢出来，我连小贩也做不成了。”后来继续谈判中，日方同意沿用“湾仔码头”的牌子，但包装上不能打地址和电话。臧姑娘仍旧拒绝了：“水饺的口味，都要随时听取顾客的反馈意见进行改进，没有了地址和电话，我怎么能听得到顾客的意见，怎么保证产品质量？”

日商老板只能一再让步。最后要谈的只剩一个价格问题了。以多少价格批发给日资百货？臧姑娘提出了一个“天价”：十二块半一盒。在当年，一盒水饺的零售价是十一块港币一盒。在香港经营了几十年生意的日资百货老板最终认了这个价格：“你是第一个，也是最后一个，以批发价高于零售价卖货给我的供应商！”

当年随着日资百货数百家超市的全面铺货，“湾仔码头”水饺在香港很快成为冷冻食品第一品牌。一只水饺，一只名叫“湾仔码头”的水饺！如今，无论是新鲜水饺还是冷冻饺子，“湾仔码头”在香港的市场占有率都独占鳌头。

“安全”是食品的生命，“好吃”是食品市场的生命。在内地，食品安全漏洞百出，这个是众所周知的了。一段时间里，内地的工商部门在抽检中发现，不少品牌的水饺有着“金黄色葡萄球菌”，这是根据要求“不得检出”的病菌——这种重要病原菌可引起多种感染。唉，连一只水饺都做不好，真是我们这个面食大国的耻辱。但是，厂家倒是感到很委屈，因为“按照新的、即将生效的食品安全国家标准”，金黄色葡萄球菌不再是严禁检出的项目。卫生部搞的速冻面米制品的“国标”草案，已放宽了有关要求。商家总是有心思有精力去“游说”国标制定者，让其降低“门槛”“台阶”，消费者当然要反对——这场关于“国标”的博弈，最后还不知是谁输谁赢。

近年来在鼓捣的食品国标，很多指标都下降，这已被众人所诟病。比如《南方周末》早前报道，卫生部2010年敲定的生乳新国标中，乳蛋白含量从1986年的2.95%，降到了2.8%；所允许的菌落总数，则从2003年的每毫升50万，调到了200万。这样，这两项标准都创了历史新低。看看乳业大国的指标：生乳蛋白质含量标准，都至少在3.0%以上，而菌落的总数，美国与欧盟是每毫升10万，丹麦更是严至每毫升3万，是中国标准的十分之一。

除了香港总部，“湾仔码头”先后在上海、广州、北京等地开设了工厂。我很担心的是，会不会受“环境”的影响，一不小心也会出什么事儿，也会有个“三长两短”。出现问题，臧姑娘的“选择性方向”，是改进改进再改进，努力做到精益求精；而我们的一些企业家，却是老想着通过“游说”，降低国家标准，以此让自己的产品达标。“新国标”为何而降？为安全政绩而降，为企业利益而降，损害的必是百姓利益。产品的缺陷、人品的缺陷、“国品”即国标的缺陷，这样沆瀣一气。如此“南辕北辙”，结果就是我们的食品安全越来越让人提心吊胆。

顾客不是虚无缥缈的上帝，但顾客真是你的衣食父母。臧姑娘的口头禅是：“我可以得罪我的员工，但我绝对不能得罪我的顾客！”偌大的中国，应该向臧姑娘学习做水饺，像给家人做水饺那样为顾客做水饺，这样才能真正做到安全又好吃。

（原载于2015年2月15日凤凰博报）

李子柒：网红女子的地方与世界

一个名叫李子柒的小女子，刷屏中国，火遍全球。

这位四川农村的90后美丽女孩，这几年收获了各家平台的海量粉丝，成为“第一网红女子”，如今微博关注有2100多万，抖音粉丝3060万，单条视频播放量过千万，微信公众号篇篇都是10万+，而YouTube订阅者750万——这个甚至超过BBC的订阅量，可谓一个人“战胜”一家老牌的广播公司。

她在视频中展现的中国浪漫悠然的乡村田园生活，让全世界各地的网友沉浸。她的地方，就是她家乡农村、家居田园。农人的各种劳作她似乎都会，日出而作，日落而息，春耕夏耘，秋收冬藏，四不失时，五谷不绝。在她的巧手下，竹子可以变沙发，老木头变成了秋千和洗漱台，砖头、啤酒瓶和泥沙可以就地落成面包窑。三月桃花开，采来桃花酿成酒；五月樱桃季，开始酿樱桃酒、煨樱桃酱、烘樱桃干——各种乡村美食她一一做给你看。视频里还有温柔沉默的奶奶，劳作时总有小土狗打转，配上轻柔的音乐，网友纷纷表示“治愈”，赞她是“田园精灵”……

我看李子柒的视频，主要内容就是农耕和生活两部分。这个出生于农村的小姑娘，天生丽质，聪明又能干；她所表现的，多为自己所熟悉的生活、自己能干好的活计，不懂的则反复学习，然后经过亲手操作呈现给网友。她很少正面对着镜头，也很少说话，甚至没有旁白解说，只有简单的中文字幕，但全世界的网友似乎都懂。眉清目秀的她，本身形象很不错，在视频里沉默干活，却形成了一种独特的吸引力。她劳作的时候，动作利索，神情专注，这样特别迷人；她没有面对镜头的直接对话，这样就能避免露怯、不现其短。

视频里的子柒的奶奶也特别可爱。朋友这样生动地描述：她像个贪嘴的小孩，吃完一只醉蟹之后还要去吃，吃了辣的东西经常收不住口；子柒给她做了蚕丝开衫，一排扣子都扣错了，90多岁的老人咯咯笑得像个九岁孩子……

受众对不熟悉的生活，天然有一种知悉的兴趣。而李子柒所呈现的视频，风格是诗意诗化的，有唯美的倾向；视频以生活纪实为主，略带艺术表演，而恰恰是这种经过艺术加工的、表演化的视频，与生活本真乃至生活的残酷拉开一定距离，更让网友、受众喜欢。有的一看就是为了拍视频而选择了非日常场景，比如剖开的毛竹筒引来小小的山泉水，用来洗黄豆——这与现实生活显然有脱节，受众却感受到诗意、好看。她的视频基本上都用固定的镜头定焦拍摄，几乎没有镜头是移动的，推进的，或拉远的，这也形成了一种简单而独特的风格，比那些花里胡哨的镜头更沉静更宁静，反而更加吸引人。

淤泥出荷花，朽木长蘑菇。你不喜欢淤泥和朽木，但你一定喜欢荷花与蘑菇。一位朋友圈的好友说："我也是从农村长大的孩子，体会过农耕劳作的苦，但坚决肯定田园风光的美好。特别庆幸自己的童年是在乡间度过，内心对土地和庄稼深厚的爱，难以描述，特别是现在家乡被城市化后，更加怀念儿时的田野。"社会学家孙立平教授也发表评论说："无论真实与否，李子柒给人一种美的感受。这就是她的价值。"

事实上，只要经历过农耕生活的，都明白农村并非都是那么充满田园诗意。完全农民化的劳作是很辛苦的。我本人出生在农村，少年的我在乡村几乎干过所有的农活——除了因为个子太小无法扶犁耕田之外，所以很知道主要依靠体力支出的农活真不好干。李子柒并不讳言，她的生活不总是如视频中那样又美又仙，她自称现实生活中每天都"全身脏兮兮的"。而她在视频里展现的那么多的各种劳作，是"做给你看"，显然并不是全程干到底的，许多仅仅是为拍摄"做一段"，但总是她自己在做而不是替身在做，还不至于"香格里没有拉，苏格拉没有底"。

李子柒的《秋千沙发床》成片近5分钟，前后累计拍摄素材2000余条，劈木材、钉桩等粗重劳动内容屡次造成伤口，甚至左手无名指曾被几十斤重的木桩砸伤。2017超级红人节十大美食红人、2017微博最受欢迎视频栏目、2019超级红人节最具人气博主、2019超级红人节最具商业价值奖、成都非物质文化遗产推广大使……这些称誉并非浪得虚名。她的粉丝总是惊叹，这个瘦小的女孩子为何如此能干、为何有如此大的力气，可以“独自完成这么多繁重的农活”；李子柒曾回应，“你眼中的生活技能，或许只是别人的求生本能”。这是没错的，但可以肯定的是，她本人是无法“全程独自完成这么多繁重农活的”。这个就像演员扮演农民干农活，并不需要把春夏秋冬全程的农活都干完。

李子柒的视频，集纳了美女、田园、美食这些元素，人们喜闻乐见；而农耕文明中，自给自足的“诗意的栖居”是最有魅力的。山水田园，让我想起歌德早期的诗句：“一切的峰顶沉静，一切的树尖全不见丝儿风影。小鸟们在林间无声。等着罢：转瞬，你也要安静。”工业文明是“流水线生产”，农耕文明是“生产流水线”。一棵菜，从点种到收割，一路做到底，那种成长变化中带来的喜悦，是一个人钉在工业流水线一个点上所无法获得的。

“天边飘过故乡的云，它不停地向我召唤；当身边的微风轻轻吹起，有个声音在对我呼唤：归来吧，归来哟，浪迹天涯的游子；归来吧，归来哟，别再四处漂泊……”小轩作词、谭健常作曲的台湾著名歌曲《故乡的云》，这样唱出对故乡的眷恋、唱出游子的乡愁：“当身边的微风轻轻吹起，吹来故乡泥土的芬芳。归来吧，归来哟，浪迹天涯的游子；归来吧，归来哟，我已厌倦漂泊……”而李子柒的视频，正是让你“望得见山，看得见水，记得住乡愁”。

从城里回乡去种瓜种豆，过上“随饭饭，随菜菜”的生活，这样的人在世界上不在少数。在台湾齐柏林拍摄的环保大片《看见台湾》中，有一位宜兰的“志愿农民”赖青松——高学历的他放弃事业前景，放弃“城里的月光”，选择在宜兰成为一名农夫，回归自然生活。他以有机的方式种稻米，推广“自己种稻自己收成”的观光休闲方式，让人们体验农耕辛苦与欢乐，进而了解环境无污染的重要。日本导演伏原健之拍摄的纪录影片《人生果实》，说的是毕业于东京大学的优秀建筑设计师津端先生，辞去工作，和妻子一起，在农村买了块土地，定居下来，成为“日本现代陶渊明”：“风吹枯叶落，叶落生肥土，肥土丰香果；孜孜不倦，不紧不慢，人生果实。”获得台湾金马奖最佳纪录片奖的《看见台湾》，我反复看了好几遍；而豆瓣评分达9.6分的《人生果实》，当时看了一点，不知是忙还是什么原因，没有看完。

李子柒接受采访时自述，她出生于1990年，原名李佳佳，父母很早离婚，后父亲早逝，自小和爷爷奶奶相依为命，爷爷去世之后，奶奶成了至亲之人；14岁时她辍学外出打工，2012年因为奶奶的一场重病，决定回家陪伴老人。外出打工七八年间，她做过餐馆服务生，也做过酒吧DJ。这段经历对她最大的影响是“知道了自己究竟想要什么”。回乡后，为了维持生计她曾开过网店，尝试拍短视频的初衷也是为了增加小店人气，结果视频越拍越好，做成了真正爆款的内容。一开始是她自己一个人自导自演自拍，后来有了团队的加入，更加专业化，影响也越来越大。

从李子柒的经历看，农村是广阔的天地，自媒体在那里大有可为。李子柒的世界是互联网给她带来的新世界、大世界。她以视频为主要载体，在互联网的风口上起飞。在新媒体、融媒体时代，她成了时间的朋友，成了趋势的同道；她不与时间为敌，不和趋势对抗，而是跟上了时间的节奏、合上了时代的节拍。有人测算，广告分成加上网店收入等，李子柒最终一年的收入大概为1.68亿。搁在非互联网时代，就完全不会有这样的李子柒。所以，在如今的网络时代，我们每个人都不该拥有“隧道视野”，因为一个人如果身处隧道，那能够看到的，就只是前后非常狭窄的视野。

李子柒当然是“主观为自己、客观为他人”，这就是“利己利他”。她最初拍视频，“初心”就是为了推动网店的销售。现在天猫上的李子柒旗舰店，地址在浙江杭州，有多个发货地，销售量之大令人咂舌。她的身份是“东方美食生活家”；每个她销售的产品，都打上“李子柒”的名字，“李子柒”已经成为一个品牌、一个名牌。每个产品开头都有一段李子柒自己的短视频，让你感到这是她亲手制作、亲自打理的，其实当然都是选择好的产品进行贴牌生产。质量不错，价格略高，评价超好，包括产品包装都是浓浓中国风的设计，收获好评一片。

我也特意买了李子柒的东西，一拿到快递，看见包装箱上印着“吃了我的东西，你就是我的人了”——这句话让许多“柒粉”看了爽歪歪；还有的印着“我用心，您放心”，这可是实话，东西的品质真心不错，不是你“炒作”而能成的。一个小伙子快递员看到李子柒的包装箱，激动地说：“你也买李子柒！我太喜欢李子柒的视频了，我也买她的东西！”我发现已有模仿“李子柒”的“李子染”在卖货，能持久么？

我们确实应该佩服这位大能量的小女子。我的一位朋友很早就是李子柒的粉丝，一直追随购买她的网店商品，几年来见证了李子柒的微博粉丝从100多万涨到1000多万现在又超2000万，“李子柒”三个字渐渐成为一个文化IP。“在视频占比越来越重的自媒体时代，一直都相信她的视频早晚会火。现在终于迎来一个集中爆发期了。”

我向来认为，对于有无数多人喜欢的东西，你不要轻易否定它；即使人家很草根，就像当年的来自草根的节目《超级女声》。也不必把李子柒看成是什么“文化输出”，她不过是拍好自己的视频，让自己和自己的文化公司挣钱而已；站在宇宙看地球，地球人在不同的地域创造文化，必然有流动，有交流，有融合，而不是什么刻意的“输出”。

晨曦升起，夕阳落下，时存恒久耐心；一代过去，一代又来，地却永远长存。低头种菜，起身莳花，抬头赏月，土地带来的一切美好，也会常青长存。

（原载于2019年12月16日《杭+新闻》《杭州日报》）

沈树忠：一生做好一件事

世界上有的奖项很专业，知者不多，但分量很重。

2019年7月4日，意大利米兰，第三届国际地层学大会上，南京大学教授、博导沈树忠院士荣获地层学国际最高金奖（ICS Medal）。出生于中国浙江湖州的沈树忠，属于全球第五位获此殊荣的科学家，也是第一位获此奖项的亚洲科学家。

该奖由国际地层委员会于2004年设立，是这一领域最具分量的最高奖，每四年颁发一次，每次仅有一人获奖；宗旨是奖励在国际地层学领域做出卓越成就、对全球地层学研究具有突出贡献的科学家。

颁奖词说，获奖人沈树忠是世界知名的地层学家、古生物学家、腕足动物和牙形动物研究专家，在建立全球年代地层界线方面作出了重要的贡献，是二叠系两个“金钉子”（全球界线层型剖面和点位的俗称）落户中国的主要贡献者之一。

生于1961年的沈树忠，在2015年当选为中国科学院院士，是院士中的壮年派。他本人就是地层学界的一枚“金钉子”——“金钉子”是全世界科学家公认的、全球范围内某一特定地质时代划分对比的标准；它的成功获取，标志着一个国家在这一领域的地学研究成果达到世界领先水平。沈树忠这枚“金钉子”，牢牢地钉在自己的专业领域三十多年，是“一生做好一件事”的典范。

沈树忠出生在湖州塘甸的一个小乡村，父母都没有文化，但他们都非常重视孩子的教育。1975年，湖州中学首次招收两个农村班，沈树忠抓住机遇，通过村里的推荐，到该班求学。每周回家一次，周日下午挑着米、带上菜，返校学习。1977年恢复高考，基础薄弱而且偏科的他，第一次参加高考，化学考了5分、物理考了0分，“天分不够”的他落榜了。1978年重整旗鼓，选择报考中专，最终被浙江煤炭工业学校（浙江工商大学前身之一）地质专业录取，开始与地质打交道。1981年毕业后分配到长广煤炭公司，成了一名天天下矿井的地质技术员。

在沈树忠的“金钉子”人生中，1983年考上研究生，是一个极重要的时间节点，他被中国矿业大学的导师何锡麟破格录取，直至博士毕业。从高考得过0分来看，沈树忠并非“天赋异禀”，但他非常勤奋努力，孜孜矻矻，执着于地质的学习和研究。1995年，他初次出国，被派往俄罗斯古生物研究所学习；1996年，又被公派到日本新潟大学理学部做博士后；再后来又赴澳大利亚参与研究“中国的冈瓦纳”项目；他先后五次进入西藏科考……天赋不够，勤奋来补。人生可以平凡，但不可以平庸；不与平庸为伍，不以平凡为敌；谋事在人，成事往往也在人；沈树忠“但问耕耘”，最终定当有不错的收成。

投资家巴菲特曾说：“人生就像滚雪球，最重要的是发现很湿的雪和很长的坡。”“很长的坡”需要寻找，能够发现，也可以创造。沈树忠把地质研究做到底，这就是一条“很长的坡”。他专注于一条“跑道”，中途不切换“跑道”；一个人浅尝辄止地同时挖好几口井，远不如持之以恒地把一口井挖深，最终能够挖到水源。

2018年，沈树忠入职南京大学；同年9月，作为浙江工商大学的杰出校友，又受聘为浙江工商大学“双聘院士”。他长期担任国际地层委员会二叠纪分会主席，领导全球二叠系研究，取得诸多开创性成果。人生之路虽然漫长，但是要成就一番事业，时间又是太短；如果选择“一生做好一件事”，那么，时间的“长坡”就可以拉成“千寻”之长，可以在上面滚出巨大的“雪球”。

（原载于2019年7月4日《杭+新闻》《杭州日报》）

鲁平：为香港回归折冲樽俎

樽俎折冲，这个在外交领域才有所见的成语，说的是不以武力而在宴席交谈中制胜对手。

为香港回归而折冲樽俎的群像中，鲁平是重要的一位。

因为罹患胃癌，国务院港澳事务办公室原主任鲁平先生于2015年5月3日在北京逝世，享年88岁。香港行政长官梁振英对鲁平的辞世深表悲痛："鲁平主任为了香港的平稳过渡和顺利回归，为了维护香港的繁荣稳定，夙夜匪懈，鞠躬尽瘁，赢得香港市民的敬重……鲁平主任退休后一直关心香港，始终深爱香港。"

"深爱香港"四字，集中体现了鲁平先生的家国情怀。当年鲁平主任领队到香港调研，为中央政府制定"一国两制、港人治港"的方针政策，付出了极大的心血；之后，他参与了中英两国关于香港前途问题的谈判、香港《基本法》的制定、筹备香港特别行政区等工作，并负责主持香港过渡期的各项事务。

鲁平是国务院港澳事务办公室的创始元老之一。1978年5月，他参加了成立港澳办的筹备工作。"文革"前，国务院外事办公室下面有个港澳小组，专门负责港澳事务，廖承志作为外办副主任，具体负责港澳小组。"文革"当中，外办因受冲击，最终没了，港澳事务就交给外交部的西欧司来管，因为港澳与英国和葡萄牙有关。然而，港澳是属于我们的领土，主权是属于我们的，从本质上说，它不是外事问题，它也不是侨务工作。对于港澳办的设置，中央还真是费了一番心思，考虑来考虑去，总觉得这个事情应该有个部门来专管，于是下决心成立了港澳办，但不挂牌、不公开。港澳办由廖承志牵头是最佳的，鲁平是他的老部下，于是加入，历史的责任由此落在了他的肩膀上。

鲁平是骨子很硬的人，有脾气也有火气。1992年，在时任英国首相约翰·梅杰的安排下，香港总督彭定康走马上任。没承想，过了没多久，彭定康就以“心忧香港”的姿态，出台了“民主政改方案”。当年曾有记者问钱其琛副总理对此有何评论，钱其琛的回答自具风格，平静而潇洒：“香港不是他的选区，他没有必要在香港搞竞选工作。”而到了接触具体事务最多的鲁平那里，说话风格可是大不一样了！他看到彭定康一上任就大幅改变英国对香港的政策，就毫不客气地直言：“彭定康先生将来在历史上，要成为香港的千古罪人！”

“千古罪人”的严词，正是鲁平先生家国情怀的直接体现。一代人有一代人的识见，一代人有一代人的责任，一代人有一代人的行为方式。儒家传统知识分子的家国情怀，就是“修身、齐家、治国、平天下”；当发现某一领域的“治国”“理政”出现偏差之时，他们一定会发出自己的声音——这声音，在很多时候，就是强音。2009年，鲁平出版了《鲁平——口述香港回归》一书，这是一本很重要的口述实录，详细追忆香港回归祖国的前前后后。其中有一章，专门说“最后的港督和第一任特首”，其中有“千古罪人”和“另起炉灶”两个重要关键词。彭定康是在西方民主政治环境中长大的“领导干部”，可他太不懂中国，太不懂中国文化，尤其是政治文化。所以他鼓捣的方案，注定是“绝对不行”的。

另一位香港回归的亲历者和见证人、曾任外交部副部长的周南，同样为国家利益折冲樽俎。曾作为中国政府代表团团长，草签了中英两国政府关于香港问题的联合声明。周南的一本口述实录，取名《遥想当年羽扇纶巾》，十分潇洒。与鲁平的风格不同，周南是一位温文尔雅的诗人外交家，既充满激情、幽默诙谐，又不失稳重。曾有一次，周南在香港总商会发表演讲，有人当场发问：港人对“中国人民解放军”这一称谓有些抵触，将来的驻港部队能否换个名字？周南莞尔一笑，随即用英语吟诵了一段莎士比亚戏剧中的道白作为回答，中文大意是：名字本身有什么意义？我们称之为玫瑰的花朵，换一个别的名字，它的香味还是同样芬芳。周南的机敏睿智和儒雅风度，博得一片喝彩。

而鲁平往往是很不客气的。有一次会谈中，鲁平看到彭定康准备不足，知之不多，问：“彭定康先生，有个中英两国外长交换的七封信件，你知道吗？”没有好好做功课的彭定康听了，一脸茫然，转头问旁边的人：有吗？好不尴尬。

与鲁平维护国家利益一样，彭定康的“搅局”，同样也是出于维护英国的国家利益。彭定康也好，撒切尔夫人也罢，那个时代的英国政要，显然都不认同“一国两制”，他们都期待能够“留一手”，哪想到主权的问题是不容谈判的，驻军的问题也是不容谈判的。后来的事实证明，恰是“一国两制”这个伟大的制度设计，保障了香港的繁荣稳定。彭定康当然也看到了这个现实，多次肯定和赞扬“一国两制”在香港的成功。他在“悻悻然”离开香港不久，出任欧盟外交专员——这是一个非常重要的职位。他致力于欧盟同中国建立友好密切的关系，先后多次代表欧盟访华，反对所谓的“中国威胁论”。在这个岗位上，对于中国来说，他压根就不是“罪人”，更不是“千古罪人”。当年曾怒斥彭定康是“千古罪人”的鲁平，此时也感叹：“政治上没有永远的朋友，也没有永远的敌人！”

政治就是妥协的艺术，而谈判更是离不开妥协，可是一旦到了面对“千古罪人”而要“另起炉灶”的地步，“协商妥协”已成了奢侈品，可见当时双方已到了如何剑拔弩张的地步！折冲樽俎，并不容易。好在中英双方的政治精英，最终达成了让香港平稳过渡的方案。

香港回归，雪耻历史，百年梦圆，来之不易。鲁平说，香港回归还是要归功于党中央的领导，归功于小平同志，同时要归功于全国人民，我只是跑跑腿而已。历史与时光总是很宽容的。在去年央视的热播剧《历史转折中的邓小平》中，“铁娘子”撒切尔夫人与“钢铁公司”邓小平在北京人民大会堂举行的历史性会谈，有了充分的展现；但是，撒切尔夫人在与毫不退让的邓小平会谈后，在走下人民大会堂台阶时，神不守舍趺了一跤——这个镜头在实拍之后，最终还是删去了。该剧编剧之一、浙江著名作家黄亚洲说：“就塑造人物性格而言，写这一笔当然无可非议，但是考虑到国际观感，这一段最后还是删了。”

相信此刻的鲁平，也一定会同意删去这个细节的。

水深水浅东西涧，云去云来远近山。香港与内地，山水相依，身心相连。香港为何那么香，香港如何永久香？这与历史有关，与现在有关，更与未来有关。折冲樽俎之外，未来的“家国情怀”，一定需要升级为“人类情怀”，小小寰球，人人相同——那就是从“胸怀祖国，放眼世界”，升华为“胸怀世界，放眼祖国”！

（原载于2015年5月8日手机网易网）

人间·慈航

RENJIAN · CIHANG

刘传健：
机长，我们的机长！

史诗般的备降，在世界航空史上堪称奇迹——这说的是2018年5月14日早上，四川航空3U8633重庆至拉萨航班在飞行途中，驾驶舱右座前风挡玻璃破裂脱落，机组实施紧急下降，安全备降成都双流机场，所有乘客平安落地。

让我们记住英雄机长的名字，他叫刘传健！退役进入川航之前，他是空军第二飞行学院的优秀飞行教员。这次备降是极端条件下的极端困难：失压，仪表盘被掀开，大多数无线电失灵，只能依靠目视水平仪进行操作；气温骤降至零下四十摄氏度左右，在极度寒冷中，需要极大的意志力来操控一切……

非凡的刘传健机长，让我想起美国著名诗人惠特曼的名诗《哦，船长，我的船长！》，诗的开头是："哦，船长，我的船长！我们险恶的航程已经告终，我们的航船安渡过惊涛骇浪……"这里的"船长"可以置换成"机长"，那就是："哦，机长，我的机长！我们险恶的航程已经告终，我们的航班安渡过惊天危险……"

路透社将此次事件称作"中国版"英国航空5390号班机事件，赞赏机长的"不懈努力"。5390号班机事件发生在1990年6月10日，同样是飞行过程中驾驶舱中的一块风挡玻璃突然飞脱。网友则称刘传健是"中国版萨利机长"——萨利机长执飞的全美航空公司1549号班机，因飞鸟撞击导致引擎失去控制，在2009年1月15日成功迫降于纽约哈德逊河上。

刘传健机长成功挽救飞机，一是因为他有着军人钢铁般的意志和过硬的心理素质，二是因为他有精湛的飞行技术和丰富的飞行经验，三是因为训练有素。

作为飞行教员，他每年都要带着学员进行“玻璃爆裂”训练，为遇到事故临危不乱打下了坚实基础。

“既为英雄机长点赞，又要查明事故真相”，这是公众的声音。因为是法国空客生产的飞机，而不是咱们自产自销的飞机，所以对故障原因的调查，我并不担心。法国方面已经指派专门的技术团队参与调查分析。根据目前我方发布的调查信息，该机作为新机于2011年7月26日加入运营，脱落的右侧风挡玻璃为该机原装件，自运营至事发前，未有任何故障记录，也未进行过任何维修和更换。

无论是什么原因，高危事故都是实实在在发生了。杜绝类似事件的再次发生是当务之急。各航空公司必须引起高度警觉，要全面评估和防控安全风险，特别是机务维修方面，要第一时间对相关部件深入开展隐患排查，对同件号部件开展潜在危险的普查。英国航空5390号班机风挡玻璃突然飞脱事故，经过严格调查发现，飞机在出事前27小时曾被更换风挡玻璃，而安装的90颗螺丝钉中，有84颗的直径要比标准的小，还有6颗则是长度比标准的短，风挡玻璃最终承受不了气压差而导致飞脱。维修部门以“尽量相似”为准则拧螺丝，如此马马虎虎差不多，还真是印证了近百年前中国的胡适先生的讽刺妙文《差不多先生传》中“差不多先生”的形象：“你知道中国最有名的人是谁？提起此人，人人皆晓，处处闻名。他姓差，名不多，是各省各县各村人氏……”所谓“差之毫厘，谬以千里”，但是差不多先生们就不这么认为。

飞行安全绝对是“万无一失、一失万无”。飞行机组作为飞机的灵魂，必须提高自我保护意识，熟练掌握应急处置程序，严格按照飞行规程操作；而相关单位务必加强安全应急管理，不断提高应急响应和处置能力，绝对不能存在“不出事就没事”的侥幸心理。

（原载于2018年5月16日《杭州日报》）

田家炳：“百校之父”的慈善精神

履仁崇义，物我两善彪炳华夏；溥施隆教，夕阳穿树能补花红。

2018年7月10日上午，香港著名实业家、慈善家田家炳先生安详辞世，享年99岁。田家炳老人弥留之际仍握着中国地图，一生将教育兴国视为最大希望。

田家炳1919年生于广东梅州市大埔县，不到16岁辍学从商，后辗转越南、印尼等地创业，其中在东南亚生活创业20多年，1959年移居香港开办工厂，成为香港“皮苎大王”、行业领军人物。1982年，已是亿万富翁的田家炳捐出80%的财产，用于慈善公益，主要捐助教育事业。

在杭州的浙大西溪校区，也就是老杭大所在地，有一座田家炳书院，就是由田家炳先生捐资800万元人民币兴建的，于1999年春落成。这幢书院大楼，融民族风格与现代气派于一体，主楼高8层，画栋飞云，层檐耸翠，端庄古朴，典雅明丽，建筑面积共有12000平方米。有云“书院之兴建，将以兼容并包为方针，以化育人才为指归；切磋学术，砥砺德行，诚为莘莘学子进德修业之宇也”。看田家炳大楼和田家炳先生，真是“物我两善”啊！

提起田家炳的名字，内地教育界无不感佩。自20世纪80年代开始捐助教育事业以来，他在全国范围内累计捐助了93所大学、166所中学、41所小学、19所专业学校及幼儿园、大约1800间乡村学校图书室。以“田家炳”命名的学校或学院遍及所有省级行政区，他因此被誉为中国“百校之父”。1994年南京紫金山天文台将2886号小行星命名为“田家炳星”。

向善之心、向上之行，体现的是一个人的心灵的温度。田家炳先生自己一生简朴，一双鞋要穿十几年。留财予子孙不如积德予后代，1982年，他倾囊而出捐资创办“田家炳基金会”，这是纯公益组织，从不向外筹募。

重教兴学，百年大业；功在后世，泽被神州。田家炳先生认为，资助教育是“把钱用在最有用的地方”。《南方日报》记者曾于2006年对田家炳先生进行独家专访，问及为什么钟情教育事业，田家炳先生回答说：“我16岁时父亲就去世，作为家里唯一的儿子，我刚刚读到初二，就只能忍痛辍学，接手父亲的砖瓦窑生意。小时候没读多少书，是我此生最大的遗憾。后来在印尼生活了20多年，也走过欧洲一些国家，发现经济发达的地方，人们的素质都很高，其中很重要的原因就是教育的发达。正是有了这些经历，我能深深地体会到教育对个人的成长和创业，对国家的发达兴旺有多重要。”

佛法无边，尚且有丈量不到之处，而田家炳先生在教育领域的慈善公益，已经实实在在影响了众多的学子，功德无量。今年4月，安徽铜陵市田家炳中学高一的一批艺术生，风尘仆仆赴杭州采风，朝气蓬勃的形象给人深刻印象。全国各地的田家炳学校，都需要秉承“田家炳精神”，爱国爱乡，修身立德，勤俭诚朴，坚韧不拔，敦品励学，静心教书，潜心育人。无论小学、中学、大学，在以田家炳的名字命名的学校里就读的莘莘学子，都应该铭记先生的崇高品格，化为自己的养分。

公益事业，是“取诸社会、用于社会”。相比之下，那些只想“取”不想“予”，甚至以非法手段“取”和“夺”者，是如何的让人感到汗颜。田家炳先生曾签赠一本自己的传记《履仁崇义的田家炳》(广东省大埔县《田家炳传》编撰委员会编著)给西部某大学领导，不承想这个领导后来因腐败落马——两者之间，真当是霄壤之别、云泥立判啊！该大学也有田家炳大楼，如今看着“田家炳”三个字，都应该有警示的意义。

田家炳彪炳田家，田家炳更是彪炳华夏！学习田家炳，学习田家炳的慈善公益精神，必须的！

（原载于2018年7月11日《杭州日报》）

曾宪梓：倾力支持国家改革开放

2019年9月20日，金利来集团创始人、香港著名企业家曾宪梓先生在家乡广东梅州逝世，享年85岁。

金利来集团当日发布讣告，曾宪梓热心公益事业，为祖国的教育、科技及体育出钱出力；香港回归后，曾宪梓获颁大紫荆勋章，成为香港特区政府第一批12名大紫荆勋章获得者之一。

2018年改革开放40周年，中央表彰100位为改革开放作出杰出贡献的个人，曾宪梓先生是其中一员。他被称为“倾力支持国家改革开放的香港著名企业家”。其时因病不能亲赴北京领奖，他身着正装端坐轮椅全程收看电视直播。他说：“成为改革开放40年100人中的一员，太感动了！能够得到国家的奖励，太感谢了！我对改革开放充满信心！”

贫苦出身的人，与含着金汤匙出生的人，是大不一样的。曾宪梓的童年没有玫瑰花。作为客家人的后代，曾宪梓于1934年出生在广东省梅州县农村一个贫苦的侨眷家庭。因为父亲当年在泰国营生，所以，据《曾宪梓传》(夏萍著，作家出版社1995年3月第1版)记载，“1933年的春天，年轻的母亲在浓烈热带雨林气候的泰国，怀上了曾宪梓”。然而到了他四岁那年，父亲因糖尿病不幸早逝。曾宪梓说，“我们山区非常贫困，吃不饱、穿不暖。”别人是长大的，他是苦大的。小学毕业后，因家庭贫困，不得不辍学在家务农。解放后他依靠国家助学金，有幸读完了中学和大学。1961年，他以优异的成绩从中山大学生物系毕业，分配到广州农科院工作。

“我是一个真正的穷苦人，一个被共产党和新中国改变命运的人。”曾宪梓曾说，“祖国有恩于我，政府的关怀和学校的培养，教我如何做人，我必须回报祖国！”

1963年，因为父亲在泰国的遗产，曾宪梓经香港赴泰国侨居。彼时泰国与中国尚未建交（1975年才建立），所以他得在香港居住一段时间后才能侨居泰国，就这样他与香港结下了不解之缘，在1968年又从泰国回到了香港。他在香港从家庭作坊自己手工缝制领带起步，成长为“香港领带大王”，创立了世界名牌“金利来”。中国文化也帮到了他，在设计金利来商标图案时，他想到用中国毛笔来书写英文“goldlion”，从而呈现出了独特的韵味。

伟大的改革开放，让曾宪梓与内地重新开始有了非一般的密切关系。众所周知，中国改革开放，广东先行；外资进入中国，香港先行。曾宪梓把握住了改革开放的大好时机，快马奋蹄，早着先鞭，在20世纪80年代，正当不少港商为“九七”前途问题担忧，着急将资金转移到海外之时，他以过人的胆识，投资100万美元，引进国际先进的领带生产技术和设备，在家乡梅州兴建年产1000万条领带的中国银利来公司。他说，“金利来的迅速发展，得益于国家改革开放的机遇”。金利来由单一的领带迅速扩展至皮具、男士配饰等，一句著名的广告语“金利来，男人的世界”，火遍神州大地，成为一代人共同的记忆。

曾宪梓是爱国爱乡的著名实业家和慈善家，是香港企业家中最早为内地改革建言献策者之一，更是动员、组织大批志同道合者一起到内地投资办厂。他迄今向内地捐资超过1400项次，累计金额超过12亿港元；他设立了三大基金，涵盖教育、体育、航天等领域。1994年，为表彰其卓越贡献与奉献精神，中科院紫金山天文台将一颗小行星命名为“曾宪梓星”。

爱国者必爱吾乡。曾宪梓回归桑梓，在家乡安然辞世，客家人不再客死他乡，这就是完满。

（原载于2019年9月23日《杭+新闻》《杭州日报》）

袁立：袁立之立

朋友和网络朋友圈里的袁立，2017年岁末，站上了风口浪尖。

我在微信微博上转发过许多信息，但还需要多说几句。

有信仰的人是有灵魂的，有信仰的人是有情怀的；有信仰才有敬畏，有敬畏才有底线。袁立是有信仰的人。袁立之立，是因为正直的品格，是因为大爱的信仰，是因为至善的情怀。生长于杭州的袁立，不太像传统的、具有婉约之美的“西子姑娘”。了解袁立的性格、信仰和情怀，是理解袁立的“钥匙”，理解她为何“怒怼”某电视台和某某网联手制作的那个节目，尽管这个“怒”字并不准确；你多了解一点袁立，你的心灵会澄澈许多。

金秋那个阳光灿烂的下午，我和袁立等朋友同游之江大学校园旧址，是因之江大学原为教会大学，一百多年前创立时同样是“因真理，得自由，以服务”，司徒雷登的弟弟司徒华林曾任校长。

今日袁立，非常质朴，你根本想不到她就是《铁齿铜牙纪晓岚》中的“杜小月”，那个温柔体贴、善解人意、心存正义的女中豪杰。袁立是我们这些朋友的车夫，她开着她的大大咧咧的路虎，载我们去钱塘江边、六和塔旁的浙大之江校区，她也认不得走高架前往的“捷径”，还是我这个不会开车的人指点的路。这是在杭州的浙江大学五个“含水”校区中最美的一个，诸多红砖老房子构成美丽风景，属于全国重点文物保护单位。我曾多次到这里教课，可还是要手揣一本朋友所赠的、浙江大学出版社新近出版的《之江大学旧址历史变迁》，才能一一对证图文与实物；我们徜徉着走过钟楼即同怀堂，慎思堂，都克堂即小教堂，图书馆，甘卜堂与惠德堂，上红房和下红房……一起缅怀那些来自遥远国度、有信仰有灵魂有情怀有爱心的捐建者。

那天出发前的中午，是在我家附近的全聚德一起吃的北京烤鸭，看到袁立一个手指变黑了，原来她是去最“低端”之地关爱尘肺病人时，村里人给她倒开水时不小心烫的。是的，这是爱的印迹。在当今中国明星中，没有人能做到像袁立那样去关爱“低到尘埃”的尘肺病人。当年“开胸验肺”事件，对袁立的震撼，甚至超过了对我这个媒体人的震撼，我那时只是写了新闻评论而已。我这个书生，作为“百无一用”之人，也只是写过多篇文章为尘肺病人呼吁，有一篇题为《谁能忍看百万中国人将跪着惨死?》，当年影响很大，点击量逾百万，列2004年人民网最受关注原创评论排行榜第一位，后来收进了《万国之上还有人类在》一书中；该书开篇就是讴歌由兄弟姊妹们组成的“普方协会”的，“幸运的人要去帮助不幸的人”，这正是我和袁立心息相通的地方。

那天与袁立一起同游之江大学老校区的，还有我的杭州朋友马洁一家，她儿子与袁立一起去贵州刚刚回来，那是帮助尘肺病人的“爱公益，与袁小立同行”的公益之旅。“书呆子”马洁在微信里有重要的叙述，因为是袁立点亮了她儿子的人生，成为生命中的贵人：“儿子说我现在创业，只有付出，没有收入，但我有一天创业成功，我愿意与袁立姐姐一起将公益走下去。”马洁认识袁立，是从一次俄罗斯之旅开始的，“俄罗斯之行是我们家旅行经历中最不愉快的一次，但却是意外收获最大的一次”，因为经过11天的旅程，袁立和他们一家成了好友；之后，马洁就让儿子参与袁立的公益行动，这次是袁立带着来自全国各地的二十多人，“以AA制的自费方式，自愿前往贵州乡村，奔波于崎岖山路，走家串户，送去温暖；三天的艰苦，让儿子从细皮嫩肉到被强烈紫外线整个人晒成‘红人’……”

你不懂信仰，你就不懂袁立从事公益慈善的华丽转身。是的，这样的转身才能称作为“华丽转身”。为了更好地帮助尘肺病人，袁立成立了“上海袁立公益基金会”。基金会的微信公众号，在2017年12月13日最新一篇推文是《有一个人，他来过……》，沉痛地告诉我们：湖南省益阳市安化县清塘铺镇尘肺病患者吴东胜，于2017年12月6日下午5点告别了人世，抛下了妻子和两个孩子，时年43岁。多年在煤矿挖煤打钻的吴东胜，被查出尘肺病，后来身体每况愈下。11月初，得知吴东胜的病况后，袁立带领的小组第一时间赶去探访，当天就联系了救护车将他送到长沙治疗。袁立的爱的拥抱，给吴东胜生命中最后的时光带来了微笑……

多少最"低端"的、被这个世界不驱逐也遗忘的尘肺病患者，被袁立和她的团队记着，并关爱着。她为尘肺病一期病人提供洗肺的费用，每次需要一两万；她为已经不能洗肺的病人提供呼吸机，每台2000多元钱，以暂时缓解他们呼吸困难的问题；在诸多照片里，都是袁立匍匐在那病床上的尘肺病人身边……事实上，尘肺病人多如牛毛，而袁立的帮助则是九牛一毛；她知道自己的能力有限，筹款也不易，能帮一个是一个，毕竟一烛之光也能撕开黑暗一角。我曾先后几次捐赠过一点小钱，只够买一台呼吸机，其中有1000元是为一个朋友的孩子出版的书写序言，写序都是不收费的嘛，朋友给了“润笔”，我立马转给了袁立的公益基金会。

“人，是最最重要的。他比机器，比奔驰，比什么都要贵重。”在复旦大学，袁立有一次著名的演讲《我的苏醒与救赎》，主题是“我是怎么改变，怎么去关心别人的”，讲自己变化的心路历程，思想、思维、表达都非常清晰，是感人演讲的范本。真是好文章呀，网络上一时刷屏，是可以收进课本的（后来精华版本被收进了2018年度的一本杂文精选本中）。袁立自从考上北京电影学院后，“虽然我也是一个从普通人家出来的孩子，虽然我小的时候也会去挤公共汽车，但是慢慢地，随着我变成一个明星，我就脱离了这一切生活……你就看不到真实的世界，你基本上是飞在空中的。非常幸运的是，我到了美国，它把我打到了原形……”

回到“原形”的袁立，认识到了“人，是最最重要的”，返回国内以后，她就去帮助儿童，帮助一些抗战老兵，最后正是因为“开胸验肺”事件，她开始关注、关心、帮助尘肺病人。“中国有600万尘肺病人，他们很多人没有拿到赔偿。他们给我的感觉是，人生而不平等。而且他们的苦难实在是太多太多了……”

在演讲的最后，袁立说：“如果你是一根蜡烛，你就发蜡烛的光辉照亮周围的人；如果你是一个大的灯，你就发出大的灯的光芒去照亮周围的人；尽量给更多的人带来温暖，让这个世界变得更加的温暖、更加的美好。”

好人是这个世界的魂。人世间有一种灵魂，孤独，又闪闪发光。你可能想不到，日常的袁立生活用度非常简单简朴，她甚至连自己的房子都没有，是租住的。因为有信仰，所以袁立看起来像“邻家女孩”一样，健康，阳光，真实，清澈，善良，友爱，认真，正直，外加勇敢。关爱尘肺病人，那是缱绻；怒怼不公平，则是决绝。袁立为何怒怼那档节目？我一看就知道，只有袁立这样率真的孩子，才会去剥下那“冠冕”相当堂皇的“皇帝的新装”。皇帝和做新装的那些高人，不会知道信仰与灵魂在哪里，而是很知道钞票在哪里，可以赚过来。一个没有信仰没有灵魂的人，一个没有信仰没有灵魂的单位，一个没有信仰没有灵魂的组织，他或它怎么可能理解一个有信仰有灵魂有情怀的袁立？以“娱乐至死”为己任，那是会成为没文化的鬼的，影影绰绰中，缺乏起码的对人的尊重、没有必须的对事实的尊重，眼睛紧盯着的是收视率与广告费，而已。

我自己也领教过的。多年前，某台和几个单位联合举办“青春领袖”评选颁奖活动，邀我为其中两位青年领袖撰写了颁奖词，事先说好的区区2000元稿酬，一直不给，后来就不了了之了。一个电视媒体，因为收视率和广告量一度上了天，就以为老子天下第一了；成天歌来唱去、P来K去、奔来跑去的“娱乐至死”，没有为公共利益说过多少话，这有多少价值呢，偏偏还欺负到说真话的袁立头上了。

我不愿多说这等糗事，简单地说，就是袁立被忽悠上了节目。“我家没有电视机，我不看电视。”袁立说，接到电视台邀请时，她正在阿拉善做公益活动。电视台弄节目的一开始“私下说”让她过第一轮、进入第二轮；合同没有及时签，出镜表演的辛苦费也是通过“讨薪”才拿到，袁立拿到报酬后就捐出去用于救治贵州的尘肺病人了。其实那谁谁谁上谁谁谁下都已事先“导演”好的，大腕评委也幸运地成了提线木偶，连观众投票器都是模型；袁立扮演小品《超生游击队》一角，表演水平一流，结果第一轮就被刷下来了，其实她知道这就是玩儿，她依然开心地笑着说着话，简单干净真诚，一看就是纯真得没心没肺的那种，哪想到，在播出的节目里头，她的形象被剪辑成了势必要淘汰的“精神病”！

看那节目的名称叫“演员的诞生”，演员的诞生？开什么玩笑，袁立作为著名的演员，早就诞生了。如果让那些报考中戏、报考电影学院的学子来竞赛，那才是“演员诞生”嘛！当年袁立考进北京电影学院，还是表演系1992级专业成绩第一名。而今她都已转身离开影视圈、致力于慈善公益好几年了！连节目的名字都不对路，名不正言不顺，很假，假得像演起来的，难怪后来宣布更名为“我就是演员”了。

也正是心地纯朴、爱帮助人的袁立，经不起“软磨硬泡”，才会答应上这档子“综艺节目”，“出演”一个与他人PK、过一轮二轮终被淘汰的“角色”。事实上，以袁立的能力，请她上台做评委也不是不可以，她才是更为公平正直的人。和袁立搭过戏的演员，对她的评价大都是很直爽、有个性、不会转弯。陈道明说：“她是个挺纯粹的人！”王刚说：“袁立挺讲原则，挺正直，喜欢说一些公道话。”张铁林说：“她不是一个世故的人，不太会来事，有点独立独行的那个劲，这个劲很多人不喜欢，不是跟所有人能融合。我喜欢。”

而在播出的节目里，率真的袁立忽然“被精神病”了，想起来都要笑。那是用“糨糊＋剪刀”剪辑出来的——脑子里的糨糊、手上的剪刀。袁立在微博上直言其剪辑行为“已构成恶意丑化我的侵权行为”；“为了收视率恶意污蔑演员精神不正常，这不仅是我袁立的个人私利，而是涉及观众所见真知性的公共利益”。电视媒体是公权力之一，来不得店大欺客、罔顾公共利益。然则，愚妄人藐视智慧和训诲，却自认是文化人，这有什么办法。毫无疑问，心中只装着收视率、眼睛只盯着广告费的人，才可能成为“精神病”；凡贪恋财利的，所行之路都是如此。

智慧在街市上呼喊，在宽阔处发声。一个人就是一支队伍，一个人就是一个战场。“虽千万人，吾往矣”，袁立在宽阔的网络上，为了自己的权利也是为了公共利益呼喊发声，不再是“沉默的大多数”中的一员。其实，她也不是“一个人的战斗”，她的微博有着逾千万粉丝。“那美好的仗我已经打过了，当跑的路我已经跑尽了，所信的道我已经守住了”，这就是最可宝贵的。

袁立“怒怼”某娱乐节目，这事关公共利益；袁立从事公益项目，而公益本身就是重大的公共利益。娱乐至死的“节目”和袁立公益“项目”，两个都是“目”，却是霄壤之别。而公益袁立，则可能是你和你的诸多朋友有所不知的袁立。袁立走出小舞台，走向大世界，为世人出演了不止一出戏，给世界、天使和众人观看。这一风波过去之后，袁立又忙于她的救助尘肺病人的公益去了。一次她在微信朋友圈中说：“年前我看到这个人的照片，我心里非常非常的，想帮他！于是过年的这段时间，我就飞腾冲飞昆明飞昭通到巧家，我找到了他，真是翻山越岭，只为能找到他！看来效率是很差，但是他今天终于用上制氧机了，我心里面好平安啊，谢谢所有参与的志愿者们。”

我的一位朋友说：“如说袁立仅仅是‘明星’并不确切，而说袁立是‘悯心’更贴切，她不单有明星的外表，更有一颗悲悯之心，让人感觉演艺圈尚存一片净土，让人由衷的敬佩！”

只有干净的眼睛才能看见真正的灵魂，只有干净的灵魂才能看见清澈的眼睛。有至善的引导，才能到达平坦之地，抵达至美之境。袁立还说了一句至善至美的名言：“我是向日葵，而你是太阳。”是啊，做公益的人是向日葵，而公益所帮助的对象才是太阳。

流泪撒种的，必欢呼收割。袁立之立，立于至真、至善和至美。你多了解袁立一分，这世界就会多一分美好。“美在时间与世界之外”的袁立，她才是真正的“最美杭州人”，我因我的美丽杭州有袁立而骄傲。

廖智：断翅再高飞

整整10年前的2008年5月12日，在举国悲恸的汶川地震灾难中，时年23岁的美女舞蹈老师廖智，失去了家人，失去了10个月大的女儿，失去了房子，失去了所有积蓄……她被救出来之后，还失去了一双腿——在废墟下被压近30个小时，双腿不得不截肢；不久，又失去了婚姻。

外在的一切归零之后，廖智的人生没有归零。她重新站起来，以残疾人舞蹈演员的角色，表演大鼓上的舞蹈《鼓舞》，鼓舞了大众；2013年4月20日雅安地震发生时，她第一时间奔赴灾区参加救援，越是艰难处越是抢着上，她的一句名言是："让我去，我的腿是假肢，不怕！"2017年岁末，在央视综艺频道《越战越勇》栏目，廖智深情演唱歌曲《脚步》，以她的"脚步"感动无数观众和网友，那真当是历尽沧桑之后的越战越勇……

这就是廖智的断翅再高飞！廖智说："那场灾难对我来说有什么意义呢？就是从那场灾难过后，我有了另外一个崭新的面貌和生活，让灾难有意义的唯一的原因，就是它让我改变，让我成长，让我成为全新的人。"

其实，在廖智投身雅安地震救灾之时，我曾写过一篇《断翅亦高飞》，刊发在《都市快报》上，后来收进了我的《温柔和激荡》（广西师范大学出版社2015年10月第1版）一书中。彼时我还是《都市快报》评论员，2013年4月23日，我第一时间看到网上廖智那张神似张柏芝的美丽照片——那是在抗震第一线，廖智妈妈为她拍的，我立刻电话告知我直接联系的、《都市快报》派往震区的记者黄小星，要求一定要在当天联系采访到廖智，后方留出两个版面来报道，我要配发评论，标题都想好了，就是《断翅亦高飞》。第二天，两个版面包括我的评论推出，我评论的最后话语是：“廖智就是真正有信仰的人。——廖智，我们爱你！”

这个报道和评论影响不小，当时知名媒体人徐达内先生在FT中文网名专栏“媒体札记”中还记录了一笔：“廖智是一位在汶川地震中失去双腿的舞蹈老师，以志愿者的身份出现在了雅安灾区。《都市快报》今天也是以她为报道重点，高唱一曲《断翅亦高飞》，眼见她拍拍自己的腿：‘这里是假的，不怕砸’，老男人评论员徐迅雷甚至喊出了：‘廖智，我们爱你！’”

“人之生也柔弱，其死也筋朋坚强。”聚散离合，人生沧桑；生生不息，念念莫忘；死生契阔，唯爱无疆。汶川大地震十周年，也是全国第十个“防灾减灾日”，于国家而言，防灾减灾是永恒的命题，是重如泰山的责任。时间静静流逝，十年亦短亦长，对经历过大地震者来说，他们的人生无限分岔，但“5·12”始终是一个起点。

如今廖智有了新的家庭，有挚爱的丈夫、可爱的女儿；与廖智的坚强一样，有一对失去孩子的父母——文丕荣和妻子陈学会，震后再生育了两个娃娃：一个9岁的女儿和一个5岁的儿子；65岁的蒋玉桂，让来自三个家庭幸存的五口人聚拢在一起，组成一个特别家庭，相互依靠，共同度过；还有那废墟下被埋36天、饮雨水啃木炭而活下来的“猪坚强”，活到了今天，成了值得人类学习的坚强模范……这一切的价值，就在于“面向未来”的价值，正如廖智所说的：我们要做的是，怎样让这个群体强大起来、健康起来，怎样更具有自身的生命力和创造力，怎样让未来更美好。

柴静还在央视的时候，通过《看见》栏目访谈廖智，《生命，美得让人流泪》的标题就催人泪下；2013年，廖智自己所写的《廖智：感谢生命的美意》一书出版，我和妻子都是一口气读完，几回回泪流满面。如今廖智在上海有了一个幸福的家庭，她的微信头像照片是“三双腿”，一双男人的腿，一双孩子的腿，还有一双是她的腿——这是一双义肢；在我写这篇文字的时候，她正怀着二宝，所以将来的照片将是更美的“四双腿”。

“能走能跑，义肢就是身体的一部分。”廖智的先生和廖智同龄，是义肢工程师，他出生在台湾，在新加坡和美国长大；廖智说，“2008年，他在美国读研究生选择了假肢这个专业，同样在2008年，我在地震中双腿截肢；5年后，2013年，他为了服务更多残疾群体来到上海，同样在2013年，我因为参加电视跳舞节目也来到上海，命运的安排就是这么奇妙”。他从美国来到上海，是希望把资源放到更需要的地方，因此认识了廖智。感恩上帝，感谢缘分！

地震之后，廖智成为一个有信仰、有灵魂、有情怀的大写的人，她对这个世界充满热情和感恩。这就是如今的廖智，拥有非凡的“四给”：给人信心，给人温暖，给人喜乐，给人希望！

因为有爱与信仰，廖智说她的生命充满了恩典，充满了惊喜，充满了各种各样的丰富多彩。美丽的廖智以她的人生经历，同样实践了圣严法师的12字箴言：“面对它，接受它，处理它，放下它。”

地震是地球的现实存在，不会断绝，不可避免，经历者首先必须敢于面对它。2016年5月31日下午，我在台湾曾经历过一次地震的强烈“摇晃”，那天13时23分，台湾新北市海域发生6.2级地震，震源深度239千米，恰好被我赶上了——我刚迈出五楼的电梯，手机与大楼同时发出尖锐的地震警报声，几秒钟之后就是大楼的剧烈摇晃；但比我镇定的是与我同行的女儿，因为她在台湾读大学，类似的“受震”经历过多次，她知道“房坚强”是大概率事件，而“房倒倒”才是小概率事件——镇定原来是“震定”，“震”多了反而是“淡定”了，淡定面对到来的地震。

然而大地震毕竟是残酷的，带来的灾难是巨大的，经历者必须接受“被震”的现实，同时选择最佳的方案处理好一切。廖智说得好：“我们要直面灾难，因为它会改变你，可能把你自己未曾注意的能量激发出来，让你的人生彻底转向，转向阳光，转向美好。”今天，对于地震的死难者，我们站在时间的河流上，怀念如水一般悄然远逝的他们；愿死者安息，愿生者坚强！然而，在经历汶川地震之后，廖智看到还有很多人无法面对自己的人生，“当他们看到自己残缺身体，又得不到帮助时的那种绝望，你是无法体会的”。所以她说，纪念汶川地震10周年，她最想做一个地震截肢者的时装秀，要让他们走到一个更大更炫的舞台上去，展现他们不一样的美，因为这种美是可以感染人的。

“我如果不经历灾难，就不会对受灾的群体有这么深的同感；我如果没有截肢，就不会对残疾的群体有这么强的使命感。这是困难、患难对人生的意义。”廖智说，她和她丈夫最大的梦想，就是未来在西南地区，在更多的少数民族地区，可以去关注到那些截肢的不能够自理生活的人，“就是有一个使命，去帮助这些跟我有共同命运的人”（见2018年5月9日澎湃新闻网刊载的廖智口述）。廖智心心念念的，就是鼓舞鼓励受苦受难者，最终能放下苦难，面向未来，坚韧前行。

我曾遍体鳞伤，但伤口长出的是翅膀！

有了翅膀，就要振翅飞翔！

这就是我们的廖智！学习廖智好榜样！

（原载于2018年5月12日《杭州日报》《杭+新闻》）

吴非：善城·善人·善行

春运，2019年2月15日，从成都回杭州的D2224次列车上，一位大伯忽然发病，腹部剧烈疼痛，他佝偻着身体，大汗淋漓，满脸痛苦和恐惧的表情。大伯的老伴也已吓得惊慌失措。列车广播找医生，正在车上的吴非立刻站起来，一路小跑来到了大伯的2号车厢，检查救护大伯。吴非，她是杭州余杭五院的一名妇科医生。

如果说一名医生这样的行动很寻常，那么，接下来情形可是非常不寻常：通过询问既往的疾病史，结合患者的症状，确定应该是尿路结石的再次发作；同时确定生命体征基本都平稳，没有生命危险；这之后，吴非医生不是离开算数、一走了事，而是守在大伯身边，以蹲跪的姿势，用自己的腿托着大伯的左腿，一边用手帮大伯按摩左下腹，一边安慰大伯来分散他的注意力——作为医生深知尿路结石的发作那是如何的“惨痛”，而吴非这样的姿势一直保持了将近40分钟！直到下一站动车停下，大伯被救护车接走……

这是世间最美的医生的姿态！而吴非医生自己已被压得腿麻手酸。她说，其实对医务人员来说，我们做的都是小事，可是对病人来说，有个医生陪在身边，他心里就会踏实很多。去年在去北京的高铁上，她碰到了一个突发胸闷的老人，也主动伸出援手。尽管在列车上的救护，并非真正的“医患关系”，但在关键的时刻，用自己的技能，去帮助其他人，这个完全可以有，也应该有，而吴非医生像对待家人一样对待他人，正是最为可贵的仁心品质。

唯有医者仁心，才有患者安心。吴非，是杭州这座善城中的一位善人，她的善举善行、仁心仁术，感动了无数网友。“这个世界或许没有你想象的那么美好，但总有一些爱，穿过兵荒马乱，跨越千山万水，来到你身边，让你感觉到温暖。”我们知道，医学本身是科学和人文的结合，医疗与人的关系非常密切，一个好的医生，“人”和“心”最重要，要“济人济世仁心仁术”，要以“诚意、正心、修身”为本。

英国启蒙思想家大卫·休谟说过：“尽管人是由利益支配的，但是利益本身以及人的所有行为都是由观念支配的。”支配吴非医生的观念，就是“仁者爱人”。她有一颗自由、奔放、喜悦与充满爱的心。她积极、阳光、乐观、开朗，在生活中有着满满的正能量。吴非是妇科医生，同时负责医院的医疗质量控制工作，常常拖班加班，她从不抱怨。她是一个12岁孩子的妈妈，朋友同事有事都爱找她帮忙，亲切地叫她一声“非姐”。她多才多艺，热爱运动、健身，喜欢吉他、唱歌，还是个烹饪高手，曾获所在医院药膳美食比赛一等奖……在每一个闪光的时刻，她让我们看见了平凡中的不平凡。

外人大多不知道，吴非自己也曾是一位患者，她与强直性脊柱炎搏斗了六年，靠着乐观的精神和坚强的毅力，现在已经恢复得和正常人一样了。强直性脊柱炎是一种中轴关节慢性炎症性疾病，累及骶髂关节，引起脊柱强直和纤维化，造成不同程度眼、肺、肌肉、骨骼病变，是自身免疫性疾病。目前原因不明，我国患病率为0.3%~0.5%，多发于青壮年。吴非一度依靠拐杖和轮椅“行走”，长期服药导致她肝、肾等脏器出现不同程度的损害。为了恢复健康，她改善饮食结构，坚持大运动量的康复训练，终于摆脱了轮椅，恢复单独行走。她能参加10公里“湖乱跑”，并顺利完赛；在2018年余杭区首届健康达人评选中，她被选为“健康达人”。如今的吴非，朝气勃勃，不仅青春美丽，而且爱心洋溢。

善人善行，一个人为自己服务那是人，一个人爱心洋溢地义务为他人服务那是神；而为别人服务，同样也能丰富自我的心灵。杭州是全国文明城市，相信在这座美好的善城里，能够更多地涌现像吴非这样的平凡而美好的善者。

（原载于2019年2月19日《杭州日报》）

相久大：怎样的生命才是美丽的

怎样的生命才是美丽的？少年雪莱说了一句话，传诵至今：“我要把内心的光传给世人。”不仅仅是诗人，我们每个人只要内心有阳光，那么自己和他人的世界就有了光明。

在北京，有一位名叫相久大的神经外科医生，他干了一件悄无声息又惊天动地的事情。2015年，他辞去北京某医院神经外科主任的职务，卖房贷款，倾尽所有，创立了全国第一家民间非营利慈善机构“植物人托养中心”；5年来，“收养”了74个植物人……（人民日报客户端7月17日报道）

这位神经科医生是否“发神经”了？不，不是的，肯定不是的。作为神经外科医生，相久大接触了不少植物人病患。他发现，当一个人成为植物人后，处境会变得极其尴尬，医院认为治疗意义不大，建议出院；养老院护理水平有限，不收；家庭又难以支撑长期的居家看护，导致许多患者因护理不周而生命终结；更有许多植物人家庭倾家荡产，因病返贫……他希望有专业的人干专业的事，减轻他们的负担，这是因为——“安养一个植物人，就是安抚一个家庭”；而安抚一个家庭，就是安抚全世界。

于是，相医生决心辞职，创办“植物人托养中心”。为了第一笔启动资金，他卖掉了在密云购置的100多平方米的房子；发现资金不够，他又将另一套房产拿去抵押贷款。找地点屡遭困难，最终定在密云城区，机构名为“延生托养中心”，这是迄今为止中国内地唯一一家专门接收植物人的托养机构。

植物人是与植物生存状态相似的特殊人体状态，除了一些本能性的神经反射、能够进行物质及能量代谢，认知能力已完全丧失，无任何主动活动。在报道相医生的视频中，有一位女士因车祸不幸成为植物人，眼睛睁着，偶尔能动，但她却是植物人。研究表明，我国约有30万至50万名植物人，在许多植物人默默辞世的同时，该群体每年增加约8万至10万人——也就是说，越来越多的人因为各种原因，变成了植物人。

一般医院对一名植物人的维持治疗，一年费用高达四五十万元，普通家庭根本就难以承受。而在相医生的非营利慈善机构——延生托养中心，每月收费仅为7500元；这里有20位专业护工，而唯一的医生就是相久大自己，为了节省日常开支，他还兼任后勤和厨师。在没有一丝收益的情况下，累计支出已达500多万元。

没人愿意做的事情，相医生去做了，而且努力要把它做好，这样的生命才是美丽的生命，这样的人生恰是美好的人生。相医生不仅有着温暖的情怀，有着仁慈的心灵，而且有着不一般的思想。他说："我觉得这不是植物人活着有没有意义的事，是人与人之间平等的事。"尽管人生不相同，但生命一定是平等的；尊重植物人，就是尊重人生生命。

五年了，延生托养中心接收了74位病人，有43人在这里离世；遗憾的是，尚未有植物人苏醒的案例。植物人苏醒本身就是小概率事件。而对于离世的植物人来说，他们在这里得到了一种非常特殊的临终关怀。在生命的最后一程，延生托养中心给予了他们最好的告别；而那最后的安宁，也是一种特殊的美好。

死生契阔。现在，相久大医生只有一个简单的念头——把托养中心运营下去。是的，让每一位植物人走到裂缝的尽头，无论死生，都沐浴阳光。

（原载于2020年7月20日《杭州日报》）

许鹏：志愿者的生命永远翱翔在蓝天

美丽的谎言："孩子要乖，爸爸去武汉打怪兽！"

接着是四个并排站立着的词语：使命，责任，无惧，坚守！

这是志愿者许鹏在朋友圈发出的最后一条信息。

2020年2月21日凌晨4时30分许，蓝天救援队全国机动队队长许鹏，在往武汉运送抗疫物资的途中发生车祸，不幸殉职，年仅39岁！

他们是往武汉抢运消杀用的弥雾机，之前已发了500台，这次是从山东青州向武汉运货。在抵达济宁市梁山服务区一公里的地方，遇到一辆挂车违停在行车道上，未设任何警示标志；车队三辆车，第一辆小货车司机一把方向拉过来避让了过去，第二辆车是许鹏驾驶的坦途皮卡，猝不及防来不及避让，皮卡直接穿到挂车的车肚子里……

39岁，一个壮年人生命中最好的时光，就此定格。使命存在心中，责任扛在肩上，无惧逆行疫区，坚守志愿阵地和志愿精神——许鹏，为此付出了最宝贵的生命。

许鹏生于1981年，是非常壮实的汉子。他上有老下有小，他的儿子10岁了；他要去武汉做志愿者，骗儿子是去武汉"打怪兽"。武汉的怪兽太多，非打不可。

许鹏是江苏盐城市大丰区刘庄镇人，现住苏州。他参加蓝天救援队已有六年时间，还兼任着蓝天救援队江苏机动队队长。在新冠肺炎疫情发生后，他按照全国的部署，带队来到武汉做志愿者。他是2月6日到达武汉的，已连续工作了16天。那时主要在武汉天河机场附近一个应急仓库工作，负责给各大医院发放抗疫物资；这个仓库接受全球的捐赠物资，由蓝天救援队和中华慈善总会负责。这次前往山东连夜运送弥雾机，没想到被一辆违停的大挂车夺去了生命。

蓝天救援队成立于2007年，经常担负急难险重的救援任务。它是我国纯民间、纯公益、专业化、国际化的人道救援机构，涵盖生命救援、人道救助、灾害预防、灾后恢复和减灾等各个领域。入队誓词是："我志愿加入蓝天救援队，遵循人道、博爱、奉献的志愿精神，勤奋刻苦、努力训练、团结有爱、自助助人，在各种危机面前竭尽所能地挽救生命。"队训为："少说多做，默默奉献，完善自我，善待他人。"作为纪律化、专业化队伍中的一员，必须刻苦训练，努力学习救援技能，有突发事件发生，备勤时必须24小时待命，随时奔赴救援现场。许鹏深谙执行使命时所面临的困难、风险甚至生命危险，但他总是一马当先、义无反顾，先后完成了很多救援任务。

整整一年前的2019年2月20日，许鹏抵达青海玉树，参加雪灾救援。他带领蓝天救援机动队，来到受灾最严重的称多县扎朵镇。当时扎朵镇最低气温达零下30℃，有的地方海拔高达5000米，很多道路都已封闭，环境相当恶劣。"许鹏开车为受灾牧民送物资，因为雪大，有时候能见度不到一米，连我们本地人都认不清路，他就是在这样的环境下，将燃煤、饲料、粮食这些生活必需品送到牧民家中。"时任扎朵镇镇委书记的扎西求德回忆说，"当时大雪封路，很多家庭缺少生活必需品，牲畜吃不到草料，随时可能饿死……许鹏自己可能都不知道，他在扎朵镇救援的那十多天，一共挽救了多少家庭。有几次，看到来救援的许鹏他们，被困了好几天的老牧民都哭了。"（据《北京青年报》报道）

"哪些骨头在风中挺立成了傲岸？哪些天使逆行走向了疫情最前线？哪些普通人的善良让我们热泪盈眶？哪些陌生人的温暖让我们重燃希望？"许鹏就是其中的一位。他曾说，他希望能够一辈子帮助别人，持续到生命的尽头，如今他真的做到了。许鹏看上去是个粗壮的汉子，但他内心非常细腻，喜欢唱歌，擅长自弹自唱。在玉树雪灾救援的间隙，他也会给大家唱歌。他非常善良，当得知有珍稀的高原野生动物也受大雪影响缺少食物面临死亡，他就带领队友在救援途中为野生动物投放饲料……

志愿者，是爱心者，是行动者，是无畏的迅速行动者。就像美国电影《太空旅客》中一句台词所说的："不是他们醒得太晚，而是我们醒得太早！"志愿者的民间行动，快速发现、灵敏响应、行动力超强。从专业NGO、校友会、救灾小组、社工、心理咨询师到个人志愿者，从抗疫焦点到边缘群体救助，一张张社会志愿自助网络飞快织成。

"中国人都响应了！"最新一期《财新周刊》主题报道是《民间大救援》：一个月以来，社会力量前所未有地参与到这场抗疫总动员中，以其灵活、多元、广大、自下而上的组织力，深入各个末梢，发现和瞄准疫情中多种多样的需求，在救援中发挥了重要作用。

各种志愿者形象、如火如荼行动的报道扑面而来：

在武汉，19岁的大一学生俞天阳，成为方舱医院年龄最小的志愿者，八天里争上五个夜班；他的防护服背后写着一句意为"不屈服"的话："武汉伢，不服周！"

在上海，24岁的女孩梁钰，想到一线医护人员月经期自我护理问题，组建"姐妹战疫安心行动"志愿者团队，筹款两百多万元，为一线女性医护人员送上了14万多条安心裤、近10万条一次性内裤……

在浙江，36位侨界贤达共同倡议"致敬逆行，感恩天使"，做援鄂医护人员坚强后盾，广泛团结海内外浙籍侨胞，组建一支支志愿服务队伍，踊跃投身于这场没有硝烟的战"疫"中。一位旅居西班牙的青田侨胞说：我们这边的口罩，早就被各大侨团全部买完捐到武汉去了！

在杭州，市妇联发起"您守护大家、我守护您小家"活动，推出"包户"制志愿服务，一对一照顾一线医护人员家中的老人和孩子，让前线的战"疫"人员无后顾之忧……

许多志愿服务，看起来是服务"个人利益"，其实是为了公共利益。许多志愿者默默无闻，怀大爱，做善事，冲在前，肯吃苦，能坚持。而身先士卒的蓝天救援队全国机动队队长许鹏，正是志愿者的典范，他以生命写下的志愿者精神，必将载入中国志愿者的史册。

大鹏展翅，生命永远翱翔在蓝天！

（原载于2020年2月24日《杭+新闻》《杭州日报》）

巴菲特：午餐的本质是慈善

詹姆斯·苏洛威茨基在《纽约客》上所发的佳作《与巴菲特共进午餐》，对巴菲特的描述非常精当到位：

> 沃伦·巴菲特的口味没怎么变过。“我现在喜欢的东西还和50年前一样。”一次共吃午餐时他告诉我，“我喜欢看公司年报，喜欢打桥牌。我没有添加很多新习惯。20多岁时我就很快乐，我看不出有改变的理由。”那顿饭吃的估计是他从儿时起一直吃的东西：汉堡、薯条和香草冰激凌，“多浇些巧克力酱”。他的投资哲学也始终如一。

是的，口味没变，变的是巴菲特的名声。他不仅成了美国第二富豪，更成为社会贤达，成为最受敬重的人之一。这位巨富，仍住在1958年买的老房子里。

2015年度的“巴菲特慈善午餐”，由中国的企业家朱晔竞拍获得，价位是234.5678万美元。这一串数字比较有意思，但是与2012年的345.6789万美元相比，还是差了一大截，当年的中标人至今匿名。9月8日中午12时，作为天神娱乐董事长的朱晔，带领他的团队成员，和沃伦·巴菲特先生完成了这顿午餐。9月15日澎湃新闻网报道：朱晔说，“很值啊，但总有人不相信”。

“一直以来，我比较崇拜两个人，一个是巴菲特，一个是乔布斯。如果乔布斯还在世，他也愿意拍自己的午餐的话，我也会去竞拍。有机会见偶像，当然想试一下。在午餐交流中会收获很多东西。交流后，我明白了，大道至简，贵在坚持。”朱晔很感慨地对媒体记者说，“很多人在成功后，忘了自己当初靠什么成功、为什么会成功。巴菲特就非常简单。实际上，他的理念和方法论早就告诉过大家。只是，你没有真正见到他时，你不会相信，他的道理就是这么简单。他确实不是在炒股票，而是真正地了解企业。巴菲特只做他懂的事情。”

“与巴菲特共进午餐”，本质是慈善。这个活动是从2000年开始的，十几年来都让商界人士趋之若鹜。此前，中国的步步高董事长段永平、“中国私募教父”赵丹阳，曾分别于2006年和2008年拍得这一机会。从商业角度看，是为了能获得与“股神”巴菲特交流的机会；从广而告之的角度看，这是无形的、高效的“海报”；但从巴菲特本身的角度看，这就是一次慈善公益行为，是在“帮助别人”。

巴菲特施行的帮助是双向的，一头连着富豪，一头连着穷人。慈善午餐拍卖所得，已悉数捐给了位于旧金山的慈善机构葛莱德基金会，就是用于帮助当地穷人和无家可归者的。世界的、中国的富豪，通过一次“共进午餐”的方式，拿出钱来帮助穷困者，于是就把富与穷这两端，给维系在了一起。这何尝不是公益慈善一种成功的创新创意！

巴菲特，好样的。他和他所帮助的两类他人，构成了一个稳定三角——这对三方来讲，都是最好的“解忧杂货店”。

对于发展中国家来讲，慈善并不容易。或许是受到郭美美事件的影响，中国富人的慈善捐赠一度大幅下滑。据胡润慈善榜，2013年中国排名前100名的慈善家，一共只捐了8.9亿美元；而美国“脸书”CEO扎克伯格和他的华裔妻子，这一年就捐赠了10亿美元，比累计的前者多了1.1亿美元呢。有境外媒体曾评述说，中国富人已经培养了许多西方富人的品位：艺术、私人飞机、勃艮第葡萄酒和爱马仕包；但比尔·盖茨认为，他们没有学会最重要的一项——慈善。比尔·盖茨曾与巴菲特共同发起“捐赠誓言”活动，他对此比较感慨，认为中国富人在做系统性和持续性的慈善事业方面比较缺失，希望中国富人多做慈善。

中国的成功企业家，在公益慈善方面很难比得上比尔、盖得了盖茨。而今，巴菲特的这顿午餐，正在帮助中国富人在学习中改变。

可以看到，中国的公益慈善，终归在改善。到了2015年4月“2015胡润慈善榜”发布时，我们看到捐赠额度已大幅飙升，其中的首善马云，所捐额度为146.5亿元。同月发布的第12届中国慈善排行榜，马云被称为“中国新首善”，捐款额是124亿。因为涉及股权捐赠，所以数字有出入，但马云成为首善没有疑问。

一个新变化是，国内企业家对海外的捐赠日益见多，有5项海外捐赠过千万人民币，其中额度最大的，是SOHO中国的潘石屹、张欣夫妇向哈佛大学和耶鲁大学共捐赠了9470万元。朱晔这次“与巴菲特共进午餐”，等于向美国慈善机构捐赠了1500万元。在这个小小地球上，人类其实是个共同体，公益慈善是跨国界的，盖茨和他妻子的基金会，就曾为中国、非洲等地的农业技术发展与艾滋病防治等进行了多项捐赠。

万般皆凡品，慈善为金顶。与“股神”巴菲特共进午餐，就商业取经来讲，毕竟是“小酌”；就慈善公益而言，那才是“大餐”。如今中国股市虽然跌宕起伏，取了经也不一定能派上大用场，而慈善事业是可以“行到水穷处、坐看云起时”的。中国的慈善公益，其社会性的成熟，毕竟需要一个较长的阶段；而今还有不少“能人”，正借助公益慈善之名，在悄悄敛财呢，暗暗构建了一个发家致富的“灰色地带”。

（原载于2015年9月16日《杭州日报》）

扎克伯格：“准裸捐”这张脸谱

1984年，也就是与乔治·奥威尔反乌托邦名著《1984》书名相同的这年，马克·扎克伯格在纽约一个犹太人家庭降生，世人没几个知道这事；2004年，扎克伯格在哈佛大学推出the Facebook服务，知道的人很少；后来扎克伯格干脆从哈佛退学了，也没有多少人知道；2010年《时代》周刊评出年度人物是年仅26岁的扎克伯格，知道的人多了起来；2012年扎克伯格娶了华裔妻子普莉希拉·陈，知道的人不少了……2015年12月1日，扎克伯格的女儿降生，父母给孩子写了一封长长的信，承诺将他们持有的Facebook股份的99%——约450亿美元，捐赠给慈善机构，这，全世界一下子都知道了！

哎哟妈呀，给宝贝女儿写信，不是承诺把财富传承给她，而是承诺把绝大部分财富捐赠给社会做慈善公益！信中说，“你的诞生，标志着扎克伯格—陈的家庭下一代的开始。与此同时，我们也启动了‘扎克伯格—陈计划’，与全球慈善家一道推进人类潜能，促进下一代所有孩子的平等权益”，“最初的关注领域，会在个性化学习，医治疾病，连接所有人并建立强大的社区上”。他们把这个当成送给女儿的最好礼物了。

年纪轻轻，就把99%捐出去，这是接近“裸捐”的“准裸捐”，这跟比尔·盖茨他们差不多了。美国这些站在财富金字塔塔尖的富豪豪富们，大多是这么干的，尽管大多都比不上比尔、盖不了盖茨。除了慈善之心，原因很简单：在美国，富豪的财富，多大也是暂时代管的，大多是要还给社会的；统统留给子女不是不可以，但遗产税之高，一下子就把你财产的大头划给了社会。

好的，这就是扎克伯格的选择。选择重于一切。“准裸捐”，已是扎克伯格的第几张脸谱了呢？这位网络帝国的王者，这位学会了一口流利中文的“青年恺撒”，选择“准裸捐”，自然而然。

阿扎钱多，他是“钱多人好”，他向来大方又节俭。他成为全球最年轻的白手起家亿万富豪，可他的婚礼却一反富豪的高调奢华，就在自家后院弄一弄。这叫品性，这叫德行。他老是喜欢穿普通球衫，开经济小车，和妻子席地而坐随随便便吃着汉堡快餐。他们留下更多的钱，去实现社会价值，而不是凭此去加入“拜物教”。用汉语拼音输入法，缩略输入“扎克伯格”四字的拼音——ZKBG，首先跳出来的词语是“最可宝贵”。

美国的企业家，做着做着就变成了慈善家。这对中国企业家的影响很大，民营企业在公益慈善领域越做越好。早在5年前的2010年，我国的私人捐款就已超过了国家部门及国企的捐款。民营企业解决了70%的就业，上交了国家50%的税收，但只占用了30%的公共资源；国企占了70%的公共资源，才解决不到30%的就业，也才交了一半的税，赢利部分还只上缴15%给政府，可是它的捐款却没有民营企业多。而这还是在法律制度不健全的情况下取得的——我国的《慈善法》草案，在2015年的秋天才第一次提交人大审议。

“我从未想过我的财富是仅仅属于我个人的，它属于整个社会。当你有几百万元的时候，你是个富翁；当你有几千万元时，这些就是资本；而当你有上亿元财富时，它就成了社会资源了。”马云曾多次表达过这一看法，“这些钱仅仅是社会交给你去经营和管理，而且我也根本花不完那么多钱……”这话大概说到扎克伯格、比尔·盖茨他们心坎上去了。没错，千百年来，没有一个人是因为财富众多而被人们恒久纪念的，无论是不是“富不过三代”；能够留于人间的，莫不是与之匹配的公益行动和公共行为，古今中外，概莫例外。

（原载于2015年12月2日金羊网）

丁石孙：
一位北大校长的告别

著名数学家、北京大学原校长丁石孙，因病于2019年10月12日在北京逝世，享年93岁。10月17日，遗体告别仪式在北京八宝山革命公墓大礼堂举行。

丁校长辞世的消息，一时间在网络上刷屏。北大1984级学子姚泉河以“醉落魄”之词牌，写了感人的《哭丁校长》：“无言哽噎，惊闻驾鹤心悲裂。未名湖上星光灭。博雅垂头，也要与君别。秋风苦雨知时节，卅年音讯自今绝。笑容长留红枫叶。泪湿衣襟，举目望明月。”

丁石孙祖籍江苏镇江，出生于上海润安里的石库门。在2006年出版的《自述年谱》中，丁石孙先生一开始就说：“我1927年9月5日出生于上海西门路润安里43号，取名丁永安。父亲丁家承，比我大19岁。母亲刘慧仙，比我大18岁。”现在90岁以上的人，才在“那个年代”受过高等教育。丁石孙1944年至1947年在上海大同大学学习，1948年至1950年在清华大学数学系学习；之后在清华大学数学系做了两年助教，再后来转到了北大数学力学系当教师。

之后一些“历史性”遭遇，并不出人意料：1958年，丁石孙因同情右派，受严重警告处分。1960年，他在反右倾时成为“阶级异己分子”，被开除党籍。甄别平反后，“文革”又开始了，他作为牛鬼蛇神被关进黑帮大院，下放干校，“文革”后才获得平反。（据2016年3月7日《中国新闻周刊》报道）

1980年，丁石孙当了北大数学系主任；这个“北大第一系”，聚集了诸多中国一流数学家，他做主任时，将数学系治理得全校首屈一指。1982年末，他辞去系主任一职，去美国哈佛大学做访问学者——当教授、做学问，还是他的最爱。

1983年他远在大洋彼岸的美国访学，北大师生却推选他当校长。当时北大进行了一次民意测验，请大家填写校长人选，结果丁石孙成为得票数最多的人。一个连副校长都没有做过的教授，最高只做到系主任，而且还辞职出国了，他什么官位都没有，结果被推选为校长，这就是当年民主氛围中的北大。丁石孙随后返国，从1984年3月至1989年8月，担任了五年北大校长。

如今人们为何特别怀念丁石孙校长？是因为在北大一百多年的校史上，丁石孙很好地传承了“科学与民主”“兼容并包，求同存异”的北大精神；而且他是一个“最不把自己当校长”的平民校长，非常旷达、平和，师生们想不喜欢他都难。

先生之风，山高水长。1998年北大百年校庆时，著名学者季羡林在讲话中说，在北京大学的历史上，有两位校长值得记住，一位是被称为“北大之父”的蔡元培，另一位就是丁石孙。

丁石孙熟知北大发展中的各种积弊，所以他力求改革革新。他在1986年提出了六点治校目标与方针：建设世界一流大学；从严治校；贯彻竞争原则；坚持双百方针，活跃学术空气；树立综合平衡与全局观念；分层管理，坚决放权。这些如果都能做好了，那么至少在“术”的层面能够让北大获得大的提升。

追求民主，追求科学，一百年来，这种精神已经融入中华民族的文化之中，为民族的发展作出了巨大的贡献，也为百年北大赢得了历史的声誉。但是，由于众所周知的原因，北大在一个较长的历史时期进入了低谷，那个在2019年8月28日去世的聂元梓，都曾作为“文革”造反派领袖，把持过北大一个时期。拨乱反正之后，随着改革开放的推进，北大不是“跟上”改革步伐的问题，而是需要“引领”改革。当年丁石孙的治校目标与方针，是改革的、务实的。

丁石孙曾说：“一个人，一个国家甚至一个民族，对待数学，重要的不是公式，不是定理，而是它的方法。”对待数学是这样，面对治校亦如此。他认为自己的教育思想部分地体现了北大的精神与风格，那就是尊重人，尊重人的成长和自由发展。

大学，如何让青春的灵魂自由地发展、蓬勃地生长？很清楚，需要用思想架桥铺路，需要用思维天开图画，需要让学习者不敷衍，需要让研究者不空谈，需要让召唤者不蹉跎，需要让主事者不麻木，需要让刚烈者不放纵，需要让脆弱者不沉沦，需要让无力者有力，需要让悲观者前行，需要让前行者持久，需要让大家知道大家的共同心事，需要让个体知道个体的努力方向……

提出从严治校的丁石孙，想让北大自由发展，希望能给学生营造宽松的成长环境，而“从严治校”与“自由发展”两者是可以做到并行不悖的。比如当年丁石孙实行了“允许学生转系”。一位北大学子回忆说，在1984年的中国，他要争取从计算机系转到中文系的权利，其难度相当于在2000年的美国争取同性结婚的权利；但万万没想到，在大学二年级开学不久，北大宣布允许学生提出转系申请。“一夜之间，不可能的事情居然就变成了现实。”

不过，卸任后在接受央视采访时，丁石孙谦逊而坦荡地说：“我是个失败的校长，因为我心目中理想的、好的学校，不是这样的，没有达到。”真正的理想主义者，对理想和理想的现实，总有很高的期望。

大象无形，大音希声。“我最得意的一点就是，我当了多少年校长，学校里没有人认为我是校长。”他说，“谁也不把我看成一个非常重要的人物，这是我很大的成就。”这样的“无我”，才是真正的人生大格局。

丁石孙骨子里是学者，是教授，而不是领导，不是官员。虽然当了校长，他却坚持给学生上高等代数这门基础课，除非不得已，从不耽误课时。他当校长时，公开家里座机的电话号码，有学生觉得食堂太难吃，结果直接打电话到他家里臭骂他一顿，让他自己去食堂尝尝。他于是开始食堂改革，引进竞争机制，饭票在各食堂通用，有了竞争压力，食堂质量立马有了提高。《1971年北大各系各单位私人自行车登记表》中，丁石孙1971年骑的是一辆28永久牌自行车，车牌号是0585795。做了校长之后，他还是骑一辆自行车在校园里跑来跑去，“谁都可以把我从自行车上拉下来，跟我发点牢骚，批评两句”。

有个细节，特别体现他那种发自内心的亲和力。1983年他还在美国访学时，遇到前来做研究的北大法律系年轻讲师袁明，因天色已晚，他就邀请袁明到他那个公寓住一晚。结果他把房间让给袁明，而自己睡在客厅；第二天一早，他还专门上街给袁明买早点。

坦荡和磊落，是一种越来越可贵、也越来越稀缺的品质。面对个人境遇，尤其是面对生死的大问题，更能看见一个优秀人物的品格。“20世纪中国科学口述史”之《有话可说——丁石孙访谈录》(丁石孙口述，袁向东、郭金海访问整理，湖南教育出版社2013年7月第1版)，公开了丁石孙在1992年9月5日65岁生日那天写的遗嘱。只有真正坦荡、磊落、旷达、冲淡的大家，才会作如是想，其中的要点是

“我死后一切从简，不要任何仪式，尽快送火葬场，一切请他们按常规处理，不要骨灰。我来自自然，我愿意再回到自然。……对世界来说，我的死是一件极小的事情，过去就过去了。”

“如果我有一段病重的时间，千万不要为了延长生命给我和大家造成不必要的痛苦。”

“也许我死后还有一点现款，请把我的一份（根据法律）捐给北京大学数学系，如何使用由数学系决定。我对数学是有感情的。”

最后说的是：“请不要为我的死悲痛。我衷心希望你们生活愉快。”

这样的遗嘱，最质朴，也最伟岸。这让人想起一句名言：“即使明天是世界末日，今天我也要种下一棵苹果树。”

无论是作为北大的教授，还是作为北大的校长，丁石孙所传播的，是知识，更是思想和精神；而精神的感召力，更为持久，也更加入人心。如今大学很多，大学校长一启届一任任也很多，但能够真正入人心、被人广泛称颂和铭记的似乎不多。“对世界来说，我的死是一件极小的事情”——丁石孙死了，他还活着，活在人心即永恒。

（原载于2019年10月15日《杭+新闻》《杭州日报》）

劳伦斯·萨默斯：哈佛校长何以比财长还难当

哈佛校长辞职了，这不是个小事，因为哈佛大学是世界最顶尖的大学。

在度过了五年的动荡任期，并经历了沸沸扬扬的教员反对校长的事件后，劳伦斯·萨默斯终于宣布辞去哈佛大学校长一职。萨默斯上任以来，因其作风强硬和言论惊人惹出不少麻烦，更成为哈佛370年校史上第一个被通过“不信任案”的校长。（2006年2月23日《参考消息》《南方都市报》等报道）

萨默斯这个同学，心理学显然学得不太好。他在知识分子堆里，却使用了“高官管理法”。算起来恐怕是克林顿害了他的，这个才51岁的年纪轻轻的萨默斯，这个在哈佛大学里算得上著名的经济学教授，曾经在克林顿时期的美国政府中担任过财政部部长。做过财政部部长的高官，还真不知道如何管好一堆知识分子。自打2001年走马上任、成为哈佛大学第27任校长之后，他很快就以管理方式粗犷、讲话直言不讳而“著称”了。“萨掌门”这下更著名了，他是创了纪录的：370年来首个遭“弹劾”、150年来最“短命”。

据说，萨默斯在担任财政部长期间是一个颇为“沉默”的人，如今却“亲自”证明了当校长比当财长困难。难怪克林顿经常在电话中对萨默斯说：“早安，校长！你今天又得罪了谁？”管哈佛却难于当财长，这给我们以什么启示呢？有一点是清楚的，在成熟的治理体制中，权力是受有效制约的，权力和权力中人是简单而稳定的。但管一个大学，却完全不是那么一回事，因为人家的大学是独立的，校长治校是比较自由的，你越有自由裁量权，那对你的要求就越高，没有良好的驾驭能力，以为做过财政部部长的高官就能管好独立的大学，怕是想错了。

与财长不同，大学校长通常受到的是“软约束”，那就是来自教师和学生的约束。“软约束”通常来自民意。去年3月，哈佛大学的核心学院——文理学院的教职员工以218票对185票通过了对萨默斯的“不信任案”，这在哈佛大学370年的历史上是破天荒的第一次。今年年初，教员掀起二次“弹劾”，虽然这种“不信任案”只具象征意义，并不能直接解除校长的职务，它就是真正的“软约束”。来自民意的“软约束”，其实是另一种形态的“教授治校”。当民意“软约束”达到有权将他解职的“七人理事会”时，萨校长大致也就“没戏”了，自己主动宣布辞职，倒是最好的台阶。

哈佛经历这样的“不稳定”，最终能带来什么呢？那当然是带来好的校长与新的稳定。大学校长不好当的学校，才有望是好的学校。大学校长好当还是不好当，还真是个问题。好当的校长，只要让任命他的几个人满意就可以了；不好当的校长，要让他管理培养的广大教师学生满意。萨默斯校长就坐上了这不好当的位置。如果一个校长当上去，不管治理水平治理能力怎么样，都能够做稳了校长，都稳当当地享受部长副部长之类的级别待遇，那么，这样的大学肯定是板结的，而且注定是没指望成为世界一流大学的。

新近刚刚读到一本《八位大学校长》(长江文艺出版社2006年1月第1版)，介绍的蒋梦麟、胡适、梅贻琦、张伯苓、竺可桢、罗家伦等八位大学校长，他们都是中国现代大学制度的先行者、奠基人。正如作者智效民所说的：“他们都有在美国留学的经历(张伯苓虽未留学美国，但曾获得哥伦比亚大学荣誉博士学位，同样深受欧美教育思想的影响)，又是中国第一代自由主义知识分子的杰出代表。他们曾在北大、清华、南开等著名大学担任校长，为坚持学术自由、教育独立、教授治校和学生自治，作出了卓越的贡献。

哈佛校长萨默斯辞职了，亦称“下课”了，我傻呵呵且乐呵呵地祝贺一把，祝贺他有幸生活工作在这样一个环境里，祝贺他在休假一年后将回到哈佛经济、公共政策和国际事务教授的岗位上。同样，更要祝贺哈佛的教员，祝贺他们拥有对校长的“软约束”，祝贺他们能够一点也不软骨地发起“不信任投票”，祝贺他们能够在文明与和平中把一个当过财政部长的校长赶下台。

（原载于2006年2月24日《南方都市报》）

施一公：从水木清华到西湖天下

【篇一】从水木清华到西湖天下

“一心为公”，取头尾二字，为儿子取名为“一公”，这是施怀琳在1967年5月5日儿子出生之后，做的一件重要的事。

施一公，著名结构生物学家，中科院院士，2018年年初请辞清华大学副校长职务，全身心投入到西湖大学的筹建中。

微信微博，一时间为此事刷屏。“有施一公的西湖大学，杭州幸哉！浙江幸哉！”这是我的一位朋友圈圈友的留言。

2018年1月31日，中南海。李克强总理主持召开座谈会，听取对政府工作报告征求意见稿的意见建议，与会者是教育、科技、文化、卫生、体育界人士和基层群众代表，施一公是与会者之一。李克强特意问了施一公一个“没想到的问题”。

在一年前的同一座谈会上，施一公曾建议提高博士生津贴，李克强当即责成有关部门认真研究。民之所望，施政所向。两个月后，“提高博士研究生国家助学金补助标准”就被写进当年的《政府工作报告》。施一公说：“这项政策不仅让博士生的生活更加体面，而且也帮大学留住了一批青年人才。”

时隔一年再次受邀参加座谈会，施一公的身份已经从“清华大学副校长”变成“西湖高等研究院院长”。他说，自己与北大、中科大等高校的学者正在共同筹建西湖大学，希望探索一条在国家支持下的发动社会力量培养拔尖创新人才的新路。“过去两年，我们酸甜苦辣都经历了，但是各级政府、教育部和社会各界人士对我们的支持尤其让我们感动。”

李克强当即问道：“你的‘甜’讲了很多，但‘酸’、特别是‘苦’和‘辣’能不能再讲细一点？”

“真没想到，总理会特别问这个问题，让我非常感动。”施一公会后这样说。他在座谈会上向总理解释说，因为西湖大学是民办性质，“有些层面在支持的时候会比较犹豫，需要花更多时间做说服工作”。

“政府要尽可能支持这种创新性的办学模式探索。”李克强说，“只要大方向符合国家利益和社会公共利益，就要鼓励他们大胆发展，让他们尝到的‘甜’更多一点，‘苦’和‘辣’更少一点。”

西湖大学是新型民办研究性大学。事实上施一公此前已为筹建西湖大学投入了巨大的精力，尤其是在招聘世界优秀人才方面。作为西湖大学筹建过程中重要的托底机构——浙江西湖高等研究院，于2017年6月28日在杭州进行了第四次全球学术人才招聘面试，共邀请来自美国、英国、加拿大、以色列等地的30位申请者参加。“面试分为理学组、前沿技术组、生物组和基础医学组，评审专家由施一公、饶毅等16位专家和9位西湖高研院先期入职的教授组成。”

西湖高等研究院由施一公、饶毅等10人于2015年发起，由施一公担任院长。2017年9月2日，首届19名浙江西湖高等研究院——复旦大学“跨学科联合培养攻读博士学位研究生”项目录取学生正式入学，研究的专业为基础医学、生物学、计算机科学与技术、物理学。

“天下西湖三十六，就中最美是杭州。”天堂杭州，西湖冠绝群芳。从“水木清华”到“西湖天下”，施一公的选择，跟父辈的杭州情缘、西湖情愫有很大关系：

施一公的籍贯远在云南大姚县，那是他爷爷施平的出生地；施平后来离开了云南，就读于浙江大学农学院，与杨琳相爱并结婚。杨琳是当时杭州进步学生革命活动的主要组织者之一，并因此被国民党政府判定是共产党员而被捕入狱；儿子施怀琳，1935年1月5日在杭州出生，出生后18天，杨琳就牺牲在国民党的监狱里；为了纪念和怀念杨琳，施平给儿子起名施怀琳。

施怀琳后来从哈尔滨工业大学毕业，是高才生，1962年毕业后分配到河南省电力工业局，后来有了儿子施一公。

施一公一生最崇拜的人就是父亲。他在一篇感人至深的文章中，怀念对他一生产生至关重要影响的父亲。施怀琳乐观幽默、豪爽宽厚、智慧能干，而且急公好义；在那个特殊的年代，命运坎坷，但他挺拔坚强，抚育孩子，培养孩子。

“文革”期间，全家被“下放”。“1969年10月底，我两岁半，跟随父母下放到河南省中南部的驻马店地区汝南县老君庙乡闫寨大队小郭庄。我们家下放的重要原因之一是受走资派爷爷的牵连和影响，‘文革’期间爷爷在‘四人帮’的监狱里被关押折磨了整整四年半……”施一公在文章中回忆说，“到达小郭庄的时候已经是晚上10点多了。村民已经把当地村西头上的一个牛棚腾了出来，开始味道很重，后来父亲母亲多次整改粉刷才好些；直到1972年离开小郭庄，这间牛棚成为我童年记忆里最温暖的第一个家……每天天刚蒙蒙亮，父亲就起床，背上一个箩筐，拿把小铲子，顺着小路去捡拾牛粪、用于农田施肥……”

后来“文革”结束了，后来改革开始了，大家逐步过上好日子了。哪想到，一场巨大的意外，夺走了施一公父亲的生命：1987年9月21日，在自行车道上的施怀琳，被疲劳驾驶的司机开着的出租车撞倒。当司机把他送到医院时，他处于昏迷状态，但血压和心跳等生命体征都还正常。哪想到，医院急救室的医生告诉肇事司机：必须先交付500元押金，然后才能救人。四个半小时之后，等到司机筹了500元钱回来，施怀琳已经测不出血压，也没有心跳了，生命就这样悄然消逝了！

“我最敬爱的父亲在医院的急救室里躺了整整四个半小时，没有得到任何救治，没有留下一句遗言，也再没有睁开眼睛看他儿子一眼，就离开了这个世界。这个事故对于还在上大学三年级的我打击太大了……”施一公说，“但是，我后来逐渐想通了：这样的悲剧不止我一个家庭。父亲去世后，我真正开始懂事了，我发誓要照顾好我的母亲，回报从小到大爱护、关心我的老师和父老乡亲们，用自己的力量让周围的世界变得更加美好……”

在这篇“泪奔好文”中，他还写到一个怀念父亲的细节：

> 2015年1月5日，是我父亲的八十岁冥寿。这天，我恰好在杭州——父亲的出生地——开会。一天忙碌之后，我回到酒店自己的房间，情不自禁地想起父亲，泪流满面，只能给父亲的在天之灵写信：“爸爸，您走得太早了、太急了，都没能赶上一天好日子、也没能叮嘱儿子一句话；27年来，儿子拼命努力，只怕辜负了您的期望。”

施一公是一位极其勤奋努力的天才，1985年被保送清华大学，1989年毕业，之后留学美国，1995年在美国约翰霍普金斯大学获博士学位；1998年，他在普林斯顿大学创建了独立实验室；2003年，年仅36岁的他又成为普林斯顿大学分子生物学系史上最年轻的正教授，并很快成为学校分子生物学系的领军人物，学校为他买了500平方米的独栋别墅。他选择癌症作为自己的主攻方向，研究细胞凋亡和癌症发生的分子机理。致癌原因，一直是全球科学家致力研究的目标之一。2003年，由于破解了这一类生命科学之谜，取得杰出成果，当时年仅36岁的他，获得全球生物蛋白研究学会颁发的“鄂文西格青年研究家奖”，成为这一奖项设立17年以来首位获奖的华裔学者。

然而在2008年，意气风发的他，在国外漂泊了18个春秋后，突然掉头选择“裸奔”回国，为清华大学全职工作。消息震惊了学界，掀起轩然大波。普林斯顿大学教授罗伯特·奥斯汀惊呼：“他是我们的明星，我觉得他完全疯了。”

施一公选择回来，对于“动机”他说的是：“我回到清华最想做的事就是育人，培养一批有理想、敢担当的年轻人，在他们可塑性还较高的时候去影响他们。”他成为清华大学生命科学学院院长。

事业人生，未免有意外。2011年，作为著名“海归”科学家的施一公，意外落选中科院院士，成为一场风波。巧合的是，在落选之前的2010年，他与北京大学教授饶毅在《科学》杂志发表《中国的科研文化》一文，批评了中国科研文化的弊端，直指中国的科研经费分配体制在一定程度上阻碍了中国创新能力的发展，许多科学家把太多的时间用在了拉关系上，而没能集中时间精力做研究。

墙内开花墙外香。2013年4月，施一公当选美国人文与科学学院外籍院士、美国国家科学院（NAS）外籍院士，成为美国双科院士。也是这一年岁末，他终于当选为中国科学院院士。

2015年，施一公出任清华大学副校长。在水木清华，他先后把全球70多名优秀人才引回了清华大学全职工作。美国《纽约时报》惊呼："也许因为施一公，中国对美国的智力流失开始反转了！"2016年3月25日，他获"影响世界华人大奖"，同年当选为中国科协副主席。

如今，施一公在回国10年之后，离开"体制"，放弃清华大学，选择杭州西湖，又一次引起轰动。蓬勃发展的杭州，极其重视人才的杭州，是人才净流入的高地，"人才池"越来越强大；施一公到来，又成为重要的人才"磁铁"。"要想打赢明天的战争，必须首先打赢今天人才的战争。"一流的城市需要一流的人才；世界名城需要世界名人——知识界、科技界的名人。科技强的背后是人才强。有了施一公的西湖大学，不仅仅要成为杭州的人才高地、科研高地、教育高地，而是要成为世界的人才高地、科研高地、教育高地。

西湖大学将在2018年正式成立。位于杭州云栖小镇的西湖大学校园建设已进入快车道，首期约30万平方米的校舍将于2020年底前完成。施一公的野心是将西湖大学办成"民办大学的世界一流"，他的"豪言"是：到2019年年底，西湖大学师资规模将超过洛克菲勒大学，教师科研水平很可能成为中国之最；5年后，教师科研水平比肩东京大学、清华、北大等知名学府，成为亚洲一流；15年后，在各项指标上和加州理工大学媲美，成为世界范围内最好的大学之一。

作为科学家，施一公办大学，高度重视科学是必然的。去年岁末，他在浙商年会上讲道，西湖大学定位为"小而精、高起点和研究型、有限学科：聚焦科学技术"。未提到人文学科的建设。在此，笔者希望施一公领导的西湖大学，还要重视人文。人文与科学是一所大学的两条腿，不可或缺。人与人类的进步，离不开两者。拥人文缺科学，则软弱；有科学缺人文，则麻木；双重缺失则必然是愚昧，双重丰沛才是必然选择。理工生也需要人文。施一公的西湖大学，应该让科学与人文比翼齐飞！

最后说一下：施一公的妻子也是清华大学生物系的本科生、约翰霍普金斯大学的博士，他们有一对龙凤胎儿女。笔者生于1966年，生于1967年的施一公比我还小一岁，如今刚刚跨过“知天命”的年龄，多么年轻！“今日痛饮庆功酒，壮志未酬誓不休；来日方长显身手，甘洒热血写春秋！”这是施一公喜欢唱的京剧唱段。是啊，尽管“时不我待”，但毕竟来日方长啊来日方长！

【篇二】开学第一课的八个字

“爱体育、爱科学，爱锻炼、爱学习；教室一去如故，操场常来常新；学习锻炼两不误，健康工作五十年。我是施一公，我能做到，你呢?”2020年4月19日，杭州中学生的“开学第一课”，由西湖大学校长施一公来开讲，15分钟的视频一时刷屏。结尾时，施老师编了这个顺口溜，向杭州中学生发起一个“挑战”。

施一公一直用很诚恳的语气语调讲这“第一课”，他所讲的关键词其实是两个——“独立”和“尊重”，并由此延伸出去，讲了两个语词八个字——“独立思考”和“尊重科学”。在新冠病毒肆虐过后，“独立思考”和“尊重科学”这八个字很重要，完全可以成为今年中考、高考作文模拟命题的关键词。

这是施一公的“致青春”。是他面对青春年少阐述“独立之精神”，践行“启蒙之行动”。“独立”是主义，“独立思考”是精义；“尊重”是广义，“尊重科学”是要义。施一公的阐述很明晰：独立，是希望中学生逐渐自立独立，并用独立的眼光审视世界；而独立思考，则须用心观察世界，基于自己的观察比较做出判断，其背后的实质是批判性思维。尊重，既是尊重自己，也要包容、理解、尊重别人；而尊重科学，则是因为科学是第一生产力，是社会前进的推动力。

与中学生谈“独立思考”，恰是时候。若是与小学生谈，可能稍微早了一点；若是与大学生谈，那恐怕晚了一些。中学时代正是世界观、价值观形成时期，太需要推心置腹地谈一谈“独立思考”这个大问题。至于“尊重科学”，那得一辈子都要谈；一个人从小到大都要懂得尊重科学，否则必然会害人害己。

极其典型的不独立思考、不尊重科学的情形，就是“仰天而唾，唾不致天，反坠其面”。不动脑筋，不去想一想，就“仰面唾天”，不晓得地球有引力这个基本的科学常识么？

疫情期间，某知名科普作家写了一篇似是而非的《不宜要求普通公众戴口罩》，到处宣扬，影响极大。其中有“新型冠状病毒性肺炎在武汉暴发以来，中国医学专家一直在强调公众在公共场合要戴口罩，把这作为防疫的重要手段”“这些建议、要求是不符合国际惯例的”“世界卫生组织、美国疾控中心从来就不建议把在公共场合戴口罩作为防疫措施”“可见，强制公众戴口罩防疫，是很有中国特色的”云云，这是典型的打着科学的旗帜反科学。许多人没有独立思考，把自己的脑子交给了他人，将其奉为圭臬，连基本的防疫常识都不顾，结果也成了典型的“仰面唾天”者。乖乖，这位科普作家的无数粉丝，不会听从其号令誓死不戴口罩结果感染上病毒而与人类世界拜拜了吧？不独立思考、不尊重科学，原来是要死人的呀！

对于普通公众而言，许多人长期在单一信息投喂之下，很容易进入“信息茧房”，变得没有独立思考能力。当外部环境发生变化之后，比如疫情到来之时，独立思考尤为珍贵。说真话的巴金，在他1980年的名篇《再论说真话》中曾这样说：“我在一九五六年也曾发表杂文，鼓励人‘独立思考’，可是第二年运动一来，几个熟人摔倒在地上，我也弃甲丢盔自己缴了械……从此就不以说假话为可耻了。”教训不可谓不深刻。

那这背后关键是什么呢？关键在于人文精神。所以，我建议施一公在他八个字的基础上，再加四个字——“珍重人文”，让人文精神和科学精神双轮驱动、比翼双飞！

（篇一原载于《花港》2018年第2期，篇二载于2020年4月21日《杭州日报》）

叶翠微：“叶大”的教育理念

却顾所来径，苍苍横翠微。

翠微者，青山也，青翠的山色也，未及山顶的青翠掩映的山腰幽深处也。

《重磅消息！叶翠微将不再担任杭二中校长！已任职17年，谁将接替他？》，2017年8月5日都市快报微信公众号以此为题发布推文，阅读量很快就达到10万+，可见杭二中的影响力、叶翠微校长的受关注度。

杭二中是杭城高中里的排头兵，而被学生们亲切地称为“叶大”的叶翠微，是一位“明星老校长”，教育理念明晰，个人色彩鲜明。早在2006年，他就被《中国教育报》评为“全国十大人气校长”；2014年，他被中国教育网评为“中国好校长”。“叶大是二中的特色之一，真舍不得叶大走！”一语可见师生的眷恋。

杭州有两位中学校长特别有名。一位是任继长，一位是叶翠微。任继长年长，属于20世纪40年代生人；叶翠微其实不老，属于20世纪50年代末生人。任继长是全国模范教师，是第十届全国人大代表，从杭州学军中学校长转任国有民营的杭州文澜中学校长。叶翠微是湖北洪湖人，2000年杭州面向全国公开招聘重点中学校长，他一路过关斩将，出任“百年名校”杭二中的校长。迄今17年，“老校长”的“老”是这个意思。不知翠微校长接下来是不是像继长校长那样“转型”。

叶翠微的教育理念是，做教育不要太功利，把时间还给学生。所以学校的周末节假日不补课，不上课，让孩子们自由支配，去行走，去思考。对教师，他主张要真正回到教书育人的“原命题”；对孩子，他主张在成长道路上少一些博弈，而是要“大博弈”，基础教育重点就在打基础，未来不仅成为中国硬实力的创造者，也要成为中国软实力的建设者和创造者；对于考试，他认为学生从“齐步走”变为“自主走”，从统一要求走向个别要求，这是一个福祉。他喜欢说的话是：文明其精神，野蛮其体魄；学习不是第一位的，身体好才是第一位；学知识不是第一位，学做人是第一位的。

应该看到，在“实质应试”的教育大环境下，翠微校长的理念已经很难得了。人生是一场要跑42公里195米的马拉松，在前面的10公里就耗尽了学习之力，那后面怎么能够跑得好？高考指挥棒下的应考，让多少学子在“前10公里”跑得累瘫了，就把高考当成“人生终点撞线”了！所以，叶翠微校长反思：高考经历了近40年的实践，已经可以发现其问题，不仅难以培育出顶尖的创新性人才，还促使教育的目的日趋功利化、世俗化，学生的身体素质也越来越不能适应这样开放、多元的社会挑战。而教师用过去的知识，如何教育现在的孩子去面对未来的世界，这也是一个悖论式的难题。

教育要面向现代化，面向世界，面向未来。“面向未来”的教育，既非一般意义的素质教育，更非横行霸道的应试教育。好的教育不是毁灭你、打击你，而是尊重你、支持你，最终唤醒你的心灵、激发你的灵感、调动你的智慧、梦圆你的创造。差的教育，是挤压、压榨式的，是提前压榨了你的未来。

要看未来，先看历史，个人走过的历史，教育走过的历史。我国著名物理化学家、化学教育家傅鹰曾说：“一门科学的历史是那门科学最宝贵的一部分，因为科学只能给我们知识，而历史却给我们智慧。”今天，我们既需要从教育的历史中吸取教训，亦应该从教育的历史中汲取智慧；而“叶大”叶翠微在杭二中17年漫长的“校长史”，是有许多教育智慧可以汲取并发扬光大的。

（原载于2017年8月7日《杭州日报》）

陈立群：
“为人而教”的教育大格局

感人的报告，留给人的记忆是长远的。

2019年11月14日至15日，连续两天在杭州举办的四场报告会，让无数人感动落泪。这是陈立群校长的先进事迹报告会。从浙江省人民大会堂赢得17次掌声，到转场赶往杭州师范大学向“未来的老师”作报告；从陈立群的家乡临安，又来到他多年担任校长的杭州长河中学所在地滨江……报告会上，陈立群校长自己所作的报告，题目为《教育是阻断贫困代际传递的治本之策》，感人而深刻；“时代楷模”的声音，久久回荡在杭州的大地，萦绕于人们的心间。

陈立群生于1957年，2016年年近60岁时，从杭州学军中学校长岗位上卸任。他是“全国名校长”、享受国务院特殊津贴的专家，退休后婉拒民办高中百万年薪的聘请，离开天堂杭州，远赴1400多公里外的黔东南偏远山区无偿支教，担任台江县民族中学校长，在山旮旯里继续构建人生大格局。

陈立群出生在杭州临安农村，家住在有着数百个台阶的塔头岭之上。20世纪30年代，由于大水冲毁了岭上的一座桥梁，村民出行受阻，他的爷爷出钱修建了一座石拱桥，至今保存完好，在当地传为佳话。陈立群读高中时，从家到学校有30多里路；一路上，还要肩上扛着一袋米，手上拎着菜。有一次他和妈妈闹别扭，“我妈妈说，要么你就不读算了，我当时气也上来了，我说不读就不读”。这个时候他父亲听到了，老远甩过来一句话：“别的事情可以商量，读书的事情没得商量！”他父亲平时说话不多，但是话一出口，就跟打雷一样，没法违抗；“父亲的这句话听起来很生硬强势，但我现在知道，这生硬强势的背后，是农民父亲对‘知识改变命运’的最朴素的表达”。

陈立群自己的命运是被读书、被知识改变的；作为老师，作为校长，他也要用知识改变学生尤其是贫困生的命运。

2019年5月，我的同事郑莉娜赴黔东南采访陈立群校长，报道一开始就写一起去苗寨家访的情形，让我过目难忘：盘山公路蜿蜒向前，记者问：“陈校长，咱们这是到了山路吧？”回答是：“这哪里是山路咯，这是大路。”陈立群一边开着车，一边爽朗地笑起来……在贵州支教当校长三年以来，陈立群把一个相对落后的学校带成当地首屈一指的学校，让一大批老师变得更优秀，让一大批学生茁壮成长，他的爱的教育、他的善的教育、他的“成人”“立人”的教育，取得了别人不敢想不敢为的成果。2019年9月9日，在第35个教师节到来之际，中央宣传部授予陈立群“时代楷模”称号，这是真正的实至名归、当之无愧。

“天无三日晴，地无三尺平，人无三分银”，说的就是贵州贫困山区。陈立群赴贵州支教之行，让我想起任正非的父亲任摩逊：任摩逊是浙江金华浦江县人，在抗战的兵荒马乱时代，他逃离家乡，进入贵州少数民族山区，筹建了一所民族中学，成为一位乡村教育家，生下了后来成为杰出企业家的任正非。如果说当年任摩逊前往贵州是被迫的，那么，今天陈立群前往贵州则是实现人生的志愿。在精神层面，陈立群与人民教育家陶行知一脉相承，而且秉承了20世纪二三十年代乡村建设运动的精神，像晏阳初、梁漱溟、黄炎培他们一样，为欠发达地区的发展，身体力行，鞠躬尽瘁。

贵州正是浙江人、明代思想家王阳明“龙场悟道”的地方，只不过今日的陈立群老师是早已“悟道”，而后奔赴“龙场”——这样的“知行合一”“致良知”，尤为可贵。陈立群有理想、有情怀，他的至诚至善，在偌大中国无数的校长中难以寻觅堪与其比肩者。

哪怕整个世界都暗了下来，这里永远都会有一盏灯为你点亮——这盏灯就是教育之灯。“人类道德的基点是爱心和责任感”——这是陈校长的座右铭，也是他的初心与使命。无论是在杭州长河中学为贫困生开设的“宏志班”，还是前往贵州欠发达地区支教，陈立群校长就是这样一位燃灯者，他以此实现“为人而教”的教育大格局、人生大理想。

陈立群校长曾说：“我一不炒房产，二不炒股票，既不是特级教师，也没有正高职称，我不会去争这些东西，我到现在住的还是政府照顾的经济适用房，但我写作出版了16本关于教育的书。”此前，我没有想到陈立群老师有那么多的教育著作，如今才知道；我赶紧购阅了其中的《寄语青春》(浙江大学出版社2014年9月第1版)和《我的教育主张》(华东师范大学出版社2015年7月第1版)，读得我这个年过半百的人心潮澎湃！我最认同的就是陈老师“为人而教”的理念，这与我的想法是真正的“同频共振”呀！

在《我的教育主张》一书中，《我的教育主张》一文是重点中的重点。陈校长的所思所想与其教育实践，真正做到了“知行合一”。他提出的四点教育主张，非常清晰：一、从“为考而教”到“为人而教”；二、从“有教无类”到“有类无等”(等即等级)；三、从“知识增长”到“精神成长”；四、从“全才培养”到“人才培养”——这里的每一句话，都是真理式的发见。如果能够做到这四句话，那么每位教育者，都能构建“为人而教”的教育大格局。陶行知先生有言：“千教万教，教人求真；千学万学，学做真人。”概而言之，就是“为人而教”四个字。

学高为师，德高为范；为人而教，立人第一。陈立群校长走过的，就是我曾阐述过的“人生从业三境界”：第一层是职业境界，第二层是事业境界，第三层是公益境界。陈校长早已经历了职业境界，走过了事业境界，进入了公益境界，以博大的人间情怀，为人类公共利益服务。这就是他的名字陈立群——“立己立群”呀！

蔡元培先生曾说：“凡一种社会，必先有良好的小部分，然后能集成良好的大团体。所以要有良好的社会，必先有良好的个人；要有良好的个人，就要先有良好的教育。”同样，我们可以进一步说：要有良好的教育，必先有良好的教师；要有良好的教师，就要先有良好的校长。一个人遇见好老师是一生的幸运，一所学校遇见好校长是学校的荣光，一个国家拥有层出不穷的好老师、好校长，就是民族的希望！——为师当如陈立群，因为他就是中国好老师、中国好校长的标杆！

（原载于2019年11月18日《杭+新闻》《杭州日报》）

王崧舟：诗意地爱上语文

这下，王崧舟老师火了！

从2019年7月26日开始，浙江省语文特级教师、杭州师范大学王崧舟教授做客央视《百家讲坛》，以12集的篇幅，开讲《爱上语文》。第一集《语文中的文化美》、第二集《诗歌中的人与情》、第三集《读诗中的“厚”与“薄”》……无论是在电视里，还是在网络上，都引来无数观看者。那么的深入浅出，那么的雅俗共赏，那么的润心隽永，可不一般！

“千万孤独”的柳宗元的《江雪》、“夜半钟声”的张继的《枫桥夜泊》、“山水风雪”的纳兰性德的《长相思》……我们都是那么的熟悉；而在王崧舟老师的讲述中，能让诗意更具诗意，这正是王崧舟老师“诗意的语文”的具象体现。然而王老师认为，诗性言说并非只是一味的华丽、绚烂，关键在于它的表现力和穿透力。此可谓：用意精到，出言平易；大文弥朴，至言不饰。

王崧舟老师致力于引领教育人生、陶冶专业人格；培养优秀师资、传播天下师道。生于1966年的王崧舟，和我同龄，他曾任杭州市拱宸桥小学教育集团理事长兼拱宸桥小学校长，是全国劳动模范、全国“五一劳动奖章”获得者、浙江省十大育人先锋、“国家基础教育资源库开发基地”电视教学片主编，现任教于杭州师范大学。在我看来，某种意义上，你教小学就是小学水平，你教初中就是初中水平，你教高中就是高中水平，你教大学就是大学水平——而王崧舟老师教小学语文，教到最后成了大学的高水平。

教育不是流水线，语文教育尤其不能成为流水线，真正优秀的人才不可能是流水线上生产出来的。我们的基础教育是不是成功，首先要看语文教育是不是成功。王崧舟老师就是语文教育的孜孜不倦的探索者。他说，汉语是我们的母语，语文课对于我们来说更是十分熟悉；“一篇篇传诵千年的名作，一句句朗朗上口的诗词，承载着中华五千年的文化、精神与风骨”。没错，语文是中华文化最重要的载体、重要结晶；这样的“结晶体”，很多成了人类世界的共同价值。1993年《全球伦理——世界宗教议会宣言》就提出，把孔子的“己所不欲，勿施于人”作为伦理金律。

王老师对语文有着执着之爱。他是中国教育学会传统文化教育分会副理事长、浙江省教育学会小学语文教学分会副理事长。王老师曾应邀到全国许多地方开设观摩课和讲座，他的语文课曾经在中央电视台《实话实说》、中国教育电视台《名师讲坛》等栏目播出过；他著有《王崧舟与诗意语文》《诗意语文课谱——王崧舟十年经典课堂实录与品悟》《语文的生命意蕴：王崧舟诗意语文教学》《王崧舟教学思想与经典课堂》《诗意语文——王崧舟语文教育七讲》《听王崧舟老师评课》，以及最近由齐鲁书社出版的《百家讲坛》电视同期书《爱上语文》，等等。

王崧舟老师面对语文，有两个基本的维度，那就是“坚守”与“重构”。“坚守”是因为喜爱、热爱。语文是我们的母语，是我们的精神家园；尤其是中国古典诗词，是中国语文精华中的精华。王崧舟老师这次上《百家讲坛》讲授的《爱上语文》，就是以中国古典诗词为讲解中国语文的主例。曾经有很多次在讲座之后，有家长问我：家里读小学的小伢儿应该读什么书最好呀？我毫不犹豫地说，那一定是从阅读、背诵中国古典诗词入手！在我看来，全世界古典诗词中最优美的，就是我们汉语言中的古典诗词。这，大概就是我与王老师的“不谋而合”。

“坚守”之外，则是“重构”。“是语文，又超越语文。”王崧舟老师说：“我有一个梦——让语文教育成为生命的诗意存在。”这个梦的诞生，是对生命超越的祈祷，“我就是那必须永远超越的东西”。诗意语文自然离不开诗意的教学，即“诗性言说”；倘若我们的语文照亮了学生的生命，也必将照亮自己的生命——这正是诗意语文的最高境界。王崧舟老师说得好："诗意语文拒绝一切教育实践的程式化、套路化，有智慧生起之道，但绝无依样画葫芦的定法。"这种诗意的、智慧的"重构"，贯穿于王老师在《百家讲坛》讲授《爱上语文》的分分秒秒。

诗意语文，诗意人生；人生海海，人文潺潺。王崧舟老师曾说，语文教育的化境，当是诗意人生的引领；诗意人生，就是指充满"诗意"的言语人生；诗意，滋生于悲天悯人的情怀，"人性中最美好的一切，皆始于对生命、对自身、对他人的关爱和怜惜"。我向来认为，语文背后是人，是生命，是人生，而人生生命离不开诗意与远方。王崧舟老师更是深刻地揭示：诗意语文，是人与人之间的精神的自由对话；生命的自由，表现在主体自由、社会自由和个性自由；因其自由，思想即为独立，情感即为自主，意志即为能动……是的，我们应该怀着对生命自由的敬畏和尊崇，去努力追寻语文教育的本真；而诗意的语文，一定能够激励和唤醒每个内在学习者。

语文教育的"诗意自由"有多可贵呢？同样是语文老师出身，著有《为了自由呼吸的教育》《面向个体的教育》等著作，在莫言的家乡山东高密担任过校长的知名教育专家李希贵，曾撰文回忆20世纪80年代初在高密四中当校长时，因为扩招，有两个班没有语文老师，只好制订计划让学生自修自学，选择"四大名著"等经典作品让学生们自由阅读。如此"自由放牧""野蛮生长"的学生，期末考试语文成绩出来，却比其他班级的成绩还好一点。这是一起"历史事件"，当年我就有所耳闻，它对今天的语文教育也应该有启示乃至警示，同时也旁证了王崧舟老师所倡导的自由心境的诗意语文教学的重要性。

我本人是极其喜欢语文的，早年从师范专科学校中文系毕业之后留校工作，曾经在业余教过高考复习班语文八年；我同样非常喜欢汉诗，青春年少时就是写诗起步的，去年还出版了诗集《相思的卡片》。我深爱中国语文，惊叹于汉语言的丰富多彩、博大精深、诗意洋溢。语文如果你研究进去了，那可是气象万千，非常有意思。然而，现在比照王崧舟老师在《百家讲坛》上开讲的《爱上语文》，才明白自己当年是"匠"、工匠，而王老师则是"师"，是名师，是真正的语文老师。

听过王老师的《爱上语文》，谁都不难明白：诗意地爱上语文，不仅仅是中小学师生的事，而应该是所有中国人的事——大事，好事，妙事！

（原载于2019年7月29日《杭+新闻》《杭州日报》）

李琳：
28岁女博导的开挂人生

继1990年生人的女博士杨树成为浙江大学电气工程学院博导之后，另一位更年轻的女博导在网上刷屏，还上了热搜。她叫李琳，出生于1991年，最近获聘南方医科大学基础医学院教授、博士生导师。

网友惊呼：如今已开启“90后博导”时代了！面对高学历、高智商、高颜值的28岁女博导李琳的“开挂人生”，网友更是感叹：恋爱的感觉！

日前，南方医科大学基础医学院发布了病理生理学教研室李琳教授的简介：“李琳（1991—），主要从事单细胞表观基因组学研究，教授、博士生导师。2014年获电子科技大学学士学位。2014年9月—2019年6月在北京大学攻读博士学位。2019年7月起，任南方医科大学基础医学院教授。”其“人才类别”属于“优秀学术骨干”；研究领域为：“开发单细胞多组学测序技术、研究哺乳动物生殖系细胞发育和疾病发生发展进程中的表观遗传学调控”。

在北大读博期间，李琳和她的研究伙伴们，取得了诸多骄人的研究成果。其发表的代表性论文有：

2015年，在国际顶级学术期刊《细胞》（*Cell*）发表封面文章，该研究成果荣获“2015年度中国科学十大进展”和“2015年度中国生命科学领域十大进展”。2017年，在《细胞研究》（*Cell Research*）上发表封面文章。2018年，在《自然细胞生物学》（*Nature Cell Biology*，国际顶级杂志《自然》的系列刊物，拥有极高的影响力）发表论文，是第一作者。

南方医科大学的校训是“博学笃行、尚德济世”。其前身为中国人民解放军第一军医大学，创建于1951年，1979年被确定为全国重点大学；2004年更名为南方医科大学，整体移交广东省。近年来该校决心下力气建设科研平台，为人才发展提供广阔的事业空间，形成事业引人、事业留人的良好氛围。引进李琳教授，就是具体的体现。

20世纪生命科学的突飞猛进，可以概括为在分子层面上解释生命——包括承载生命遗传密码的基因。李琳的团队，今后围绕生殖系细胞的发育和疾病展开研究，可以为临床相关疾病的诊疗奠定基础。9月23日南方都市报微信公众号报道说，从今年9月10日开始，由李琳担任学术带头人的科研项目已进入驻站博士后和特聘研究员招聘阶段；而李琳所在的基础医学院同时有钟世镇、姚开泰两位院士坐镇。

李琳是‘一路学霸”出身，她在2010年参加高考，以优异的成绩考入电子科技大学；在大学里，李琳没有松懈，仍然保持着高效的学习；功夫不负用心人，本科毕业之后，获得了北京大学的直博机会。

学习好，每一门课的分数最终都会“很值钱”；科研好，每一项成果当然就更“值钱”了！如今在南方医科大学，作为“优秀学术骨干”的李琳，获得的待遇与支持条件相当优厚，该校对“优秀学术骨干”规定了70万—90万元的协议年薪（税前），180万—220万元安家费（税前），300万—400万元的科研启动和科研条件建设经费，并提供人才过渡房，等等。

随着我国改革开放深入发展，经济条件越来越好，高等教育经费的投入也越来越多，在建好“大楼”的基础上，引进更多的有望成为“大师”的人才，带动学术发展，培养新的人才。这也是这些年来我国高校在世界大学排行榜上名次有较大提升的一个重要原因。

如果说学习是自己跟知识的融合，那么，科研就是自己跟自己搏斗。科研成为兴趣所在，那么就如同吃饭，会成为生活的一部分。科学研究虽然十分辛苦，但兴趣能激发人的灵感和穷追不舍的动力，研究者就会沉浸其中，愿意为它付出很多，甚至是毕生的心血。当然，自然科学和社会科学不一样，自然科学获得一个突破，有时候进程可能比较短，而社会科学通常需要漫长的积累。

作为优秀学术骨干，作为学术带头人，李琳教授在南方医科大学的科研生涯刚刚起步，需要顶住压力，孜孜矻矻，砥砺前行，去获取一个个新成果。搞科研随时都会面临失败，但挑战世界性的科研前沿难题，本身就很有意义，只要勇于挑战，即使失败了也值得。而科研和学问外的一切，其实都只是副产品。

（原载于2019年9月24日《杭+新闻》《杭州日报》）

刘琬璐：
27岁女博导的轻松读书路

读书是真正的精神自治，教育最终是要让自己做最好的自己，充分发挥自身的兴趣和特长，最终做最好的自己，为人类作最大的贡献。

浙江大学一位27岁的美女博导走红网络，刷屏朋友圈，有关新闻成为爆款。她是刘琬璐老师，是目前浙大最年轻的PI独立研究员，医学出身的她，这么年轻——不到而立之年，就成为博导，这在全国都非常少见。

刘琬璐生于1992年，5岁上小学，10岁上初中，16岁参加高考。之后一路从浙大本科毕业、加州大学洛杉矶分校博士毕业，从事博士后研究，然后当上浙江大学爱丁堡大学联合学院研究员、助理教授、博士导师；她和很多学生都是同龄人，她指导的博士生甚至只比她小三岁——所谓“人生开挂”，大约最牛的也就是这样！

2008年，16岁的刘琬璐正在紧张地进行高考复习，但遇上了汶川大地震，由此改变了她的人生航向：因为经历了地震，在高考志愿填报时，原本没有学医打算的她，选择报考了浙江大学医学院。那时她母亲患上了一种罕见病，她内心希望通过将来自己在医学领域的研究，能够为解决疑难杂症贡献一份力。

后来，刘琬璐在五年博士、一年博士后的生涯中，在国际高水平权威期刊上发表的论文就有20多篇（含合作），包括《科学》(*Science*)、《细胞》(*Cell*)、《自然细胞生物学》(*Nature Cell Biology*)、《细胞和干细胞》(*Cell Stem Cell*)、《美国国家科学院院刊》(*PNAS*)等，论文被引用量高达500多次。她是目前我国非常紧缺的交叉型科研人才，主要研究表观遗传学、基因组学、生物信息学等方向。一般来说，成为PI（研究员）至少需要接受三至五年的博士后训练，但刘琬璐只用了一年就担任了浙大的博导。

事实上，比你优秀的人，比你还努力，比你更爱学习。刘琬璐有一句说到了我的心坎上：别抱怨读书苦，那是你最轻松的路！

教育即生长，生长和成长，就是教育的目的；除了生长成长，别无其他目的。教育的本义，就是要使每个人的天性和与生俱来的能力得到茁壮生长；而任何的茁壮成长，都是自由而轻松的。先哲曾说，误用光阴比虚掷光阴损失更大，教育错了的儿童比未受教育的儿童离智慧更远。那些孩提时代与少年时期被透支的孩子，很难成就健全人生，谈何“轻松”？如今越来越多的孩子从教育中不能享受到快乐，不轻松、不快乐的时间一再提前，致使孩子最终无法走上轻松愉快的求学之路和人生之路。多少孩子的智商并不比刘琬璐低，最终却远远没有刘琬璐的成就，这个教训不可谓不深刻。

良好的教育，一定是让花成花、让树成树，让每个人都成为最好的自己。“让花成花、让树成树”，这是多么轻松的事情，可是，多少家长让自己的孩子一路负担沉重，最终弄得“让花成叶、让树成草”，多么优秀的孩子，最终变成一棵“参天大葱”！

不久前，我的在香港中文大学读博士的女儿，去香港浸会大学听了哈佛大学教授田晓菲的一次讲座，也感慨那轻松的“开挂人生”：生于1971年的田晓菲，13岁就直升北京大学，后来她从哈佛大学毕业，获得比较文学博士学位；2006年，年仅35岁的她就成为哈佛大学教授……人与人的差距当然很大，可是，一路轻松愉快的求知学习，一定可以让人成长得更为顺畅。

通过求学求知来改变人生、改变命运，本来就该是最简单最轻松的。不可否认，我国是高度筛选型社会，每一步都在“筛”人；而仅以成绩分数筛选人，教育必然会变得焦虑而无法轻松。当然，刘琬璐所言“读书就是最轻松的路”，这“轻松”是一个语义复杂的语词，但本质上，是希望以轻松愉快顺畅的读书求学来成就学业、成就人生。那么，不让学子的求学之路变得艰难沉重、变得适得其反，就十分重要。

最后，我给刘琬璐的寄语是那句耳熟能详的名言："不要一路流连着采集鲜花保存起来，向前走吧，因为沿着你前进的路，鲜花将会不断地开放！"

（原载于2019年11月12日《杭+新闻》《杭州日报》）

曹原：
“魔角”的巨浪

教育现代化的本质，是人的现代化。现代的人，在成长过程中，一定不是应试教育“试”出来的；“95后天才少年”曹原，可谓是一路“跳”出来的。

2020年5月8日《科技日报》报道，在美国麻省理工学院攻读博士的曹原，以第一作者的身份，与其博导一起，在世界顶尖学术期刊、英国《自然》杂志连发两文，介绍“魔角石墨烯”研究的新突破。

1996年出生的曹原，是“后浪”，更是“巨浪”，而且是海啸级的。曹原来自四川成都，2007年，他到深圳耀华实验学校超常班就读，全班仅三人；他仅用了三年时间，就读完小学六年级、初中和高中的课程，等于在这里小学、初中、高中都是读了一年；他一路“跳”上去，按他的说法，“我只是跳过了中学里一些无聊的东西”；2010年，14岁的曹原以理科669分的成绩，考入了中国科学技术大学少年班。

在中科大读完4年本科后，18岁的曹原直接“跳”到美国麻省理工学院攻读博士。2018年3月，刚刚22岁的曹原，以第一作者的身份，一天两登《自然》，发表石墨烯超导重大发现。这两篇论文发表后，立即在整个物理学界掀起巨浪；有报道称其“一举解决了困扰世界107年的难题”。

曹原的研究成果到底多厉害？如果双层石墨烯可以实现在高于绝对零度的温度下进入超导态，那么对它的研究就有希望找出接近室温的超导体。曹原就是发现了这一情况下让石墨烯实现超导的方法：在实验中，他将两层平行石墨烯堆成约1.1°的角度（魔角）时，就会产生以0电阻传输电子的神奇超导效应。

实验技巧至关重要，他开创了一种撕出单层石墨烯的方法，以制出具有相同角度的双层堆叠；实现“魔角”也需试误，而他很快就能可靠地完成。曹原这一发现，一下子触及了科学界的盲区，“魔角石墨烯”立马成为众多物理学家新的研究方向。

《自然》杂志称曹原为“石墨烯驾驭者”，“开创了一个全新研究领域的杰出科学家”。该杂志评选“2018年度影响世界的十大科学家”，曹原不仅入选，而且列为首位！他也成了《自然》杂志创办149年以来，获此殊荣年龄最小的科学家。有报道还称曹原为“中国潜在最年轻的诺贝尔奖获得者”。

曹原从“魔角少年”，跳跃着变成了“魔角青年”。这就是“别人家的孩子”，开挂的人生。这次在《自然》杂志上所刊发的论文，是对“魔角”的进一步拓展：第一篇讲的是通过对扭转角的控制，将“魔角”特性推广到其他二维研究体系；另一篇论文讲的是，曹原团队研究扭曲角分布信息所取得的新成就。

曹原喜欢天文，他说仰望星空时，就会安静下来；他时常告诫自己，在广阔的宇宙面前，再大的起伏都不过是沧海一粟。当一些网络喷子把留学生说成是“慕洋犬”时，我们看到了一种狭隘甚至极端狭隘。其实有不少年轻人，说是“后浪”其实是“恶浪”，混在网络上，到处乱咬人，还以为自己是在网上“冲浪”。而无论是面对“羡慕嫉妒恨”还是面对“羡慕嫉妒爱”，曹原始终保持一种平和的心态。站在宇宙看地球，人其实都是地球人。曹原在中科大的导师、物理学家曾长淦，预期曹原目前还是会留在美国继续做研究，“因为在那里，更容易看到群星璀璨”。

人物总是不断推陈出新的，事物总是不断迭代创新的。“巨浪巨浪不断地增涨，担负起天下的兴亡”；“长江后浪推前浪，前浪死在沙滩上”——当“前浪”们的高潮过去之后，就应该热烈地欢迎曹原这样的“后浪”们的高潮的到来！

（原载于2020年5月11日《杭州日报》）

蔡泽宇：杭州小伙和巴黎心跳

尽管这只是一场设计竞赛，而不是修复巴黎圣母院的最终定稿方案，杭州小伙蔡泽宇和他的情侣一起设计的“巴黎心跳”（Paris Heartbeat），让整个世界为之心跳了！

尽人皆知，2019年4月15日，举世闻名的巴黎圣母院经历一场大火的浩劫，标志性的尖顶被烧毁，真当是“百年养不足，一日毁有余”，“巴黎在燃烧”，震惊了世界。大火之后，法国总统马克龙说，打算在五年内修复巴黎圣母院，并且“比以前更加美丽”。说“更美丽”，就意味着不是简单的“修旧如旧”，而是可以融入新创意。

“我们还记得巴黎圣母院着火的那天。看着尖顶倒塌的视频，我们无法相信。我们的感觉非常复杂：震惊，悲伤和遗憾。”蔡泽宇说，“我去过巴黎圣母院两次，一次是在我儿时，另一次是我在欧洲实习期间。”

在大火过后四个月揭晓的巴黎圣母院教堂设计竞赛，由法国独立出版商GoArchitect发起，来自56个国家的226项方案入围。这是为大火之后巴黎圣母院的未来创造一个新愿景，竞赛本身就富有创意，正如法国总理爱德华·菲利普所说的，这个竞赛将使大教堂“适应新时代的技术与挑战”。这项竞赛名为“人民的巴黎圣母院设计竞赛”，就是希望法国政府能够考虑一切可能的设计方案，不管方案有多大胆、多现代。

设计的创新创意，那可不是简单的“搞搞新意思”。看蔡泽宇和他的女友李思蓓设计的方案，那真是“脑洞大开”：

新塔尖设计成多面镜，与水晶般的屋顶一起，柔和地反射着周围的城市景观，从而使建筑、城市和时间之间建立起紧密联系。代表了人类的记忆、存在和希望的新塔尖里，通过磁悬浮装置漂浮着一个“时间胶囊”，有节奏地上下移动，与城市一起同呼吸、共心跳，每半个世纪“时间胶囊”将打开一次，追溯城市的记忆。利用玻璃的反射，在塔尖内部形成一个“城市万花筒”，让空间和时间在这里虚幻而真实地纠缠在一起，充分诠释巴黎圣母院玫瑰窗的美和逻辑……

“时间胶囊”是一个绝妙创意，是一个让人过目不忘的亮点。建筑大师贝聿铭先生曾说，“最美的建筑，应该是建筑在时间之上的，时间会给出一切答案”，时间也应该给“时间胶囊”一个答案。这个使“时间胶囊”不停跳动的“巴黎心跳”方案，最终获得3万多人投票，从而胜出。主办方评价称，“奇妙的镜面反射让建筑、城市和时间之间建立了紧密的联系。磁悬浮装置为过去留下了记忆，为未来的故事留出了空间。新塔尖代表了人类的过去、当下和未来。如此幻境中，空间和时间都交织于一体。巴黎圣母院每一次的灾难印迹都是历史上不可磨灭的一部分，现在，是时候让巴黎心跳变得生动起来。”

蔡泽宇希望将他的想法贡献给圣母院的修复和重建。尽管这个富有创意的设计方案最终能否成为现实，目前还不得而知，可它充分体现了来自杭州的年轻设计师的非凡天赋。

杭州是具有独特韵味而且别样精彩的创意设计之城，杭州小伙蔡泽宇，已初步呈现世界级的创新设计能力。蔡泽宇1992年出生，小学就读于求是小学，初中就读于文澜中学，高中就读于学军中学，一路学霸人设。在学军中学，他是班里的学习委员，成绩稳居班级前三，年级前五。高三时，蔡泽宇便取得了物理竞赛浙江省赛区一等奖，也因此被保送至清华大学。在清华大学攻读建筑设计，通过6年连续学习，拿到学士和硕士学位，之后又去美国康奈尔大学读了一年建筑学硕士。之后定居芝加哥，在世界顶级的SOM建筑设计事务所工作。李思蓓是他的女友和搭档，同在该所工作，本科就读于北京工业大学，同样在康奈尔大学求学过。

蔡泽宇的父亲是蔡袁强，浙江诸暨人，浙江工业大学原校长、现任党委书记，博士生导师。他是浙江大学土木系出来的，学的土木工程，是国家一级注册结构工程师，是浙江省特级专家。建筑设计是“瞻前”，土木工程是“顾后”，两者孪生关系。蔡爸爸回忆小时候对孩子的教育，他自认没有太多经验可以分享，从小也没给儿子报什么兴趣班，只是因为自己学的土木工程，蔡泽宇从小也对绘画感兴趣，所以自学了一些。他对媒体坦言家风和学风都比较好：“我们从来没有要求过他要做什么，要学什么，但是我们夫妻俩看书的时候，他也在旁边看书，可能言传身教也有一些影响。他从小就对自己有一套完整的规划，知道自己该做什么。”

蔡泽宇在清华大学的导师是朱文一教授。朱文一工作室设计的作品，多次在国际上获奖，其中有个蔡泽宇参与设计的作品“方案 O”，曾获芝加哥“奥巴马总统图书馆”设计国际竞赛大奖。美国的总统图书馆，被称为白宫主人的“神庙”；异想天开的“方案 O”很大胆，富有创新，主体由六条同心圆环通廊构成，分别展示奥巴马总统的早期生活和职业生涯、律师经历、总统竞选、总统任职、公众形象，以及个人家庭生活。

“我在杭州长大，在清华大学开始我的建筑生涯。六年的本科和研究生教育为我开始探索艺术、科学和复杂的建筑世界奠定了坚实的基础。”蔡泽宇在这次获奖后说，“我在美国的第一站是康奈尔大学。他们为期一年的研究生课程很短，但它为城市、生态和代表性的不同领域打开了大门。它激发了我很多，并教会了我如何通过其学术方法获得知识。后来，我定居芝加哥，并为 SOM 工作……每天，我都会努力利用创造性思维和理性绘画，将想法从草图变为现实。”

都说“出发之前永远是梦想，上路之后永远是挑战”，从事建筑设计就是极富挑战性的，它需要艺术天赋，需要创新创意，还需要文理兼通。两个年轻人手中的“巴黎心跳”设计方案，是一种艺术的异想天开，是一种认知的大胆创新。人与人之间最大的差距，不在地位而在站位，不在家境贫富而在认知智识。建筑设计最需要创新创造，最忌讳坐井观天，而坐井观天最大程度限制了人的认知和创新。有一种新“背井离乡”是：现在时代变了，井底之蛙并非只待在原地不动，它们也出门，只不过随时携带着它的“井”。完全抛开了“井底”的杭州小伙蔡泽宇，看到的是创新设计的宇宙。

（原载于2019年8月13日《杭+新闻》《杭州日报》）

赵铁雄：17岁少年的昆虫记

一个新的昆虫物种——“东白山”被发现了！它在浙江诸暨被发现，属于蚁甲亚科，是一个完整的新种。它的身长只有1毫米，褐色，几对脚伸开来，在放大镜下倒是蛮好看的。发现它的是一个17岁的少年，诸暨二中高二学生，名叫赵铁雄。“东白山”的名字，就来自赵铁雄的家乡，发现这个新物种的一座山。

科学论文发表在国际著名动物分类学期刊ZOOTAXA上，合作者还有两位，一位是上海师范大学博士殷子为——他是赵铁雄的指导老师，另一位是美国芝加哥博物馆的一位博导。赵铁雄是个昆虫迷，他的“昆虫记”已经很牛了，早在四年多前他就发现过一个新物种，这种昆虫后来直接被命名为“赵铁雄隆线隐翅虫”—— 一种放大后看去像叠罗汉的甲虫。发现一种未曾被发现的昆虫物种，其意义如同天文爱好者发现新星。

少年赵铁雄对昆虫有着强烈的兴趣，“他从小就喜欢小动物，三四岁的时候，趴在花坛里看蚂蚁搬家，一看就是一两个小时”；赵铁雄尤其喜爱甲虫，“喜欢甲虫是因为它们外形很漂亮，色彩和种类都非常丰富，一看就容易让人痴迷”。有兴趣，真当好！这个昆虫迷学业成绩一般般，但他对昆虫的研究已经非同小可。他家书房里几乎没有任何高中学习资料，取而代之的是1000多只昆虫标本。昆虫与课业不可得兼，那就选择自己最有兴趣的昆虫研究。尤其可贵的是，他的爱好得到了父母的全力支持；老爸花了近2000元买了专业体视镜（又叫解剖镜，甲虫在镜头下能够放大40至45倍），还花1万多元购入一套单反相机，用于拍摄昆虫。

我对赵铁雄的老爸大加赞赏！这老爸不仅支持儿子“不务学习正业”，而且在儿子带动下，自己也成了一个甲虫“铁粉”，帮助儿子采集甲虫、拍摄照片、制作烘干标本。这次发现的“东白山”，就是赵铁雄和爸爸一起去东白山采标本时找到的。由于体长只有大约1毫米，标本制作困难很大，有些组织无法解剖清楚，于是赵铁雄和爸爸再上东白山，找到了另一只同类的雌虫，这下成双成对了，更有利于解剖研究。

学习也好，研究也好，工作也好，有兴趣就有动力，就不会感到累人，就会兴致勃勃地投入其中，而且最容易出成果。一个人如果一直对一件事情保持强烈兴趣，坚持做下去，想不出成果都难。大多数人其实就是靠一技之长生存生活，最怕的是“百无一用”。

昆虫虽小，乾坤很大。法国著名昆虫学家法布尔，耗尽一生观察“虫子”，写成了不朽名著《昆虫记》。法布尔生于1823年，出身贫寒，在法国南部的山区中长大。他7岁开始上小学，后因家庭收入拮据，被迫辍学；辍学后当过铁路工人、卖柠檬的小贩。师范学校毕业后，当过小学的老师；后来考上了大学，也不是什么名牌大学。他的生活总是艰辛，但从未放弃追求知识，历尽千辛万苦，依靠自己的能力掌握了关于昆虫的知识。

到了1879年他都56岁了，总算攒了钱买下了“荒石园”，并一直居住到逝世。“荒石园”那块长满杂草的土地，成了昆虫的家园，也成了法布尔的天堂。直至去世，法布尔都在这里研究研究再研究，完成了《昆虫记》的后九卷，那是200万字的大书，那是“哲学家一般的思，美术家一般的看，诗人一般的感受，文学家一般的抒写”。没错，昆虫的世界，是真实、生动的，折射出人类社会的方方面面；无论是昆虫还是人，都要面对本能、习性、劳动、婚姻、繁衍和死亡等问题。正因为对昆虫无比的热爱，所以法布尔在《昆虫记》中充满了对生命的关怀、对万物的赞美。达尔文在《物种起源》一书中，赞誉法布尔是一位“罕见的观察者”。

昆虫爱好者自称为“虫友”，我看也可以称为“法布尔之友”。与法布尔相比，赵铁雄毕竟还是少年，有兴趣、能坚持很重要，未来研究昆虫的道路还很漫长。而另一位普通的凡人、33岁的青年余建春，酷爱数学，一直坚持而有成果，被传为美谈：他是位“新杭州人”，来自河南，读过高专，现在杭州下沙一个物流公司当包装工；这位打工仔，最近登上浙大数学课讲台，一个半小时一口气介绍了他的5个数学发现！他是应浙大博导、数学家蔡天新教授之邀，前来参加讨论的，另外几位是浙大数学与科学学院数论专业的博士。蔡天新说，余建春的难得之处在于，他非常踏实，只钻研自己力所能及的领域，并乐在其中，这和以往那些民间科学爱好者有着本质不同，这种理性的研究学问的态度和那份执着的精神值得我们尊重。蔡天新确认余建春推导出连续自然数立方和表立方数的一个通式，结论正确，不过在维基英文版查到有外国同行已做出结果。老外数学家能做出，这不奇怪；咱们的打工仔能做出，这值得“赞一个”。有天赋、有兴趣、能坚持，很可贵。

一个人如果对学习、对工作、对事业什么都是“兴趣缺缺”，那才是最糟糕最可怕的。

（原载于2016年6月22日《杭州日报》）

林嘉文：生命中不能承受之重

沉痛！西安高中生、史学奇才林嘉文，因为罹患抑郁症离世。

这是2016年2月23日，南方的梅花正闹，北国的气候尚冷。从楼上飞跃而下，林嘉文的生命从此永远是从17岁走向18岁。

林嘉文，1998年出生于西安的一个知识分子家庭，是西安中学高三（26）班学生。他深喜宋史与西夏学，已出版史学著作两部：《当道家统治中国：道家思想的政治实践与汉帝国的迅速崛起》，2014年6月由江苏文艺出版社出版；《忧乐为天下：范仲淹与庆历新政》，2016年1月由山西人民出版社出版。两书合计70余万字，尤其是第二部，是完全符合学术规范、言必有据的史学专著；作者博览群书，引证大量古籍今著，提出自己的学术看法。著名历史学家李裕民教授盛赞他为“解放后如此年龄著书写宋史的第一人”；这一声音代表了学界的高度评价：“他的水平，一般的博士也达不到，带博士也带不到他现在这个水准。”

《忧乐为天下》写的是范仲淹领导的北宋数次改革运动。当社会出现种种问题，但尚未达到政权覆亡的程度，一些有远见的政治家会站出来变法，萌生出改革救弊、振时兴治的思潮和诉求。公元1022年，随着宋仁宗的即位，北宋朝堂上的改革呼声也汹涌而来，在这一片舆论支持下，以范仲淹为代表的一批革新士大夫粉墨登场，领导了轰轰烈烈的革新运动，史称“庆历新政”。虽然革新运动最终夭折，但其对振奋士大夫精神，产生了不可估量的深远影响。

《忧乐为天下》的书名，自是范仲淹名句“先天下之忧而忧，后天下之乐而乐”的浓缩，而书的封面上印着范仲淹的另一句名言：“宁鸣而死，不默而生。”

林嘉文想到了“宁鸣不默”、想到了“天下忧乐”，但一定没有想到，在高三，他自己罹患了抑郁症，面对即将降临的残酷高考，在高三最后一学期到来之际，他跟自己告别，跟高考和这个世界“拜拜”。

林嘉文自述与历史结缘，始于小学时期跟着家人看《百家讲坛》。那时恰遇读史、讲史之风高涨，全家人都在看《百家讲坛》，他甚至有段时间每天早上6点钟起来看电视节目。小学时期不仅读了白话节选的《资治通鉴》《吕氏春秋》《三国志》，还仔细阅读过《辽金西夏史》，那是第一本和他现在的学术兴趣相关的学术著作。研读历史，重要的是，不仅有兴趣，而且爱思考。

小学毕业进初中，他开始关注唐宋史，了解了诸如政治过程论、唐宋变革论、新清史、新文化史等史学方面的理论、话题，对韦伯、萨义德等人的一些社会科学和人类学的著作也有所涉猎。父母对他不仅宽容而且支持：“从小到大，只要在应试体制下的成绩不出太大问题，父母都支持我的兴趣，无论是购置很贵的大部头古籍，还是送我参与活动，他们都没有意见。我家住西安北郊，经常要跨大半个城市去陕师大长安校区查资料或者听报告，父母对此从来都不打绊子地配合。”“学校对我也比较宽松，有时我跟老师讲自己赶稿紧张，偶尔请上半天假，班主任也就批了。”

思想开悟，开始著书。2014年他16岁读高一时，处女作《当道家统治中国》出版，他提出拒绝配合出版方和学校的任何宣传，并要求隐瞒年龄、不要炒作。到了高三，更严谨的史学著作《忧乐为天下》出版了，书的文笔老到，很难看出是一个高中生写的；更可贵的是，与江绪林一样，林嘉文有很好的批判精神。可是，林嘉文却在担忧：“大家会顺理应当地认为其中有作假，或者想当然地料定别人会‘伤仲永’。”

真是多思多虑的少年！此前媒体报道林嘉文出书、史学成就斐然之时，我就关注他了。我绝对想不到他就这样辞别了人世。抑郁症，生命中不能承受之重！

报道说，林嘉文患抑郁症有段时间了，家人称已有半年多，一直是靠吃药控制。“2月23日晚8点，他吃过药后在家完成作业；夜里11点左右给其中一位平常接触较多的老师发了封邮件；24日晚上该老师试图联系他时，从林嘉文家长处得到林嘉文跳楼身亡的消息。”林嘉文生前还写了遗书，但具体内容不清楚。

就在2月19日，华东师范大学青年学者江绪林，也因抑郁症自尽离世，引起自媒体的强烈关注。

林嘉文生前所用的微信名是“吸濡之鱼在江湖”，内容基本都与历史有关，有报道认为，有的微信信息，仿佛暗示了他曾因抑郁症副作用和对自身价值的困惑倍感煎熬。2015年12月4日的内容：“说明书上写药的副作用是增重，结果我吃了后的副作用是每天全身又疼又困……”事实上，治疗抑郁症的药品副作用比较复杂，“又疼又困”是其一。2016年1月26日晚他发的一条微信：“越发不明白自己这么拼是为什么，如果说是为自己，那只能说是为拼而拼。”

年轻学子的抑郁症，往往有明显的痕迹可循，往往呈现在字里行间，有的只是自己写了并不示人，所以家长反而“蒙在鼓里”。比如林嘉文这样带有抑郁情绪的文字：“快年底的时候交了‘齐清定’稿，今年1月又为《中华好故事》的事去杭州，看着我们学校三个选手在录制现场的志得意满，并最终赢得冠军，我真为那股少年英气感到高兴。但是另一方面，从他们身上我好像看到了我的过去，我也曾在年少轻狂的时光里贪恋过这种张扬外向而为我换得的诸多溢美，曾陶醉于在别人面前滔滔不绝、纵论古今……”

他还说：“自打上了初中，我渐渐沉默，变得难以因别人的夸奖而获得欣悦的感觉，甚至会为自己出了书而感到焦虑，害怕曝光。随着知识的积累，我反而越发认识到自己的无知，我无法伪饰自己，在被谬赞时感受不到心安理得。那段日子里灰心的样子看似高傲，其实本质上是一种偏向于消极、压抑的冷静，一如苏舜钦的诗，‘青云失路初心远，白雪盈簪壮志闲’，看似有淡然的豁达，背后何尝没有失望与苦闷……”

罹患抑郁症，一定要积极治疗，而且还须正确治疗。全球有3.5亿抑郁症患者，尽管程度不一，但都很折磨人。抑郁症最根子里的原因是基因缺陷；病理是大脑神经递质出了生理性的问题；典型表现是无趣、无欲、无望、无力、无能、无助、无价值感，重症抑郁症患者时常觉得生不如死；不仅情绪低落、主观活动减少，而且有显著的不肯与外人说的“病耻感”。以下这些通常都是抑郁症的明显症状：

1. 无愉快感，对工作生活丧失兴趣。2. 睡不好，失眠，或早醒，或睡眠断断续续。3. 食欲不振，代谢功能减退，体重通常会减轻，有的伴随各种胃部不适。精神运动性迟滞或激越。4. 精力明显减退，无原因的持续疲乏感。5. 认知功能下降，自我评价过低，或自责，或有内疚感，可达妄想程度。6. 联想困难，或自觉思考能力显著下降。7. 成年人性欲明显减退。8. 反复出现想死念头，或有自残、自杀行为发生。

患了重症抑郁症，如果不治疗，或治疗不对头，后果必然很严重。罹患抑郁症的名人非常多：梵高、梦露、张国荣、阮玲玉、三毛、徐迟、海子、顾城，他们的自杀都是因为得了抑郁症，所以抑郁症被称为“世界上第一号精神杀手”。当然也有很多治愈的，如崔永元、杨坤。不久前，著名主持人朱丹在北京大学作了题为《旁观者》的演讲，自曝辞职的主因是抑郁症。

知识界人士中，成功战胜重症抑郁症的张进先生，是财新传媒常务副主编、《中国改革》执行总编辑，他从自杀的悬崖边上成功地把自己拉回来，之后把自己的经历写成了一本书——《渡过：抑郁症治愈笔记》，不久前我刚读过，深为感佩。他得的是“双相情感障碍抑郁症”，走过了“三部曲”：罹患未治疗，不正确的治疗，更换医生后得到精准的诊断和治疗从而治愈。

张进说，魔鬼的脚步悄无声息，不知不觉中，工作能力在下降。对什么事情都不感兴趣，记忆力下降，反应不敏捷，处理问题也不那么决断；“抑郁症最痛苦和可怕的，是动力的缺失、能力的下降，这会让你觉得自己没有了存在的价值”，接下来“是一个不得不正视疾病、承认疾病、处理疾病的痛苦过程。之所以痛苦，是因为你必须接受自己是一个病人，而且是精神病人”。

前面长达半年的病程，关键原因就是误诊。因为诊断错误，致使治疗方向错误，白白耽误了半年的时间，承受了半年的痛苦。抑郁症是一种非常特异、非常复杂而微妙的疾病，很难把握，当然要允许医生犯错误；但一个事实是，相对于数量极其庞大的抑郁症群体，专科医生，尤其是高水平的，实在是太少太少了。不知道林嘉文的诊疗情况如何。

对于张进来说，直到第二个医生“站在误诊的肩膀上”，确诊他是“双相情感障碍抑郁相急性发作”，才吃对了药，从炼狱逃回了地面。医生使用的是联合用药法，下药很猛，第一次就给开了六种药，同时服用，每天服药多达16粒。副作用很强烈，从张进的描述看，远比林嘉文的“又疼又困”厉害。

重症抑郁症患者，反复出现的念头就是“自杀”。想到自杀，甚至会有一种放松的、温馨的解脱感，可怕就可怕在这里。对于这个“死缠烂打”的念头，张进做得很好。“即使在最痛苦的时候，理智仍然告诉我，不能自杀。因为责任还在，没有理由、没有资格去死。”他说，“好在抑郁症患者即使能力缺失，理智并不受影响。那时，我能够做到的，就是用理智提醒自己，不要让自己具备自杀的条件。比如，等电梯的时候，我会有意识地让自己离开窗口，以防某个时刻突然冲动一跃而下。”在整个煎熬全程中，患者本人和家属亲人，最重要的是努力不让环境具备自杀的条件。张进尽管没有信心、看不到希望，但他还是以“死马当活马医”的心态，坚持做到几件事：一、不自杀；二、按医嘱吃药，一粒都不少；三、努力多吃一口饭，增强抵抗力；四、如果体力允许，哪怕多走一步路也行。最终，张进从医学科学中建立信心，除了坚持，还是坚持，从而挺了过来，承受住了生命中那抑郁之重；挺过来就恢复如常了，就是个正常人了。我感到非常遗憾的是，林嘉文一定没有读过《渡过：抑郁症治愈笔记》一书，不然，他应该可能会像张进一样，走出自杀的“快感魔爪”。

台湾名嘴陈文茜说：“你以为脚踩的地狱，其实是天堂的倒影。而我唇角的皱纹，其实是智慧的积累。毕竟人生最终的逆境叫死亡，谁也逃不过。”她这里所说的“死亡”，应该是指正常死亡，至于非正常死亡，谁都应该努力逃过！有一位学者在悼念江绪林时说：“追寻理想的道路漫长，请每个人珍惜自己的生命。我们走得慢，才能走得更远。”

人类应该结成共同体，共同战胜生命中那抑郁之重！

（原载于2016年2月29日今日头条）

叶石云：人性中的善良天使

“善良，是一种世界通用的语言，它超越了国界，可以使失明者感到，失聪者闻到。”马克·吐温如是有云。2016年1月6日《中国青年报》的“冰点周刊”，以整版7000字的篇幅刊发特稿《一个少年扛起的重量》，说的是浙江丽水市云和县17岁少年、“信义孤儿”叶石云的感人故事。

11岁那年，叶石云的父母在49天内因病相继去世；父母留下的，是20多笔、3万多元债务。命运在敲门，我心却顽强。叶石云担起了全部的家庭重担。父亲去世第二天，就有人上门讨债。“你放心，爸爸欠的钱我一定还！”没有一张借条，他却主动上门“寻债”还款。从捡废品到打工，叶石云为还债拼命挣钱。云和是“中国木制玩具城”，他做起了玩具来料加工；一个暑假，叶石云边捡废品边加工玩具，总共挣了1000多元……从双亲去世至今6年，善良而质朴的叶石云，终于还清了父亲欠下的3万元债务。至此，叶石云距离18岁成年还差一年。

云和是一个美丽的山区县，那里有“中国最美梯田”——开发至今1000多年、垂直高度1000多米，是华东最大的梯田群。仁者乐山，上善若水，我看见少年叶石云的仁如磐石、义薄云天，看见他那梯田般的美丽淳朴、美好善良，看见他那有海拔高度的精神领地、心灵世界。

善良是人的一张最美的脸孔。有一种淳朴，就是“欠下的一定要还”，而且主动还。这是报道里描述的细节：在双亲离开后的第一个冬天，原本内向的叶石云利用双休日和寒假，在姑姑的帮助下，开始一笔一笔地“寻债”——寻找父亲生前欠下的债：“欠柳启元840元，2009年修缮倒塌的房屋时，运空心砖和水泥的运费；欠胡先林1000元，2008年母亲住院，出院时没钱结账借的；欠季方其350元，2007年种香菇时，父亲买材料借的……”叶石云“找到”的这些债，有些是父亲当初和姑姑说过的；有些是父亲去世后，知情人告诉姑姑的；还有一些，是姑侄俩一起找出来的。“年猪都杀了，猪崽的钱给了没？”叶石云打听到年初的猪崽，是父亲从隔壁张化村抓的，便和姑姑一道去核实……

还有这样的细节，可见叶石云的悉心和细心：为让更多债主看到自己的行动，叶石云对父亲的债进行了分类，制订了分期还款的计划：“500元以上分两次还，1000元以上分三次以上还。”这样，每年他可以多还几家。同时，他也绝不落下父亲生前的小额债。只要是他知道的，无论数额多小都要还。“数额再小，那也是一份情，也是他们对我爸爸的帮助。”

捡废品、加工玩具能够“开源”，“节流”也很重要。初中毕业后，为尽快掌握一技之长，叶石云进入云和县中等职业技术学校学习。为节省菜钱，他几乎每顿只买两个素菜。后来他想到一个更省钱的办法：找一个同样贫困的同学拼菜，两人把钱打到同一张卡，一顿买三个菜合起来吃。原本每周平均50元的菜钱，于是降到了两周75元左右。他身上穿的除了校服，都是人家送的旧衣。叶石云当选为学校学生会的主席，这位大概是学校有史以来最“穷”的主席，心里装着的是他人，只把责任留给自己。

丽水是浙南山区，云和属于欠发达的山区县，“绿水青山就是金山银山”是对的，但个中转变尚需时日；尤其是农村，从脱贫到奔小康，还有很长的路要走。我工作过的《都市快报》，年年都组织“阳光助学”，帮助贫困大学生，丽水正是助学的重点区域。我也是年年参与助学行动的，恰好资助过一位来自云和的优秀女大学生，本科四年，每年按“阳光助学”的助学标准助上一臂之力；去年她已大学毕业，回到云和中学，成为一位语文老师。多一点爱心的阳光雨露，禾苗就能茁壮成长。

在杭州，我所在的《杭州日报》正在倡导“日行一善”、从我做起，涵育我们坚持爱心善行的好习惯。少年叶石云，他可是真正做到了“六年如一日、日日在行善”。那是人性中的善良天使，肩膀虽然稚嫩，翅膀却那般坚强。

“日行一善”的“善”是广义的，既包括公益慈善，也包括人间道义、人性情怀。“日行一善”既可以是大的，像世界首富比尔·盖茨那样的“裸捐”；也可以是小的，比如老人倒地时你的轻轻一扶。我想起丽水的《处州晚报》有个报道的好标题，说的是：摔倒在地的84岁老奶奶叫苏玉莲，扶她的52岁咪表管理员叫雷爱莲——玉莲爱莲，因爱相连！“信义孤儿”叶石云替父还债的善行其实不“小”，甚至可以“比下比尔、盖了盖茨”；在我看来，他就是“最美浙江人”之一，完全可以参加“最美浙江人——青春领袖”的年度评选，因为他就是心灵领域的最善最美的“青春领袖”！

一部人类史，也是一部善与恶的较量史。邪恶心魔将我们推向暴力，善良天使将我们带离暴力。善增一分，恶减一寸。美国哈佛大学著名心理学教授斯蒂芬·平克，在他的巨著《人性中的善良天使：暴力为什么会减少》中考察了人类和人性的进步历史，发现人类的暴力呈现下降趋势；而今天，我们正处于人类有史以来最和平的时代。在平克看来，政府组织、教育程度、商业文明、都市文明的进程，让我们日益有能力控制我们的冲动，对他人怀有同情，宁愿讨价还价做交易而不是抢劫；我们也开始揭露那些毒害人心的意识形态，发挥理性的力量，克制暴力的诱惑……

《善良天使》是平克书中专门的一章。平克的分析维度有多个：移情，尤其是同情意义上的移情，让我们对他人的痛苦感同身受，并与他人的利益产生认同。自制，让我们能够预测冲动行事的后果，并相应地加以抑制。道德感，将一套规则和戒律神圣化，用以约束和管治认同同一文化的群内相互关系。理性，让我们得以超脱有限的视角，思索我们的生活方式，追寻改善的途径，并引导我们天性中的其他几种美德。

现实中，有网友提出这样的批评：“西方价值观：富贵做慈善；东方价值观：富贵思淫欲！”这当然是不对的，“富贵不能淫、贫贱不能移”我们已耳熟能详，向善和向上，是人类共生的人性，尽管个体有差异。少年叶石云与“富贵”无关，与“贫贱”粘连，但贫而不贱，贫而不移，正是可贵的普世价值观的现实版。

社会学家将社会变量分为“内生”和“外生”两种，前者处于系统内部，受到内生现象的影响，而后者则受外因的驱动。作为人，“我本善良”，生来就具备某些动机，引导内心离弃暴力，趋向合作和利他；外在的制度环境、社会环境，受到人性化的优化之后，一定能够教化于人，引领人们走向善良与美好。斯蒂芬·平克《人性中的善良天使》一书的着眼点，是变迁的环境条件：不变的人性在不同历史环境变化中的不同表现；但在书中，平克还从生物学家的技术角度，探讨从基因变化上，能否验证最晚近的人类进化史亦是趋向暴力下降的。穿透10万年历史，度量人性的进化，平克的“基因”维度提醒了我们：基因的、“骨子里”的向善，亦是人类进化的过程和成果；向善向好，是人类的“初心”，更是不忘不变的“始终”。

今天，善良少年叶石云，已然成为我们向善的鼓舞力量。

让我们都做“日行一善”的践行者，让我们都做“善良天使”的合伙人！

（原载于2016年1月7日《杭州日报》）

劳丽诗：不仅仅为阿里巴巴上市敲钟

她是劳丽诗，不是劳力士。继郝海东、叶钊颖夫妇之后，最近奥运冠军劳丽诗因为转发一条微博、表示一下痛惜，就被群起而攻之，遭受“网暴”围攻谩骂。

其实那条被转来转去的微博，包括方方等许多名人都转发过，只是新华社文章的链接，报道了广西援鄂护士梁小霞去世的消息。网络喷子键盘侠们非理性的撕咬，让你感到匪夷所思。而劳丽诗大声反对“网暴”，非常生动地怒怼回去：

“因为转发一条微博，被各种指责，有指责我读书少的、有指责我脑子进水的、有指责我是非不分的、有指责我蛇鼠一窝的、有指责我没良心的，哈哈哈，突然很开心，因为没有活成你们喜欢的样子，要是活成你们这些人赞美的样子，我立马从10米台跳下，跳水池没水的那种。”

这一“跳”，绝妙！这是让人过目不忘的表达。“从10米台跳下，跳水池没水的那种”，此等事情绝无发生的可能，因为劳丽诗绝不可能活成“无厘头”喷子们的样子；键盘侠们更是无法“软埋”或“硬埋”劳丽诗，那网络中的一把灰，落在劳丽诗那里，什么都不是。

美女劳丽诗，是中国功勋运动员，2004年获得雅典奥运会女子双人10米跳台冠军，后入选国际游泳名人堂。2010年，她从中山大学毕业，并因伤病而退役。之后一度从政，是正科级干部，但干了没多久，她就辞职了，小伙伴们都惊呆了——她并不是找到下家之后才辞职，而是辞职之后过了一段时间，才选择在电商平台创业。马云曾说：“我们总是在思考我要什么，其实真正的智慧是想清楚我不要什么。”劳丽诗也一样，她很清楚自己“不要什么”，从而活出自己喜欢的样子。

劳丽诗2014年在淘宝开店创业，当年阿里巴巴赴美上市，她应邀成了8位敲钟人之一。当时网友发问:“请跳水冠军给股市敲钟，真的好吗?”劳丽诗回应：“连股市跳水都不怕的上市公司，还有什么做不好的！”如此机智精妙，引来一片喝彩。她开的淘宝店，名叫“劳丽诗雕宝”，我特意上去看过，卖翡翠玉石、蜜蜡琥珀之类，品种不很多，销量很一般，完全不像“网红”李子柒。这简直就是一个把开店都开得很简单、很散淡的人。

劳丽诗是广东湛江人，湛江廉江市良垌镇是中国荔枝之乡，5月16日那天，她和廉江市的领导一起“直播助农”，轮番做客拼多多直播间，联手力推“家乡味道”——良垌荔枝。劳丽诗干这个活倒是挺卖力，她说：“我就是从小吃着良垌荔枝长大的！”90分钟的直播，共吸引105万消费者围观，售出新鲜荔枝5万多斤……原来那圆圆的蜜蜡琥珀，还不如甜甜的“妃子笑”啊！

“可以不华丽，但必须转身。”劳丽诗常用这句话来勉励自己，她是个实现自我解放的人。有网友说：“举国体制出来的运动员，还有这样的珍品，真是不容易啊！淡泊名利，独立人格，秀外慧中！”“跳水者站位高，智商更高”，劳丽诗拥有独立之精神、自由之思想、启蒙之行动；她不仅仅为阿里巴巴上市敲钟，她勇敢大声地反对“网暴”，而不是退避三舍。她的认知水平和表达天赋，真是一流的，有兴趣可以上网找来她更多嬉笑怒骂的话语来看看，一定看得你乐而开怀，笑出三块腹肌。看她幽默洒脱的表达，那真可谓是“智慧不起烦恼，慈悲没有敌人”。

在思想领域，有的人是挂了，而有的人是开挂了。在网络上，每一个人都可以天开图画，展开一幅幅不同的思想地图；而面对“万箭穿心”，劳丽诗冲出了“埋伏圈”，成为一道旗帜般的风景。

罗雪娟：
游泳池边的人性风景

2018年12月11日，杭州，国际泳联世界游泳锦标赛（25米）开幕式，最感人的一幕在此出现：

随着一段怀孕期间在水中游泳的短片，已怀9个月身孕的泳坛名将罗雪娟，轻抚着大肚子登场亮相。优美的乐音响起，雪娟以浪漫的泳动、温柔的诉说，演绎“水孕育生命”：“宝啊，妈妈每次带着你一起去游泳的时候，都觉得特别开心、舒展，相信你在我的肚子里面，一动一动的，也觉得很舒服、自在吧。还有一个多月呢，你要加油，健健康康的。等你出生之后，妈妈就带着你和哥哥一起去玩水，去享受生命和水的快乐……”“宝贝，妈妈在泳池边等你，很快你即将来到这个充满爱的世界，这里将成为欢乐的海洋，也是你梦想开始的地方！”

上善若水，水孕育生命，带着爱和温暖，来到我们身边。母亲怀上了孩子，挺着大肚子——这是全世界都听得懂的语言。罗雪娟将温柔的母爱注入泳池、注入人心。此刻，你是世间最美的母亲！孙杨在现场给“准二宝妈妈”罗雪娟献上了一捧鲜花。现场气氛抵达最高潮。这是游泳池边最美的人性风景，引发了观众强烈的情感共鸣。

观众没想到，这可是开幕式文艺演出主创团队的一个“意外创意”。他们计划开幕式让运动员当家，让几代杭州籍世界冠军一起亮相，但此时罗雪娟已有身孕。惯常思维就是“那就算了”，但开幕式总策划朱海灵光一闪，提出一个想法：不如就为身怀六甲的罗雪娟做一个单独的环节，以她作为曾经的游泳运动员，到如今仍然十分热爱游泳的母亲形象，来展现杭州的人文情感，探索水与生命的思考。

艺术总监崔巍说，“当时我们一致决定，用艺术的角度，通过新生命，来展现生命和水之间的关系。”主创团队与罗雪娟沟通的时候，她非常动情，感动中，她说着说着流下了热泪。于是，一个原本的“不可能”变成了可能，成了开幕式的一个令人难忘的亮点。

美丽的西子姑娘罗雪娟，1984年生于杭州，是杭州培养的最杰出的泳将之一。罗雪娟素来富有情感情怀，尊重内心的声音。2007年1月，23岁的罗雪娟因病宣布退役，彼时还引发了一场不大不小的风波。因为次年就是北京奥运会了，多少人期待这位在2004年雅典奥运会上夺得女子100米蛙泳冠军的“蛙后”，能在北京奥运会上也争金夺银。但是，她的身体确实出了状况，作为普通人生活、工作、学习没有问题，但已经根本承受不了高强度的训练和比赛。没错，一个人很多困难都可以克服，唯独身体的问题是克服不了的。运动员锻炼身体不是为了把身体打垮。从尊重科学、尊重医学、尊重身体、尊重人性的角度看，罗雪娟的退役，就是最正确的选择。当年我曾坚定地发声支持罗雪娟退役，在我看来，只有更强大的人性才能保卫人性！

让人回到人的本身，让运动员回到人的本身。这次夺得中国首金的是24岁的浙江小暖男汪顺，他从小乖巧懂事，而且非常恋家；他最爱吃外婆烧的红烧带鱼，也爱给家人做饭；他常年在外训练征战，但只要一有时间，就会跑回宁波奉化老家陪家人……这样的人生情感、人性风景，直抵人心。

运动的边际效应永远不会丧失，而人性的光辉更是震烁千古！

（原载于2018年12月16日《杭州日报》）

柯洁：
从“胜天半子”到“胜人半目”

【篇一】从“胜天半子”到“胜人半目”

AlphaGo把柯洁弄哭了。

这是2017年5月27日，在连输两局之后，柯洁竭尽全力以求一胜，然而，第三盘比赛这位阳光少年全面处于下风，他喜欢的执白后行，也没能帮到他。行至中局，下完白126贴之后，柯洁起身离席，随后在现场的宣传板后面悄然洒泪，大约过了20分钟之后，才平复心情，重返棋局，坚持完成了比赛。

“无论输赢，这都将是我与人工智能最后的三盘对局。”围棋天才柯洁在与人工智能AlphaGo决战前夕，写下了一大段微博：“……我相信未来是属于人工智能的。可它始终都是冷冰冰的机器，与人类相比，我感觉不到它对围棋的热情和热爱。它的热情——也只不过是运转速度过快导致CPU发热罢了……”

中国浙江乌镇，为期5天的“中国围棋峰会”在这里进行。5月23日，世界围棋排名第一的柯洁九段，与AlphaGo进行了“人机大战”三番棋的首场对弈，柯洁以半目的最微弱差距告负。25日和27日进行后两局的比赛，世界排名第一的柯洁全输了。去年韩国高手李世石与AlphaGo对弈，5局仅赢1局，赢得很侥幸。

柯洁是浙江丽水人，是我的小老乡，一个围棋界的旷世奇才。柯洁出生在丽水，然而好多人不知道他的老家是丽水市缙云县壶镇镇苍岭脚村，这个村现在竖起了一个以“柯洁故里”为内容的牌子，这是以柯洁为骄傲呢！柯洁始学围棋，得感谢他父亲柯国凡。柯国凡本身就是个围棋棋迷，不经意间他发现幼时的儿子也喜欢围棋，于是就有意识地教儿子下棋。有个细节可见柯洁的率真童趣：有一次，柯国凡教柯洁“吃子”，重复的次数多了，小柯洁真的抓了一把围棋子放进嘴巴里，可把老爸吓得不轻，赶忙从儿子嘴里挖出一颗一颗围棋子。柯洁很受棋迷们欢迎，跟他的率真天性有很大关系，比如他在新浪开微博，发布的第一条内容是：“大家好，我是阳光高富帅柯洁，本帅原本不打算开微博，因为怕粉丝太多，容易被人妒忌从而导致遭遇不测，不过，拿完世界冠军后我也坦然了，既然已经完成儿时的梦想了又何必担心别人因为看我太帅太有钱眼红而起歹意呢？人生自古谁无死，留取丹心照汗青！还有，我不是逗比。”哈哈哈，说得颇精彩！

这回人机大战的第一局，柯洁下得很精彩，AlphaGo下得更精彩。借用电视剧《人民的名义》中提到的围棋“天局”对弈“胜天半子”之概念，AlphaGo其实仅仅是“胜人半目”。在赛后举行的发布会上，柯洁说：AlphaGo有令我震惊的一手，我输得没什么脾气。

其实，纵观谷歌旗下的人工智能AlphaGo，让人“起立脱帽致敬”的远不止“一手”。它总归是能够深度学习的主。新版的AlphaGo Master是由去年与李世石对弈的那版AlphaGo Lee升级而来，能够脱离了人类棋谱，直接通过自我学习不断成熟；AlphaGo的研发团队称，新版在棋力上涨了3个子。柯洁无法“胜天半子”，那是很正常的。这次人机围棋大战，精彩第一，勇气第一，探索第一，创新第一，至于输赢，那真该排在第二。人工智能致力于创新，柯洁也致力于创新，柯洁每走出创新的一步，都可以看作是“胜天半子”之举。

创新就是创造力的体现。人工智能专家玛格丽特·博登认为，创造力可以定义为我们产生新奇观念或制品的能力，它分为三种类型：组合型的、探索型的和变革性的。显然，在围棋领域，人工智能在这三方面并没有处于下风。作为人工智能棋手，AlphaGo的逻辑推理能力很强，这恰恰也是发挥了人工智能的长处。

相比于逻辑思维，人工智能的形象思维要差很多。也就是在最近几天，人类历史上第一部100% 由人工智能创造的诗集——《阳光失了玻璃窗》出版了。这个“诗人”是个冷冰冰的聊天机器人，名字就叫小冰，由微软公司开发。微软全球执行副总裁、美国国家工程院外籍院士沈向洋博士为诗集作序推荐。小冰学习了1920年以来519位诗人的现代诗，通过深度神经网络等技术手段，进行模拟人类的诗歌创作。我看那些诗句，实在是感到不知所云，比如：“可信的蛇会做云层鱼的声音 / 听不见声音的天气”，“街上没有一只灯儿舞了 / 是最可爱的”。但无论如何，这是人工智能领域的探索创新之举。

“就像是天文学家利用哈勃望远镜观察宇宙一样，利用 AlphaGo，围棋专家可以去探索他们的未知世界，探索围棋世界的奥秘。”AlphaGo 的主创者戴密斯·哈萨比斯说得好，“我们发明 AlphaGo，并不是为了赢取围棋比赛，我们是想为测试我们自己的人工智能算法搭建一个有效的平台，我们的最终目的是把这些算法应用到真实的世界中，为社会所服务。”柯洁说，他相信未来是属于人工智能的。AlphaGo“胜柯洁半目”意义并不大，真正要重视的是，人家在人工智能的开发利用上，胜了咱们“半目”，甚至远远不止半目。

【篇二】柯洁为何又上热搜

著名棋手柯洁又上热搜了，甚至一度冲到微博热搜第二位。这次是因为他可能要成为全国“劳模”了。而且这个正宗的浙江人，是被云南省推荐为全国劳模和先进工作者候选人的，2020年5月中旬正在公示。“棋圣”聂卫平也很高兴，他在微博上写道：“全国劳模和先进工作者是很大的荣誉和肯定，柯洁要继续努力，多拿冠军为国争光，推广围棋弘扬传统文化。”

柯洁为什么会被云南推荐？听闻此消息，好多人额头上就打了一个大大的问号。柯洁1997年生于浙江丽水市——这也是我的家乡，2008年，11岁的他参加了当年的定段赛，幸运地拿到了最后一个定段名额；定段成功后，还是“小屁孩”的他就被云南队签下。

在云南注册，这是柯洁围棋事业的起点，当年云南队已从甲级队降为乙级队。为了培养、锻炼柯洁，在2011年，云南队以“商借”的方式，努力将14岁的柯洁送进中国围棋甲级联赛的赛场。此后柯洁先后效力山东、大连、珠海、厦门等队伍，但他的云南队围棋运动员的身份一直没有改变。柯洁曾获得过云南省先进工作者、云南青年五四奖章等荣誉，今次被云南省推荐为全国劳动模范和先进工作者人选，其实顺理成章。

柯洁是天才的围棋运动员，但任何天才都需要良好的成长环境。呵护人才不是一句随口荡荡的空话，需要实打实的发现和培养。应该看到，云南省围棋界非常有眼光；他们重视发现、吸引、培养、表彰人才，这值得肯定与褒扬。

当年发现、呵护柯洁的伯乐，是李方明先生，他是云南省棋牌运动管理中心主任、云南省棋类协会常务副主席，曾获中国棋牌文化发展杰出贡献奖。李方明的曾祖父李曰垓，是辛亥革命元老、护国战争元老，写了著名的《讨袁檄文》，被誉为“天南一支笔”；李曰垓的长子李生庄就是李方明的祖父，次子李生萱则是著名哲学家艾思奇。李方明生于文化世家，热爱围棋。李方明说：“人生就是一盘棋，从布局到中盘，总要有精心的策划，才能完美收官。”他有着“求贤若渴的爱才之心、海纳百川的容才之量、伯乐相马的识才之智、知人善任的用才之艺’，致力于涵育棋牌人才这个“第一资源”。柯洁刚出道时遇见李方明，是人生之幸。

云南有着中国乃至世界上最好的棋子——云子。爱下围棋的徐霞客在游记中曾说：“棋子出云南，以永昌者为上，而久未见敌手。”柯洁和云南很般配。2016年，在第18届中国围棋甲级联赛中，柯洁22次担任云南队主将，获得18胜4负的战绩，为云南队夺得联赛亚军立下汗马功劳，他本人包揽了最有价值棋手奖、优秀主将奖和最多胜局奖；在2017年全运会围棋男子个人项目中，柯洁代表云南队参赛，夺得了金牌。

曾几何时，公众对刚出道的柯洁还是“一头雾水”，甚至某知名人物周刊首次将柯洁作为封面人物报道的时候，封面清样上还把“柯洁”错写成“柯杰”，当时主编夜间在微信朋友圈晒出开机印刷前的封面清样图时，我第一时间看到，第一时间告知弄错了，然后对方迅速改正，才避免了印好后要作废重印的损失。

柯洁现在是国家围棋队主力，新一代中国围棋领军人物。他当然不是“一夜成名”的；他的成长，其实就像冰心所写的诗句：“成功的花，人们只惊羡她现时的明艳！然而当初它的芽儿，浸透了奋斗的泪泉……”

柯洁在少年时，棋艺一度并不特别突出，所以不被看好，许多省队其实都不要他；那么，柯洁一直感恩从小呵护他的云南队，从未将自己的身份从云南迁走，这就不奇怪了。云南这次公示中，更对柯洁褒扬有加：

他爱国爱棋，立志为国争光，14岁开始担任中国围棋甲级联赛主将，被国家体育总局授予国际级运动健将称号，连续40个月排名人类围棋世界第一；他爱岗敬业，刻苦钻研围棋技艺，10多年来参加2万余场比赛，成为围棋界最年轻的“七冠王”；2017年，他与阿尔法围棋机器人对战，挑战人类极限，人机大战虽败犹荣，代表的是敢于拼搏勇于挑战的新一代中国青年……

更为可贵的是，柯洁向来为人低调，内敛和善，热心公益，积极参与志愿服务活动；在新冠病毒性肺炎疫情发生后，他在“云”上义务为孩子们上围棋公开课……柯洁的名言是：“我的传奇，在我的呼吸停止之前，永不停止。”

发现、管理并使用好人才，是一个单位、一个企业、一个地方的核心竞争力；“彩云之南”呵护柯洁，就是一个明证。

（篇一原载于2017年5月25日《杭州日报》；篇二原载于2020年5月13日《杭州日报》）